U0024194

挑燈看劍：
武俠小說史話

從《刺客列傳》到《蜀山劍俠》

林遙 著

目錄

第三章　東海潮來月怒明
——明清武俠小說創作（長篇）

推薦序

武俠小說史撰寫的格局突破與觀念創新
——推薦林著《武俠小說史話》

韓雲波

一、廣義的武俠小說與狹義的「武俠小說」

武俠小說是以中國傳統的「俠」為描寫主體的小說類型，「俠」加上「武」而成為小說，就可以看成是「武俠小說」，並以此區別於遊俠史傳與文俠小說。但由於中國古代甚少固定的「武俠」稱呼，比如檢索中國基本古籍庫，「武俠」一詞的有效結果僅僅十四例，且與今天所謂「武俠」存在著很大的不同。因而，「武俠小說」一詞也就形成了廣狹二義。

廣義的武俠小說，指的是以俠為題材的小說。俠的歷史源遠流長，廣義的武俠小說自亦歷時久遠，在歷史上的不同時間段擁有不同的名稱，正式見諸歷史記載的，比如漢魏的遊俠史傳、唐代的豪俠傳奇，到了明清時代，以俠為題材的小說類型，已呈蓬勃興旺之勢，形成了「歷史武俠」、「神怪武俠」、「俠義公案」、

「兒女英雄」等分別以遊俠、劍俠、義俠、情俠為主人公的龐大的廣義武俠小說系統，為現代武俠小說時代的到來作好了充分鋪墊。

狹義的「武俠小說」，是指「武俠小說」作為一種小說類型，正式固定名稱得到使用以後的以武俠為題材的小說。20世紀初，日本作家押川春浪將他的《海底軍艦》等六部作品稱為「武俠六部作」，這是「武俠小說」名稱的最早使用，但在1900年出版的《海底軍艦》一書中，作者雖然使用了「俠」的稱呼，「武俠」一詞並未出現，直到1902年六部作的第二部作品《武俠の日本》才大量使用「武俠」一詞。其後，押川春浪等人創辦了《武俠世界》雜誌，這是武俠小說作為小說類型名稱的開始。

在中國，由於資料不全，過去一般認為首次出現「武俠小說」類目名稱的是1915年底《小說大觀》季刊第三期上的林紓《傳眉史》；但據「全國報刊索引」資料庫可知，1914年8月左右出版的《香豔雜誌》第二期就將見南山人的《金釧緣》標目為「武俠小說」。這可能是中國報刊首次以「武俠小說」作為文學類型名稱的個例。

「武俠小說」長期未被國人所接受，直到1923年《紅雜誌》第二十三期才再次正式將「長篇武俠小說」作為欄目名稱，連載的是平江不肖生的《江湖奇俠傳》，不過，在施濟群的首回評點中，也只是說到「奇俠」而未提「武俠」之名。在同年的《偵探世界》第一期中，連載了平江不肖生的《近代俠義英雄傳》，欄目名稱及陸澹庵評點均未提「武俠」之名，但在陸澹庵的《輯餘贅墨》裡，卻反覆認定其為「武俠小說」。自 1923 年之後，狹義的「武俠小說」遂蔚為大觀，並融合了具有啟蒙意義的社會現代性話語與具有娛樂意義的審美現代性話語，使得武俠小說成為 20 世紀以來最具有魅力的類型小說。

二、武俠小說史撰寫的歷史、類型與作者

文學史是現代性進程的產物，武俠小說同樣是在現代性歷程中進入文學史視野的。早期的中國文學史，實質上都是中國古代文學史，而由於小說在古代文學中本屬「小道」，很難有突出的正統位置，故對古代武俠小說的文學史描述，直到 1923 年魯迅的《中國小說史略》才有所涉及，然而既無武俠小說之名，也僅列述了第二十七篇「清之俠義小說及公案」，卻對世所豔稱的唐代豪俠傳奇並無專題論述。

武俠小說首次進入文學史，是在 1927 年出版的范煙橋《中國小說史》中，第五章「小說全盛時期」第二節「最近之十五年」有「向愷然之《留東外史》及其武俠小說」小節，但主要論述對象是《留東外史》，而對平江不肖生的兩部武俠小說僅列出六種書目。

接下來直到 1991 年人民文學出版社出版的馮光廉著《中國新文學發展史》才再次提到武俠小說，認為武俠小說是以歷史和現實題材呼喚傳統美德並藉以牽動人們的愛國情懷的小說類型。其後有多種文學史對武俠小說做出正面評價，雖然篇幅不大，但已可見武俠小說在整體文學史上，還是佔有一席之地的。

「武俠小說」在中國古代是有其實而無其名，在中國現代是有名有實而無其位，因而，武俠小說史的正式出現必然是「千呼萬喚始出來」了。

專門的武俠小說史，始於1988年北嶽文藝出版社出版的王海林著《中國武俠小說史》，全書17萬字，是一部貫通古今的武俠小說簡明通史。其後，隨著1990年代中國大陸的武俠熱潮，在數量上出現了多部武俠小說史，在類型上出現了多種武俠小說史，在文學史的三類敘事中均有表現。

第一類是武俠小說史的「宏大敘事」，表現為武俠小說通史，緊接著1988年王海林著作之後，1990年遼寧人民出版社出版了羅立群著《中國武俠小說史》，全書28萬字，遠較王海林著作更為詳細；2008年羅立群教授對該書進行了大幅度修訂和增補，擴充到38萬字，由花山文藝出版社出版。武俠小說斷代史則有1992年花山文藝出版社出版的劉蔭柏著《中國武俠小說史（古代部分）》。

第二類是武俠小說史的「微小敘事」，表現為各種專門史，主要出現的著作有：1998年浙江古籍出版社出版了曹亦冰的《俠義公案小說史》；1999年江蘇教育出版社出版了范伯群主編的《中國近現代通俗文學史》，該書上冊第二編為徐斯年、劉祥安撰寫的「武俠黨會編」，論述了近現代武俠小說的興起與概貌、近現代武術興起與武俠小說的關係，並專章論述了葉小鳳、向愷然、姚民哀、顧明道、趙煥亭、還珠樓主、白羽、王度盧、鄭證因、朱貞木共10位武俠小說家，附章論述了文公直，可視為一部民國武俠小說史；2005 年遠流出版公司出版了葉洪生、林保淳合著《台灣武俠小說發展史》，這是一部地域斷代武俠小說史；2012 年，暨南大學出版社出版了羅立群著《中國劍俠小說史論》，這是一部專門類型武俠小說通史。

第三類是武俠小說史的「專題敘事」，表現為武俠小說史論，1995 年人民文學出版社出版出版了徐斯年著《俠的蹤跡——中國武俠小說史論》，1997 年學林出版社出版了葉洪生著《論劍——武俠小說談藝錄》，2013 年西南師範大學出版社出版了韓雲波的《「後金庸」武俠》。

就武俠小說創作的蓬勃發展而言，上述武俠小說史著作比起中國文學史及中國新文學史的整體撰寫狀況來說，其文學史著作數量與武俠小說作品數量遠遠不成比例。同時，對於中國武俠小說史論著及其編撰的研究也比較稀見，除個別書評之外，視野較為宏大、論述較為深入的綜合性研究成果，僅見 2005 年王立《中國大陸地區武俠史論著芻議》一文，該文指出了現有武俠史論著的四點不足：

首先，不少著作原創性不足。一些論著往往不是首先認可前賢既有論列，而是似是而非地從零出發，同題重複較多，有「著書而不立說」的傾向。除了因所論課題龐雜、出版週期短、出手快之外，根本原因是學術規範注意不夠。

其次，不少論列往往在作為立論基礎的現象列舉時，由古及今，由此及彼，縱橫跨度過大，看似舉一反三帶有共性，實則降低了當下論列的具體針對性，從而概念的運用成為一種遊移動態性的，缺少必要界定的缺點也暴露得更加嚴重，以至於將與特定時代、區域民俗相關的複雜的歷史、文學和文化現象簡單化、籠統化。

其三，對於這樣一個龐雜而極具滲透力的研究對象，應當承認不少論著以系統研究的標準來看尚嫌不足，在論有所長、各具千秋的同時，也存在著研究者知識結構帶來的詳與略、史與論不均衡，使得對於論題的把握或詳於材料，或偏重分析；或詳古略今，或詳今略古；或流於泛泛介紹作坊式的操作，試圖像百科全書式地通覽無餘等等。

其四，對於歷史上武俠以及俠崇拜民俗心理的缺點揭示不夠，與此連帶的是對於武俠文學中被美化了的俠的形象的負面價值、被美化的程度描繪揭示尤其不夠。而與此相聯繫的，是對於俠的所謂豪情的複雜性以及同中國文化、國民性的聯繫，揭示更加不足。

之所以出現上述不足，王立教授進一步指出其原因在於：

需要警惕的仍舊是：俠文學與俠文化所帶有的學科貫通性、相對性、滲透性似應得到重視，而研究者學養的積累、學術規範的強調還要進一步落到實處，還應加強原創性的提倡，切實關注俠文化與俠文學研究學術史的總結。

那麼，這實際上就提出了一個問題：武俠小說史由於其「學科貫通性、相對性、滲透性」，在遵守學術規範的基礎上，就需要不同領域的研究者來進行不同角度的武俠小說史撰寫，從而形成一個網狀融合的武俠小說史著大格局。這進一步提出了一個要求：即武俠小說史的作者群體，可以而且應該具有不同的身分。

武俠小說史作者的身分可從三個方面劃分，即學院派、出版派、創作派。

第一類是學院派，即高等學校和研究機構的教學科研人員，如上文提到的王海林、劉蔭柏、曹亦冰、劉祥安、林保淳等，這是數量最大的武俠小說史撰寫者類型。

第二類是出版派，即擁有一定出版經歷與背景的學者，如徐斯年、葉洪生、羅立群等。

第三類是創作派，即擁有武俠小說作家身分的學者，如本文將重點論述的林遙。當然，常有身兼多重身分的情況，徐斯年和羅立群就身兼出版派和學院派的雙重身分。

三類武俠小說史撰述者，由於不同的背景，特點也就各自不同。

學院派較為重視歷史文獻與歷史傳承，他們的研究中「史學」意味較為明顯；出版派較為重視文化市場，尤其是與市場效應相結合的創作策劃和出版運作狀況，對於作品的個體性梳理也較擅長；創作派則較為重視武俠小說的類型成長，並重視作品中作家體驗的表達和寫作技巧的提煉。

就目前的武俠小說史成果分佈來看，主要以學院派和出版派為主，而尤其是出版派身兼學院派的學者，可以彌補長期以來武俠小說在學院派不受重視且學院派圖書館往往收藏武俠小說數量甚少的缺憾，從而對武俠小說史料進行較為完整的描述。

從總體來看，學院派的理論眼光、宏觀視野、文獻功底固然構成了獨具的特色，但由於類型文學的美學體驗與生產流程往往不同於傳統的精英文學，這也就容易造成學院派對武俠小說的理想式拔高，脫離武俠小說文化生產實際，造成對武俠小說史的史跡描述及其理論闡釋，與武俠小說作者與讀者的實際情況不在同一條線上，缺乏「理解的同情」，對武俠小說「感性的結構」描述也不夠到位。

因而，如果將武俠小說史作為一個宏大的系統工程，就還需要創作派的參與，創作派對武俠小說文化生產過程中的微妙之處有較深刻而真實的體驗，可補對於武俠小說史「理解的同情」和「感性的結構」在學術史描述中的不足。

一種文學類型的產生與發展，即使是對創作者來說，也需要歷史傳承意識，以達到對優秀傳統的吸收，也在優秀傳統的基礎上通過揚棄而形成創新，進而形成自身獨特的類型面目。在一批優秀的武俠小說家中，歷史傳承或武俠小說史意識皆甚為明顯，和文學史學者不同的僅在於材料未及系統展開。

以梁羽生為例，就多次談到唐人的豪俠傳奇並直接將其稱為「武俠小說」。金庸吸收了唐傳奇的藝術經驗，民國武俠小說家白羽和還珠樓主對他也有影響，以此形成了「金庸武俠小說文類歷史的選擇」。古龍上承唐人傳奇之後，系統歸納了武俠小說的歷史變遷，他說：

我們這一代的武俠小說，如果真是由平江不肖生的《江湖奇俠傳》開始，至還珠樓主的《蜀山劍俠傳》到達巔峰，至王度廬的《鐵騎銀瓶》和朱貞木的《七殺碑》為一變，至金庸的《射鵰英雄傳》又一變，到現在又有十幾年了，現在無疑又到了應該變的時候！

從金、梁、古三位武俠小說大師的文學史眼光來看，首先確立了武俠小說文類源自古典文學，尤其是唐人傳奇的藝術經驗，其次是武俠小說現代流變擁有巨大的藝術張力，而在這樣的文類淵源與藝術張力中，武俠小說有其獨特的類型成長與發展邏輯。

從 1988 年出現第一部武俠小說史開始，武俠小說史從學院派開始起步，學院派成為武俠小說史撰寫的主要群體；出版派葉洪生 1993 年完成了約 6 萬字的《中國武俠小說史論》，2005 年又與林保淳合作完成了約 44 萬字的《台灣武俠小說發展史》。武俠小說史登上學術舞台以來，學院派和出版派都擁有了多種武俠小說史，而創作派的武俠小說史則長期闕如。

三、林遙武俠小說史撰寫的武俠體驗與觀念創新

林遙的這部《武俠小說史話》，可算得上是創作派撰寫武俠小說史的首開先河的宏大之作，該書篇幅長達55萬字，是迄今為止，篇幅最大的武俠小說史。如果用我們上述三個身分來衡量，林遙絕對是典型的創作派。

林遙，本名郭強，青年作家，1980年生，他少年時經歷的20世紀最後的十年，是武俠小說在中國大地上狂飆突進的歲月，前有金庸、梁羽生、古龍的經典作品，後有溫瑞安、黃易的原創巨制，武俠小說繁榮鼎盛的氣息瀰漫於整個中國文化，尤其是一代少年的熱血，都被武俠小說鼓蕩起來，無論是追求「為國為民，俠之大者」，或者是追求「自由自在，做你自己」，人們躬逢其盛，頗有武俠小說春天就要再度來了的感覺。此時，少年林遙寫下了他的武俠詩歌和散文——

《黃河》

我就是那詩與武的合一
一劍成名　飄行千里
為不能實現的理想做一回主人
彈劍清嘯江上
玉樹臨風
相思之意彈指間

一歲去匆匆

《長安》

久駐長亭　手中的彎刀

長簫般地傾聽著婉轉的古韻

方天畫戟　遺忘在美人醉意朦朧的紅帳裡

白衣的刀客　玄衣的我

頭上蕩漾起皎潔的月光

如果有一個港灣

是否　可以放棄對大海的追求

也許　是你不該站在我策馬疾馳的路口

一低頭的溫柔　止住了我的信馬由韁

自此時起，武俠小說的夢之花就已在林遙心裡綻放。

在21世紀的第一年，《今古傳奇・武俠版》創刊，標誌著武俠小說創作與出版的重心，由台灣和香港地區轉移到大陸內地，一大批才華橫溢、激情洋溢的青年才俊步入武俠小說創作的殿堂，這就是「大陸新武俠」的興起。大陸新武俠一方面繼承了民國舊武俠和台港新武俠的文化遺產，另一方面也以特異突顯的新時代特徵傲立群峰，形成了新一輪的武俠小說高潮。

林遙躬逢新派武俠小說之盛世江湖，早早就開始了武俠小說創作。2001年，林遙21歲時創作了長篇武俠小說《戊戌英雄傳》，從光緒二十四年康有為與袁世凱密謀寫起，引入八卦掌董海川門下董門八大弟子，展開糾結於廟堂與江湖、政治與武術之間的波瀾壯闊的武俠畫卷。

這部小說讓人想起1920年代以「去留肝膽兩崑崙」開篇的平江不肖生長篇武俠小說《近代俠義英雄傳》，以大歷史、大江湖來塑造武俠小說的大格局。這種大格局也融入到他後來觀察武俠小說史的站位與視角之中。《戊戌英雄傳》後來更名為《京城俠譚》出版，在修改過程中進一步強化了小說的武俠意味，顯然這也是他觀察武俠小說史的過程中所強化的武俠體驗。近年來，林遙作為編劇還完成了《八卦掌之潛龍勿用》、《疾風正勁》、《烽火長城》、《形意拳》三部曲等影視作品，對武俠類型與時尚文類有了更進一步的體驗。

在這樣的創作背景與研究情境之下，林遙的《武俠小說史話》在一些地方，就十分自然地顯得不同於學院派和出版派的武俠小說史著了。我們沿著林遙的思路與線索來進行梳理，在全書的17章中，可以看到如下突出的亮點，在這裡略述如下。

第一章是武俠小說溯源。論述這一問題，首先需要進行遊俠的溯源，通過學術化的手法，否定了長期以來俠出於諸子之說，確認了俠的「民間化、非政治化、充當社會力量的本色」，從而奠定了俠的論述基礎。

對於諸子的儒、道、法、墨，林遙進而認為「遊俠不能與四家同途的核心因素，就在於其脫離了政治立場」，「從個人而非國家的立場上關心扶助遇到危難的人」「為世人樹立了良好的道德樣板」，從而確立了俠的基本價值判斷。同時，這也是武俠小說作家創作時的基本背景出發點，由此，「遊俠高揚的民間立場，也為武俠小說的通俗性、娛樂性奠定了基礎」。

對於武俠文學基本面貌的形成，魏晉南北朝具有關鍵性影響，「文學嚮往超現實的神秘力量，反映了遠古時期人們崇拜英雄的現象，『俠』恰恰能歸作英雄的一種」。「從文學敘事上看，『仗義行俠』的主題偏於狹小，難以展開故事內容，而文學創作必要的懸念因素也有所欠缺。」

林遙的這一認識，有效地區別了俠歷史與俠文學的不同。作者只有對「仗義行俠」的題材經過大規模的改造和再創作之後，才能將其融入小說。武俠小說從一開始就有奇幻之美，「由於故事發生在遙遠的年代，讀者無心辨其真偽，在虛構的前提下融合了真實的人物和神話的力量，凡人的故事得以體現神話的奇幻之美」，20世紀武俠與奇幻的分合，也可為這一論斷提供長時段的論據。

第二章是武俠小說萌芽。這裡涉及武俠小說作為一種文學類型的判斷標準，林遙提出了四條標準：其一是有武；其二是有俠；其三是符合小說的基本範式；其四是獨立成篇。這是武俠小說的最低要求，最早符合這一標準的是《燕丹子》，通過和《史記・刺客列傳》荊軻故事的比較，林遙提出了四點不同：一是敘述手法不同；二是故事情節添加了十處有餘；三是增加了具體描寫的成分；四是改變了小說情節的先後順序。以此來判斷唐以後的短篇作品哪些作品可以確認為武俠小說，自然就順理成章了。

第三章是明清長篇武俠小說。林遙特別論述了以《水滸傳》為代表的歷史演義武俠小說系列，還論述了俠義公案系列、神怪劍仙系列、兒女英雄系列，由此構建了系統、完整的中國古代武俠小說類型結構。

第四章是明清短篇武俠小說。明清短篇武俠小說分為白話和文言兩大系列，白話以「三言二拍」為代表，文言則在明、清分別形成了作家群。這一章著重論述了明清武俠小說與中國現代武俠小說的內在聯繫，突顯了作者的整體文學史意識。

就白話短篇武俠小說而言，比如《劉東山誇技順城門，十八兄奇蹤村酒肆》，「本篇是武俠小說『強中更有強中手』的典型題材，通過敘述高手行走江湖的遭遇，揭示了『一山更比一山高』的樸素道理」，「後來民國時期的武俠小說，這個母題幾乎成為創作定式，武俠小說中出現的真正武林高手必定是貌不驚人的，越是隱士，武功越高。甚至在新派武俠小說大家梁羽生的代表作《萍踪俠影錄》的第一回，軍官方慶賣弄弓箭之技、丟失軍餉一段，完全與此篇如出一轍」。

從這樣的論述出發，就可以確認明清的若干短篇小說形成了武俠小說發展過程中的關鍵節點，得出的結論是：「在明清時期，《水滸傳》成書之後，武俠小說創作的主要力量不僅僅取材於現實生活，而是在於作家對前代小說的模仿學習和作家本人天馬行空的想像力。武俠小說在創作環節發生的重大變化，使得武俠小說開始脫離現實生活，走向更大的想像空間。」

就文言短篇武俠小說來說，「在王士禎的《池北偶談》中，有他創作的武俠小說兩篇《劍俠》、《女俠》」，「行跡隱秘而組織嚴密的盜俠，居然住在深山市鎮，這種創意，深深影響了後來武俠小說中對綠林生活的描寫。在民國以後的武俠小說中，很多武林幫派和綠林俠盜所居之處，都是類似此文中描寫的神秘嚴謹、自給自足的深山市鎮，如姚民哀《箬帽山王》中出現的『馬尾山七十二山寨』、鄭證因《鷹爪王》中的『十二連環塢』、金庸小說中出現的『光明頂』、『黑木崖』、古龍《名劍風流》中的唐門等，盡屬此類。」

正如有學者呼籲將民國武俠和台港武俠看成一個整體，在林遙的文中，明清武俠和現代武俠也具有整體的意義。歷史是由一步一步地累積而形成的，其間的聯繫不可截然分割。「綜觀明清時期的武俠小說創作，可謂諸體皆備，體大思精，取得了優異成績。在武俠小說的形式和內容兩方面均開拓出了新境界，達到了武俠小說發展史上的一個階段性的高峰。」明清武俠小說雜糅各類題材，武俠小說呈現出「綜藝」的面目，成為後來武俠小說寫作一致學習的特點。

明清之前的武俠小說因篇幅短小，因此只能集中筆墨於武俠之主題，這雖然有精悍的優點，但也影響了作家思路的展開和讀者求新求變的審美需要。「清末民初時期，社會革命家如譚嗣同、小說家如顧明道、文公直等大力提倡武俠小說，認為武俠小說可以『壯國人之氣』，『挽頹唐之文藝，救民族之危亡』，正是由於明清時期武俠小說格局提升了的結果。」

第五章是民國武俠小說總論。在關於民國武俠小說代表作家的認定上，他沒有承襲「南向北趙」、「北派五大家」的七家說，也沒有承襲「武俠黨會編」的葉小鳳、向愷然、姚民哀、顧明道、趙煥亭、還珠樓主、白羽、王度廬、鄭證因、朱貞木十家說，而是提出了另外的十名「武壇高手」，即「江湖傳奇派平江不肖生、風俗人情派趙煥亭、俠骨柔情派顧明道、會黨秘聞派姚民哀、歷史演義派文公直、奇幻仙俠派還珠樓主、社會寫實派白羽、幫會技擊派鄭證因、悲情武俠派王度廬、詭異奇情派朱貞木」。究竟哪些可以算是民國武俠小說代表作家，這本來就是一個見仁見智的問題，只要能夠自圓其說，重點是在於各抒己見，而能言之成理，有說服力。

第六章是民國前「五大家」。五位武俠小說大家各有擅長：「武俠小說發展至向愷然的作品，已基本上掙斷了傳統的鎖鏈。《近代俠義英雄傳》一書，脫離了明清武俠小說的舊模式，堪稱民國武俠小說的奠基作，自此為民國武俠小說的發展別開一番新天地」趙煥亭「將文字的筆觸貼近普通人，是現代武俠小說重要標準之一，這也與『五四』新文學的精神不謀而合」。顧明道「創男女合走江湖的模式，被後世武俠小說所遵循，成為一種固定套路，為武俠小說開闢了一條通途」。姚民哀「《四海群龍記》一書立意較高，關注國計民生，宣傳愛國思想，在書中自我設計一條強國富民之路，雖然充滿了幻想，但卻難能可貴」。文公直「面對國破家亡的困境，抒發強烈的愛國情懷，行文大氣深沉，慷慨樂觀，又具歷史真實性與深度，這是文公直武俠小說的特別之處」。

第七章是民國後「五大家」之奇幻仙俠。專論還珠樓主，特別指出他對後世的巨大影響。這是 1949 年之前武俠文學的一大高峰，值得濃墨重彩地加以論述。

第八章是民國後「五大家」之兩樣江湖。白羽的特點是「認為『俠義精神』是脫離現實生活的」因而「俠客所有的『壯舉』都顯出脆弱不堪」。鄭證因的「《鷹爪王》可稱集鄭證因武俠小說特色大成的代表作，為後世武俠小說的貢獻大致有三點」：「其一，情節敘事和文化敘事相融合，簡繁並重」；「其二，《鷹爪王》對中國武術有著出色的描寫」；「其三，虛實相生的幫會組織」。這是武俠小說研究史上首次給予鄭證因以如此重要的評價。

第九章是民國後「五大家」之情開兩朵。徐斯年對王度廬有十分深入的研究，林遙進一步總結指出：「主人公從俠客回歸普通人，作品悲劇從命運悲劇轉向性格悲劇、日常悲劇，王度廬對武俠小說的重大貢獻恰在於此。」對朱貞木的研究目前還較為不足，林遙則特別強調了他「為後來武俠小說的創作帶來的啟示」，「不僅總結了民國時期的武俠小說，同時也為台港新派武俠小說的興起奠定了良好的基礎」。

第十章是台港新武俠小說總論。林遙認為，「台港新派武俠小說能從民國舊派武俠小說中『脫胎換骨』」，主要有文體上、人格追求上、思想上三個方面的具體表現。

第十一章是一代宗師梁羽生。對梁羽生的研究，長期以來均缺乏深入，林遙從作家創作的角度指出梁羽生的特點在於：「名士氣度，文采風流」；「人民俠客，肩荷重任」；「女俠獨立，現代思想」；「歷史浪漫，家世傳承」。結論是：「作為新派武俠小說的締造者之一，梁羽生在武俠小說中引入了新的人生觀、文藝觀，繼承了民國時期的武俠小說的優秀成就……中國武俠小說得以用一種全新的面貌，在新白話小說佔據核心地位的 20 世紀中國文學語境中，取得屬於自身的位置，梁羽生功莫大焉」。

第十二章是俠之大者金庸。金庸是一個老話題了，這方面已有許多精到深入的研究成果，此處便不贅述了。

第十三章是台灣「三劍客」。臥龍生、司馬翎、諸葛青雲三人各有所長，皆有可觀。

第十四章是開拓者古龍。古龍的經驗在於：以複雜深刻的現代人性探索，通過求新求變的藝術特色加以表現，林遙站在作家的立場上，深刻闡明這是小說創作發展的必由之路。

第十五章是古龍之後的「新派」。林遙將溫瑞安概括為詩意武俠，將黃易定位為「古典新芽」。

第十六章是 1949 至 1999 年的大陸武俠小說。這裡包括了革命英雄傳奇和 1980 年以來的武俠小說。

第十七章是 21 世紀的「當代新武俠」。雖然異彩紛呈，但也存在著創作的侷限與自我反思，其代表作家作品包括小椴及其《杯雪》、鳳歌及其《崑崙》、滄月及其《聽雪樓》、步非煙及其《華音流韶》、慕容無言及其《大天津》、蕭鼎及其《誅仙》。並以頗大篇幅引介並論述了近十年來兩岸三地的新武俠後起之秀，以及重要的名篇與亮點。

四、林遙武俠小說史撰寫的結構佈局與邏輯佈局

林遙的這部《挑燈看劍：武俠小說史話》，由於其獨特的作者身分，明顯體現出不同於學院派和出版派的突出特點，這就是對武俠小說類型成長的高度關注。

第一，結構佈局。已出版的多種武俠小說通史，多詳於古代部分。王海林的《中國武俠小說史略》，除結語外共八章，其中古代部分是五章；羅立群的《中國武俠小說史》2008年版，除緒論外也是八章，其中古代部分也是五章。而林遙的這部《挑燈看劍：武俠小說史話》，極大地改變了上述格局，全書十七章，古代包含溯源部分也僅占四章。如果按比例來看，前兩部的現代部分僅占37.5%，林遙則占了76.5%。

一般來說，提到武俠小說，人們首先想起的會是所謂「金、古、黃、梁、溫」再加上當今的21世紀兩岸三地新武俠及網路原創武俠；其次想起的會是「南向北趙」和「北派五大家」；對於古代作品，除唐代部分傳奇被明確歸入「豪俠」類、清代部分小說被明確標稱「俠義小說」之外，「三言二拍」及《水滸傳》等雖有明確的武俠元素，但在文學史上往往並未出現這樣的認同。

比如被列為面向21世紀課程教材的袁行霈主編的《中國文學史》，僅第九編「近代文學」第二章「近代前期的小說與戲曲」第一節為「俠義公案小說」，全套書其他章節均未列出武俠小說內容。對現有的武俠小說史重點論述的唐代豪俠傳奇、三言二拍，僅作為一般作品看待；關於《水滸傳》的內容，則在第七編「明代文學」第二章標目為「《水滸傳》與英雄傳奇的演化」。

這套教材較具有典型性，為眾多大學所採用。高等學校的文學史教育體制，無疑對全社會的知識體系觀念的形成具有重大影響，也無疑會影響到主流文化體制對武俠小說觀念的認同。換句話說，「三言二拍」及《水滸傳》的文學史定位，被認為是擁有廣泛類型涵蓋性的「文學名著」，而並不僅是哪一種類型小說。

基於同樣的道理，還珠樓主小說和古龍小說等，人們就會很自然地認同其為武俠小說。因而，武俠小說史的論述重心，應該是那些被自然而然地認同為武俠小說的作家作品。

林遙在全部十七章中，用了一章作為溯源，相當於緒論；古代總共三章，從萌芽到宋話本用了一章，明清的長篇和短篇分別為一章，這就改變了過去武俠小說史在學院派那裡偏重古代的結構方式，將重心轉移到「武俠小說」作為一個正式確定下來的名稱之後的武俠小說；在現代部分，民國武俠小說占了五章，台港武俠小說占了六章，1949年的大陸武俠小說占了兩章，這種格局基本上是合理的。

第二，邏輯佈局。所謂邏輯佈局，即武俠小說之源遠流長的流脈餘風，是怎樣一步步發展到今天並取得巨大成就的，其歷史發展並不是簡單的堆積，而是在文化的基礎上有其內在邏輯線索的。邏輯佈局是一部文學史的演化核心，具有提綱挈領的中心線索的意味，著重是要論述好武俠小說形態演化的幾個關鍵節點。

林遙作為一名作家來寫武俠小說史，就更加注意武俠小說作為一個類型文學系統的內部演化，尤其是從創作角度而不僅僅是研究和欣賞角度來的內部演化。正如他自己所說，探討的是「一種類型文學的生長和發展」，是從內部的武俠類型發生而出發的武俠小說成長史。

在武俠小說的類型演化中，林遙論述了這樣幾個關鍵節點：

林遙強調了武俠小說類型成長的五個節點，分別是：

一、圍繞遊俠形成相對獨立的文化形態。眾多學者將遊俠與諸子聯繫起來，甚至認為遊俠出於諸子，而林遙認為遊俠脫離政治立場，也就是說並無精英文化的意識形態性，因而可將其置於民間立場來進行打造，這一工作首先是由漢代的史學家們，尤其太史公司馬遷來完成的。遊俠的民間立場突出地表現為扶助危難的道德樣板，並在某種程度上形成英雄崇拜，使得遊俠成為一種特殊的超越現實生活的形象，從而為遊俠的文學化奠定了基礎。

二、魏晉南北朝對遊俠文學幻想空間的拓展。基於英雄崇拜，遊俠被人們神話化，遊俠故事被人們懸念化。這就使遊俠故事成為文學，具備了武俠小說文學類型的基本結構形態。

三、明清時代對俠文學類型結構的系統、完整的構建。經過明清兩代的發展，俠文學形成了歷史演義、俠義公案、神怪劍仙、兒女英雄四大系列，雖然在意識形態觀念上仍是古典的、封建的，但在結構性的「功能」層面，已形成基本完整的俠文學類型結構。

四、現代武俠小說的誕生。林遙針對民國年間的十名「武壇高手」，分別論述其武俠小說類型特徵。雖然沒有著力於闡述啟蒙現代性情境下民族主義與舊傳統的糾結與張力，但已經將民國武俠小說的繁盛與多元表達得較為淋漓盡致了。

五、台港新武俠的「脫胎換骨」。從民國武俠到台港武俠，在內容和形式上都在巨大的新變，林遙將其總結為文體、人格、思想三個方面的具體表現。

上述五個節點分別完成了從社會到文化、從現實到想像、從零散到系統、從義俠到武俠以及武俠小說的「脫胎換骨」，由此形成了一個完整的邏輯鏈條。

本書尚寫到了有第六個節點，即從台港新武俠到大陸新武俠，或者說從金庸時代到「後金庸」，也就是從憂患年代到和平時世的心態變遷與技巧進化，雖因距離當下的時間太短，還來不及總結，因而未能作為本書的關鍵節點來進行論述，但已列示了主要的作家、作品及其展望。

五、餘論：沉思之後再一次出發

1981 年，金庸完成《鹿鼎記》修改，聲稱這是他「最後的一部武俠小說」；1984年，梁羽生宣佈不再進行武俠小說創作；1985年，48歲的古龍英年早逝，2018年，長壽的金庸也溘然逝去。在台港新武俠第一代的代表作家金、梁、古相繼「退出江湖」之際，中國武俠小說實際上面臨著一個「轉換」的危機。當台港新武俠主流成為歷史，對武俠小說的學術研究才剛剛開始，在1981年以來的三十八年中，武俠小說研究取得了眾多成果，其中自然不乏真知灼見，給武俠小說史的創作提供了一定的基礎。

據林遙自述，他在1995年涉水武俠創作，可謂近些年武俠狂飆的親歷者。他經歷了十六年的時光來醞釀這部武俠小說史話，即便從2012年7月動筆碼字算起，也已整整寫了4年之久。在如此深思熟慮的沉思與長時期的深入體驗中，使得這部史話頗多精彩之處。

近些年來，武俠小說的研究誠可謂突飛猛進，在史料發掘、作品意涵、研究範式等方面，都取得了巨大的成就。比如，對於過去尚不熟知的民國武俠小說，其代表作品目前均已出版，當時的史料也都進入了眾多的報刊和圖書資料庫，使人們得以窺見當時的盛況，從而進行更加深入的闡釋。

再如，對於一些重點問題，學界進行了集團式的研究，2010年在湖南平江召開了「平江不肖生國際學術研討會」，2014年在重慶長壽召開了「還珠樓主學術研討會」，兩次會上都湧現了大量研究成果。又如，武俠小說研究平台逐漸得到豐富，許多知名大學及研究所等都開設了相關專欄，刊發了大量論文，也發表了諸如

《武俠小說研究的理論模型》等關於方法論的文章。可以認為，上述情形，都為武俠小說史研究的深化提供了相應的鋪墊，可望在這一領域有數量更多、品質更高的研究成果不斷湧現。

林遙的這部武俠小說史話，將古今武俠小說史的撰寫推到了一個新的高度。同時我們也期望，在將來有更加詳細、更加深刻的武俠小說史著作面世。

是為序。

韓雲波，著名武俠文學評論家，西南大學文學院教授，中國武俠文學學會副會長兼學術委員會主任

名家推薦

數十年前，曾發願要寫武俠小說史，一直未動筆，力有未逮也。今林遙先生竟其功，實為武俠小說之幸，極其難得，誠武俠小說愛好者，不可不讀之寶書也！

——倪匡　著名小說家，與金庸、黃霑、蔡瀾並稱「香港四大才子」

《挑燈看劍：武俠小說史話》一書，腹笥充盈，用宏取精，將兩千多年武俠流變，覶縷道出，精彩迭現，甚有可觀！

——林保淳　台大文學博士，師大國文系教授，武俠小說研究學者

武俠小說史一類著述，坊間已有不少，彼此各有千秋。但林遙的這部遲來的《挑燈看劍：武俠小說史話》，不僅並不多餘，反而別具特色。這種特色主要來自作者浸淫於武俠小說的多重身分：武俠小說愛好者——武俠小說寫作者——武俠小說研究者。作者這樣的三位一體的身分疊加，使得這本武俠小說史，無論是述史說事，還是評人論作，都既具有內在的深度，又保有主體的溫度。因此，讀來引人入勝，讀後啟人思忖。

——白燁　著名文學評論家，中國當代文學研究會會長

林遙的《挑燈看劍：武俠小說史話》，全面闡述了武俠小說的發展和傳承，作者沿著既有的脈絡，增加大陸新武俠的篇章，窮心盡力，堪稱十年磨一劍！作為武俠小說作家，下筆輕靈，重經驗和體悟，別具慧心！

——劉國輝　中國大百科全書出版社社長，中國武俠文學學會會長

第一章

想見停雲發浩歌

——武俠小說溯源

第一節　武俠小說發展概說

中國的武俠文學可謂源遠流長，遠至中國神話，女媧補天、后羿射日、大禹治水、精衛填海等故事，其敘事內容已經頗具「俠」的氣息。

中國遠古神話中的英雄和武俠小說中的俠客，其實都是在一個虛構的世界中展開活動。這個世界，一方面是現實世界的理想化，另一方面，都崇尚善惡對立的原則和武力至上的簡單法則。

中華民族的先民在文明肇始之際，並非後期崇尚的禮樂為先。彼時，人類在與自然的搏鬥中居於劣勢，人類面對所處的世界，充滿了戰鬥精神，他們開始將智慧運用到製造武器和提升武力上。

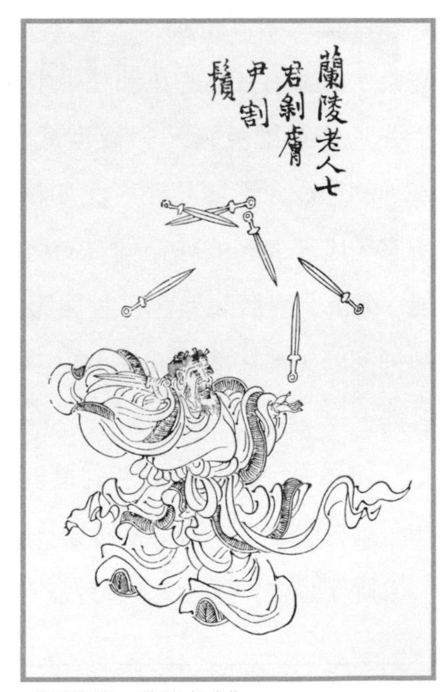

《劍俠傳．蘭陵老人》

墨子認為發明寶劍這樣的兵器就是為了抵禦猛獸盜賊，他在《墨子・節用上》說：「其為甲盾五兵何？以為以圉寇亂盜賊。若有寇亂盜賊，有甲盾五兵者勝，無兵不勝。是故聖人作為甲盾五兵。」

經過近代的考古發掘，

「早在舊石器時代初期，先民已經認識了工具鋒刃的作用。他們將石器（尖狀器、砍斫器等）作出簡單的尖鋒和邊刃，以使其打擊獵物、砍削樹木時更為有效；同時也將木棒的前端砍制出尖鋒，以增加直刺的功能。」[1]

戰國中期青銅劍，藏於北京延慶博物館

中國遠古神話傳說中，精衛和東海，顓頊和共工，黃帝和炎帝、蚩尤之間的衝突，皆由恩怨而來，恰可證明，在上古時代，先民已經注意到武力的指向性，即在內部講求仁義，對外宣揚武力，所謂「內聖外王」。無原則的濫殺，被師出有名的正邪鬥爭取代，其中混雜了強烈的道德色彩，對後世武俠小說中俠義精神的形成，影響頗深。比如精衛被「東海」所溺，處於弱勢的精衛向具有強大勢力的「東海」復仇，同情弱者、不甘屈服、抗爭到底等精神因素，都在後世武俠小說中得到了繼承和發揚。

作為先民征服大自然的投射，神話人物大放光輝，與民眾理想中富有俠義精神的俠客形象一脈相承。

除了遠古神話，先秦時代的《左傳》、《戰國策》、《越絕書》、

1. 鍾少異，《龍泉霜雪——古劍的歷史和傳說》，生活・讀書・新知三聯書店，1998 年。

《吳越春秋》、《國語》等史書中，更將一些真實的人物載入史冊，如孟嘗君門下彈鋏長歌的馮諼，不畏強暴勇挫秦王的唐雎，慨然赴難的刺客聶政、荊軻，解難各國、功成身退的魯仲連等，都成為後世武俠小說中人物形象的原型，這些歷史真實人物的氣概和行為，給予後世武俠小說以巨大啟迪。

論及武俠小說的稱謂，其出現的時間並不長，在近代民國年間才首次出現了「武俠小說」這一名稱。傳統典籍中「武俠」二字連用較為罕見，至元、明之間，方出現「武俠」一詞。當清末之時，「武俠」經日本小說界運用，再由梁啟超在清光緒二十九年（1903）從日本回傳中國，據最新發現資料，1914 年 8 月左右出版的《香豔雜誌》第二期，見南山人的《金釧緣》成為最早標明為「武俠小說」類目的小說。

然而，追根溯源，武俠小說橫跨古今，在不同歷史時期有著不同名稱，除「武俠小說」外，也稱「兒女英雄小說」、「劍俠小說」、「俠義小說」、「豪俠小說」、「俠義公案小說」等，民國年間還有「技擊小說」，20 世紀 80 年代，更出現了「武藝小說」、「武林小說」諸多稱謂，本文為行文方便皆以「武俠小說」稱之。

回溯中國武俠小說的創作源頭，其來有二：一為漢初司馬遷《史記》裡的遊俠和刺客列傳，二為盛行於魏晉南北朝間「雜記體」神異、志怪小說。

上承先秦史書，司馬遷以過人的膽識和才華專門為「俠」立傳，為武俠小說塗繪了濃重的一筆。通過對「遊俠」行為的全面總結，司馬遷為「俠」作出了定義，使中國傳統的「俠義精神」初步形成。作為武俠文學最早的描寫篇章，《遊俠列傳》、《刺客列傳》首次出現了有血有肉的俠客形象。

魏晉南北朝以記述鬼神怪異為主要內容的志怪傳奇，涉及神仙方術、佛法靈異、鬼魅妖怪、奇禽異獸，以及野史逸聞和民間傳說等。其代表作為干寶的《搜神記》，此外，還有託陶淵明之名的《搜神後記》、舊題為曹丕的《列異傳》、葛洪的《神仙傳》、王嘉的《拾遺記》、張華的《博物志》以及吳均的《續齊諧記》等。

作為古代先民哲學思想體系中的重要部分，由於現實充滿苦難，人們便嚮往一些超乎尋常的能力以及工具，武術、神劍和寶物等都在此列。只有在想像的文字中，這些東西才能實現，因而萌生出了《三王墓》裡的干將、莫邪寶劍，以及《紫玉》裡的仙道法術、《劉晨阮肇》裡的靈丹妙藥。這些元素遍佈於後世的武俠小說中，吸引了大批讀者。

史書之「實」與志怪之「虛」，使得武俠小說「內外兼修」，發展至唐代——中國小說創作的第一個高峰時代，包括大量「武俠」題材的小說，在眾多作者筆下異彩紛呈。

這些唐代傳奇描寫的英雄豪傑及其俠義行為，具有安邦定國、快意恩仇、救弱濟貧、除暴安良等內容，俠客的性格在文中顯得堅毅剛強，出神入化的武功和驚世駭俗的功業，將一種高蹈不羈的生命情懷展現得淋漓盡致。

唐代傳奇為文言武俠小說創作樹立了典範。五代直至宋元，

「說話藝術」在民間廣為傳播，後來的白話武俠小說便在這種「話本」的啟迪之下誕生。

在題材上，宋代羅燁在《醉翁談錄・小說開闢》裡說「話本」有靈怪、煙粉，奇傳、公案，兼朴刀、杆棒、妖術、神仙。這些受到了後來的武俠小說作者的青睞。儘管題材不同，敘事的「關注點」卻不外乎愛情或公案，但為武俠小說的發展作出了突出貢獻。

宋元話本小說流行後，文言武俠創作漸趨衰落。明清時期，白話語言的公案、俠義故事最受中下層人民喜愛。這一時期，除一些作者寫作文言武俠小說承襲唐代傳奇餘韻，其創作主流，因章回體長篇小說的出現，改變了創作方式。

元明之際，時局動盪，社會混亂，下層百姓被迫鋌而走險，結成團隊進行武裝鬥爭，漸漸掌握了武技鬥爭，俠義之舉不再是個人的行為，代之以團體性的行動，文言小說中俠客的神秘色彩因此受到沖淡。《水滸傳》的出現，標誌著武俠小說從形式到內容，逐漸完善和發展起來。

清朝中後期，社會矛盾更加尖銳，小說根據現實狀況將底層人民意願中的俠客和理想中的清官結合起來，巧妙地展現了當時的世俗環境。從石玉昆的《三俠五義》開始，陸續出現眾多文人長篇武俠小說，如文康的《兒女英雄傳》等。這些小說的出現，奠定了武俠小說敘事的基本模式。

民國時期，武俠小說真正迎來了高潮。辛亥革命的爆發，使人們擺脫了封建的枷鎖，東西方思想開始交流碰撞，推動了報業、出版業的迅速發展，文學藝術走向繁榮，文藝作品的風格流派異彩紛呈，武俠小說因勢爆發，作為一種穩定而獨立的小說類型備受讀者歡迎。

20世紀30年代，「南向北趙」等一批武俠小說作家出現，開一代武俠小說創作風氣，出現了有「民國武俠小說開山鼻祖」之譽的平江不肖生（向愷然）、善於描繪風俗人情的趙煥亭，還有顧明道、姚民哀、文公直等作家。

20世紀30年代以後，武俠小說創作群體向北方轉移，「北派五大家」橫空出世，作品各具特色，還珠樓主的奇幻，白羽的社會，鄭證因的技擊、王度廬的言情、朱貞木的奇詭都深深地吸引著眾多讀者。

20世紀30年代時，左翼作家瞿秋白、沈雁冰、鄭振鐸等發表了近十篇文章，全盤否定武俠小說，嘲諷說：「濟貧自有飛仙劍，爾且安心做奴才」[2]，貶斥為「反動」的「封建小市民文藝」[3]。新中國成立後，由於沈雁冰、鄭振鐸二人分別擔任文化部的正、副部長，在文化界處於領導地位，終於導致在大陸全面禁止武俠小說的出版，影響長達三十年。

20世紀50年代後，武俠小說發展主要在海外的台港兩地，在

---

2. 瞿秋白，《吉訶德的時代》，見《瞿秋白文集（文學編第1卷）》，人民文學出版社，1985年。
3. 茅盾，《封建的小市民文藝》，載《東方雜誌》第30卷第3號，1933年2月1日出版。轉引自《茅盾選集》，人民文學出版社，1959年。

台港商品化、通俗化潮流中形成了「新派武俠小說」。這個時期名家輩出，梁羽生、金庸、古龍是期間的代表作家。

這一時期，談及如何定義武俠小說中的「俠」，梁羽生指出「舊武俠小說中的俠，多屬統治階級的鷹犬，新武俠小說中的俠，是為社會除害的英雄；俠，指的是正義的行為——符合大多數人的利益的行為就是俠的行為」。[4]金庸則高喊出：「為國為民，俠之大者。」[5]

此時的武俠小說不再侷限於門派糾紛、劍仙鬥法、鏢師仇怨與綠林爭鬥等較為狹隘的題材，開始注重描寫人物性格，並結合西方小說創作技巧，剔除了民國武俠小說中的鬼神色彩，「人體潛能」被嚴格限制。可惜囿於對商業需要的屈從，新派武俠小說多套路化的情節，有贅附之嫌，欠缺現實主義的深度。

香港的金庸將武俠小說推到了一個高峰。金庸歷史知識豐富，閱歷深厚，其對「俠義精神」的重新解讀、小說的敘事描寫，以及對人物性格的把握，受到讀者和論者的讚賞。

同一時期，除金庸、梁羽生外，香港從事武俠小說創作的還有張夢還、金鋒、牟松庭等人，然而由於主觀原因，他們大多難乎為繼，僅僅是遵循過去描寫的套路，謀生於江湖仇殺中，無法到達金庸的高度。

---

4. 馮立三，《與香港作家一夕談——中國作協第四次會員代表大會側記》，見《光明日報》1984年1月3日。
5. 金庸，《神鵰俠侶・後記》，香港明河社，1984年。

台灣武俠小說創作不同於香港，與金、梁同時期進行創作的有諸葛青雲、司馬翎、臥龍生等幾十位作家。據台灣學者葉洪生粗略統計結果顯示，武俠小說繁榮時期，不少於三百位台灣武俠作家靠創作維持生計，發表的武俠小說種類數以萬計[6]。有的將作品結集成書，從幾部至幾十部不等，其中諸葛青雲、司馬翎、臥龍生有台灣「三劍客」之稱。

20世紀70年代初期，古龍使台灣武俠小說真正走向了世界華人圈。古龍對武俠小說的涉獵始於20世紀60年代初期，曾為臥龍生、諸葛青雲等作家代筆。1964年，古龍的早期代表作《浣花洗劍錄》完成，給讀者帶來了耳目一新的感受，到1967年的《鐵血傳奇》，融武俠、文藝及現代心理分析於一體，巧妙採用西方推理小說的架構，古龍的武俠小說由此脫胎換骨，後來的《多情劍客無情劍》等作品陸續完成，傳統與現代的「矛盾統一」之美盡顯其中。

進入20世紀70年代後期，古龍的小說文體開始似詩、似散文，更廣泛使用電影分鏡、換景的手法來寫小說，以至於成為同輩名家及新進作者模仿的對象。

馬來西亞出生的後起新秀溫瑞安，於1973年創作《四大名捕會京師》，1981年又有《神州奇俠》和《血河車》等作品，可明顯看到古龍對其影響，後續又有作品《碎夢刀》、《殺楚》、《刀叢裡

---

6. 葉洪生，《台灣武俠創作的發展和流變》，見周清霖編《中國武俠小說名著大觀》，1996年。

的詩》等採用了「詩歌化」的語言文字，讀來韻味無窮。

20世紀80代初期，金庸、梁羽生先後封筆，古龍於1985年去世，台港武俠小說創作漸趨低潮，在「求新、求變、求突破」的心理下，溫瑞安於1986年極力推行「超新派武俠」(又稱「現代派武俠」)，在武俠小說中引入了大量主流文學的東西，以求通過「現代」的視覺效果吸引讀者。

20世紀90年代初期，香港黃易的武俠小說出現，引起普遍關注。黃易的首部武俠小說《大劍師》，明顯受日本科幻作家田中芳樹的影響。代表作《尋秦記》更成為穿越武俠小說的濫觴，後來的作品《大唐雙龍傳》，在網際網路的影響下廣為流傳。黃易的小說，受台灣司馬翎的影響甚大，小說的比武較技，首重氣勢，更在其中加入了時間、體力、精神狀態等現代分析元素，大大提高了武俠小說的觀賞性。

20世紀80年代，伴隨著改革開放的浪潮，在電影《少林寺》刺激下，大陸也開始有作者創作武俠題材小說，武術技擊是大部分小說的鬥爭手段，多描寫近現代的革命鬥爭。

1981年，湖北省曲藝協會的任清等人創辦了《今古傳奇》刊物，歐陽學忠的《武當山傳奇》、聶雲嵐從王度廬的《臥虎藏龍》改寫而來的《玉嬌龍》，造成這本刊物發行量大增。1982年，王占君完成《白衣俠女》，率先突破大陸地區武俠題材禁區。此外，這一時期的代表作品還有柳溪的《大盜「燕子」李三傳奇》、馮育楠的《津門大俠霍元甲》及馮驥才的《神鞭》等。

20 世紀 90 年代，大陸的作家開始對台港新派武俠小說進行群體模仿創作，但總體創作水準不高。

進入 21 世紀，伴隨著網路文學的興起，一些網路武俠寫手開始出現，大陸也出現了專門刊登武俠小說的刊物，武俠小說創作群體開始轉向大陸。1999 年《大俠與名探》在上海創刊，2001 年《今古傳奇・武俠版》在武漢創刊，2002 年《武俠故事》在鄭州創刊，這些雜誌都對武俠小說的發展起到了促進作用。「新新武俠」、「新世紀武俠」、「網路武俠」的名稱，在這一時期誕生。

2004 年，「大陸新武俠」的概念被學者提出，「大陸新武俠」具備了明確的智性氛圍和主體意識，代表作家鳳歌、滄月、小椴、江南、時未寒、小非、沈瓔瓔、王展飛、方白羽、燕壘生、慕容無言等人，為中國武俠小說的發展開拓出一方新天地。

第二節　武俠小說溯源

一、俠的起源

俠的起源，是個頗有爭議的話題。先秦的韓非子雖力棄儒、俠，但並未提到它的起源。為遊俠作傳的司馬遷，由於古代遊俠的「湮滅不見」也曾「甚恨之」。近代以來，隨著社會時局的變遷和武俠小說的發展，這個話題受到越來越多的學者關注，因為對史籍的闡釋角度不同，他們各自的理解也不同，由此引發了爭議。

綜合各家之觀點概括起來，關於「俠」的起源大致有三種：

第一種觀點認為，俠起源於士，而士的初始形態皆為武士。歷史學家顧頡剛說：「吾國古代之士，皆武士也。士為低級之貴族，居於國中（即都城中），有統馭平民之權利，亦有執干戈以衛社稷之義務，故謂之『國士』以示其地位之高」，到了孔子時期，「士皆有勇，國有戎事則奮身而起，不避危難，文、武人才初未嘗界而為二也」的觀點仍然存在。孔子去世後，其弟子門人代代傳承，「漸傾向於內心之修養而不以習武事為急」。此類知識份子注重內心修養、企圖通過學問和技能來求仕，他們同樣被稱為「士」，只是「其事在口舌，與昔人異，於是武士乃蛻化而為文士」。戰國時期，因為攻伐頻繁，尚武之風盛行，武士和文士區別開來，自成一個集團。「以兩集團之對立而有新名詞出焉：文者謂之『儒』，武者謂之『俠』，儒重名譽，俠重義氣。古代文、武並包之士至是而分歧為二。」[7]

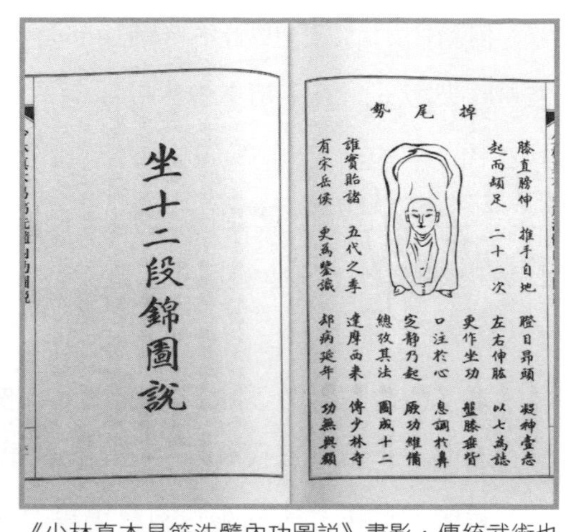

坐十二段錦圖說

掉尾勢

膝直膀伸 推手自地
起而頓足 二十一次
誰實貽諸 五代之季
有宋岳侯 更為鑒識

瞪目昂頭 凝神壹志
左右伸肱 以七為誌
更作坐功 盤膝垂背
口注於心 息調於鼻
定靜乃起 厥功維備
總攷其法 圖成十二
達摩西來 傳少林寺
却病延年 功無與類

《少林真本易筋洗髓內功圖說》書影，傳統武術也是武俠小說創作的基礎之一

7. 顧頡剛，《武士與文士之蛻化》，見《人間山河：顧頡剛隨筆》，北京大學出版社，2009年。

何新由訓詁的角度著手，結論亦有相似之處。他說「俠字應該來源於夾字。而夾字初文像人肋下有衣甲之形」，「夾實際就是衣甲之甲的本字」。

俠士這一名詞，語源由「甲士」而來，所謂武士，即為帶甲之士，「所謂遊俠，其本義應相當於今語中所謂『散兵游勇』——即不入編於行伍而具有自由身分的武士」。[8]

第二種觀點認為，除了武士階層，俠還有其他來源，包括失業的流民，也就是農民和手工業者。馮友蘭指出：「在周代，天子、諸侯、封建主都有他們的軍事專家。當時軍隊的骨幹，由世襲的武士組成，隨著周代後期封建制度的解體，這些武士專家喪失了爵位，流散各地，誰僱傭他們就為誰服務，以此為生。這種人被稱為『遊俠』」。他還表示，「原業農工之下層失業之流民，多成為俠士」。[9]

由此看出，馮友蘭認為俠不僅來源於沒有職業、崗位的武士，也來源於失業的下層民眾，換言之，如果把武士也視作廣義的「士」群體中的一部分，俠的來源並非盡出於士，也包含有庶民。以上兩種觀點，均把俠視為一個實在的群體，他們「尤多舊來武士階級破落下來的成分，這些仍帶有好勇鬥狠、野心向上、組織活動及首領的能力。」[10]

---

8. 何新，《俠與武俠文學源流研究》，見《文藝爭鳴》，1988 年第 2 期。
9. 馮友蘭，《中國哲學史補》商務印書館，1936 年。
10. 陶希聖，《辯士與遊俠》台灣商務印書館，1971 年。

第三種觀點認為，俠並非獨特的社會團體抑或有組織的結構形態，他們的不同之處僅僅在於其俠客氣質。劉若愚說：「遊俠為人大多是氣質問題，而不是社會出身使然。遊俠是一種習性，不是一種職業。」「最好不要把遊俠看成一種社會階級或職業集團，他們是具有強烈個性、為了某些信念而實施某些行為的一群人。」[11]

上述關於俠客起源的論述，大都從「俠本源」這一概念入手，試圖從歷史文獻的相關記載找出俠客的原始形態，從而確定其含義、特徵的演化軌跡。

成書於戰國晚期的《韓非子》，是現存最早有關俠的論述文獻，這一時期俠的概念、形象以及精神特質已經確立。論者多把眼光投向春秋戰國時期的歷史著作和諸子著作，以期發掘出具有後世俠客品行或與之相類似的言行事蹟，推想早期俠客的精神風貌。

先秦兩漢時期俠客異常活躍，俠客以遊俠為名。戰國到西漢前期，遊俠數量極多，活躍在社會上，產生了巨大影響，他們與政權基本上能夠和平共處，相安無事。俠客們以善義之舉獲得美名，甚至為人民所稱頌和謳歌。

明末大思想家王夫之談到秦漢的歷史時，曾對秦漢遊俠的興盛原因作出分析，他認為：「上不能養民，而遊俠養之也。民乍失

---

11. 劉若愚，《中國之俠》，上海三聯書店，1991年。

侯王之主而無歸，富而豪者起而邀之，而俠遂橫於天下。」[12]

鄭樵的《通志二十略・樂略》裡，記載有《遊俠二十一曲》——《遊俠篇》、《俠客行》、《劍客》、《壯士吟》、《博王宮俠曲》、《扶風豪士歌》等漢樂府舊題，秦漢時期俠風之盛可見一斑。

據班固記載，儘管西漢文帝、景帝之後屢次興獄，遊俠之徒遭到誅殺，然而直至王莽篡位、西漢覆亡，仍有一批影響力巨大的遊俠。[13]

從《韓非子》、《史記》和《漢書》等史書記載中可以看到，彼時俠客確實盛極一時。這些作者與俠客生活在同一時代，其感受和體驗是真切而實際的，所述之辭也並非道聽塗說，因此能夠較為客觀地展現出歷史上俠客的真實面目。

當然，歷史上真實又有明確記述的遊俠，與今天文學作品中謳歌的俠客和人們印象中的俠客，有著多方面的差異。這些差異，有的在今天看來已經與俠客的身分同道德操守相去甚遠。主要表現在以下幾個方面：

首先，先秦時期的俠客與政權沒有尖銳的矛盾衝突，遊俠的存在得到君主的允許，君主以禮待之，更有甚者將俠供為身邊的武裝警衛。「廢敬上畏法之民而養遊俠私劍之屬」[14]。王公貴族受到君

12. 王夫之，《讀通鑑論》卷三，中華書局，1975 年。
13. 班固，《遊俠傳》：「自哀、平間，郡國處處有豪桀，然莫足數。」見《漢書》，中華書局，2007 年。
14. 韓非，《韓非子・五蠹》，山西古籍出版社，1999 年。

王的影響，因而「聚帶劍之客，養必死之士，以彰其盛」的大臣不在少數[15]。在韓非看來，遊俠「私劍」，受人主厚賞而無攻城野戰之能，對於法律的施行以及民心士氣的穩定極為不利，因而力諫君主將遊俠之徒摒斥，「無私劍之捍，以斬首為勇」。[16]

值得一提的是，遊俠並不完全等同於「私劍」，一些由於生活潦倒、渴求功名的遊俠投身權貴，向依靠武力成為主人保鏢的「私劍」轉變。主要職責是護主周全，同時兼任刺客和殺手，充當消除政治異己的工具。對此，韓非提出：法術之士「其可以罪過誣者，以公法而誅之；其不可被以罪過者，以私劍而窮之，是明法術而逆主上者，不僇於吏誅，必死於私劍矣。」[17]

這些遊俠的身分其實發生了變化，「俠」的成分減少，而「吏」的成分增多，嚴格意義上已經不是遊俠。

真正的遊俠不受權勢富貴所誘，不捲入世俗的政治紛爭，只「聚徒屬，立節操，以顯其名，而犯五官之禁」[18]。

但正因為他們遠離政治，也就遠離了戰國亂世的時代主題。司馬遷在《史記》裡為遊俠、刺客各立一傳，如此區分，恰表明遊俠應該具有民間化、非政治化、充當社會力量的本色。

其次，遊俠並不是後世人們心目中理想人格與完美的化身。

---

15. 韓非，《韓非子・八奸》，山西古籍出版社，1999 年。
16. 韓非，《韓非子・五蠹》，山西古籍出版社，1999 年。
17. 韓非，《韓非子・孤憤》，山西古籍出版社，1999 年。
18. 韓非，《韓非子・五蠹》，山西古籍出版社，1999 年。

戰國時代的遊俠事蹟，今天已經看不到具體的描述，就《史記》、《漢書》所記遊俠的行為來看，當時「遊俠」秉承的「俠義精神」，與同時期的老、莊或者儒、墨，有著極大不同，被這些學術思想所排斥。

儒家基本反對以武行俠的行為，在他們看來，君子當「尚文行禮」，只有小人才會尚武任俠。

道家學說宣揚「絕聖去智」以使民不爭，《莊子》更是明確將「天子劍」、「諸侯劍」、「庶人劍」三端作為武力競爭的界定：「庶人之劍，蓬頭突鬢垂冠，曼胡之纓，後短之衣，瞋目而語難。相擊於前，上斬頸領，下決肝肺，此庶人之劍，無異於鬥雞。一旦命已絕矣，無所用於國事。」由此可以看出，莊子並不贊成個人武力，認為無益於國，不過憤逞私意罷了。

法家力排遊俠，不允許其介入政治生活，認為遊俠導致社會動盪、法律廢弛。韓非認為：

行劍攻殺，暴憿之民也，而尊之曰廉勇之士；活賊匿奸，當死之民也，而世尊之曰任譽之士……此六民者，世之所譽也。赴險殉誠，死節之民，而世少之曰失計之民也。[19]

韓非提出君主治國應首重利、威、名三條，此三條不修，必

19. 韓非，《韓非子・六反》，山西古籍出版社，1999年。

使國家衰敗，而利毀、威墮、名亂的直接原因便是「儒以文亂法，俠以武犯禁，而人主兼禮之」，因此極力主張驅逐儒俠帶劍之流。[20]

即使與遊俠行為最為接近的墨家其實也反對遊俠的存在。墨家成員儘管來自民間為主，主張「摩頂放踵以利天下」，注重先王仁義，推崇「任為身心之所惡以成人之所急」[21]，但根據《墨子》書中記載，可以看出墨家對天下大事的干預更強調組織性、計劃性，他們希望平息干戈，停止紛爭，並不完全認同遊俠所謂的俠義行為。

因此在馮友蘭看來，墨家與遊俠區別於兩點：「第一點，普通的遊俠只要得到酬謝，或受到封建主的恩惠，那就不論什麼仗都打；墨子及其門徒則不然，他們強烈反對侵略戰爭，所以他們只願意參加嚴格限於自衛的戰爭。第二點，普通的遊俠只限於信守職業道德的條規，無所發揮；可是墨子卻詳細闡明了這種職業道德，論證它是合理的、正當的。這樣，墨子的社會背景雖然是俠，卻同時成為一個新學派的創建人。」[22]

漢代獨尊儒術，遊俠這個群體，受到了理論、實踐的雙重打擊，西漢覆亡之時，史籍上終於響起俠的輓歌。

民國時期的湯增璧稱：「俠之不作，皆儒之為梗」，此中不無

---

20. 韓非，《韓非子・五蠹》，山西古籍出版社，1999 年。
21. 墨翟，見《墨子・墨經上》，山西古籍出版社，2004 年。
22. 馮友蘭，《中國哲學簡史》，商務印書館，1936 年。

道理。[23] 遊俠不能與四家同途的核心因素，就在於其脫離了政治立場。

春秋戰國時期，王室積弱衰微，諸侯問鼎爭霸，兼併之戰接連不斷。分封制遭到公然廢棄，社會混亂不堪。不同行業階層的知識份子紛紛著書立說，發表自己對時局的理解和看法，提出重建社會秩序的準則和途徑，諸子百家爭鳴的局面由此形成。

由此可見，民族戰爭始終是當時的時代主題，富國強兵才是和平建設主張的基礎，故在百家學說裡，提倡仁義道德的儒家也好，主張嚴刑苛法的法家也好，無不是為國家政權獻計獻策、發言立論，他們都希望國家富強、百姓安居樂業，繼而實現結束割據的宏偉願景。

墨子出身民間，對一切不義之戰持反對態度，而且主動幫助支援那些弱小的、受到侵略禦侮的城邦，實際上他也藐視個人作用，積極投身於時代的洪流，提出技術的重要性大於個人武力的有效性。道家重個人修養，輕視對社會事物的參與，但《老子》一書仍然有治國理政的言論；莊子勸說趙王抓大放小的三劍之說，也不離政治主題。

相比之下，遊俠的行為與現實顯現出巨大的反差。「遊，無官司者」[24]。遊俠是不擔任國家官職、即不具有政治身分的平民。他們

---

23. 湯增壁，《崇俠篇》，見張枬、王忍之，《辛亥革命前十年間時論選集》，生活・讀書・新知三聯書店，1960 年 4 月。
24.《周禮注疏・地官師氏》，鄭玄注，上海古籍出版社，2010 年。

從個人而非國家的立場上關心扶助遇到危難的人，「生於武毅，不撓久要，不忘平生之言，見危受命，以救時難而濟同類」[25]。同時，他們又不求顯達，不居高位，保持民間本色。「既已存亡死生矣，而不矜其能，羞伐其德」[26]，遊俠的道德自律甚嚴，在戰亂頻仍、民不聊生的戰國時代，無疑為世人樹立了良好的道德樣板。

從後世的記述來看，無論是贊成或反對遊俠者，都對此給予了極高的評價。司馬遷稱「其言必信，行必果，已諾必誠，不愛其軀，赴士之厄困」；[27]班固也認為，「觀其溫良泛愛，振窮周急，謙退不伐，亦皆有絕異之姿。」[28]

「義」是對遊俠的這些道德操守的統稱，也就是今天所說的「俠義」。劉若愚認為，俠義可以歸納為八個方面，即「助人為樂、公正、自由、忠於知己、勇敢、誠實且足以信賴、愛惜名譽、慷慨輕財」。[29]

劉若愚特別指出，「『義』的通常解釋是『正義』，但是當用在遊俠身上時，卻不完全是『正義』的意思，更接近於『助人為樂』。正如馮友蘭指出的，遊俠所理解的『義』比其社會的道德所規定為高；換句話說，其行為是超道德的。」[30]

---

25. 荀悅，《兩漢紀》，中華書局，2002 年。
26. 司馬遷，《史記・遊俠列傳》，中華書局，2009 年。
27. 司馬遷，《史記・遊俠列傳》，中華書局，2009 年。
28. 班固，《漢書・遊俠傳》，中華書局，2007 年。
29. 劉若愚，《中國之俠》，上海三聯書店，1991 年。
30. 劉若愚，《中國之俠》，上海三聯書店，1991 年。

遊俠在保持自身身分與人格獨立的前提下，「振窮周急」，「赴士之困」，類似於墨家宣導的無等差的「兼愛」思想，不同於儒家有等差的「仁愛」主張。

李德裕既肯定了俠具有「蓋非常人也，雖然以諾許人，必以節義為本。義非俠不立，俠非義不成」的一面；又指出他們尚武任俠「所與者邪，所害者義」的一面，[31] 俠客之義、儒法之義的差別由此可見。

班固則對遊俠私交徒屬、肆意殺伐的行為有深刻的認識，看到了他們這類舉動對國家政權的危害，稱其「背公死黨之議成，守職奉上之義廢」，[32] 充分體現遊俠非政治化的民間立場。

二、史籍中的「遊俠」

西漢時期，「儒」逐漸成為統治者實行專制獨裁的工具，從而取得了一家獨尊的地位，而「俠」則因為不循常理，不遵常規，乃至違背禮教和法律，為統治者和處於上層的儒生們所不容，成為統治者彈壓的對象。

在當時這種尊儒輕俠的情況下，身為漢朝上層官員的司馬遷為什麼要為遊俠立傳呢？司馬遷如此解釋：「救人於厄，振人不贍，仁者有乎；不既信，不倍言，義者有取焉，作《遊俠列傳》第

---

31. 李德裕，《豪俠論》，見《會昌一品集・外集》卷二，商務印書館，1936 年。
32. 班固，《漢書・遊俠傳》，中華書局，2007 年。

六十四」。[33]

《水滸葉子・柴進》柴進人物形象來自於卿相之俠

司馬遷認為，遊俠同時具備了「仁」和「義」，這是為其立傳的根本出發點。正文中，司馬遷對遊俠的仁義作了進一步闡釋，他說：「今遊俠，其行雖不軌於正義，然其言必信，其行必果，已諾必誠，不愛其軀，赴士之厄困，既已存亡死生矣，而不矜其能，羞伐其德，蓋亦有足多者焉」。[34]

司馬遷也認識到遊俠的行為有違於禮制法度，但與韓非不同的是，他更多地看到了遊俠與眾不同的精神品質。

民國時期李景星說：「遊俠一道，可以濟王法之窮，可以去人心之憾。天地間既有此一種奇人，而太史公即不能不創此一種奇傳，故傳遊俠者，是史公之特識，非獎亂也」。[35]

同時，司馬遷還看到：

---

33. 司馬遷，《史記・太史公自序》，中華書局，2009 年。
34. 司馬遷，《史記・遊俠列傳》，中華書局，2009 年。
35. 李景星，《四史評議》，岳麓書社，1986 年。

且緩急，人之所時有也，太史公曰：昔者虞舜窘於井廩，伊尹負於鼎俎，傅說匿於傅險，呂尚困於棘津，夷吾桎梏；百里飯牛，仲尼畏匡，菜色陳、蔡，此皆學士所謂有道仁人也，猶然遭此菑，況以中材而涉亂世之末流乎？其遇害何可勝道哉！[36]

可見，不管是才智卓絕的聖人還是平庸的百姓，都會面臨困厄，而後者更甚。當尋常百姓身遭大難的時候，高頌仁義的王侯儒生們不會把他們的「仁義」施加到這些人身上，而俠客卻不惜以犧牲自己的生命為代價去急人所急，救人於厄，實行真正的仁義，相比之下，俠難道不值得稱頌嗎？

所以陳仁子說：「夫遊者行也，俠者持也，輕生高氣，排難解紛，較諸古者道德之士，不動聲色，消天下之大變者，相去固萬萬，而君子諒之，亦曰其所遭者然耳律其所為，雖未必盡合於義，然使當時而無斯人，則袖手於焚溺之中者滔滔皆是，亦何薄哉？斯固亦孔子所謂殺身成仁者也。」[37]

載入《遊俠列傳》中的俠不是很多，《遊俠列傳》寫的其實是一群俠，有些知名，有些不知名，他們都是俠的一部分。他們身上都體現出了一種「義」。這種「義」不同於儒家之「義」。儒家

---

36. 司馬遷，《史記・遊俠列傳》，中華書局，2009 年。
37. 凌稚隆輯校，《史記評林》引陳仁子曰，天津古籍出版社，1998 年。

所提倡的「義」是建立在以「禮」為核心的封建倫理道德規範上：「有行之謂有義；有義之謂勇敢，故所貴於勇敢者，貴其能以立義也；所貴於立義者，貴其有行也；所貴於有行者，貴其行禮也」。[38]

俠所提倡的「義」突破了倫理道德規範乃至法律的界限，具有個性化的色彩，詮釋了其堅持的「俠義」。

《遊俠列傳》為後世的「俠義精神」提供了方向，它既包含了俠的精神，也包含了義的取捨，內涵豐富，體現在多個方面：

其一，人格獨立，不附權勢。

《遊俠列傳》中的俠各有特色，可是他們都有獨立的人格，個性鮮明，不受環境和其他主流思想的干擾，這既體現在思想上，又體現在行動中。他們行俠的目的很單純，不為權，也不為利，只是默默地履行為俠者的職責。

《遊俠列傳》記載的首位大俠是朱家，魯人，與漢高祖劉邦同時代。魯地是孔子的故鄉，儒學的發源地，故「魯人皆以儒教」，但也有特例，「而朱家用俠聞」，可見俠者人格、思想的獨立。朱家一生仗義行俠，幫助過很多人，他幫助別人有一個重要原則，就是「先從貧賤始」。權勢富貴對他來說並不重要，他只是在做自己認為正確而有意義的事情。

朱家的行為得到世人的尊重，成為當時俠的楷模，產生了較大的影響。俠客田仲就曾「父事朱家」，還常常把自己的行為同朱

38.《聘義》，見《禮記》，上海古籍出版社，1990 年。

家做比較，「自以為行弗及」。

田仲之後，又出現了一位俠，就是劇孟，他出生於東周的都城洛陽，是個灑脫不羈的傳奇人物，史書載「劇孟行大類朱家」，時洛陽人「以商賈為資，而劇孟以任俠顯諸侯」。俠的個性體現無遺。他對權勢、富貴並不看重，「吳楚反時，條侯為太尉，乘傳車將至河南，得劇孟，喜曰：『吳楚舉大事而不求孟，吾知其無能為已矣』。天下騷動，宰相得之若得一敵國云」。這樣一個名動天下的人物，卻不依附於可以給他榮華富貴的任何政治力量，潔身自好，任氣行俠，實為不易。

其二，重諾守信，千里誦義。

「俠義精神」的一個重要體現就是言必信，行必果，遵守承諾，即要忠人之事，為此他們願付出任何代價，甚至不惜犧牲自己的生命。

《遊俠列傳》中有這樣一個人物，名為籍少公，郭解殺人後逃至臨晉，「臨晉籍少公素不知解，解冒，因求出關。籍少公已出解，解轉入太原，所過輒告主人家。吏逐之，跡至籍少公。少公自殺，口絕」。面對素不相識的郭解，籍少公完全可以像其他人一樣，把郭解的行蹤告訴官吏，可是在俠客看來，既然救了人，就對所救之人有了承諾，有了責任和使命，不管付出任何代價也要堅守這個秘密。

其三，救人於厄，振人不贍。

俠的身上具有一個可貴的品質，就是在別人面臨困厄的時候，會毫不猶豫地施以援手，但有一個原則就是施恩不圖報，這也是「俠義精神」另一個重要體現。之前提到的朱家便是如此。

秦朝末年，烽煙四起，戰亂頻繁，百姓流離。漢朝初建，劉邦又開始掃蕩政敵，處理功臣，即便是顯赫一時的名門望族，也惶惶不可終日，而一介布衣的朱家卻「藏活豪士以百數，其餘庸人不可勝言」「然終不伐其能，歆其德，諸所嘗施，唯恐見之」。

將軍季布因在楚漢之爭中助項羽「數窘漢王」，所以在項羽兵敗後，高祖劉邦「購求布千金，敢有舍匿，罪及三族」，在這種情況下，朱家冒著滅族的危險將季布藏在自己的家中，後來他又勸說汝陰侯夏侯嬰向高祖進言，最終赦免了季布。這對季布來說是恩同再造，然而朱家「既陰脫季布將軍之阸，及布尊貴，終身不見也」。

郭解為人也一樣，「既已振人之命，不矜其功」，「洛陽人有相仇者，邑中賢豪居間者以十數，終不聽客乃見郭解。解夜見仇家，仇家曲聽解。解乃謂仇家曰：『吾聞洛陽諸公在此間，多不聽者，今子幸而聽解，解奈何乃從他縣奪人邑中賢大夫權乎！』乃夜去，不使人知，曰：『且無用，待我去，令洛陽豪居其間，乃聽之』」。

其四，輕財好義，快意恩仇。

司馬遷筆下的遊俠都比較清貧，朱家「家無餘財，衣不完采，食不重味，乘不過軥牛」。劇孟死後人們才發現他「家無餘十金之財」，郭解雖以富豪的名義被遷往茂陵，可實際情況是「解家貧，不中訾，吏恐，不敢不徙」。以他們的地位和聲望，不能富甲一方，也應該是家資豐饒，卻為何如此拮据呢？他們不富裕的原因其實很簡單，作為俠，他們看重的並非錢財和自身的利益，錢財只是用來救助別人的，是用來行俠仗義的，這些東西遠不如他們終生信仰的「俠義」重要。

俠客，區別於其他社會群體的另一個特徵，就是他們的行為有時會超越國家的制度和法律，他們往往率性而為，恩仇必報，因而被統治者視為社會的不穩定因素，不遺餘力地進行打擊。

以郭解為代表的一批遊俠就是如此。這些人無所畏懼，快意恩仇，把行俠作為一種終生的理想。史書中說郭解「少時陰賊，慨不快意，身所殺甚眾」，年長以後儘管有所收斂，仍「自喜為俠益甚」，郭解的行為影響了一批人，皆願為其效死命，「少年慕其行，亦輒為報仇，不使知也」。郭解被捕後，「軹有儒生侍使者坐，客譽郭解，生曰：『郭解專以奸犯公法，何謂賢！』解客聞，殺此生，斷其舌，吏以此責解，解實不知殺者，殺者亦竟絕，莫知為誰」。

雖然此人手段過於殘忍，但也可以看出，俠客們對「俠義精神」有著自己的理解，儘管這種理解有些偏激，但他們卻堅信不疑，所以只有俠才能做到真正意義上的快意恩仇。

《史記》裡的「遊俠」，專指漢代郭解、朱家等「布衣之俠」或「閭巷之俠」，但根據前人對「遊俠」的認知，以及對於後世的影響，從廣義的角度來看，史書裡的俠，還應包括「刺客之俠」「卿相之俠」。[39]

韓非子《五蠹》中提到的「而群俠以私劍養」，「私劍」意指刺客。然而有的「俠」能成為「刺客」，「刺客」卻不一定能算作「俠」。

史上有五位刺客被列入《史記・刺客列傳》中，分別為曹沫、專諸、豫讓、聶政和荊軻，他們之中只有專諸、聶政兩人稱得上為「俠」，迥異於韓非提到的「私劍」。

許慎在《說文解字》中對「俠」解釋：「俠，俜也」，「俜，使也」，「使，伶也」。《辭海》對「伶」的解釋是「使，使喚的人」。可以看出，「俠」從人，它的本義是「受支使的人」。為人所用者靠的是超長的技能，憑藉智謀為人效能的叫「遊士」，憑藉武力為人效能的則叫「遊俠」。是以司馬遷分別為遊俠和刺客作傳。

豫讓、荊軻的武技都很平庸，只能勉強算作刺客。為了替智伯報仇，豫讓「變名姓為刑人，入宮塗廁」，並且「漆身為厲，吞炭為啞，使形狀不可知，行乞於市」，煞費苦心，結果卻只是自己折磨自己，復仇以失敗自殺告終。再看荊軻，他不僅有「許夫人匕首」「樊於期頭」「燕督亢地圖」，還有「秦陽為副」，可謂準備充分，終不過「惜哉劍術疏，奇功遂不成」。[40]

39.「刺客」是否為俠，學者意見不一。錢穆在《中國學術思想史論集》(二)「釋俠」中持否定意見，梁啟超《中國之武士道》、崔奉源《中國古代短篇俠義小說研究》持肯定意見。本文中傾向後者。「卿相」為俠，如季札、戰國四公子之流。他們廣養門客，雖然有政治身分，但其為國解難，更多是得到民間的認同感，因此也可稱「俠」字。

40. 司馬遷，《史記・刺客列傳》，中華書局，2009 年。

透過豫讓、荊軻兩人的經歷，可知二人並非遊俠，而只是遊士。豫讓的才學常受到朋友們的稱讚，荊軻更是「為人沉深好書」，有過「以術說衛元君」的經歷。

再看曹沫，其為魯莊公手下大將，以武將做刺客，亦非遊俠。俠存身於市井，遊離於政治之外。

刺客之俠除了要有膽氣，且要有超群的武技。比如聶政，他「杖劍至韓，韓相俠累方坐府上，持兵戟而衛侍者甚眾，政直入，上階刺殺俠累，左右大亂。」[41] 再如專諸和朱亥，無不是技勝一籌、勇擊強敵的高手。

當然，刺客的遊俠身分不能僅靠武技高超來確定。比如「死士」一類的刺客，他們雖然武技高超，但不過是被主人豢養的戰爭武器、殺人用具而已，其一舉一動甚至是都受到主人的操縱。據《史記》所載，「死士」的行事法則：「十九年夏，吳伐越……越使死士挑戰，三行造吳軍，呼，自剄。吳師觀之，越因伐吳，敗之姑蘇。」[42]

由此可見，「死士」之事功是靠自殘的方式換取而來的，與其說他們是有思想的「人」，不如說是有用的「物」。刺客之俠則不然，他們具有獨立的人格，根據自己的意願選擇是否行刺。比如專諸、聶政和朱亥，他們行刺是受「俠義」所激，有獨立的思想，

---

41. 司馬遷，《史記・刺客列傳》，中華書局，2009 年。
42. 司馬遷，《史記・吳太伯世家》，中華書局，2009 年。

所以可以稱之為俠。

吳國公子光（即吳王闔閭）欲刺殺吳王僚，邀請專諸幫忙，專諸沒有是非不分地按照公子光的命令執行，他再三詢問公子光後才選擇刺殺吳王僚：

專諸問：「前王餘昧卒，僚立自其分也。公子因而欲害之乎？」

公子光答曰：「前君壽夢有子四人：長曰諸樊，則光之父也；次曰餘祭；次曰餘昧；次曰季札。札之賢也，將卒，傳付適長，以及季札。念季札為使亡在諸侯未還，餘昧卒，國空，有立者適長也，適長之後，即光之身也。今僚何以當代立乎？吾力弱無助，於掌事之間，非用有力徒能安吾志。吾雖代立，季子東還，不吾廢也。」

專諸復問：「何不使近臣從容言於王側，陳前王之命，以諷其意，令知國之所歸。何須私備劍士，以捐先王之德？」公子光又答：「僚素貪而恃力，知進之利，不睹退讓。吾故求同憂之士，欲與之並力。惟夫子詮斯義也。」[43]

專諸認為，先任君主餘昧死後，其位理應由他的兒子僚繼承，公子光欲刺殺僚以奪王位是為不義。若沒有合理的緣由，他

43. 趙曄，《吳越春秋》，岳麓書社，1998年。

決不會行此不義之舉。

專諸儘管只是一個地位低下的門客，公子光卻沒有因此而強迫他，他把自己必須這樣做的理由一一向專諸解釋。專諸試圖勸解公子光用緩和的方式解決與吳王僚之間的矛盾，透漏出不希望使用暴力的願望。接著，公子光進一步向專諸解釋為什麼選擇刺殺的手段，期待專諸幫助的渴求溢於言表。此外，專諸在對話裡沒有使用賤稱，公子光也以「夫子」、「同憂之士」稱呼專諸，表明權臣與俠客之間的擁有基本平等的地位，俠客的人格精神是獨立的。這樣的例子不一而足，在孟嘗君門下客居的馮諼多次抱怨生活待遇太糟糕，甚至將孟嘗君的債券私自焚燒。面對信陵君的招攬，侯嬴、朱亥設法考驗他。這些都是他們具有獨立人格的體現，他們作為社會個體無時無刻不保持著精神的自由。

刺客之俠有必要的幾個特徵，其一，具備高超的武技。遊俠的立身之本在於武技高超。其二，出身下層，渴求聲名。「市井鼓刀屠者」出身的聶政、朱亥，他們作為刺客之俠同樣想要證實自己的價值，就算付出生命的代價也要聲名遠播。聶政刺殺俠累，於是「皮面決眼，自屠出腸」，看似不懼身名全滅，然而他也有自己的隱曲，正如他的姐姐聶榮所說：「……今乃以妾尚在之故，重自刑以絕從，妾其奈何畏歿身之誅，終滅賢弟之名！」其三，蔑視成法，士為知己者死。遊俠以武犯禁，率性而為，卻對做人自有見解，道德操守很強。

刺客之俠注重孝義。為了報仇，嚴仲子請聶政幫忙，聶政推辭：「老母在，政身未敢以許人。」他注重節操，對嚴仲子所贈百金謝而不取。朱亥對信陵之禮遇處之淡然。俠既不貪財，也不屈己，他們堅持獨立的人格，與王公卿相平等而行。

遊俠知恩必報，不惜為知己而死。信陵君請求朱亥共同赴險，「朱亥笑曰：『臣乃市井鼓刀屠者，而公子親數存之，所以不報謝者，以為小禮無所用。今公子有急，此乃臣效命之秋也。』遂與公子俱。」[44]

遊俠一心希望自身價值受到他人肯定，不惜為此犧牲生命，令人起敬。而刺客之俠看重私義，往往針對個人開展行動，在義氣之中難免會喪失個人判斷力。

《史記》裡沒有「卿相之俠」的明確提法，卻對照「布衣之俠、閭巷之俠、匹夫之俠」列出了「延陵、孟嘗、春申、平原、信陵」等人。按司馬遷的標準，「近世延陵、孟嘗、春申、平原、信陵之徒，皆因王者親屬，藉於有土卿相之富厚，招天下賢者，顯名諸侯，不可謂不賢者矣，比如順風而呼，聲非加疾，其勢激也」。[45]

《漢書》作者班固提出：「由是列國公子，魏有信陵，趙有平原，齊有孟嘗，楚有春申，皆藉王公之勢，競為遊俠」。[46]班固和司馬遷由於思想上的差異，對於遊俠的標準並不相同，但從遊俠在歷史上的認知來看，雖然「卿相」擁有政治地位，但基本屬於政治

44. 司馬遷，《史記・魏公子列傳》，中華書局，2009年。
45. 司馬遷，《史記・遊俠列傳》，中華書局，2009年。
46. 班固，《漢書・遊俠傳》，中華書局，2007年。

之外的邊緣人物，也可列作俠的一個類型。

卿相之俠源於諸侯兼併的年代，隨著兼併戰爭愈演愈烈，卿相之俠便以智謀和武力因勢而起。為了輔佐國家並鞏固個人地位，卿相之俠通過交遊拉攏人才，恩義並施以使名聲顯赫。「帶劍者」不再是卿相之俠的主要特徵，代之以「廣交遊、重辭讓、明取與、信然諾」。

卿相之俠和布衣之俠有較大差別。

首先，兩者的社會地位不同。布衣之俠安身於閭巷之間，不積餘財，不求名利。卿相之俠則「皆因王者親屬，藉於有土卿相之富厚，招天下賢者，顯名諸侯」。

其次，卿相之俠較之布衣之俠更為「任氣」。朱家「不伐其能、歆其德。諸所嘗施，唯恐見之。振人不贍，先從貧賤始。家無餘財，衣不完采，食不重味，乘不過軥牛」，再看朱解前往官府，「執恭敬，不敢乘車入其縣廷」，儼然中規中矩的良民，失了幾分俠客縱橫天下的氣度。這種現象是時勢造成的，漢朝建立之初，嚴行法禁，布衣之俠要想獲得生存空間，就必須與官府和平共處。

再者，布衣之俠恪守「義」的準則，即使面對私仇也是如此。例如，有人殺了郭解的外甥，郭解並沒有一心為外甥辯護，而是在查清事情原委後秉公處理，他發現是外甥惹是生非引發事端，便將殺人者釋放了。然而打著「高義」旗幟的卿相之俠，「孟嘗君過趙，趙平原君客之」：

> 趙之聞孟嘗君賢，出觀之，皆笑曰：「始以薛公為魁然也，今視之，乃眇小丈夫耳。」孟嘗君聞之，怒。客與俱者下，擊殺數百人，遂滅一縣以去。[47]

孟嘗君在一己私怒面前拋棄了「公義」。保護弱者、維護公義，卿相之俠遠遜於布衣之俠。

卿相之俠依靠自己的財富使士人歸心，可稱「賢者」，他們也會救人於厄，可是這些事對他們來說只是舉手之勞，而且他們往往是有求於人或希望將對方收歸己用才去做，功利性太強，不可稱之為真正的俠。「至如朋黨宗強比周，設財役貧，豪暴侵凌孤弱，恣欲自快，遊俠亦醜之」，這類人連「賢者」都稱不上，只是為惡一方、欺凌弱小的豪強惡霸，更沒資格與遊俠相提並論。

然而，卿相之俠的生存方式、生活狀態、舉止行為，影響到了後世武俠小說中武林大豪形象的塑造。無論是明清時期武俠小說《三俠五義》中「五鼠」、「丁氏雙俠」，還是新派武俠小說中常常出現的某某山莊莊主形象，都與卿相之俠有著千絲萬縷的聯繫。

事實上，今日中國人所認同的俠，主要是具有平民意味的「匹夫之俠」和「閭巷之俠」，他們弘揚「俠義精神」，「設取予然諾，千里誦義，為死不顧世」，「功見言信」，「修行砥名，聲施於天

---

47. 司馬遷，《史記・孟嘗君傳》，中華書局，2009 年。

下」[48]，如「朱家、田仲、王公、劇孟、郭解之徒，雖時扞當世之文罔，然其私義廉絜退讓，有足稱者。名不虛立，士不虛附」[49] 方可稱為真正的俠，因為只有他們才堅持「俠義精神」，因此陳山這樣說：「俠義精神是中國平民獨有的倫理觀念和道德準則」。[50]

史籍中關於遊俠的記載，為武俠小說中的俠客行為提供了精神內核。遊俠高揚的民間立場，也為武俠小說的通俗性、娛樂性奠定了基礎。

三、志怪小說中的「武俠」

兩漢時期《史記》、《漢書》等史籍作品中的遊俠事蹟，為後來的唐代傳奇小說提供了歷史和人物元素，而玄奇和神怪元素，則源於魏晉南北朝時期的志怪小說。

文學在魏晉南北朝時期產生的變化極大，概括說來，是文學意識覺醒，文學創作個性化，以及隨之而來的其他一系列變化和發展，所以，魏晉南北朝在文學史上被看作是文學的「自覺性」形成時期。「漢末魏晉六朝是中國政治上最混亂、社會上最苦痛的時代，然而卻是精神史上極自由、極解放，最富於智慧、最濃於熱情的一個時代，因此也就是最富於藝術精神的一個時代。」[51]

---

48. 司馬遷，《史記·遊俠列傳》，中華書局，2009 年。
49. 司馬遷，《史記·遊俠列傳》，中華書局，2009 年。
50. 陳山，《中國武俠史》，上海三聯出版社，1992 年。
51. 宗白華，《美學散步》，上海人民出版社，1981 年。

此時，文學作品中承襲了遠古神話中的神怪觀念，文學嚮往超現實的神秘力量，反映了遠古時期人們崇拜英雄的現象。「俠」恰恰能歸作英雄的一種。

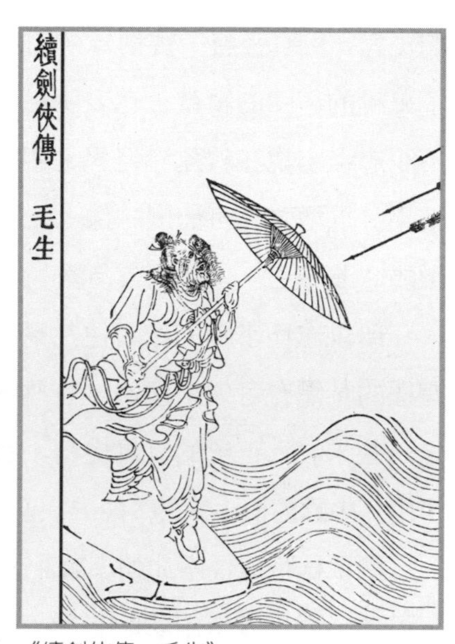

《續劍俠傳・毛生》

魏晉時期，社會動盪，現實的苦難與無法擺脫宿命感，使得當時的人們嚮往一種超越世俗與自然的存在，一種可以在精神上予人解脫的力量。文人們不僅通過對「俠」的想像和敘述來實現心靈的救贖，還在「俠」的身上添加了若干本來不屬於他們的精神特質，同時使「俠」的行為充滿強烈的文學色彩。

魏晉南北朝以前，文人尚未提出純粹的文學概念，文學作品混雜在哲學、史學以及雜學作品中，致使文學批評沒有統一的標準，文學批評苛求文以載道和反映客觀事實，而忽視了其獨具個性的美感。

實際上，魏晉南北朝的小說在《隋書》和《舊唐書》中被列入雜史類。《世說新語》中的「排調」裡有「干寶向劉真長敘其《搜神記》」一記，劉真長對干寶稱讚道：「卿可謂鬼之董狐！」春秋時晉國的史官董狐，因其依實直書流傳千古，後世以「董狐」稱讚正直的史官，劉真長將干寶稱為「鬼之董狐」，可見其對干寶如實記錄了鬼神的事蹟的讚賞，也表明在他們的意識裡確實有鬼的存在。不少志怪小說在敘述完怪異之事後，常常少不了附會一下現實的結果，以增強其可信度。像「後遂大亂」「是歲有黃巾賊起，漢遂微弱」「蜀既亡，咸以周言為驗」這樣的話在志怪小說中比比皆是。

所以志怪小說的作者往往毫不諱言他們所搜集的資料是信而有征的，是有可信來源的。有些編纂者甚至乾脆直言他們收錄的是一些未收入正史的真實史料，在補充正史方面具有不可替代的作用，中國舊稱小說為「稗史」並非無稽之談。

劉葉秋將魏晉南北朝小說評價為：「魏晉南北朝小說無論內容和形式，都受先秦兩漢的影響，實際是史傳的一股支流。」[52] 很多小說集多貫以史傳意味很濃的書名，如《列異傳》、《西京雜記》、《搜神記》、《齊諧記》、《述異記》等。《幽明錄》中則大量記述了歷史人物如董卓、曹操、孫權、桓沖、苻堅等人的怪異事蹟。

但是，與史傳文字不同，對於具體作品的處理，這些作者已經開始意識到「小說」的美學追求與其他門類不同，為了將原來文史不分導致的「直錄」精神削弱，他們不斷搜集創作奇聞逸事，凸顯出小說區別於史學、經學、雜學的獨有的「好奇」特點以及「賞心悅目」的文學娛樂功能。

這一時期，小說推崇「奇幻通俗」的美感，正如《搜神記》的

---

52. 劉葉秋，《魏晉南北朝小說》，中華書局，1961年。

特點「述千載之前，記殊俗之表」且「不避虛錯」，「有以遊心寓目而無尤」。再如《世說新語》，「記言則玄遠冷雋，記行則高簡瑰奇」而「遠實用而近娛樂」。《拾遺記》同樣是「搜撰異同，而殊怪畢舉，紀事存樸，愛廣尚奇。」這一時期的作者，追求的就是文字的「奇幻」、「通俗」之美。

「武俠」題材是魏晉南北朝小說的有機組成部分，正如同時代其他題材小說的創作思路一樣，「武俠」題材同樣追求「奇幻」和「通俗」，於是就出現了飛簷走壁的異人、飛劍殺人的仙術、威力莫測的寶物……這些素材都成為以後武俠小說的重要組成部分。

此類故事，在魏晉南北朝的志怪小說中俯拾皆是。如《李寄斬蛇》，對少女李寄不懼艱險、砍死大蛇的描述：

東越閩中有庸嶺，高數十里。其西北隰中有大蛇，長七八丈，大十餘圍，土俗常懼。東冶都尉及屬城長吏，多有死者。祭以牛羊，故不得禍。或人與夢，或下諭巫、祝，欲得啖童女年十二三者。都尉、令、長並共患之。然氣厲不息。共請求人家生婢子，兼有罪家女養之。至八月朝祭，送蛇穴口，蛇出吞齧之。累年如此，已用九女。

爾時，預復募索，未得其女。將樂縣李誕，家有六女，無男。其小女名寄，應募欲行。父母不聽。寄曰：「父母無相，惟生六女，無有一男，雖有如無。女無緹縈濟父母之功，既不能供養，徒費衣食，生無所益，不如早死。賣寄之身，可得少錢，以供父母，豈不善耶？」父母慈憐，終不聽去。寄自潛行，不可禁止。

寄乃告請好劍及咋蛇犬。至八月朝，便詣廟中坐，懷劍將犬。先將數石米餈，用蜜麨灌之，以置穴口。蛇便出，頭大如囷，目如二尺鏡，聞餈香氣，先啖食之。寄便放犬，犬就嚙咋，寄從後斫得數創。瘡痛急。蛇因踴出，至庭而死。寄入視穴，得其九女髑髏，悉舉出，咤言曰：「汝曹怯弱，為蛇所食，甚可哀愍！」於是寄女緩步而歸。

越王聞之，聘寄女為后，拜其父為將樂令，母及姊皆有賞賜。自是東冶無復妖邪之物，其歌謠至今存焉。[53]

《李寄斬蛇》的故事帶有強烈武俠敘事的特徵和對「俠義精神」的崇尚。

魏晉南北朝的志怪小說中，能夠出現文學化的俠客形象，是當時人們對秦漢時期遊俠行為的懷念。史籍中的俠客都曾經不計代價地幫助過他人，從而被人們懷念。現實中的俠客，人數頗少，但人們卻對俠有了更強烈的企盼，文學於是分擔了史學的任務，通過虛構的故事使人們的心靈企盼得到滿足，於是出現了「仗義行俠」的題材。

從文學敘事上看，「仗義行俠」的主題偏於狹小，難以展開故

53. 干寶，《搜神記》，中華書局，1979 年。

事內容，文學創作必要的懸念因素也有所欠缺。陳平原表示：武俠小說不能僅僅依靠「路見不平拔刀相助」來進一步發展。和詩文不同，小說的「事件」必須能夠支撐起整個敘事框架並且能吸引讀者，對行俠主題必須有藝術上的選擇。[54]

魏晉南北朝的小說裡的俠客都具有奇才異能，過人的武勇是俠客行為的主要依託，比如《鄧遐治蛟》裡關於鄧遐治蛟的描述，首先勾勒了除蛟的環境——「潭極深」，「常有蛟殺人，浴汲死者不脫歲」。讀者受蛟龍殺人所吸引，於是有想進一步瞭解故事的欲望。接著寫俠客鄧遐出場，他「素勇健，憤而入水覓蛟」，不僅道出了俠客斬蛟時的憤怒心情，也表現了他為民除害的大義精神。再有斬蛟場面的描寫——「拔劍入水，蛟繞其足。遐自揮劍，截蛟數段，流血水丹。」[55] 將人蛟大戰的慘烈場面淋漓盡致地展現出來。

俠客這些超人的行為昭示了故事的「奇幻」美。《古冶子》裡齊景公在渡江時遭遇吃人的黿怪，「眾皆驚惕」。在危急時刻，古冶子奮勇而起，「於是拔劍從之，邪行五里，逆行三里，至於砥柱之下，殺之，乃黿也，左手持黿頭，右手拔左驂，燕躍鵠踴而出，仰天大呼，水為逆流三百步。」[56] 小說採用了誇張的手法描寫俠客的行為，在水中肉搏黿怪已經不是一般人所為，竟還要「邪行五里，逆行三里」。最終黿怪被殺，俠客兩手各提著黿怪的頭顱以及

54. 陳平原，《千古文人俠客夢——武俠小說類型研究》，新世界出版社，2002 年。
55. 劉敬叔等撰，《異苑・談藪》，中華書局，1996 年。
56. 干寶，《搜神記》，中華書局，1979 年。

被牠掠去的駕馬，「燕躍鵠踴而出，仰天大呼，水為逆流三百步。」

俠客擁有的能力已然超出了常人的範疇，化身為超人式的存在。由於故事發生在遙遠的年代，讀者無心辨其真偽，在虛構的前提下融合了真實的人物和神話的力量，凡人的故事得以體現神話的奇幻之美。

諸如此類擁有神力、顯出超人特質的俠客形象在這一時期的小說裡散見各處，《三王墓》裡，赤比自刎後仍可「兩手捧頭及劍奉之」，其頭顱烹煮三天而不爛，還能「踔出湯中，躓目大怒」。首級已斷，意志猶存，此為復仇成功的重要因素，也是小說的要點，盡顯奇幻之風。

羅立群談及魏晉時期的武俠小說時稱：「干寶《搜神記》中的《三王墓》是這個時期十分出色的武俠小說」，「這篇小說結構縝密、完整，情節豐富，尤其是生動的對話對刻畫人物，完善情節起著重要的作用」，並評價該小說「細節描寫亦十分出色」。[57]

魏晉南北朝的小說，受到了建安風骨的慷慨之氣、魏晉時期風行的「神怪巫風」以及混戰不休的亂世景象等客觀條件的影響，形成了武俠小說「寓真於幻」的美學思想，對後來的武俠小說創作影響深遠。

唐代傳奇、宋元話本、明清章回小說、民國舊派武俠、台港新派武俠以及 21 世紀的大陸新武俠，均對魏晉南北朝時期小說

---

57. 羅立群，《中國武俠小說史》，花山文藝出版社，2008 年。

「奇幻」的美學有所繼承和發展。滲透其中的神秘觀念，與小說構成了內在的統一性。這些因素在民國時期還珠樓主的《蜀山劍俠傳》中都有了相當程度的反映。

第二章

百年淬礪電光開

——武俠小說萌芽

第一節　最早的一篇武俠小說

一、武俠小說判定的標準

唐代傳奇小說一般被視作武俠小說的源頭，但對最早的一篇武俠小說是否出現在唐代則爭論頗多。有學者表示《莊子‧說劍》「最接近現代小說規模」，因為它是「涉及武俠的長篇作品」。[58] 也有人認為最早「可以視為武俠小說」的，當是《史記‧遊俠列傳》裡的「郭解生平」以及《吳越春秋》裡的「越女試劍」故事。[59]

《劍俠傳‧秀州刺客》

綜合來看，一篇文學作品要成其為武俠小說，其判定標準有四：

其一，有武。武術、兵器在作品中不可或缺，對早期的武俠小說來說，此點至關重要，故事中人物行為的載體就在於此。沒有武便稱不上武俠小說，也難以將武俠小說從其他樣式的文學作品中獨立出來。

58. 徐斯年，《俠的踪跡：中國武俠小說史論》，人民文學出版社，1995 年。
59. 王海林認為，司馬遷《史記‧遊俠列傳》中的「郭解事蹟」和《吳越春秋》中的「越女試劍」（有人又把它定名為《老人化猿》）的故事，已足「可以視為武俠小說」。《中國武俠小說史略》，北嶽文藝出版社，1988 年。

其二，有俠。作品離不開武俠人物和俠義行為，小說中的人物須具備基本的俠義精神，能夠「扶弱抑強，見義勇為」，這樣才能稱得上是武俠人物，並作為一個特殊群體存在於社會中。

其三，符合小說的基本範式。作品須有完整的故事和情節，具備敘事文學的基本特徵。要注意區別歷史著作，從人物創造、環境描寫到故事發展的敘述，都應該進行一定的藝術虛構，不能僅僅照搬真實歷史。

其四，獨立成篇。只有獨立的文學作品才能稱為武俠小說。依託歷史著作而存在，或者由於作者說理需要而出現在諸子著作中的比喻、寓言、人物故事等等，難以和「武俠小說」相比。例如《莊子・說劍》就不能算作獨立成篇的武俠小說。作者將其題材列為「雜篇」，它的具體內容和形式都類似於《莊子》中的其他篇目，應視為說理文或論說文。

用這些標準來看《史記・遊俠列傳》裡的「郭解生平」、《吳越春秋》裡的「越女試劍」，會發現它們沒有充足的理論依據被稱為武俠小說。《史記》的《列傳》部分，都是歷史著作。「越女試劍」的故事出自《吳越春秋》中的《勾踐陰謀外傳第九》。作為一部史學著作，現今所存《吳越春秋》的篇幅有數萬字，其中僅僅三百餘字的故事，不過是作者描述歷史的一個小插曲罷了。

二、《燕丹子》其書

首倡《燕丹子》為武俠小說之始的是美國學者劉若愚。他認為：「把歷史上的遊俠寫進小說，最早大概要數《燕丹子》，有人認為這部小說是西元前三世紀的真品，由太子丹的門客編寫。」[60]

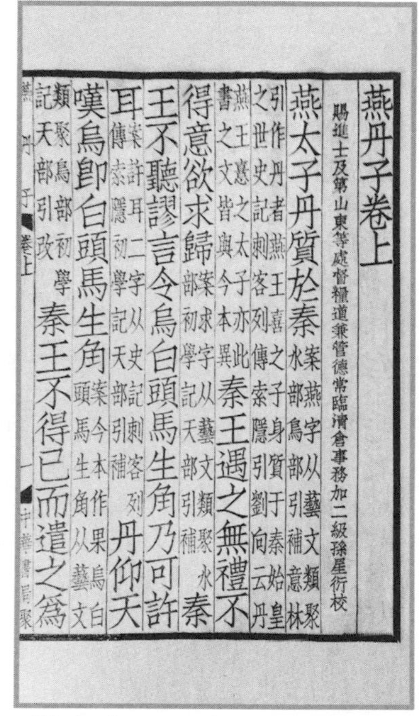

燕丹子卷上
賜進士及第山東等處督糧道兼管德常臨清倉事務加二級孫星衍校
燕太子丹質於秦案燕字从藝文類聚水部鳥部引補意林引作丹者燕王喜之子身質于秦始皇之世史記刺客列傳索隱引劉向云丹燕王憙之太子此書之文皆與今本亦異秦王遇之無禮不得意欲求歸案求字从藝文類聚水部初學記天部引補秦王不聽謬言令烏白頭馬生角乃可許耳案許耳二字从史記刺客列傳索隱初學記天部引補丹仰天嘆烏即白頭馬生角案今本作果烏白頭馬生角从藝文類聚鳥部初學記天部引改秦王不得已而遣之為
燕丹子 卷上 一 中華書局聚

《燕丹子》，1931年，上海中華書局據平津館本校訂印刷本

不過說「這部小說是西元前三世紀的真品」，恐怕是猜測之辭。小說舊題為燕太子丹撰，更似作者的假託之名。《隋書・經籍志》中的「燕丹子一卷」是與其有關的最早著錄，但《漢書・藝文志》中並未記載。可見，它成書的時間要遲於班固的時代。東漢時期王充《論衡・感虛篇》、應劭《風俗通義・正失篇》都記載了太子丹受質於秦、後逃回燕國的怪誕故事，而今天我們所見的文本文字與這一時期的記載有很大出入，可想而知這個故事在當時還沒有定型。到了西晉，張華《博物志》裡的記述和今天所見文字基本一致，僅有個別字句稍有差異。由此可以判斷，小說《燕丹子》應該出現在魏晉以前或東漢末年。今天所存抄自《永樂大典》的《燕丹子》分為三

60. 劉若愚，《中國之俠》，上海三聯書店，1991 年。

卷，但其內容與一卷本無異。

《燕丹子》一文，講的是荊軻刺秦王的故事。太子丹到秦國充當人質，秦王並未以禮相待，太子丹設法歸燕後廣招勇士，意欲報復。太傅麴武極力勸阻而不聽，只好將田光推薦給太子丹。田光受到了太子丹的優待。由於年事已高，田光力不從心，於是轉薦荊軻。太子丹又極度厚待荊軻，三年如一日，為報答太子丹，荊軻終於決定以身赴險刺秦王。荊軻和副手秦舞陽前往秦國，太子丹送至易水。臨別之時，荊軻唱道：「風蕭蕭兮易水寒，壯士一去兮不復還。」高漸離、宋意為之擊筑。一曲高歌「為壯聲則怒髮衝冠，為哀聲則士皆流涕」。到達秦國，荊軻將秦王仇人樊於期的首級以及燕督亢地圖進獻秦王，以獲信任。荊軻趁獻圖之際，「左手把秦王袖，右手揕其胸」，欲刺秦王。不料中了敵人的緩兵之計，刺秦不成反遭其害。臨死前，荊軻倚柱而笑，箕踞怒罵，「吾坐輕易，為豎子所欺，燕國之不報，我事之不立哉！」[61]

《燕丹子》所述「荊軻刺秦」一事，在先秦時代確有發生。中國封建社會的專制政權才剛剛建立，便發生如此驚天動地的大事，吸引了廣大民眾的關注，因而秦漢時期此事流傳甚廣，現存的漢代石刻上便畫有「荊軻刺秦」的內容故事。

《史記》記載：「世言荊軻，其稱太子丹之命，『天雨粟，馬生

---

61. 關於《燕丹子》的內容概述，見王枝忠，《漢魏六朝小說史》，浙江古籍出版社，1997年。

角』也，太過。又言荊軻傷秦王，皆非也。」[62]《史記》之後，劉向的《列士傳》、鄒陽的《獄中上書自明》以及王充的《論衡》和應邵的《風俗演義》裡都記載了荊軻刺秦的故事。尤其是東漢末年的應邵，他在《風俗演義》中輯錄的故事大部分來自民間，包括廣為流傳的荊軻刺秦之事。他不僅聲色具備地描繪了這則故事，還直接評論道：「丹畏死逃歸耳，自為其父所戮，手足圮絕，安在其能使雨粟，其餘云云乎？原其所以有茲語者，丹實好士，無所愛悋也，故閭閻小論飭成之耳。」[63] 由此可見，這個故事來源於市井坊間，乃是「閭閻小論」「叢殘小語」，因而它的成書，是在較長時間的街談巷語的流傳之後。故事在流傳期間，免不了有「道聽塗說」者加以附會和編造，增添了藝術成分，不僅豐富了故事的內容，還使故事有了更加生動曲折的情節，更有甚者將故事的主人公荊軻變成了燕丹子。

實際上，《燕丹子》這一文學作品是由藝人對長期流傳於民間的故事加工改編而成。明人胡應麟認為：「其文采誠有足觀，而詞氣頗與東京類，蓋漢末文士，因太史《慶卿傳》，增益怪誕為此書。」[64]

現存上、中、下三卷本的《燕丹子》，與上文的四條武俠小說的評定標準相符。小說結構完整，獨立成篇，不作任何史書的依

---

62. 司馬遷，《刺客列傳》，見《史記》，中華書局，2009 年。
63. 應邵，《風俗演義》。
64. 胡應麟，《少室山房筆叢》，上海書店出版社，2001 年。

附，作品裡的藝術虛構成分較多，拉開了與真實歷史的距離。

比較《燕丹子》和《史記・刺客列傳》中關於荊軻刺秦之事的記載，會發現它們有諸多相同之處，然而兩者的具體描寫卻大有差別。總的來說，表現在以下四個方面：

其一，敘述手法不同。《史記》運用了人物傳記的筆法，行文之處，先對刺客荊軻的姓名、出身、喜好、經歷等加以介紹；《燕丹子》則不同，它採用的是小說筆法，在故事的開頭將矛盾焦點拋出，燕丹子和秦王之間的爭鬥也由此展開。

其二，故事情節添加了十處有餘。例如，《史記》只用寥寥數字，便將燕太子丹質秦歸燕的事一筆帶過，《燕丹子》則比它多了三個情節，一是燕丹子求歸而秦王不讓；二是燕丹子歸途中遇秦王故意設卡；三是「關門未開」使燕丹子不得不裝雞鳴之音，「眾雞皆鳴，遂得逃歸」。又如，田光舉薦荊軻，荊軻進見燕丹子時，小說情節比《史記》多了兩處：其一，「太子自御，虛左，軻援綏不讓」；其二，燕丹子「置酒請軻」，「太子起為壽」，荊軻受到燕國卿士夏扶題為「鄉曲之譽」的激詰等。再如，《史記》裡對燕太子丹禮遇優待荊軻之事寫得很籠統，而《燕丹子》則進行了極為詳細、具體的描述，有殺馬進肝、黃金投蛙、斷美人手等細節的增添，小說的文學和故事性、趣味性都大為增強。結尾處「圖窮匕首見」對荊軻與秦王正面搏鬥的敘寫，更是全文故事情節的關鍵所在。《史記》的創作手法具有現場紀實性，《燕丹子》使用的手法則是文學創造性，它根據作者的需求來進行情節安排。在《燕丹子》

中，秦王被荊軻劫持住，荊軻歷數秦王罪惡，大加責備，使讀者在閱讀過程中感到十分快慰，達到審美愉悅的效果。

其三，作品增加了具體描寫的成分，浪漫色彩更濃。小說中「烏即白頭，馬生角」的現象在現實生活中根本就不存在，但它卻成為一種理想，被作者寫進作品，使太子丹回歸燕國的願望得以實現。再有，秦王接見燕使的場面描寫，在《史記》裡極其簡淡，在《燕丹子》裡卻隆重而宏大，這樣的場面描寫對荊軻和秦武陽的形象塑造十分有利。

其四，改變了小說情節的先後順序，人物的對話內容也作了相應調整，使作品的創作特點與小說相符。在《史記》中，燕丹子一見荊軻就直接向他分析了形勢，同時告知以武制秦王的打算，燕丹子優待荊軻的細節並沒有具體描述。《燕丹子》裡，燕丹子接見荊軻後，先是寫他為荊軻接風洗塵、設宴祝壽，接著對他如何厚遇荊軻進行具體描寫，隨後便是荊軻感動至極、誓為燕丹子「當犬馬之用」，再接著寫燕丹子分析形勢，根據秦強燕弱的特點制定具體的行刺方案。如此寫法，在加強了作品文學色彩的同時，也將「士為知己者死」的俠義精神進行了有力解釋，從而使俠客的性格特徵得到凸顯。

《燕丹子》是在《史記》的素材基礎上加工而成的，作者將它提煉出來，通過多種藝術手法進行反覆加工和錘煉，使小說得以成型。所以，《燕丹子》有理由被視作中國歷史上最早的武俠小說。

三、《燕丹子》中的俠客群像

在小說的具體寫作上，燕丹子無疑是貫穿全文的中心人物。小說開頭先寫他「質於秦」的困境，接著寫他設法逃脫屈辱回到燕國，誓為自己報仇雪恥，於是計畫尋找刺客刺殺秦王，終得田光所薦與荊軻相識相知，遂授以重託，結果慘遭失敗的經過。

作者所寫的燕丹子，少年英氣十足且頗具正義感。為達到一雪前恥、消滅秦國的目的，儘管實際上敵強我弱，仍以「行刺」的極端手段開展計畫，廣羅勇武遊俠來擔此重任，田光以及荊軻都受到了他的優厚禮遇。

從另一個角度來看，燕丹子雖為統治者，卻是一個正血氣方剛的青年，具有心胸褊狹、急於求成、不善忍耐、缺乏心計的特點。

小說裡，燕丹子渴望求賢的任俠形象得到了充分的展現。逃

荊軻刺秦・漢磚畫像， 山東嘉祥出土

回燕國後，他先向麴武問計，找到田光。當他與田光會面的時，「側階面迎，迎而再拜」，還讓他住在上館，「三時進食，存問不絕，如是三月。」田光在此番盛意面前感動不已，因而薦舉了荊軻以助燕丹子。

燕丹子和荊軻會面更是越發謙恭有禮，為討得荊軻歡心，不惜以黃金投蛙、殺馬進肝和斷手盛盤等多種手段來迎合荊軻，顯示自己對他的厚愛。在讀者看來，燕丹子「卿相之俠」的真實生動的藝術形象一覽無遺。

荊軻是直接「刺秦」的俠客，也是《燕丹子》主要描寫的對象。荊軻亮相之前，小說採用了諸多筆墨對他進行渲染。他奉「士為知己者死」作為自己的人生準則，雖是勇武之士，但又不乏頭腦，處事理性機智。一開始他對燕丹子的誠意及真實目的並沒有深入瞭解，因而並不急於答應燕丹子的請求，可見其成熟與智慧。後來，燕丹子不顧身分屈尊為其駕車，陪其出遊，「置酒高會」，三年如一日地用實際行動表達自己的誠意。

在長達三年的全面考察下，荊軻終於感到值得為燕丹子赴湯蹈火，於是甘願「當犬馬之用」，身涉險地入秦行刺。「刺秦」雖然失敗了，荊軻也身死秦殿，然一番壯舉，流傳至今，一直為人們所稱道。

除此之外，小說裡的田光、樊於期，不惜獻出自己的生命以使刺秦成功，其俠義壯舉令人感動。作者雖沒有用太多筆墨刻畫這些人物形象，然而寥寥數語卻已將一幅俠客的群像圖勾勒出來。

後世武俠小說題材的創作，多將歷史上的著名人物、事件作為故事背景。武俠和歷史的結合，也肇始自《燕丹子》。

第二節 唐代傳奇中的「豪俠」

一、武俠小說的開宗立派

中國古代小說發展到唐代，才真正擺脫筆記的狀態。魯迅談及唐代小說時說：「小說亦如詩，至唐代而一變。」「始有意為小說」，「文采與意想」皆有可觀，由六朝的「粗陳梗概」，開始細緻生動地描寫故事和人物！[65]。宋人洪邁認為：「唐人小說不可不熟，小小情事，淒惋欲絕，洵有神遇而不自知者，與詩律可稱一代之奇」。[66]

唐代傳奇小說，得名於晚唐裴鉶的小說集《傳奇》，後來，傳奇遂作為一種小說的體裁逐漸被認可。例如，元代陶宗儀《輟耕錄》便將唐傳奇與宋、金戲曲、院本等列在一起，明代胡應麟《少室山房筆叢》的六類小說，也把第二類中的《鶯鶯傳》和《霍小玉傳》等以「傳奇」定名。傳奇最終成為唐代文言小說的通稱，沿用至今。

唐代的傳奇，從題材上源於志怪，從體裁上來說則源於傳

---

65. 魯迅，《中國小說史略》，人民文學出版社，1973 年。
66. 洪邁，《唐人說薈》，轉引自《中國文學史》，中國社會科學院編，人民文學出版社，1962 年。

記，既有對魏晉六朝志怪小說的繼承，又將漢賦、史傳以及詩歌、散文的文學營養吸納進來，有志怪之長而不為志怪所束縛。

《劍俠傳・虯髯客》

在作品的內涵構成上，作家將魏晉南北朝小說的內容當作是客觀存在的傳聞和故事，創作唐代傳奇小說時，作家的主體意識已經覺醒，他們的作品不僅是對客觀世界的反映，也是其主觀感情的表達，小說的內涵構成於是有了本質的變化，即由客觀世界的一維向主客觀結合的二維發展。

將生活素材、作者自我兩者化合的二維結構運用於內容上是一篇小說成熟的體現。托爾斯泰曾說：「藝術感染力的大小，決定於下列三個條件：所傳達的感情具有多大的獨特性；這種感情傳達得有多麼清晰；藝術家的真摯程度如何，換言之，藝術家自己體驗他所傳達的感情時的深度如何。」[67]

在藝術方法上，唐代傳奇的作者不再單純記錄事實、傳聞，

67. 托爾斯泰，《藝術論》，人民文學出版社，1958 年。

他們通過想像和虛構，借鑑史傳文學常用的方法，使事實和傳聞達到踵事增華的效果。作品裡屢屢出現了有意識的虛構。正如魯迅所說，唐代傳奇「時時示人以出於造作」，「以構想之幻自見，因故示其詭設之跡」。[68] 文言小說從注重記錄到自覺虛構的轉變，是其走向成熟的標誌。

唐代傳奇作者形成了小說的自覺觀念，小說創作真正步入了文學的殿堂。在作品的情節結構特色上，唐代傳奇已經明顯不同於魏晉志怪：魏晉志怪小說由一個充滿怪異色彩的點展開故事情節，而唐代傳奇則以一定因果邏輯推動故事的情節發展。

在故事的細節描寫、場面描寫上，唐代傳奇顯得更加細膩而豐富。「這就使文言小說突破了叢殘小語的結構體制，而有了較為宏偉的篇幅，豐腴的體態。」[69] 在小說整體的藝術效果上，魏晉南北朝的志怪小說主要探索人生的彼岸世界，唐代傳奇則著手於對人物命運遭際的表現，從而雕刻出一個又一個豐滿的藝術形象。

武俠小說的基礎由先秦兩漢直至魏晉志怪所奠定，這是武俠小說發展的前奏，而武俠小說真正開始萌芽，是在唐代傳奇。

北宋初年，李昉等人編撰《太平廣記》，在卷一九三至一九六中，把「豪俠」類納入18種唐傳奇，可見武俠小說與唐代傳奇經脈相連。因此，把武俠小說的開宗立派之始與唐代傳奇視為同一時

---

68. 魯迅，《中國小說史略》，人民文學出版社，1973年。
69. 張稔穰，《中國古代小說藝術教程》，山東教育出版社，1991年。

期，理所當然。

與魏晉南北朝時的志怪小說相比，唐代傳奇中的「豪俠」是唐代傳奇三大表現題材之一[70]。儘管描寫「豪俠」的數量不及「愛情」與「神怪」，卻不乏傳世佳作。這一點與中晚唐時期士人十分關注俠客題材的現象密切相關，一大批風姿卓絕的俠客形象被塑造出來，深刻影響了後世武俠小說的成長。

在論述唐代傳奇的社會背景時，范煙橋認為：「在此時代，婚姻不良，為人生痛苦之思想，漸起呻吟；而藩鎮跋扈，平民渴盼一種俠客之救濟；故寫戀愛、豪俠之小說，產生甚富。」[71]由此可見，唐朝末期社會熱切希望豪俠救助有如大旱之望雲霓。在《資治通鑑》卷二一五中，有關於李林甫的記載：「自以多結怨，常虞刺客。出則步騎百餘人為左右翼，金吾靜街；前驅在數百步外，公卿走避……如防大敵；一夕屢徙牀，雖家人莫知其處。」社會行殺暗刺之風可見一斑。在文學作品上，則表現為以俠客為主體的傳奇小說甚眾。

其中較有代表性的作品有《甘澤謠》裡的《紅線》，《傳奇》裡的《聶隱娘》和《崑崙奴》，《集異記》裡的《賈人妻》，以及薛調的《無雙傳》等。

傳為杜光庭創作的《虬髯客傳》成就更大，諸多情節已然具有

---

70. 譚正壁，《中國小說發達史》，將唐代傳奇分成神怪、戀愛、豪俠三類論述，上海古籍出版社，2012年。
71. 范煙橋，《中國小說史》，漢京文化事業有限公司，1983年。

後世武俠小說的諸多特色。

《虬髯客傳》以楊素寵妓紅拂私奔李靖的愛情故事為線索，寫二人在赴太原途中與隋末大俠虬髯客相逢，結為至交。虬髯客志向甚大，欲謀帝位，但見到李世民後，為其英氣所折服，遂與李靖、紅拂慨然辭別，退避海上，另謀出路。

這三位人物具有獨特的英雄氣概，與一般俠客不同，他們對個人恩怨毫不關注，也不以超群的武功見長，他們貴在能處亂世而縱觀天下，在時勢面前保持清醒，並對未來作出明智的抉擇，將大俠的精神境界展示無餘。

小說裡，作者運用對話、行動和細節描寫精湛地刻畫了人物的性格，機智沉著的李靖、慧眼識英雄的紅拂、一身慷慨氣魄的虬髯客，人物形象栩栩如生，光彩照人。三人有「風塵三俠」之譽流於後世民間，貼切不過。

二、「武」和「俠」自有分野

台灣學者葉洪生將唐代傳奇按照其「武和俠」的特點分為四類：

其一，用武行俠類——如裴鉶《崑崙奴》、《韋自東》，袁郊《嫩殘》、《紅線》，皇甫氏《車中女子》和《義俠》，以及康駢《田膨郎》等，具有了武俠小說的本質與特性。

其二，有武無俠類——如裴鉶《聶隱娘》，沈亞之《馮燕傳》，段成式《僧俠》、《京西店老人》、《蘭陵老人》，皇甫氏《嘉興繩技》、《張仲殷》，康騈《潘將軍》、《麻衣張蓋》等。或賣弄武技，故神其說，或濫殺無辜，草菅人命，均未見行俠事蹟。

其三，有俠無武類——如杜光庭《虬髯客傳》，蔣防《霍小玉傳》，許堯佐《柳氏傳》，薛調《無雙傳》，牛肅《吳保安》，皇甫枚《李龜壽》，李亢《侯彝》等。僅表現出來某種豪氣或俠義精神，而不以武技取勝。

其四，銜怨復仇類——如李公佐《謝小娥傳》，皇甫氏《崔慎思》，薛用弱《賈人妻》等；皆為報仇而不擇手段殺人。前者固昭顯孝婦節義，然究非俠義；餘則「殺人絕念，斷其所愛」，全無人性可言！[72]

此四種分類聊備一格，其分類並未能盡數說盡唐代傳奇小說中「俠」的特色，似可再加上一類：玄奇幻想類，如李朝威《柳毅傳》，沈既濟《枕中記》，李公佐《南柯太守傳》等，雖然無武無俠，但其想像奇妙，情節引人入勝，同近年來網路流行創作的「玄幻小說」，亦大有相承關係。

唐代傳奇中的「豪俠」題材，其細節已包含後來武俠小說中的大多因素，如摘葉傷人、千里飛劍（《聶隱娘》）；萬里救人（《崑崙奴》）；為民除害、除魔衛道（《韋自東》）等等。這些都是後期武俠小說中常常展現出的「俠」的能力。

更有「俠之大者」投身於民族事業當中，以解救人民於倒懸

---

72. 葉洪生，《中國武俠小說史論》，見《論劍——武俠小說談藝錄》，學林出版社，1997 年。

為己任。例如袁郊所寫《紅線》，述俠女紅線為除潞州節度使薛嵩之慮，隻身前往魏博節度使田承嗣府中，盜其枕邊之供神金盒以示警。文中所述，紅線「夜漏三時，往返七百里；入危邦，經五城」，待她歸來「曉角吟風，一葉墜露」，實乃神乎技！她一人未殺便「兩地保其城池，萬人全其性命」，此俠義之風實可垂範千古。如後來的金庸小說《神鵰俠侶》中，郭靖便是擔當了保家衛國的重任，「襄陽一役」就體現了「俠之大者」風範，便是直接繼承了這類小說的特色。

三、「武」、「俠」的合流與分異

唐代傳奇中俠客所處的位置，正是「武」「俠」內涵的分合變化期，產生了從「義俠」到「武俠」的變化，即是「武」與「俠」的觀念的合流與分異，為後世武俠小說創作的多樣化提供了廣闊視野。

唐代傳奇小說中，不同時期的俠客形象，其特點各有不同。

中唐時期，諸多小說塑造了一批重承諾、輕生死、惜名節、棄權財的俠客形象，如《柳氏傳》、《謝小娥傳》、《柳毅傳》和《馮燕傳》等等。小說人物身分各異，行為舉止也各不相同，但無不具有氣度非凡的道德風範及縱橫天下的人生態度。

一介女流謝小娥「呼號鄰人並至」將申春活捉，不見得力量過人；為霍小玉鳴不平的黃衫客，只能「挽挾其（李益）馬，牽引而行」；柳毅也不過儒生而已，還有《柳氏傳》中的許俊、《馮燕傳》

《劍俠傳・聶隱娘》

中的馮燕、《無雙傳》中的古押衙、《郭元振》中的郭元振，都是普通凡人，沒有任何武功和神奇的本領，然而他們卻能替人排憂解難，靠的是一身膽氣與精神。

從歷史上看，中唐時期小說裡的俠客與《史記》中的「布衣之俠」、「閭巷之俠」更為接近。

晚唐時期，俠客不同於中唐，俠客們不僅具有「俠義精神」，還身懷絕技、武藝高強且慣用秘術。小說裡的俠客多以劍為武器，且女性俠客較多，有紅線、車中女子、聶隱娘和賈人妻等，類似於《吳越春秋・勾踐陰謀外傳》中越女的故事。越女的劍法蘊含玄機，有以一當百、以百當萬的功力，而京西店老人、蘭陵老人和聶隱娘等，同樣具有深不可測的劍術。蘭陵老人，「擁劍長短七口，舞於中庭。迭躍揮霍，攙光電激。或横若掣帛，旋若規火」，其劍氣令人心膽俱喪。這些人物還精通養生之道，崑崙奴十年不見，在都市賣藥，容顏依舊。

除了劍術，還有崔慎思妾和車中女飛簷走壁、輕捷如鳥等有關武俠小說最早的「輕功」描寫。

聶隱娘除了武功超凡，還善於變幻身形，長於隱身之術，另有化屍為水、剪紙成物的絕技。紅線太乙神名書於額上，因能「夜漏三時，往返七百里」，將金盒從田承嗣枕邊盜走。如此行跡與仙人無異，是常人常情所無法揣度的。

中唐時期，俠客生活的世界與世人相同，到了晚唐時期，俠已經在神秘的武功下脫離世人。從小說自身來看，情節講述和人物塑造都已經離不開「武」的因素。

一些創作更晚的小說，作者更是將「武」看做唯一的關注點。《劇談錄‧潘將軍》裡，潘將軍有寶玉念珠一串，此珠「儲之以繡囊玉合，置道場內，每月朔則出而拜之。一旦開合啟囊，已亡珠矣，然而緘封若舊。」原是一個「三鬟女子」因和「朋儕為戲」竊之，把玩之後便將它完璧歸趙。《田膨郎》裡有相似的情節，「行止不恒，勇力過人，且善超越」的田膨郎將唐文宗珍愛的白玉枕從「寢殿帳中」偷走，後被王敬弘小僕制服。至於小僕的結局，作者寫其飄然歸蜀、如鶴遠翔。田膨郎則借皇帝之口被評論：「此乃任俠之流，非常之竊盜也。」流露出了作者對俠客的敬慕，這時候的「俠」有「武」而未有「義」，與中唐之「俠」差距甚大。

縱觀唐代傳奇中俠客的形象變化，可以看出，俠客在中唐時期與普通人無異，但具有不屈不撓、膽識過人的精神特質，儘管沒有高強的武功，卻有為人表率的道德風貌，突出的是先秦時期遊俠的「俠義精神」，而晚唐時期的人物更注重神秘莫測的武功來行俠，「俠」融合了「武」，使武俠小說「以武行俠」的觀念成為共識。

四、「以武行俠」的意義

秦漢時期的遊俠很少使用武功技擊，遊俠要有「古道熱腸」，他們結私交，立聲名，赴厄難以救緩急，但不逞「匹夫之勇」。孟嘗君、平原君、春申君、信陵君這些「卿相之俠」，雖「招天下賢士、顯名諸侯」，「藉王公之勢，競為遊俠」，卻並非勇武之人。朱家、郭解等「布衣之俠」，「時扞當世之文罔」，「竊殺生之權」，也不以武功見長，「以任俠顯諸侯」，講究氣節而非武力。朱家、樓護、劇孟和陳遵俠名雖顯，卻不重殺伐；郭解、原涉雖「外溫仁謙遜，而內隱好殺」，卻不親自動手，武藝高低不得而知。《史記》和《漢書》的《遊俠列傳》裡，只突出了田仲一人「喜劍」，也不過「父事朱家，自以為行弗及」。司馬遷、班固都認為，任俠並非靠的是「武功高超」，而是講究「精神」、「氣節」，不以武功高下論英雄，遠非後世武俠小說裡常見的「武林高手」所能相比。

晚唐時期，唐代傳奇中「武」的技能大行其道，與當時的社會政治有著密切關係。晚唐藩鎮割據，社會動亂，百姓處於水深火熱的社會現實中，渴望安寧和平的生活，於是只能在武功高強的俠客身上寄託理想。

然而，所謂「俠客不怕死，只怕事不成」[73]，僅靠一人之力與黑暗社會對抗、濟世救民，實在難成大事。俠客身上承載的希望越大，盼望俠客主持正義的社會渴求就越大，文學中的俠客就要具

---

73. 元稹，《俠客行》。

備超脫凡人的武功技能。

讀者期望俠客來打抱天下之不平，就不得不以「縱死俠骨香」等豪言壯語來滿足他們，如若出師未捷身先死，豈不令人大失所望？因此，行俠不再只靠意氣，還得擁有相應的手段。唐代傳奇創作後期，種種帶有理想色彩、手段高強的俠客應運而生。

《崑崙奴》中一個地位低下平時不怎麼引人注意的奴僕，卻出人意料地是個身懷奇技的人，同時是個有「俠義精神」的人，他的「俠義精神」表現在對自由愛情的同情和支持。小說中的崔生，雖是官宦子弟，卻沒有能力獲得自由的愛情，歌姬紅綃女被貴族豢養，過著富足的生活，卻同樣沒有自由，沒有愛情。此時，崑崙奴磨勒便表現出了他的俠義。磨勒幫二人出奔，不畏權勢，敢作敢當。後世武俠小說極大地繼承了這一思想，如唐芸洲《七劍十三俠》中這樣說：

> 幸虧有那異人俠士劍客之流，去收拾收拾他。這班劍客俠士，來去不定，出沒無常，吃飽了自己的飯，專為別人家幹事。或代人報仇，或偷富濟貧，或誅奸除佞，或鋤惡扶良。別人不去請他，他卻自來遷就。當真去求，卻又無處可尋。若說他們的本領，非同小可。有神出鬼沒的手段，飛簷走壁的能為，口吐寶劍，去來如風。此等劍俠，世代不乏其人。[74]

74. 唐芸洲，《七劍十三俠》，上海古籍出版社，1993 年。

《太平廣記》中的《吳保安》、《謝小娥傳》兩篇被今人視為武俠小說進行研究，然而它們卻不在「豪俠」之列，而被歸入了「義氣」類和「雜傳記」類，大概是由於其主人公並不具備武功。可見，在宋代，真正的俠客必須擁有武功的觀點已經成熟，這樣的觀點雖與司馬遷、班固不同，而後世的武俠小說創作者卻將之奉為圭臬。

與「以武行俠」觀念同時出現的，還有唐代傳奇中多姿多采的打鬥場面。除了渲染行俠的效果，作者還把技擊、道術、藥物等運用於實戰中，突出了行俠的過程。這些元素，對武俠小說的進一步發展又起到了啟蒙和催生的作用。

在這些小說中，俠客的武功分為技擊和道術兩類。技擊作為打鬥技巧是現實生活中實際存在的，而道術則具有更濃烈的想像及神化色彩，這是二者的區別所在。例如，劍術純熟屬於「技擊」，而驅劍千里索人性命則屬「道術」。空手搏鬥是技擊，器械相拚也是技擊。整體來看，小說描寫「器械相拚」的打鬥場面要勝於「徒手搏鬥」的場面。「器械相拚」中最精彩的要數舞劍。

《周浩》中描寫周浩「攘臂格之，紫衣者踣於拳下，且絕其頷骨，大傷流血」；《郭倫觀燈》也有道人「揮臂縱擊，如搏嬰兒，頃之，皆顛仆哀叫，相率而遁」的描繪。

這樣的打鬥不是出於對手太弱而神威未展，便是由於作者對拳法一竅不通而難以描繪，實在乏善可陳。

再如《僧俠》中韋生使彈弓、《田膨郎》中王敬弘之小僕使毬杖，不過是趁人不備偷襲致勝，說不上是英雄本色，只以寥寥數筆一帶而過。

劍術卻別有天地，因其歷史悠久，能登大雅之堂，且變化無窮，文人也容易施展筆墨。

《管子》談及劍的創始，《荀子》收錄古代良劍，《莊子》敘述劍客及劍術，評價雖高低不同，然劍象徵著「武」，文人對它的極度重視早已有之。

唐代傳奇中的俠客多佩劍，但文中極少關於俠客執劍行俠的正面描寫，許虞侯撫劍以壯行色，然而最終卻是以智取勝（《柳氏傳》）；古押衙執劍殺人，但只有藥才能真正救活無雙（《無雙傳》）。其他如《義俠》、《洪州書生》等小說，涉及俠客殺人於劍下，也並未展開正面描寫。涉及劍術的正面描寫的，僅有《蘭陵老人》、《京西店老人》和《許寂》等為數不多的幾部比武性質的小說。

《聶隱娘》中聶隱娘的遭遇可謂奇特，作者以細緻的筆觸描寫了一個神奇女俠神秘、精彩且自由一生，她的報恩、行俠、刺人於鬧市等元素，對後來的武俠小說啟發極大。

故事發生在唐代貞元年間，一名神秘女尼欲收魏博大將聶鋒十歲的女兒聶隱娘作徒弟。聶鋒不許，女尼夜盜隱娘遁去。隱娘隨女尼在深山石穴間學藝五年。

剛開始的時候，女尼給了隱娘一粒丹藥，食之身輕如風；又授寶劍一口，鋒利無比，可吹毛斷髮。隱娘隨女尼學習劍術、輕功和道術。一年後，擊刺猿猱虎豹百無一失。

三年後，輕功大成，能飛刺鷹隼，無不中。隱娘劍術越高，寶劍越短。四年後，女尼授隱娘三寸羊角匕首，使其白日殺人於都市，人不能見。五年後，女尼派隱娘殺有罪大僚，隱娘持其首歸，女尼以為隱娘武藝學成可下山歸家。臨行時，開其頭腦，藏匕首與腦後，曰二十年後方可一見。隱娘回家後，因少小離家、遭遇奇異，父母不甚憐愛。一天，有磨鏡少年上門，隱娘與之結合，外室而居。幾年後，隱娘父親去世，魏博節度使因隱娘劍術高超，將其收入麾下。

元和年間，魏博節度使派隱娘刺殺陳許節度使劉昌裔。劉昌裔得知隱娘前來刺殺，不但不怪，反而禮遇隱娘夫婦。隱娘被劉折服，投入劉帳下保護劉的安全。魏博先後派刺客精精兒、空空兒前來行刺，均被隱娘挫敗。

元和八年，隱娘辭別劉昌裔，浪跡江湖。劉去世時，隱娘飄然而至，靈前痛哭而去。開成年間，劉昌裔子劉縱在蜀棧道遇到隱娘，容顏如舊。隱娘贈劉縱一丸藥，囑其辭官避禍，劉縱不肯，果一年後死於陵州，後來再無人見到隱娘。

聶隱娘年少時被神尼劫走，學得奇功，後來為劉昌裔擊退刺殺者。文中的聶隱娘不僅劍術非凡，而且可以幻化成小蟲子，剪紙為驢，可以說她是既會劍術又會道術。

聶隱娘用匕首刺殺某大僚，使的是劍術，而她與精精兒化成二幡子互相搏鬥，使的卻是道術。在小說中，俠客最重要的道術要數「飛行術」，如紅線一宿之內來回七百里，空空兒更勝一籌，「才未逾一更，已千里矣」；再有磨勒「負生與姬而飛出峻垣十餘重」，車中女子將舉人背在身上而能「聳身騰上，飛出宮城，去門數十里乃下」……諸多同類描寫不計其數。

一把劍來無蹤去無影，便能出其不意取勝於人。若有隱身法，以及輕功、神力等輔助，更能如虎添翼。

《聶隱娘》全篇以武為主，兼顧俠氣，與今天所看到的武俠小說風格已經非常相近。《聶隱娘》的出現對後世武俠小說產生極大影響，宋元明清歷代均有以此為題材的小說、戲劇出現。

洪邁的《夷堅續志》前集卷二節載隱娘學藝事，題《斬人魂魄》；《豔異編卷二四義俠部》載入本篇；羅燁《醉翁談錄・舌耕敘引》「小說開闢」內，錄宋人話本《西山聶隱娘》，入「妖術」類，已佚；《初刻拍案驚奇》卷四《程元玉店肆代償錢，十一娘雲崗縱譚俠》入話略述此事，而「妙手空空兒」一詞，也成為武俠小說的習慣用語。

清人朱翊清《埋憂集》中有一篇描寫女神偷的小說即名《空空兒》。清人唐芸洲《七劍十三俠》、惜花吟主的《仙俠五花劍》中奇俠鬥劍的描寫與《聶隱娘》也隱約可見傳承脈絡。

新派武俠小說大家梁羽生在繼承前代「聶隱娘」故事的基礎上，力排故事中的荒誕部分，在《大唐遊俠傳》、《龍鳳寶釵緣》等小說中塑造了俠骨柔腸、敢愛敢恨的新「聶隱娘」形象，使聶隱娘在武俠小說的演進中獲得了新生命。

聶隱娘可使飛劍殺人，到了後世，劍仙就可御劍飛行。從仙學劍，濫觴於唐代傳奇的描述。後世作者樂於此道，創作出無數精彩作品。

除技擊與道術外，這些小說還通過描寫藥物行俠以作補充。《無雙傳》裡茅山道士擁有令人起死回生的神藥，這一點是小說故事的關鍵所在，而其他不過稍作點綴，僅起輔助作用。聶隱娘將精精兒殺死之後，將其「拽出於堂之下，以藥化為水，毛髮不存矣」。這一細節描繪，成為宋人吳淑《洪州書生》和洪邁《花月新聞》中模仿的對象，也受到後世眾多武俠小說家的青睞。

不過投毒殺人不免有失「英雄本色」，非大俠所為，發展到後世的武俠小說裡，真正的俠客頂多依仗其作為掃尾的工具。

關於化屍藥的來源，有些學者認可葛洪《抱朴子內篇卷三・對俗》所寫「三十六石立化為水，消玉為粭，潰金為漿」，有些則將段成式《酉陽雜俎》前集卷七裡的「能消草木金鐵，人手入則消爛」作為引證。此類說法是科學之論抑或文人想像，尚待討論。

第三節　話本小說中的「好漢」

一、白話語言和世俗化

從中國小說發展而言，唐宋兩個朝代成為文言和白話的分水嶺。宋元時期，社會政治經濟日益發展，「說話」藝術也隨之興盛，此時出現了一種新型的小說——「話本」。

話本小說是中國古代白話小說的開端，它的出現令中國古代小說面向更為廣闊的空間，其影響直至明清的章回小說。從嚴格意義來說，話本小說和章回小說同屬一個系統，只是篇幅短長不同。短篇為話本，長篇為章回。

話本小說興盛於宋代，和北宋繁榮的經濟密切相關。隨著城市手工業、商業的繁榮，各類行業一齊湧現，市民階層因而不斷壯大。市民的文化娛樂活動也變得更加豐富。因此，在「瓦舍」、「勾欄」之間便出現了運用當時白話講述故事的說書人。加之宋代的統治者對「說話」頗為愛好，也推而廣之，更有利於話本小說的興起和繁榮。「小說起於仁宗朝，蓋時太平日久，國家閒暇，日欲選一奇怪之事以娛之」。[75] 此類風氣流播，及於南宋。

漢代說書俑，藏於國家博物館。說書行當，歷史久遠，至宋代「說話」藝術盛行，推動了白話小說發展

宋元時期，依據科目、家數的不同，大量的話本被寫定流傳。羅燁編著的

75. 郎瑛，《七修類稿》，文化藝術出版社，1998 年。

《醉翁談錄》對宋代話本作了詳盡的記錄。在書中的《小說引子》和《小說開闢》兩篇中，他詳細介紹了當時說話技藝的具體情況。他在《小說開闢》中分別舉例說明了小說的八大類型，有靈怪、煙粉、傳奇、公案、朴刀、杆棒、神仙、妖術。

汴京「說話」藝術之盛，在孟元老的《東京夢華錄》、吳自牧的《夢粱錄》及灌園耐得翁的《都城紀勝》皆有提及。灌園耐得翁曾將南宋小說類分三種：「一者銀字兒，如煙粉、靈怪、傳奇；說公案，皆是搏拳、朴刀、杆棒及發跡變泰之事；說鐵騎兒，謂士馬金鼓之事。」[76] 此說法稍類似於吳自牧的《夢粱錄》。話本小說裡的公案、朴刀、杆棒等所述泰半為綠林江湖之事，承襲了唐代傳奇中俠客故事的餘韻，轉換了活動的舞台。

宋元話本與唐代傳奇最大不同，在於第一次全面突破了文言為主的小說用語的範疇，採用了為廣大人民群眾都能接受的白話來進行創作。與唐代相比，話本的作者多數是宋代的說書人，不再如同傳奇的作者是唐代的「高級知識分子」。

宋代的說書人關注世俗人生，其主要擬想讀者是廣大市民階層。比起唐人注重上流社會，宋人明顯傾向於尋常百姓。以往叱吒風雲的英雄、高妙玄遠的雅士，被世俗人生裡的普通百姓所替代。

宋元話本小說為了吸引讀者和聽眾，更注重「戲劇性」。這

---

76. 灌園耐得翁，《都城紀勝》，中國商業出版社，1982 年。

樣，小說的世俗性逐漸加強，比如《楊溫攔路虎傳》中的求助綠林好漢、《萬秀娘仇報山亭兒》中的俠骨孝心，無疑是追求正義與平等的體現，後來的章回小說《水滸傳》，更是充分表達了這一思路。《楊溫攔路虎傳》中，將楊溫對打李貴的一招一式進行描寫，所用術語十分準確，在中國武俠小說史上一開先河。

從武俠小說的發展來說，宋元說書藝人控訴吏治，推崇替天行道，塑造了一個充滿蒙汗藥和人肉饅頭的江湖世界，把舞刀、錘煉、使棒這些功夫推至一個新境界，完成了從唐代傳奇《聶隱娘》到明代章回小說《水滸傳》過渡。

話本小說多由「才人把筆」寫作而成，然具體作者已無法考證。「書會先生」即興「作了一支曲子」，「才人」按照傳說「編成一本風流話本」，其學識之廣、文化修養之高可見一斑。[77]

宋元時期，文人關注說書藝術，在修飾、創作和話本小說的刊行上也頗費精力，終於完成了由「說書」至「小說」的過渡。

元代陸顯之的話本小說《好兒趙正》，講述了盜俠宋四公之徒趙正、侯興戲弄慳吝富豪張員外及將官員馬觀察、王殿直捕獲的故事，對趙正為民除害的俠義形象刻畫得十分成功，內容精彩，頗值得一觀。現存《宋四公大鬧禁魂張》，乃是《好兒趙正》經明人修改後的易名話本。

此外，元代已開始流行講史話本《宣和遺事》，梁山泊的故事

---

77. 陳平原，《說書人與敘事者——話本小說研究》，見《上海文學》，1996 年第 7 期。

包含其中，有宋江殺閻婆惜、楊志賣刀、晁蓋智取生辰綱以及三十六人聚義梁山等，後來的《水滸傳》取材於此，「俠義」的觀念貫穿著人物個性，與此相關的雜劇約有數十齣。

話本小說，人物形象煥然一新，語言通俗淺顯，情節曲折有致，獨具藝術特色，延續了武俠小說脈絡，使後代的武俠小說走上了成熟之路。

後世的明清劍俠、公案小說，從體裁、情節、語言、風格以及創造方法上，無不受到話本小說中綠林英雄的直接影響。在武俠小說的發展歷史上，話本小說具有承前啟後的重要地位。

二、從豪俠的劍術到綠林好漢的朴刀

《古今小說‧序》寫道：「唐人選言，入於文心；宋人通俗，諧於里耳。」[78] 小說之通俗不僅在於「諧於里耳」的文體語言，更在於為市井百姓道出心聲，使傳統文化中的俠客形象能與新興市民的審美情趣相契合。因此，話本小說中俠客多以平民社會為行俠場所，俠義之舉充滿世俗性質，往往遵從公共秩序，並不與官府的權威對抗，原始野性有所削減。此外，「俠義精神」中的一個重要位置被江湖義氣所佔據，成為宋元明清與前代俠客的本質區別所在。

宋代經濟迅猛發展，官僚政治取代貴族政治。文官地位的上

78‧綠天館主人，《古今小說‧序》見馮夢龍《古今小說》，人民文學出版社，1981年。

升，影響了社會的重文輕武風尚，胯下白馬、身佩長劍的俠客形象在主流敘述中淡出，讓位於風流倜儻的書生。俠客更多地退到了社會的邊緣，進入話本小說裡，成為手執粗劣「朴刀杆棒」的江湖遊民。

話本《錯斬崔寧》描寫攔路搶劫的「靜山大王」:「腰間紅絹搭膊裹肚，腳下登一雙烏皮皂靴。手持一把朴刀。」《趙太祖千里送京娘》說宋代開國皇帝趙匡胤是「八百軍州真帝主，一條杆棒顯英豪」。帶有遊民性質的俠客和他們標誌性的「朴刀杆棒」在社會的邊緣虎虎生風。

「朴刀杆棒」與唐代俠客手中的長劍截然不同，其身價、使用者都是天差地別的。「朴刀杆棒」是遊民闖蕩江湖和反抗社會不平的必要武器，除了防身，還能充當工具為他們謀得衣食。

這兩種武器，由於普遍意義不大，並未出現在宋代以前的文學中。直至宋代，在兵役制度上，徵兵制為募兵制所替代，農民無需義務當兵，加之農民受宗族所縛，不再尚武。此外，統治者為了讓老百姓安心作順民，便以法禁武，違者處以重刑，甚至在一些地方不准私藏兵器，符合宋代自建立以來所實行的重文輕武政策，尚武不再符合社會的主流。「尚武」精神由顯貴的社會上層位移到了社會邊緣，珠光炫耀變成了塵土飛揚，僅僅存留於主流社會以外的遊民身上。

宋代對於兵器嚴厲管制，朴刀介於兵器與農具之間，易得且便宜，並不違法，就其長度而論，不算是長兵器，屬於短兵器一類，刀頭長度大約占了整體長度一半。

《水滸傳》裡寫盧俊義與梁山好漢爭鬥，說得很詳細，「盧俊義取出朴刀，裝在杆棒上，三個丫兒扣牢了，趕著車子，奔梁山泊路上來。」[79] 這裡的「朴刀」只是個刀頭，安把之處有螺口，杆棒的一端有螺絲，而且是「三個丫兒」，安裝好了，十分結實。

朴刀帶有多功能性質，可以兩用，刀把可從刀頭取下作杆棒用。朴刀平時不用，像長槍一樣靠在牆根或槍架上。水滸故事中最慣用的兵器就是朴刀，使用朴刀者基本上都是平民出身。林冲鬥楊志，劉唐鬥雷橫，都是水滸中很經典的朴刀戰。

兩宋社會的矛盾與腐敗導致民不聊生，百姓鋌而走險，亡命江湖，成為遊民。外族侵略後宋朝往南遷都，義軍和眾多盜匪在湖泊山林間建立活動據點，各色山寨一併而起。由於俠客的世俗化，中國民間社會的綠林階層得以形成。浪跡江湖的遊民帶上一把朴刀，手執一條杆棒，無形中就增加了安全感。

熟悉江湖生活的「說話」人把它編入話本中，成為「說話」中的一類，並把與「江湖亡命」和綠林生活有關的作品皆歸入此類。

綠林好漢不僅具有文身、諢號和歃血為盟等外在特徵，還有路見不平、拔刀相助以及禍福同享的江湖義氣，這些對後世武俠小說的創作影響深遠。

---

79. 施耐庵，《水滸傳》，人民文學出版社，1992 年。

三、《攔路虎》的成就

羅燁在《醉翁談錄・小說開闢》中對話本小說的八大門類都有記錄，武俠小說書目在靈怪、公案、朴刀以及杆棒、妖術等五個門類中皆有涉及。其中「杆棒」類的代表佳作便是《攔路虎》。

《攔路虎》，即《清平山堂話本》中的《楊溫攔路虎傳》。此篇小說是宋元話本「朴刀」、「杆棒」類的代表作品。

故事述楊令公後人楊溫楊三官人武藝高強，智謀深粹，娶殿值太尉冷鎮之女為妻，因占卜有大凶，須離家百里免災。夫妻二人同往東嶽祈禳，途中遇到強人打劫，搶走楊妻和行李。楊溫來到縣城，住在客棧，欲去告狀，又無銀錢。先後與當地楊員外、馬都頭和山東夜叉李貴比棒皆勝。李貴徒弟來向楊溫尋仇，楊員外將楊溫救下。

當日，有大漢來楊員外處，告其父楊太公身體不快，請其回家。楊溫認得大漢就是那天搶劫他的強人中的打火把者。後來楊溫得知妻子被楊太公舊交山大王楊達搶走，又遇到昔日父親帳下士卒名陳千也在此地作了大王。

陳千率百餘人同楊溫至北侃舊莊，救出冷氏。強人趕來，楊溫等人正難支應，馬都頭率五十人巡行到此，一同迎敵。楊溫一棒打倒楊達，大破賊眾，攜夫人回京。後來楊溫邊庭上立功，做到安遠軍節度使。

《楊溫攔路虎傳》在中國武俠小說發展史上具有深遠意義，取得了重要成就。

其一，這篇小說開了武俠小說以草莽俠客傳奇的結構講述故事的先河。在先前的小說中，作家大半採用的是雜記、傳奇題材，截取俠客生活的某一片段敷衍成文。俠客的故事是小說情節的組織綱領，讀者如果想在頭腦中形成武俠、俠義、江湖等完整概念，必須在閱讀後進行必要的重組。由於讀者的閱歷不同，通過這種重組獲得的武俠小說概念往往大異其趣，這就造成了武俠小說概念上的混亂。

《楊溫攔路虎傳》則採用了「以人為綱」的結構方式，通過講述俠客楊溫的傳奇遭遇，串聯不同江湖豪俠。在楊溫與楊玉、李貴、馬都頭、楊達、陳千等江湖人物的交往互動中，展現了一個完整的江湖世界，在這些江湖人物的襯托下，塑造了俠客楊溫的形象。

《楊溫攔路虎傳》中營造的江湖世界，明顯是在對唐代傳奇中江湖世界的繼承和改造。《楊溫攔路虎傳》中，俠客的中間存在著一種江湖以外人物很難察覺的溝通網路，知名的江湖人物之間往往是相互聞名。

楊溫化名前來比棒時，對手李貴就說：「使棒各自聞名，西京哪有楊承局會使棒？」這些江湖人物都是通曉武術，在交往和解決矛盾時，常常通過比武或者決鬥的方式，武功高強的人會受到尊重。在江湖世界，發生的事情是一般百姓很難直接參與的傳奇經歷。楊溫失妻得妻、與人比棒、東嶽打擂，楊達、陳千落草為寇、楊青父子暗結強人等等。都可以從唐代傳奇中找到痕跡。

其二，在繼承唐代傳奇小說部分特徵的同時，《楊溫攔路虎傳》也在此基礎上進行了創新。唐代傳奇的江湖中，俠客大多是獨來獨往的個體，交往也未見「生死同命、兩肋插刀」的義氣。在《楊溫攔路虎傳》中，俠客十分講究義氣交往。楊溫東嶽打擂，擊敗山東夜叉李貴，李貴的徒弟前來報仇是義氣；本地員外楊玉為救楊溫，願與楊溫結拜是義氣；李貴徒弟見楊溫是熟人楊玉的兄弟，盡棄前嫌，化敵為友也是義氣。

小說中描寫的義氣既不是儒家所謂的「有所為，有所不為」的「大義」，也不同於韓非子所說的「私義」，這是一種江湖路人之間，一種同道認同互助的義。江湖俠客開始在義氣的原則下相互幫助，形成不同於主流社會但相對穩定的江湖倫理。

《楊溫攔路虎傳》中，俠客都是市井百姓形象，或者地位不高的小人物，少見叱吒風雲的俠客形象。楊溫雖然號稱名將楊令公後人，但在小說中他的言談舉止、聲息口吻，分明是個市井人物。如與楊員外結拜時暗想：「我要去官司下狀娶（當為「取」）妻，便結識得一個財主也不枉了。」這種攀附權貴、計算功利的心理完全是市民特色，絕非官宦子弟。

此外，在《楊溫攔路虎傳》中出現的俠客全部都是社會的底層人物，楊青父子是鄉官，楊達、陳千是強盜，馬都頭是衙役。這些下層人物構成的江湖，標誌著武俠小說由雅向俗。

其三，草莽英雄形象的塑造。唐代傳奇中塑造的俠客都具有完美人格，表達出人對自身的一種超越，這是高於現實的。《楊溫攔路虎傳》中塑造的俠客楊溫完全不同於以往的俠客。在小說中，楊溫是一個普通人。儘管書中說他「武藝高強、智謀深粹」，但他表現出的並不是這樣。他因為一個「未卜先知」的算卦人的占語，盲目遠行，遭遇大禍，不可謂智；手無兵器，無法反抗，妻子被強人掠走，不可謂強；攀附權貴、畏懼衙役，不可謂節；需要陳千率人說明，才能解救妻子，不可謂勇，這是一個充滿缺點的俠客。但就是這樣一個俠客，卻讓讀者產生了一種親切感。楊溫遭遇強人，妻子失散的時候，讀者也會感到痛苦；當他落魄劉家客棧，歸家無路，告官無門時，讀者也會為他感到焦急；在他投靠員外楊玉，逼迫比棒時，又會對他的退縮忍讓表示理解；在他東嶽爭棒，奪下彩物時，又為他的成功喝彩。楊溫和普通人的距離感很小，他的故事講述的實際上就是市井人物自己的故事。

其四，白話為主、韻散相間的小說語言。《楊溫攔路虎傳》中，小說的正話部分是由白話寫成，但「白話基本上只承擔著敘述故事的功能，一旦需要對景物或人物進行描寫時，便要藉助詩詞或韻語」。[80] 這種小說語言已基本擺脫文言敘事話語體系對小說的束縛，開始邁入白話敘事話語體系。這種小說話語體系有利於敘述者以更通俗、更鮮活的民間口語來結構、傳播小說。儘管這種小說語言還顯得稚嫩，缺乏必要的文學色彩，卻為《水滸傳》中文學化的白話敘事話語提供了藝術上的借鑑。

---

80. 張稔穰，《中國古代小說藝術教程》，山東教育出版社，1991 年。

第三章

東海潮來月怒明

——明清武俠小說創作（長篇）

第一節 明清武俠小說的成熟

《劍俠傳・義俠》

明清時期的武俠小說創作與唐宋元時期有了很大區別。唐代傳奇基本採用的都是雜記、傳奇體，以文言寫就，篇幅不長，作者都是文人，題材主要是奇異見聞和朝野逸史，少有取材民間。宋元時期，多為話本小說或擬話本小說，題材主要來自民間。明清時期的武俠小說則諸體兼備，既有雜記、傳奇、擬話本的精煉之作，也不乏章回體的鴻篇巨制。這些小說在寫作語言上不拘一格，擬話本、章回小說多用白話，雜記、傳奇仍採用文言。

「武俠」題材小說的逐漸成熟，離不開各階層作家的積極創作，這其中有像施耐庵、羅貫中那樣的亂世才子，也有宋濂、王世貞、王士禎那樣的文壇中堅，還有出沒市井、嬉笑怒罵的馮夢龍，獨坐書齋、神馳萬里的凌濛初。

作家們由於各自生活經歷、文學素養、個人情性的巨大差異，其筆下的俠客形象和俠義故事完全不同。明清時期的武俠小說發展呈現了百花齊放、百家爭鳴的局面。

武俠小說在明清時期走向全面繁榮，其標誌有三：其一，明清武俠小說藉助小說的發展，其作品、作家數量遠超前代，呈現百花齊放的景象；其二，各種體制樣式的武俠小說在明清都達到了較高的藝術水準，傳奇、雜記、話本、章回、合集，都有代表作家、作品出現；其三，中國武俠小說的重要代表作《水滸傳》於元末明初完成，並在明嘉靖年間刊刻發行，標誌著武俠小說一個高峰的到來。

此階段武俠小說取得的成績主要有三個方面：

一是在小說形式上有了新的發展，出現了大批長篇小說。截至民國成立前，除了《水滸傳》外，尚有《水滸後傳》、《禪真逸史》、《綠牡丹全傳》、《兒女英雄傳》、《三俠五義》、《施公案》、《彭公案》、《小五義》等作品，都產生了巨大社會影響。

二是「情俠」類小說在文言武俠小說中出現，代表作就是馮夢龍的《情史》，共計36篇，所寫皆為追求愛情過程中的俠義情懷。《卓文君》、《紅拂妓》，為了追求愛情，不惜違抗父母之命，反抗封建教條；《沈小霞妾》、《邵金寶》，為所愛之人生活幸福，甘願自己承受苦痛；《許俊》和《崑崙奴》裡，為了成全他人，仗義出手相助。

儘管這些故事大多來自於唐代傳奇的改編，但傾注了作者愛恨分明的思想，論證了人性中情愛的巨大力量。

三是「劍俠」類的小說開始興起，比較有名的是明代王世貞編纂的《劍俠傳》和清代的《續劍俠傳》，記述了漢至唐宋諸朝，俠客以絕妙的武功打抱不平、除暴安良的事蹟。

這一時期的小說大多寫的是明朝或者明朝之前的事，不過具有很強的時代感和歷史感，呈現出現實意義，對「俠義精神」進行歌頌，具備了認識價值和審美價值。

明清時期的有關「武俠」題材的小說大約有四種類型，對後來民國時期武俠小說的創作影響甚鉅：

一是與歷史演義、英雄傳奇結合的「歷史武俠」小說。《水滸傳》之後，還有後續的《水滸後傳》、《後水滸傳》、《蕩寇誌》，以及《禪真逸史》、《飛龍全傳》等。

二是與神魔小說結合的「神怪劍仙」小說。從根源上來說，當今網路上流行的仙俠類小說的源頭一般都來自這些小說。這樣小說的描繪對象，多是那些得道成仙或是劍術超凡之人，他們不稱俠客，而稱為劍俠或劍仙。

他們憑藉仙術，踏入紅塵，為國除奸，打抱不平，所以被百姓廣泛歌頌。不過與世俗俠客不同的是，這些劍俠的能力，遠超人的體能限制，近乎神話，所以作者在進行武技較量時，往往會進行大量精彩的具體描寫，為後來民國時期的武俠小說創作提供了參考。類似作品有《綠野仙踪》、《濟公全傳》、《七劍十三俠》等。

三是與公案小說結合的「俠義公案」小說，代表作有《三俠五義》、《施公案》、《于公案》等。

四是與才子佳人小說結合的「兒女英雄」小說，這類作品主要以男女之間的愛情來貫穿整部作品，故事中的主人公不僅是「俠義精神」的代表，還是傳統忠孝節義的化身。

這樣的作品有《世無匹》、《好逑傳》、《兒女英雄傳》、《綠牡丹全傳》等。

明清時期武俠小說的繁榮並非偶然，長期以來被視為小道，「君子弗為」的小說，在這一時期正式被各階層認識接受，大批正統的文人開始創作、閱讀、評論、傳播這些小說。

第二節　《水滸傳》的巨大意義

一、《水滸傳》故事的流行

《水滸傳》，明高儒《百川書志》中寫的《水滸傳》標為「施耐庵的本」，「羅貫中編次」。今所見明本，有題「施耐庵編輯」（明雄飛館英雄譜本）；有題「施耐庵集撰」，「羅貫中纂修」（鄭振鐸藏明嘉靖殘本、天都外臣序本）；有題「中原羅貫中道本名卿父編輯」（明余氏雙峰堂志傳評林本）。由此可見，明代人對於《水滸傳》作者的意見已是不一，但對作者的認定，大致不出施耐庵、羅貫中兩人，在當代的學術界，一般多傾向於《水滸傳》為施耐庵所作。[81]

施耐庵生平資料極少。《西湖遊覽志餘》說他「諱子安，字耐

---

81. 馬幼垣，《水滸論衡》，生活・讀書・新知・三聯書店，2007年。

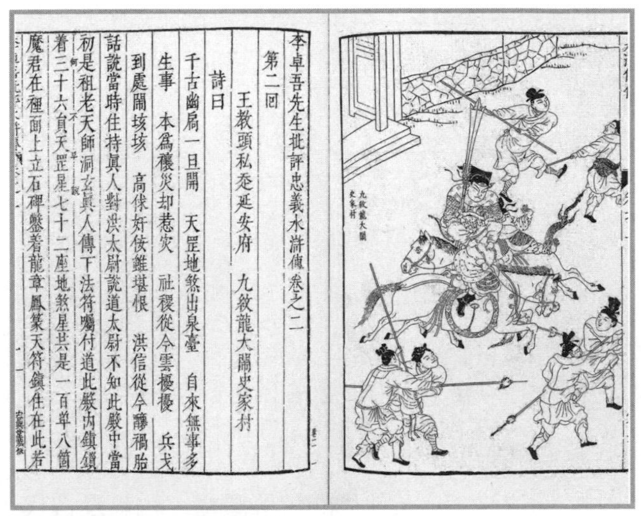
李卓吾先生批評忠義水滸傳卷之二

第二回　王教頭私走延安府　九紋龍大鬧史家村

詩曰

千古幽扃一旦開　天罡地煞出泉臺　自來無事多生事　本爲禳災却惹災　社稷從今雲擾擾　兵戈到處閙垓垓　高俅奸佞雖堪恨　洪信從今釀禍胎

話說當時住持眞人對洪太尉說道太尉不知此殿中當初是祖老天師洞玄眞人傳下法符囑付道此殿內鎭鎖着三十六員天罡星七十二座地煞星共是一百单八箇魔君在裡面上立石碑鑿着龍章鳳篆天符鎭住在此若

明容與堂刻本《水滸傳》書影

庵。生於元貞丙申歲，為至順辛未進士。曾官錢塘二載，以不合當道權貴，棄官歸里，閉門著述，追溯舊聞，鬱鬱不得志，齎恨以終……歿於明洪武庚戌歲，享年七十有五。」[82]《興化縣續志》云：「施耐庵原名耳，白駒人。祖籍江蘇。少精敏，擅文章。元至順辛未進士。與張士誠部將卞元亨相友善。……明洪武初，徵書數下，堅辭不赴。未幾，以天年終。」[83]此外，在《施耐庵墓誌》、《故處士施公墓誌銘》、《耐庵小史》等資料中均有施耐庵的生平記錄。儘管這些文字互有出入，學界對此紛爭已久，但有一點是

82. 田汝成，《西湖遊覽志餘》，見《水滸傳資料彙編》，南開大學出版社，2002 年。
83. 王道生，《施耐庵墓誌》，見《水滸傳資料彙編》，南開大學出版社，2002 年。

確定的，即施耐庵是元末明初人，經歷過元末農民大起義。

《水滸傳》以北宋末年奸臣亂國為背景，描寫了以宋江、晁蓋為首的一批江湖豪俠逼上梁山，聚眾起義，替天行道的故事。

小說提出的「替天行道」口號、完整江湖格局、武術與俠客的結合，標誌著中國武俠小說的創作出現了一個高峰。

《水滸傳》以酣暢淋漓的筆墨，鋪展開一幅江湖社會的廣闊畫卷，塑造了一批家喻戶曉的「好漢」形象。梁山好漢替天行道、扶危濟困的壯舉，他們之間情逾骨肉、生死與共的義氣，無法無天、豪邁灑脫的行為，頗具古代任俠之氣；他們的偏激嗜殺，他們的「不近女色」，他們的恃強蠻橫，也都是古代遊俠習氣的遺留。

書中的人物都有著不同特性，人物的言語、舉止皆與其身分、地位緊密相合，讀者通過文字即可感受他們獨特的個性。

關於《水滸傳》是經過長期「累積」才最後成書的作品，現代以來的研究者胡適、魯迅等人，一般不存在疑義。

綜觀目前的文獻比較詳細的宋江和梁山好漢的故事，可以追溯到宋元「平話體」《宣和遺事》中，宋江等從嘯聚山林到受朝廷招安，僅僅佔據著很小一部分情節，與後來的《水滸傳》比較，其故事簡單，但重要的情節如出一轍。關於宋江的身世，還有三十六人的名字，與後來《水滸傳》基本相同，可以說有了基本的故事架構。

《水滸傳》一書，儘管歷代多人對它進行了編纂和完善，但其拼湊跡象依然很重。

《水滸傳》的完整故事，在大約十五世紀末期刊印，深受讀者喜愛。自明至清，《水滸傳》刊刻版本眾多，可見其受歡迎的程度，當時所謂「今人耽嗜《水滸》」[84]，肯定不是個別人的感覺。作為一種歷來被視為「稗官野史」的「通俗小說」，《水滸傳》竟然受到不少士大夫階層文人的推崇。

李贄喜讀《水滸傳》，並且作了點評，公開宣稱「《水滸傳》批點得甚快活人」[85]。雖然晚明出現的各種標署「李卓吾先生批評」的《水滸傳》評點本，尚不能肯定哪些是真的出自李贄之手，但其中確實反映了晚明知識階層中一些人藉《水滸傳》中的故事情節、人物等抒發評點者的感慨。他們借題發揮，表示對現實的不滿。

水滸故事流傳廣泛，如明中葉以後城鄉盛行的「葉子戲」（一種紙牌遊戲），「鬥葉子之戲，吾昆城上至士夫，下至僮豎皆能之。」[86]牌面上所繪即為「水滸人物」圖像，這種「水滸葉子」很可能產生於《水滸傳》正式刊本以前。明清之際的張岱記其家鄉以三十六人扮成「梁山好漢」遊行禱雨[87]。這些民間行為與晚明士人比擬「水滸人物」作《東林點將錄》[88]一樣，說明《水滸傳》故事、人物已為當時社會各階層所熟悉，明末一些暴動的饑民和盜賊首領借

---

84. 錢希言，《桐薪》。
85. 李贄，《與焦弱侯》，見《續焚書》卷一，中華書局，1975年。
86. 陸容，《菽園雜記》，中華書局，1985年。
87. 張岱，《陶庵夢憶》，西湖書社，1982年。
88. 文秉，《先撥志始》卷上，記天啟五年（1625），魏忠賢的同黨左副都御史王紹徽，仿照《水滸傳》的方式，編東林黨一百八人為《東林點將錄》。

用《水滸傳》中英雄好漢名字以為號召，可見其影響力。

魯迅認為《水滸傳》的要旨是「為市井細民寫心」，以後的武俠小說《三俠五義》則「僅其外貌，而非精神」[89]。所謂「為市井細民寫心」，應該說是對《水滸傳》內容及精神較為準確的概括。

二、《水滸傳》中的「俠義精神」

《水滸傳》以「結義」、「聚義」作為整部作品的主要線索，「義」字不僅貫穿全文，更是整本書的核心所在。宋元的小說和戲曲大多較喜寫一些「結義」的故事，不僅《三國演義》、《水滸》、《說岳》、《五虎平西平南》等書如此，其他故事亦多類似情節。結為「異姓兄弟」，其實是古代長期以來的，以血緣關係為紐帶的宗法關係的投射，是中國古代社會結構和社會關係體系變化在人們觀念心理上的一種表現。[90]

中國古代從宗法社會關係體系派生出來的傳統道德思想——特別是董仲舒、朱熹等人對儒學進行一次次改造後，道德思想一直是以「忠孝」為首。

「孝」是基礎，「忠」是「孝」的放大，而皇權至上又將「忠」推到絕對的高度。這種非血緣的「亞關係」被強調，「義」的地位被提高，儘管沒有否定「忠孝」的意思，卻無形中貶抑了「忠孝」。

---

89. 魯迅，《中國小說史略》，人民文學出版社，1973 年。
90. 李時人，《〈水滸傳〉的「社會風俗史」意義及其「精神意象」》，見《求是學刊》，2007 年第 1 期。

《水滸傳》大力弘揚一個「義」字，與中國儒家經典中作為意識形態範疇的「義」既有聯繫，也有區別。《水滸傳》講的不是帝王將相，而是草莽英雄的傳奇故事。梁山好漢往往打著「替天行道」的旗號，這裡所說的「道」，只能認為是「公道」，而替天行道往往是幫普通的百姓尋找公平，特別是一些朝廷和官府沒有辦法處理得公平的事情。

是以「替天行道」可視為「行俠仗義」的另一說法，也就是說，《水滸傳》首先強調的是「俠義精神」。

《水滸傳》反映的時代，是北宋末期社會和政治的混亂世態。書裡多是貪官污吏橫行不法，百姓有苦無處伸張。宋江等人與當權者的對抗，多少替百姓出了一口怨氣。

《水滸葉子・宋江》

真實的事件，經由說話人誇大增飾，進而成為一部完整的作品。官逼民反是《水滸傳》的中心思想，人們厭惡不公平的現象，但卻沒有能力去推翻這種社會體制，從「替天行道」到「接受招安」，正是當時一般民眾的心態。

《水滸傳》裡面的好漢，因為受到「俠義精神」的約束，其行為多是出自於角色本能地去履行一種扶危濟困的職責。這種「仗義行俠」的情節一再出現，就初步形成了一種江湖規矩，而這種規矩，往往是和社會法治對立存在的。

比如宋江、柴進等人，都以藏匿逃犯、扶助落難人為樂事。這種助人脫危，不計自身安危，也顯示出對炎涼世態、輕薄世風的針砭。

有學者認為，梁山好漢「是一個急公好義，勇於犧牲，有原則，有正義感，能替天行道，紓解人間不平的人」。[91]

「俠義疏財，濟人不瞻」是《水滸傳》中「俠義精神」的又一體現。拉法格認為「為了抑制攫取的本能，人類曾走過比抑制和消滅復仇欲還要多得多的階段。這種原始的本能的克制，促進了正義觀念的建立正義思想的人是報復的渴望和平等的感情。復仇，個人自衛和自我保存的行為，變成集體自衛和集體自我保存的行為。」[92]

《水滸傳》裡好漢的重義輕財多出於民間正義對官府、惡人的反抗，他們通常無私地幫助處於窘困境地中的人。第十八回對宋江的「俠義」行為有如此交代：

為人仗義疏財，平生只好結識江湖上的好漢，但有人來

91. 田毓英，《西班牙騎士與中國俠》，台灣商務印書館，1983 年。
92.〔法〕拉法格，《思想起源論》，生活・讀書・新知三聯書店，1963 年。

投奔他的，若高若低，無有不納，便留在莊上館谷，終日追陪，並無厭倦；若要起身，盡力資助，端的是揮霍，視金似土。人問他求錢，亦不推託；且好做方便，每每排難解紛，只是周全人性命。如常散施棺材藥餌，濟人貧苦，周人之急，扶人之困，以此山東、河北聞名，都稱他做及時雨，卻把他比做天上下的及時雨一般，能救萬物。[93]

宋江的做法，使得許多心高氣傲的豪傑見了宋江之後「納頭便拜」。正因為這種俠義疏財品格，讓他們仰慕宋江，為之折服，才有了這樣的舉動。

武俠小說之中，武功有高低上下之分，俠義的品量也有不同。小說的第三回，魯達、史進和李忠在酒店裡，遇到金家父女，看到他們遭受「鎮關西」欺辱，魯達想要資助其盤纏，拿出了身邊僅有的五兩銀子，看著史進說：「洒家今日不曾多帶些出來，你有銀子，借些與俺，洒家明日便送還你。」史進立刻拿出十兩銀子，說不用還了。魯達又看著李忠說：「你也借些出來與洒家。」李忠去身邊摸出二兩銀子。魯達嫌少，就說：「你是個不爽利的人。」又把二兩銀子丟還給李忠。[94]

《水滸傳》的「俠義精神」，還體現出了普通百姓對官府貪污受

93.《水滸傳》，人民文學出版社，1992 年。
94.《水滸傳》，人民文學出版社，1992 年。

賄、統治黑暗、無公平、無效率等社會現象的反抗，梁山好漢「劫富不劫貧」「不義之財，取之無礙」，反映出對權貴的痛恨。

《水滸傳》之後，使得塑造平民的英雄形象成了中國傳統文學的一個傳統，通過人物的「俠義」行為，溝通了通俗文學、江湖傳聞、文人文學的聯繫，構築出的江湖聚義、懲治奸佞、扶危濟困等眾多主題，成為武俠小說中恒久的故事核心。

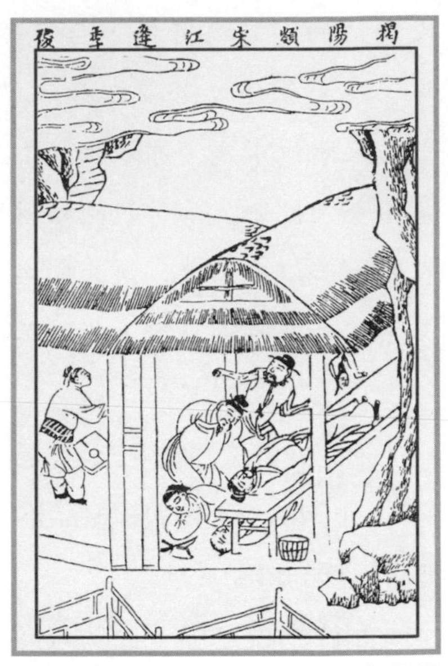

明容與堂刻本《水滸傳》插圖・揭陽嶺宋江逢李俊

三、水滸英雄身上的匪盜氣

《水滸傳》具體情節和人物描寫籠罩了濃濃的匪盜氣，在對封建禮教、封建秩序進行衝擊的同時，也暴露出這些英雄身上無法去除的流氓氣息，以及潛在的嗜血慾望，「無意中顯露出民族心理的某種缺陷」，[95] 這些也成為後世武俠小說一些血腥和暴力描寫的濫觴。

---

95. 夏志清，《中國古典小說導論》，安徽文藝出版社，1988 年。

《水滸傳》在宣揚「俠義精神」的同時，也崇尚匪盜之氣。比如金眼彪施恩佔據快活林開店，做著「收保護費」的流氓事業，被同樣有著官方背景的蔣門神強行奪了「這塊肥肉」，施恩不得已請來武松「醉打蔣門神」。故事精彩，盡顯武松英勇，但雙方其實沒有正義可言，武松也不過是扮演了一個幫兇的角色。此外，像李逵對宋江、燕青對盧俊義的愚忠，都帶著濃厚的匪盜之義的色彩。

祝氏三傑和曾家五虎、史文恭、方臘等人，論人才武功，不在梁山好漢之下，但利益不同，口號相異，便成為梁山好漢的討伐對象。李雲是朱富的師傅，有恩於他，但為了救李逵，朱富還是麻翻了李雲，雖未殺他，但失了罪犯，官府豈能容他，於是只好一同落草。

《水滸傳》中的人物，從李逵到宋江，匪盜氣概莫例外。李逵一出場，便是個無賴形象，賭博輸了錢不認帳，還要動手打人。買魚時漁家不賣，乾脆跳上船去搶。在後來，救宋江劫法場時，不問青紅皂白，官兵百姓，只顧掄起一雙板斧，「一斧一個，排頭兒砍將去」。幫狄太公捉妖，發現是姦情，一併連狄太公的女兒也砍死了。在酒店吃酒，無錢付帳，主人討要時，也一斧砍倒了事。

作為梁山泊頭領的宋江，也有過切身體驗。未上梁山之前，宋江因罪被刺配江州，一路接連遇險，先是經過一黑店裡被麻翻，接著又得罪了鎮子上的惡霸，被追殺得無路可走，最後好不容易逃到一條船上，不料又撞到剪徑強人，眼看著下水成了「餛飩」。原來幹這些事兒的，都出於小說中這些響噹噹的角色之手：

李俊、張橫、穆弘、李立……開黑店的另有孫二娘和張青。張青向武松這樣敘述自己的酒店生意：

> ……只等客商過往，有那入眼的，便把些蒙汗藥與他吃了便死，將大塊好肉切做黃牛肉賣，零碎小肉做餡子包饅頭……三等人不可壞他……第二是江湖上行院妓女之人……若還結果了他，那廝們你我相傳，去戲台上說得我等江湖上好漢不英雄。[96]

這本來就不是什麼光明磊落的行徑，做就做了，還要怕「行院妓女」說三道四，壞了名聲。

宋江招撫秦明時，不惜用毒計，使「數百人家，卻都被火燒做白地一片」，燒死的普通百姓不計其數，連秦明的妻小一家人口也一併斷送。

梁山好漢的嗜血性，也同樣讓人瞠目。《水滸傳》中，血淋淋的場面屢屢出現，攻城掠寨時屍橫遍野、血流成河的慘象自不待言，李逵殺起人來如砍菜切瓜的行徑已是過激，而武松殺嫂、楊雄殺妻這些帶有自然主義傾向的描寫，濃重的血腥氣令人難以卒讀。

《水滸傳》全書除了武松殺嫂、楊雄殺妻外，尚有不少血淋淋

96.《水滸傳》，人民文學出版社，1992 年。

的殺人場面。第三十回武松鴛鴦樓連殺十五人，本來「只合殺三個正身，其餘都是多殺的」。可濫殺無辜的武松卻絲毫沒有懊悔負疚之情，反是得意洋洋，「我方才心滿意足，走了甘休。」

事實上，武松完全不需殺得「血濺畫樓、屍橫燈影」，裡面很多人並不是同謀，也沒有反抗，武松寫上「殺人者打虎武松也」，也不存在殺人滅口的問題。這樣血濺鴛鴦樓，只是殺得性起，並且是在殺人中得到某種「心滿意足」的快感與樂趣，充分暴露出野蠻和殘忍的匪盜氣息。

匪盜氣的另一表現方面，出現在濃烈的「突出的厭惡女性的傾向」。作為崇尚陽剛的《水滸傳》世界裡，「不近女色」自不待言，但其鄙視、輕視婦女的情況則需要批判。

造成這種觀念的原因，一方面是將女人視為縱橫江湖的累贅。如費孝通所言，中國家族鄉土社會的俠「感情傾向偏於同性方面」，而且「感情定向走向同性關係的程度已不淺」。[97] 這偏於同性的感情定向，使此一時期中國的俠與西方騎士不一樣。他們看重友情，輕蔑愛情，視兄弟手足之情遠勝於男女異性愛情。

另一方面是不好女色、禁慾便被視為習武者的一項衛生保健措施，有的甚至主張終生禁慾。這一切無形構成排斥女性的傾向，造成這階段武俠小說一般不涉及言情的現象。

對女性的敵視，是一種偏激，也是人物塑造上的缺憾，更是

---

97. 費孝通，《鄉土中國》，生活・讀書・新知三聯書店，1985 年。

武俠小說女性形象塑造上的倒退。

四、真實的武術世界

《水滸傳》的主體部分，也是最精彩的部分，應是前半部分眾多英雄好漢的出身經歷和聚義故事，更具有鄭振鐸所說的「英雄傳奇」性質。這些興趣點，都離不開精彩的打鬥描寫。

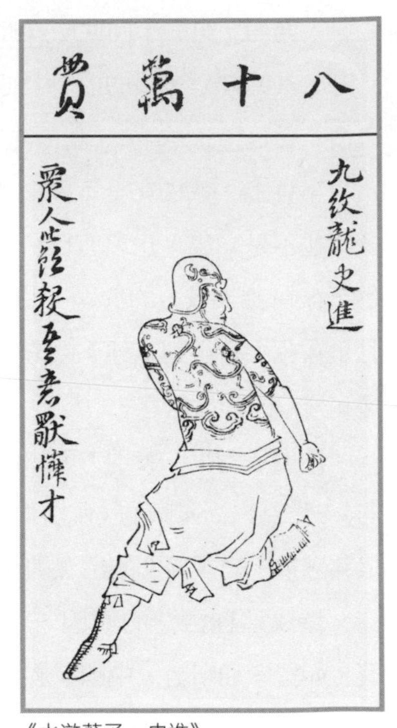

《水滸葉子・史進》

魏晉南北朝時，以「武俠」為題材的小說便帶有濃重的超現實色彩。唐代傳奇中，俠客們的技能神乎其神，能夠夜行千里，會御行之術，手上還有讓人死而復生的奇藥，劍術近於神仙。

《水滸傳》中，英雄俠客的形象，從天上回歸人間。武松、魯智深這樣的人物形象，帶有煙火之氣，可以成為現實生活中真實的存在。他們具有超出常人的本領，但他們不屬於神仙。武松打虎之後，覺得自己累得手都軟了，魯智深感覺饑餓時，也打不過崔道成和丘小乙。《水滸傳》在刻畫英雄們的武功時，從中國傳統武術裡面吸取經驗，採取了寫實的手法。

王開文說：「由於小說中有大量的武打內容，有關古代武藝的描寫自是不可缺少的，其中提煉了當時軍中和民間的諸多真實素材，創造出了眾多繪聲繪影、維妙維肖的武勇人物和打鬥場面。可以說，《水滸傳》在這方面所取得的成就，如果不說絕後的話，至少也是空前的。」[98] 著名武術家馬鳳圖老先生曾經說：「研究武術的人，不能把水滸當成一般小說看待，它裡面有真實可信的材料。《水滸傳》之於武術史，其功績不亞於戚繼光的《紀效新書》，就看你是怎麼個讀法。」[99]

《水滸傳》中如魯智深「醉打山門棍」等套路，以及武松醉打蔣門神的「鴛鴦連環腿」，作者的描述非常具體：

蔣門神見了武松，心裡先欺他醉，只顧趕將入來。說時遲，那時快，武松先把兩個拳頭去蔣門神臉上虛影一影，忽地轉身便走。蔣門神大怒，搶將來，被武松一飛腳踢起，踢中蔣門神小腹上，雙手按了，便蹲下去。武松一踅，踅將過來，那只右腳早踢起，直飛在蔣門神額角上，踢著正中，望後便倒。武松追入一步，踏住胸脯，提起這醋缽兒大小拳頭，望蔣門神頭上便打。原來說過的打蔣門神撲手，先把拳頭虛影一影便轉身，卻先飛起左腳；踢中了便轉過身來，再飛起右腳；這

---

98. 王開文，《〈水滸〉武術用語詮釋》，《體育文史》，2000 年，第 1 期。

99. 馬鳳圖（1888—1973），字健翔，回族，河北省滄縣楊石橋人，出身回族武術世家，精通八極披掛、六合槍法、唐刀戰法等。他是把西方拳擊和中國武術結合起來的重要實踐者和傳習者，曾在民國時期成功培養了中國近代拳擊手若干人，促進了中國傳統武術的現代化進程。

一撲有名，喚做「玉環步，鴛鴦腳。」這是武松平生的真才實學，非同小可！[100]

在這段文字中，作者詳細描述了武松在打鬥中使用的招數動作，並說明這是武松平生本領所在，喚作「玉環步，鴛鴦腳」。查考武術典籍可以知道，「玉環步，鴛鴦腳」的確是起源於宋、盛行於元明的武術招數。

在《國術大觀》中記載：宋代拳術四門的分支有「戳腳拳」一門，擅長以腳法傷人。在流傳下來的《戳腳拳譜》中，有同名套路，其動作和《水滸傳》中武松的招式完全相同。

戳腳拳中的玉環步演習時，先上前一步，然後後腳跟進，不落地兜轉三百六十度轉身，前腳再向後踏出一步，因為這步法運轉起來時等若轉了一個圈，故名「玉環步」，用處就是誤導對手，讓他以為你膽怯試圖逃跑，外加此刻背對敵手空門大開，因此便前來追擊，之後便是下一招「鴛鴦腳」。

在走玉環步時，使用者雙手正是要雙肘下沉，拳心斜向自己面門，一前一後並提胸前，擺出防衛的姿勢。這與《水滸傳》裡武松「把兩個拳頭去蔣門神臉上虛影一影，忽地轉身便走」的描述一模一樣。

「鴛鴦腳」這個名字的由來，一貫有兩種說法。民間多以為是

100.《水滸傳》，人民文學出版社，1992 年。

其成雙成對的左右開弓，連環出腿，是謂鴛鴦腳，其實不是。雖然戳腳門中也有因腿法上下、前後、左右連環配合如同鴛鴦成雙成對，所以稱為鴛鴦腿的套路，但這不是招數名稱，而是套路名稱。

在傳統的戳腳拳中，有一招名稱就是叫「鴛鴦腳」，此招起時，單腿直立，一掌前出側立，如鳥首羽冠，一腿腳心向上，自地面向上撩翻而起，另一掌向後伸出與腿相連，姿勢酷似鴛鴦，故名為「鴛鴦腿」。

這式通常連在「玉環步」之後使用，當敵人被玉環步引誘追來時，因前腳踏後，兜圈在前的那腿已成了虛腿，所以可以自前貼地向後上撩起，打出一個接近一百八十度的弧形攻擊路線，因其起腿是自地面後撩而起，所以首先攻擊的是對手的襠部和小腹，其次是下巴，落下時腳尖前勾，鏟擊對手面部。

武松打蔣門神之時，用雙拳去對手面前虛影一下，轉身便走，把背後空門賣與了蔣門神，於是蔣門神「大怒，搶將來」，顯然已中了玉環步的誘敵之計。之後武松卻並不轉身，背對著蔣門神直接起腿，結果一腳「踢中蔣門神小腹上，（蔣門神）雙手按了，便蹲下去」，只這一下蔣門神就被徹底解除了反抗能力，這正是「鴛鴦腳」的經典用法。[101]

《水滸傳》中的武功源於現實武術，符合武術發展的歷史。第

---

101. 碧血汗青，《〈水滸傳〉作者的武功門派及活動地域小議》，天涯論壇 http://bbs.tianya.cn/post-no17-5212-1.shtml

十六回「花和尚單打二龍山，青面獸雙奪寶珠寺」裡，花和尚魯智深與楊志說起二龍山上的強人時道：

> 叵耐那撮鳥，初投他時只在關外相見。因不留俺廝並起來，那廝小肚上被俺一腳點翻了。卻待要結果了他性命，被他那裡人多，救了山上去，閉了這鳥關，由你自在下面罵，只是不肯下來廝殺！[102]

之後楊志和魯智深二人詐上二龍山，強人鄧龍見了魯智深也道：

> 你那廝禿驢！前日點翻了我，傷了小腹，至今青腫未消，今日也有見我的時節！[103]

小說中，作者沒有詳寫魯智深和鄧龍的武打場面，但在敘述中反覆強調魯智深用腳「點翻」鄧龍。在一般小說的打鬥描寫中，極少有用「點」翻這個詞來描寫腿法。在一般人的印象和習慣裡，腿的用法大多是掃、踢、踹等，「點」則大都用在描寫手上功夫，譬如用手指點對手之類。施耐庵偏偏用了「點」，這並不是作者筆

102.《水滸傳》，人民文學出版社，1992 年。
103.《水滸傳》，人民文學出版社，1992 年。

下疏漏。宋朝時武術有赤、伯、蠢、溫四大名門，又細分為十大拳種，即：洪、留、枝、名、磨、彈、查、炮、花、龍。戳腳屬四大門裡的「溫」門，十大拳種內的「枝」，又稱「枝子門」，在我國的北方盛行，所謂「南拳北腿」的「北腿」，大多指的便是戳腳。

在戳腳拳中，腳法招式數以百計，但均由八種基本腿法衍生而來，這八種基本腿法被稱為戳腳八母腳：「提、擺、圈、蹬、寸、掀、點、插」（八腿名稱，各派戳腳或略有不同，但「點」這一法卻是各派戳腳均有）。拳譜載：「點腿為葉裡藏花之母。」這個「點」，實際是戳腳拳中非常重要的基本腿法，是專用名詞。魯智深先說「那廝小肚上被俺一腳點翻了」，後來鄧龍又說「前日點翻了我，傷了小腹，至今青腫未消」，前後兩次均同樣用了「點」字，並且說中處乃在小腹，則絕非偶然。

現代武術中的散打與宋元時期盛行的「相撲」也很相像，都是使用拳腳包括摔跤在內的「踢打摔」綜合的搏鬥技術。《水滸傳》中，李逵被焦挺連摔兩跤，燕青與擎天柱任原的擂台戰，都屬於這種打跌合一的搏鬥技術。

比如書中第一回，王進與史進比武的一段文字：

那後生就空地當中，把一條棒使得風車兒似轉，向王進道：「你來！你來！怕的不算好漢！」

王進只是笑，不肯動手。太公道：「客官既是肯教小頑時，使一棒何妨。」王進笑道：「恐衝撞了令郎時，須不好看。」太公道：「這個不妨。若是打折了手腳，也是他自作自受。」

王進道：「恕無禮。」去槍架上拿了一條棒在手裡，來到空地上，使個旗鼓。那後生看了一看，拿條棒滾將入來，徑奔王進。王進托地拖了棒便走。那後生掄著棒又趕入來。王進回身，把棒望空地裡劈將下來。那後生見棒劈來，用棒來隔。王進卻不打下來，將棒一掣，卻望後生懷裡直搠將來。只一繳，那後生的棒丟在一邊，撲地往後倒了。

王進連忙撇了棒，向前扶住道：「休怪！休怪！」那後生爬將起來，便去旁邊掇條凳子，納王進坐，便拜道：「我枉自經了許多師家，原來不值半分。師父，沒奈何，只得請教。[104]

史進就空地當中把一條棒使得「風車兒似轉」，在行家眼裡就是一套標準的花棍套路，因此一流高手的王進一眼看出了他的功夫好看不中用「贏不得真好漢」。

比武一開始，王進只使了一個旗鼓，也就是俗稱的起手式，以靜制動。史進滾動身形，手舞花棍步步進逼，「徑奔王進」，而王進卻是退，拖了棒退，這個退即是透敵深入之退，同樣也是以靜制動，「拖了棒」的技法應和自然門武術棍法中「點地防」的心法相類似，王進在等待最佳的進攻時機。

104.《水滸傳》，人民文學出版社，1992 年。

看著求勝心切的史進一步步逼上來，王進突然一個反手劈棍，「那後生見棒劈來，用棒來隔」只這一劈就打亂了史進的套路，練習花功夫的人只要被人一攻，身形往往必亂，接下來就看對手如何進攻了。

王進此時顯示深厚的武術功底，突然變招，將棍向後一帶，史進這一擋就落空了，而自己的棍卻是高高舉起在外收不回來了，生死都交給了別人。王進以棍當槍，向前輕輕一刺，史進胸前中招，只見「那後生的棒丟在一邊，撲地往後倒了。」

如果不是王進只想打敗、打服史進而「點到為止」的話，那麼無論此時王進用的是棍、是長槍甚至只是一拳、一指，史進都陷入了死地，因此史進這才心悅誠服。

《水滸傳》中關於武打的精彩描寫種類眾多，硬功、輕功、射功、御功；馬戰、步戰、水戰、陸戰；刀法、槍法、拳術、棍術；徒手相撲等屢見不鮮，其中使用兵器相搏佔了很大一部分。

《水滸傳》中第二回講「那這十八般武藝？矛、錘、弓、弩、銃、鞭、鐧、劍、鏈、撾、斧、鉞並戈、戟、牌、棒、槍、扒」。

全書中描寫的兵器武藝遠遠多於十八種，每種兵器又分出許多分支，眾多兵器拼湊出一個個精彩的打鬥場面，無疑是當時武術的真實寫照。

這些繪聲繪色、精彩絕倫的武打描寫充斥整部小說，都透露著當時社會武術的盛行。大篇幅的武打描寫，也為後來武俠小說的武功描寫提供了參考。

《水滸傳》對後世武術的影響是巨大的，許多拳種、套路、技擊方法等都是沿用梁山好漢的名字。比如著名的拳種燕青翻子、燕青拳，對練架勢的李逵摸魚，技擊法中的花榮射雁等。這些都很好地說明了《水滸傳》中的武功描寫對中國武術發展的重要影響。

《水滸傳》首開長篇武俠小說的先河，在人物刻畫、情節設置、打鬥描寫上更為後世武俠小說繼承和發展。《水滸傳》中梁山好漢「江湖遊俠——上山聚義——接受招安」的三段命運，在頌揚俠義的同時，也強調了忠義，成為中國武俠小說發展上的一個轉捩點，上承《遊俠列傳》中遊俠本源的意識，下啟效忠朝廷的俠客形象，後者更直接促成了俠義公案小說的誕生。[105]

第三節 歷史演義

明清時期以《三國演義》為代表的「講史」類小說大量湧現，在寫作過程中，一些作者有意將歷史演義和英雄傳奇結合，在大歷史背景下，去描寫俠客們行俠仗義、為國盡忠的故事。這一類的小說有《水滸後傳》、《後水滸傳》、《蕩寇誌》、《禪真逸史》、《飛龍全傳》等。

105. 葉洪生，《中國武俠小說史論》，見《論劍——武俠小說談藝錄》，學林出版社，1997年。

一、《水滸後傳》

《水滸後傳》八卷四十回，題「古宋遺民著」，「雁宕山樵評」。古宋遺民、雁宕山樵均係明遺民陳忱的託名。陳忱，字遐心，一字敬夫，號雁宕山樵，浙江烏程（今吳興縣）蝻潯鎮人。

明亡後，他「以故國遺民，絕意仕進」，「窮餓以終」。曾與顧炎武、歸莊等人結「驚隱詩社」，以民族氣節相激勵。另著有《雁宕詩集》等，均已散佚。從《水滸後傳》序詩中「白髮孤燈續舊編」一句看，《水滸後傳》應是陳忱晚年之作。[106]

《水滸葉子・李俊》

《水滸後傳》承接《水滸傳》百回本，寫阮小七回梁山祭奠宋江等人，卻被濟州張幹辦捉拿。阮小七殺人潛逃，遇海外歸來的扈成以及孫新、顧大嫂等人。得知扈成財物被毛太公子毛豸強奪，眾好漢遂聯絡登雲山鄒潤，殺毛豸，奪回財物。欒廷玉前去

106. 陳忱，《水滸後傳・序》，上海古籍出版社，1981 年。

圍剿，被施以反間計，被逼入夥。

登州太守被殺，朝廷緝拿梁山舊夥，樂和逃走，杜興被捕發配。為報答有知遇之恩的老管營，杜興與飲馬川落草的楊林殺死暗害老管營的馮舍人。李應因杜興案被牽連入獄，被楊林、蔡慶等人救出，同到飲馬川落草。樂和往建康投友，遇郭京，同入王宣慰府。

花榮、秦明遺孀與花迎春被王宣慰、郭京掠走，樂和救出他們，遠走杭州。常州太守呂志球等人霸佔太湖，抓走李俊勒索贖金。樂和等人冒充王宣慰弟，救出李俊。眾人出海佔據清水澳，與暹羅國訂盟。安道全出使高麗，返途中遇颶風落水，被李俊等人救起。回國後被同行的盧師越誣陷謀反，無奈逃亡。

金大堅、蕭讓受牽連充軍沙門島，被李應救出。蔣敬販米，遭船家暗算，潛水逃命，在潯陽樓遇穆春。二人殺船家報仇後，投奔登雲山。登雲山被官軍圍困，蔣敬假扮黃信，破青州，解登雲山之圍。

呼延灼父子與金兵大戰，被蔡京門人出賣，呼延灼父子與朱仝共上飲馬川。柴進被滄州太守高源囚禁，李應破滄州，殺高源，救柴進。

金兵破京城，俘二帝，燕青等人潛入金兵大營向宋徽宗獻青果、黃柑，以盡忠義。金兵南下，飲馬川好漢同去登雲山，呼延灼之子呼延鈺等人混入金兵營中，盜出宋江的照夜玉獅子馬和呼延灼的烏騅馬，往梁山憑弔。

過宋家莊時發現宋清、朱仝被濟州官兵捉拿，呼延灼等人打破鄆城，殺知縣郭京，救出落難好漢。飲馬川、登雲山英雄會合，共三十八條好漢，衝破金兵包圍，出海投奔李俊。在海外，李俊等人討伐暹羅逆臣，李俊作了暹羅國主，救了被困牡蠣灘的宋高宗。李俊等好漢在海外奉宋朝正朔，君臣共慶昇平。

此書是陳忱感明亡之痛，發憤所作。書中對堅持忠義、不畏奸邪梁山好漢的歌頌，對禍國殃民、出賣民族利益的奸佞小人進行鞭撻，表達了明代遺民對明代混亂朝政的批判，並通過梁山好漢海外立國、追思前朝的故事表達了作者反清復明的願望。金庸小說《碧血劍》的結尾，袁承志避居海外，去國異鄉，正承襲《水滸後傳》之遺韻。《水滸後傳》在《水滸傳》的基礎上，描繪梁山舊日英雄招安後的經歷，眾好漢受壓迫奮起反抗的故事具有「俠義精神」內涵，但由於作者創作目的主要是表達家仇國恨，對於純粹的「俠義精神」和武俠江湖落墨甚少，但勝在文筆生動，不失為武俠小說中的傑作。

二、《後水滸傳》

《後水滸傳》，四十五回，題「青蓮室主人輯」，作者生平不可考。

小說敘述燕青重遊梁山時，遇到羅真人，告知昔日梁山好漢都已轉生入世。金兵入寇，農民養奎剛孿生子「妖兒」、「魔兒」失散後分別由楊得星和遼將王突收養。

「妖兒」改名楊么，因衝撞賀太尉被充軍，楊么在途中結識了許多草莽豪傑。「魔兒」已改名王摩，武藝超群，曾與眾英雄劫搶秦檜的贓銀。

楊么遇赦，為救許蕙娘夜鬧東京，袁武等英雄大鬧開封府，解救楊么。楊么探望父母並欲替父母服刑，眾草莽英雄搶救楊么脫險，各路豪傑齊至洞庭湖君山聚義，楊么、王摩被舉為大頭領。此後，楊么四處征戰，誅殺惡官，聲勢日盛。楊么等曾入臨安苦諫宋高宗，但因誤殺入秦檜府第，秦檜哭請高宗發兵圍剿洞庭。楊么等人在山寨得天書，方知楊么前生是宋江，王摩前生是盧俊義。岳飛率軍大勝楊么，楊么等遁入軒轅井，化為黑氣，不再復出。

《後水滸傳》在水滸的續書中別具一格，將北宋末年宋江起義與南宋初年楊么起義聯繫起來，給人以鮮明的啟示：只要專制制度不除，民眾的反抗即不止。小說承《水滸傳》餘緒，對好漢反暴政一面用筆頗多，但反暴政與俠客行俠不盡相同，其成就缺陷與《水滸後傳》頗為相似，對於「俠義精神」和江湖行俠表現不多。

三、《蕩寇誌》

《蕩寇誌》一名《結水滸全傳》，七十回，結子一回。作者俞萬春（1794—1849），字仲華，別號忽來道人，浙江山陰（今紹興）人。俞萬春少年聰穎，博覽群書，難得的是文武兼通，弓馬嫻熟。他在二十歲左右，隨其父到廣東任所，參加過對廣東黎族、瑤族和漢族起義軍的圍剿。俞萬春擅岐黃之術，其父死後，在杭州一帶行醫，著有《騎射論》、《戚南塘紀效新書釋》、《醫學辨症》、《淨土事相》，皆未刊刻，傳世唯《蕩寇誌》一書。

《蕩寇誌》始作於道光六年（1826），終於道光二十七年（1847），直到咸豐元年（1851），才由其子俞龍光修改潤色一遍，鐫刻行世。

書敘管營提轄陳希真因好「道教修煉，絕意仕途功名」，推病退職，勤奮修煉。其獨生女兒陳麗卿武藝高強，貌若天仙，被高俅養子高衙內看中，威逼求婚。陳氏父女虛與周旋，懲治了高衙內之後，逃出了京師，投奔親戚劉廣，並結識了劉廣的姻家官軍將領雲天彪。由於「奸臣逼迫，無處容身」，陳、劉二人只得暫借猿臂寨落草。這時宋江為首的梁山義軍已經發展到幾十萬人，攻城掠地，危及朝廷的安全。宋江等人又打家劫舍，無惡不作，假仁假義，蠱惑人心。陳希真和劉廣遂與官軍合作，專與梁山作對，最終把梁山一百零八將「盡數擒拿，誅盡殺光」。陳希真父女功成名就後，入山修道，羽化登仙，成就正果。

《蕩寇誌》的作者俞萬春，在珠崖、桂陽等地，確實和農民起義軍打過仗，他寫梁山好漢的失敗，顯得比較真實。小說前三十回，梁山勢力強大，劫掠很多州府，但沒有統一的思想，在所佔領的州府並無牢靠的統治地位，戰線拉得過長，實力分散，給了朝廷各個擊破的機會，所以「其興也勃其亡也忽」，這些其實是歷朝歷代農民起義的真實過程。從閱讀效果上說，《蕩寇誌》裡每一個好漢被除掉前，總要展示一下自己的個人才能，往往顯得比較壯烈。比起《水滸傳》裡「征方臘」的十回書，眾英雄突然的斃命，如楊志、史進這等第一流身手的人物，居然無聲無息地就沒了，俞萬春這麼寫，恐怕反而要讓人容易接受一點。

當然，農民起義到後來，總不免有內訌。五虎上將裡的霹靂火秦明，就是因被盧俊義的猜忌給逼死。《蕩寇誌》裡，打擊梁山主要靠的不是官軍，而是各處的地方勢力，這些都是俞萬春的真實經歷。

評論者一般都說《蕩寇誌》的藝術水準不壞。魯迅說：「書中造事行文，有時幾欲摹前傳之壘；採錄景象，亦頗有施、羅所未試者。」[107]

這部書的大框架搭得比《水滸傳》好，它不是由一個又一個的十回串聯起來，而是描寫了一場大的戰役。一邊是梁山從鼎盛到逐步衰落到滅亡，一邊是陳希真、雲天彪、張叔夜這些朝廷和地方的勢力怎樣興起，怎樣慢慢對梁山形成合圍剿殺之勢。常常是同時幾條戰線都在打，方方面面的戰況，彼此都有微妙的關聯。這在現當代的小說裡結構並不稀奇，但在古典小說中做得好的，只有《三國演義》。但《三國演義》結構的完善，得益於史實自身提供的均衡性。俞萬春小說裡甚多的線索，完全是靠自己縱橫捭闔的才能組織起來。

---

107. 魯迅，《中國小說史略》，人民文學出版社，1973 年。

除掉開頭幾回寫陳希真父女脫難的故事，總體來看，《蕩寇誌》受《三國演義》的影響要遠過於《水滸傳》。《蕩寇誌》裡運籌帷幄的謀略寫得很見功夫，比如《雲公子萬弩射索超》一回，脫胎於《三國演義》裡諸葛亮木門道射張郃的情節，但前前後後的鋪墊渲染，比《三國演義》中的一回書要詳細得多。

索超、秦明先跟路人打聽，說是沒有伏兵，看雪地上一點人跡沒有，確信沒有伏兵，這才放心追下去，一路還夾寫雪景，寫雪地行軍的艱難，這些細處功夫，都是《三國演義》中所不具備的。魯迅「幾欲摹前傳之壘」的評價，大約也就是針對這些內容而言。

《蕩寇誌》的另一成就，就是武打場面很詳細，陳麗卿與花榮鬥箭和與扈三娘挑燈夜戰兩場單挑，都寫得一波三折，足見作者下了功夫。

《蕩寇誌》的長處是把通俗小說的元素利用得特別好，但更加深廣的東西確實不多，其最大的敗筆是人物的塑造，除了女主角陳麗卿的形象算有特色，其他人物皆無足觀。

四、《禪真逸史》

《禪真逸史》，全名《新鐫出像批評通俗奇俠禪真逸史》，又名《殘梁外史》、《妙相寺全傳》，八卷四十回，題「清溪道人編次」，「心心仙侶評訂」。

據屬日本慈眼堂所藏明刊本題「瀫水方汝浩清溪道人識」序，

可知清溪道人即方汝浩。據該書刊行人夏履先書前所撰《凡例》，知道早在元代就存有一個「意晦詞古，不入里耳」的內府舊本，今本乃是在原作基礎上，「刊落陳詮，獨標新異」，並使之「描寫精工，形容婉切」，敷衍成四十回的規模。

舊本作者不能詳考，改編者方汝浩亦鮮為人知，現僅知道，方汝浩號清溪道人，也稱清心道人，還寫過一部以酒色財氣為神魔的《掃魅敦倫東度記》。方汝浩家鄉何處說法不一。孫楷第據日本日光晃山慈眼堂藏明本「瀔水方汝浩清溪道人」題識，認為瀔水是河南洛陽代稱，認為是洛陽人。戴不凡《小說見聞錄》疑「瀔水」係「縠水」之誤，縠水即衢江，在浙江衢州，衢州古屬吳郡，且交友中有「古吳」爽閣主人，評閱人有「西湖漁叟」，懷疑方汝浩為浙江人。譚正璧以洛陽為其原籍，杭州為居所，也成一說。

《禪真逸史》成書年代難以考訂，根據作品內容和筆法看，此書大致為明代天啟末年作品。

《禪真逸史》以南北朝南梁、東魏對峙為背景，書敘林澹然師徒兩代人行俠仗義的故事。前半部講東魏鎮南將軍林時茂出於義憤，斥責了踐踏民田的相國公子高澄。為避禍削髮出家，改號澹然，逃奔南梁。一路上，林澹然為民除害，在嵇山殺死吃人的野獸，被梁武帝封為妙相寺副主持。

妙相寺住持鍾守淨與民女通姦，忌恨規勸他的林澹然，遂挑撥皇帝趕走林澹然。林澹然逃到武平，過關時被緝捕使臣認出投入監獄，幸得都督杜成治報恩，悄悄放走他。後杜成治私放逃犯案發，杜驚恐而死，家產被抄，唯有一妾倖免，生有遺腹子杜伏威。林澹然入魏來到廣寧，為張太公除妖，受真人啟示，得三卷天書秘錄。後林澹然行走江湖，結識苗龍等好漢。

眾好漢火焚妙相寺，壓死鍾守淨。官府因此發兵征剿，苗龍山寨被蕩平，唯有苗龍至林澹然處逃脫，亦出家。苗龍兄弟薛志義幼子貞兒被救出，被林澹然收養，起名薛舉，與張太公孫兒張善相同學。後東魏大將侯景叛逃南梁，受梁主猜忌作亂，困死武帝。林澹然夜觀天象，知武帝亡，遂派人帶回杜成治遺腹子杜伏威。杜伏威、薛舉、張善相三人義結金蘭，俱拜在林澹然門下。

不久，杜伏威歸家安葬祖父骸骨途中，遇閒人得贈應饑、充腹仙方，又被劫入山寨，與綠林豪傑繆一麟結拜。回後，杜伏威知道其叔父杜應元被參將公子欺壓，杜伏威為叔父出氣，反被小人誣告，杜家叔侄被下大獄，杜應元在獄中病故。杜伏威與眾囚犯反出大牢，殺了吳恢等惡霸，齊到繆一麟山寨落草。

官軍幾次進剿，都被杜伏威、薛舉巧計打退。乘大勝之際，杜伏威選五百壯士，奇襲延州府，自稱正統都元帥，先後攻取郝州、上郡、自土、廣樂、朔州。張善相與杜伏威等人分手後，得林澹然三卷兵書真傳。張善相因騎馬踹死醉漢，驚惶中誤入齊國都督家中，與都督段韶之女段琳瑛私訂終身，然後入朔州與杜伏威、薛舉等人會合。杜伏威等三人破武州、兵圍歧陽。都督段韶率兵來救，因善相婚事，受了招安。杜伏威等人作了大將軍，張善相與琳瑛成婚。三人後各自到任，勵精圖治。十餘年後，北周伐齊，杜伏威等割據稱王。隋統一天下後，杜伏威等三人被誘降，林澹然受了御封。不久，唐代隋興，林澹然、杜伏威師徒受仙人點化，俱證仙道。

《禪真逸史》大約創作於明末，《三國演義》、《水滸傳》、《西遊記》、《金瓶梅》在此前已相繼問世。作者為突破前人，將不同類型的小說題材和藝術手法熔於一爐，兼收並取，滲透綜合。

從小說背景看，全書情節在南北朝對峙爭霸的大歷史中展開，具有歷史演義成分。

但是書中人物的言行氣質卻與《水滸傳》一脈相承，可稱之為歷史武俠小說。限於筆力，儘管作者力求突破，但對不同類型小說的融合缺乏必要的藝術創新，成就遠遜《水滸傳》。從武俠小說的發展來看，除了題材上的開拓外，全書過多摻入歷史、神魔等內容，反而削弱了武俠小說的特徵，在藝術上因襲者多，創新者少。

五、《飛龍全傳》

《飛龍全傳》，二十卷六十回，題「東隅逸士編」。東隅逸士即吳璿，字衡章，約生於雍正年間，家世不詳。書中多有吳語方言，作者似蘇南人。書前有作者自序一篇，據自序及有關回評，可知吳璿為落魄文人，科舉不利，「屢困場屋，終不得志」，「不得已，棄名就利，時或與賈豎輩逐錙銖之利」，晚年閒居改編《飛龍傳》為《飛龍全傳》，「以寄鬱結之思」。

《飛龍全傳》以宋太祖趙匡胤的野史敷衍而成。書敘後漢時殿前都指揮趙弘殷之子趙匡胤在京城行俠仗義，好打不平，因戲騎泥馬，被充軍大名。

在大名，相好名妓韓素梅，為爭素梅，趙匡胤怒打惡霸韓通。發配期滿，趙匡胤回京，又殺死御前女樂，惹下大禍，江湖逃亡。逃亡中，趙匡胤收服草寇董龍、董虎，搭救民女張桂英，路遇販傘客商柴榮、油販子鄭恩，三人結拜。

柴榮病倒，鄭恩一味吃喝，二人因此交惡。趙匡胤首陽山投親不遇，在天齊廟住宿時與小鬼賭輸，大病一場，得華山道士相救，方才痊癒。在神丹觀，趙匡胤救了被強人掠來的趙京娘，二人結為兄妹，趙匡胤千里送其還鄉。

《千里送京娘》施大畏繪

在千家店，趙匡胤誤打舅母，在王家店，又誤打舅父。離開外祖父家後，趙匡胤一路來到興隆莊，與之前在此降妖正享受鄉人供奉的鄭恩相遇。二人結伴同行，消滅了危害百姓的琵琶怪和狐狸精。

在平陽鎮，遇到老對頭韓

通，趙匡胤二打韓通。此時柴榮姑父郭威興兵反漢，滅後漢，建後周，郭威無子，柴榮成為太子。趙、鄭二人前來投奔柴榮，因博魚與已成元帥的韓通發生糾紛，趙匡胤三打韓通。在糾纏中，柴榮路過，三兄弟再度聚首。

柴榮奉郭威之命，護送柴娘娘進京。途中，鄭恩偷瓜，被陶三春痛打。經趙匡胤撮合，二人成婚。郭威因神鬼溯源，欲殺趙匡胤，經柴榮營救，被派討伐高行周。高行周自盡，托孤趙匡胤。不久郭威駕崩，柴榮即位。

北漢入侵，柴榮御駕親征，趙匡胤於河東大敗北漢。無奈北漢大將楊業父子英雄善戰，周不能勝，只好班師，趙匡胤被封為南宋王，鄭恩被封為汝南王。

西蜀、南唐勾結，欲犯大周，趙匡胤等人假扮馬販，大鬧金陵。趙匡胤掛帥，柴榮親征，南唐降服。不久，柴榮駕崩，北漢入侵，趙匡胤掛帥北伐，在陳橋驛，眾將擁立趙匡胤為帝，周恭宗遜位，宋朝建立。

全書圍繞大宋開國皇帝趙匡胤，塑造了趙匡胤、鄭恩、陶三春等俠客形象，對趙匡胤闖蕩江湖的故事描寫的非常生動，全書「武俠」味道極濃。

《飛龍全傳》作為武俠小說的成就值得關注：

其一，上承宋元話本，敘述了趙匡胤、鄭恩等人以武行俠、快意恩仇的故事。武俠小說不同於歷史演義，它必須要表現人物在江湖世界的經歷，過多地摻入歷史和現實，必然削弱武俠小說的文體特徵。

《禪真逸史》等作品的主要問題就在於此。《飛龍全傳》則不然，從行文和作者序言來看，應該是根據宋元同題材話本改編而來。[108]較少受明清歷史演義影響，較多地保留了宋元話本小說的面貌。宋元話本中盛行的「發跡變泰」故事主題和草莽豪俠形象，在此書中得到了較好的繼承。

書中趙匡胤的結義兄弟鄭恩，之所以不避危難追隨趙匡胤，搭救趙匡胤，就是因為有仙人點化，說趙匡胤有帝王命，鄭恩因此要「遇真主，就與他八拜為交，結個患難相扶的朋友，博得日後封個親王鐵券，卻不是好？」這種重利而輕義的思想在明清武俠小說中非常少見，但與《楊溫攔路虎傳》、《史弘肇龍虎風雲會》中的發跡變泰主題十分相似。

其二，小說塑造了趙匡胤、鄭恩等放蕩不羈但又仗義行俠的俠客形象，是明清武俠小說中少見的。武俠小說一個重要的特徵就是要以俠客作為小說核心，成功塑造俠客是優秀武俠小說不可缺少的。

除《水滸傳》塑造了魯智深、李逵、武松等英雄形象外，明清其他的武俠小說大多以事構文，缺乏對俠客本身的關注，但《飛龍

108. 吳璿，《飛龍全傳・序》：「有友人挾一帙以遺余，名曰《飛龍傳》。祝其事，則虛妄無稽；閱其詞，則浮泛而俚。……今戊子歲，復理故業，課習之暇，憶往無聊，不禁瞿然有感。以為既不得遂其初心，則稗官野史，亦可以寄鬱結之思。所謂發憤之所作，余亦竊取其義焉。於是檢向時所鄙之《飛龍傳》，為之刪其繁文，汰其俚句，布以雅馴之格，間以清雋之辭，傳神寫吻，盡態極妍。庶足令閱者驚奇拍案，目不暇給矣！」人民文學出版社，1981年。

全傳》中塑造的趙匡胤、鄭恩等俠客形象，生動細膩，個性突出，可說是明清時期武俠小說中比較成功的俠客形象。趙匡胤雖出身豪門，卻一副豪俠品格。他性格暴烈，「生性豪俠」，「每日在汴梁城中，生非闖事，喜打不平」。在江湖逃亡的時候，也不忘行俠仗義，幫助百姓。

趙匡胤在銷金橋怒打了倚仗強勢，勒索過往客商的惡霸董達兄妹，自稱：「生來的性兒不耐，最不肯受那強暴的鳥氣，遇著了不合人情的，憑他三頭六臂，虎力熊心，也都不怕，總要與他拚著一遭，見個高下。」

在神丹觀，趙匡胤救起被響馬掠來的弱女趙京娘，一路護送，秋毫無犯。京娘父親欲將京娘許配給趙匡胤以報恩德時，趙匡胤嚴辭拒絕，說：「俺本為義氣，故不憚千里之遙，相送你女回家，反將這無禮不法的話兒侮辱於我，我若貪戀你女之色，路上早已成親，何必至此？」說罷，將酒席踢翻，口中帶罵，拔步往外就走。

在千家店，教訓了以抹谷為名強索百姓錢物的舅父杜二公，勸導舅父「良善者世所寶，強暴者眾所棄。母舅雖係綠林聚義，山寨生涯，然須保善鋤強，不愧英雄本色。這抹谷營生，斷然莫做；替天行道，乃是良謀」。似這樣趙匡胤行俠的事蹟，書中不能盡數。

趙匡胤的言行氣質，可說既有秦漢遊俠的粗豪放蕩，又有水滸好漢的俠義剛正。趙匡胤義弟鄭恩則是另一類俠客的典型，在他的身上，較多地體現了小市民貪財好貨，投機取巧的氣質。鄭恩本是油販子，得仙人點化，冒險救了趙匡胤，為了日後發達。對同樣結義的柴榮，卻毫無尊重敬愛之心。他雖也曾降妖除魔，但多半是為個人享受冒險，缺乏扶危濟困、抱打不平的心腸。

其三，《飛龍全傳》武打場面描寫頗具特色，體現了武俠小說在明清時期，尤其是清代的新發展。武俠小說，離不開生動的武打場面，《飛龍全傳》在此方面表現突出。小說精細地描寫了趙匡胤的多次比武打鬥，並通過這些打鬥描寫凸顯俠客的藝高人膽大、仗義除不平的勇武個性。小說第二十回「真命著戲醫啞子，宋金清驕設擂台」中趙匡胤與宋金清比武一段：

（趙匡胤）說罷，放下包裹，脫去了袍服，擺了兩個架兒。那宋金清大怒道：「紅臉賊，怎敢道俺名字？」照著腿就是一腳。匡胤將身一閃，卻踢個空，就勢打個反背。宋金清用個泰山壓卵勢，望著匡胤打來。匡胤把身子一迎，故意失腳一滑，撲通的躺在台埃。宋金清心中大喜，便使個餓虎撲食勢來抓匡胤。匡胤見他來得凶猛，就使個喜鵲登枝，將雙足對著宋金清的胸膛，用力一登，早把宋金清踢倒。急忙跳起身來，上前檎住，雙手拿住了宋金清的兩腿，提將起來，只一扯，把宋金清的糞門劈開到小肚上，活活的分為兩半，望台下丟了下來。[109]

---

109. 吳璿，《飛龍全傳》，人民文學出版社，1981年。

宋金清是桃花山山賊首領，「霸踞一方，無人敢犯」，因此為人驕橫，作者描寫其出手也凶蠻，如不容來人分說「照著腿就是一腳」，趙匡胤躲閃後，他又「用個泰山壓卵勢」。當趙匡胤詐敗時，他果真上當，被趙匡胤趁機踢倒，身死人手。

趙匡胤是個慣走江湖的好漢，與人搏鬥經驗豐富，因此作者寫他打鬥之初，一味退讓，先閃過宋金清的迎面一腳，見對手來勢洶洶，又假作腳滑跌跤，引宋金清上當。當宋金清被他抓住破綻踢倒後，他毫不容情地將宋金清活撕成兩半，表現出趙匡胤心狠手辣的一面。在《飛龍全傳》中，比武描寫和人物塑造以及情節的展開結為一體，成為小說中不可缺少的組成。

由於這類小說的作家在創作時兼受歷史演義和英雄傳奇的影響，武俠小說的文本特徵一定程度上被削弱。

第四節　俠義公案

清代中後期，公案小說開始與武俠小說合流，形成「俠義公案」這一小說類型。俠義公案小說一詞，由魯迅先生在《中國小說史略》一書首倡，指的是「意在敘勇俠之士，遊行村市，安良除暴，為國立功，而必以一名臣大吏為中樞，以總領一切豪俊」的小說類型[110]。這類小說在清代中後期盛行一時，代表作是《三俠五

110. 魯迅，《中國小說史略》，人民文學出版社，1973 年。

義》，開先河者則是《施公案》。

這一類型小說的誕生，有著其必然的社會因素。

其一，清代的公案和武俠小說相對其他小說而言，發展較好，民眾也比較接受。公案小說裡的清官和武俠小說裡的俠客，他們在很多地方都有著相似之處。比如，他們出發點都是為了除暴安良，不過清官的角度，往往是為了君王社稷，俠客是為了打抱不平。他們面對的勢力，都是對百姓有危害的人。這和中國人濃重的明君情結、清官情結和俠客情結有關。人民往往將改變自身命運的希望，都放在好的君主，或者清官、俠客身上。

其二，清官與俠客往往相互合作。清官在辦案時，會遇到一些貪贓枉法的奸臣、恃強凌弱的地主以及其他的恐怖勢力，所以就會有多方面的阻力。特別是在清朝中後期，這樣的狀況就更加明顯。作者在考慮實際情況後，選擇了把有勇有謀的俠客，放到公案小說中。清官在秉公辦案的過程中，結合俠客進行斬奸除惡也能說得通，但這也只是作者的想像而已。

其三，統治階級的大力支持。貪贓枉法的奸臣，還有貪官污吏和地方勢力，這些人的所作所為，不僅僅傷害了普通百姓，更直接破壞了封建制度。俠客和清官結合在一起，統治階級可從中獲取三大好處：幫助他們除掉社會的蛀蟲；安定民心，穩定社會；籠絡市井，擴大衛道士的隊伍，鞏固統治。

其四，符合大眾的閱讀需求。這類小說往往會揭露社會現實，側重於對真實生活的描寫。小說諷刺的人物，往往是欺負普通百姓的貪官污吏和惡霸豪強，小說裡讚揚的那些俠客，基本上是人們所期盼的救星。

一、《施公案》

《施公案》，作者無考，現存最早刊本有清道光庚辰（1820）廈門文德堂藏版，小型本《繡像施公案傳》，八卷九十七回。從卷首序言題「嘉慶戊午年（1798）孟冬月新繡」字樣及道光初年「施公案」題材戲曲廣泛流行情況分析，此書應在嘉慶年間或更早時間寫成。其書題材新穎，影響很大，續書多達十部，長五百二十八回，形成《施公案》系列。

《施公案正傳》，八卷九十七回，又名《施公案奇聞》、《百斷奇觀》。寫康熙年間清官施世綸（書中作施仕綸）在俠客輔助下屢破奇案，翦除豪強的故事。施公出場時任江都縣縣令，先後破獲九黃七珠案，降服前來行刺的綠林俠客黃天霸，拿獲橫行鄉里的惡霸關大膽主僕，擒獲水寇劉六、劉七一夥。在黃天霸等俠客的協助下，施世綸屢立奇功，升為順天府尹。因施世綸刻薄寡恩，黃天霸等俠客告歸林下。

在進京途中，失去俠客輔佐的施世綸被惡虎莊響馬濮天雕等人劫持，黃天霸暗中保護施世綸，打死結義兄弟武天虬，濮天雕自盡。黃天霸火焚餓虎莊，護送施世綸進京。在京城，施世綸懲處了不法的九門提督陶花歧，審理了奸婦陶氏殺人案、西山桃花寺姦殺案，積功升任通州倉廠總督。在通州，施世綸治貪懲盜，一洗倉廠積弊。《施公案》正傳到此結束，後來續書又有施公山東賑災、清理漕政、黃河賑災、竇氏父子行刺、丟失夜光杯、大破七星樓等故事。

清代升平署藏京劇人物・黃天霸

對於《施公案》，學界的評價大多是貶多於褒。單就這部書本身來看，只能算是二三流的通俗小說。故事情節公式化，人物形象空洞乾枯、語言文字粗陋不堪，宣揚的都是陳腐庸俗的忠君思想。但這些缺點不能抹殺《施公案》的重要成就——中國俠義公案小說的開山之作。這部小說的出現，標誌著中國公案和武俠兩種題材的合流。

《施公案》的主要貢獻在小說的思想內容、人物形象兩方面。小說中，清官施公明察秋毫，秉公執法，雖屢遭困厄，而不改其為民做主、為君盡忠的志向。那些出身綠林的好漢，除了如黃天霸、賀天保等少數投靠官府的俠客外，都是橫行不法、擾亂地方的惡霸，小說開篇的九黃七珠案中的凶僧九黃姦淫婦女，殘害百姓，無惡不作，最後被施公擒拿正法。在書中，作惡害民的有倚仗官勢的黃隆基、關大膽等人，也有混跡江湖的九黃、劉六等人，江湖中人不再完全是正義的代名詞。

《施公案》中的俠客形象也發生了變化。此前的武俠小說中，俠客是自由存在的獨立個體，不與官府打交道，不受王法管限，但在《施公案》中，作者將江湖好漢、綠林中人分成了對立的兩類，一類是投靠官府，幫助清官辦案的，如黃天霸、賀天保等人，是改邪歸正的典型；一類是橫行不法，與官府作對的，如武天虯、九黃、劉七等人，是危害百姓的典型。其中，前者是俠客，而後者只能是盜寇惡匪，這是之前武俠小說未曾區別的。

《施公案》中，俠客的一個主要特徵就是維護皇權，不問江湖是非。他們必須保持對官府、官法的敬畏，奴顏婢膝在所不惜。黃天霸投靠官府一節，書中這樣寫道：

但見與那人把繩子全解。那人翻身爬起，盤膝坐在地上，閃目垂頭不語。施公見他也不跪，帶笑說：「壯士受驚了！」又善化一回。野性知化，下跪說：「老爺今釋放我，心下何忍，愧見朋友，願求一死。不然，投到老爺台下，少效犬馬微勞，以報饒命之恩。」施公說：「你有真心，施某萬幸。」

那人說：「小人若有私心，死不善終。」施公聽說，伸手拉起，說：「好漢，你的大名，本縣不知。」那人回答：「小的名叫黃天霸。」施公說：「此名叫之不雅，改名施忠，壯士意下如何？」

天霸說：「太爺吩咐就是。」施公大悅，轉身升堂。[111]

黃天霸下跪哀求，甚至放棄自家名姓，為奴為婢，毫無俠客的氣節，這是這類俠客的特點。而且，這類俠客投靠官府並不是為了行俠仗義，而是為了獲取功名富貴。如書中有詩題黃天霸：「自小生來膽氣豪，八歲學成武藝高。大膽江湖無伴侶，今朝帶酒災殃遭。龍逢淺水未升飛，滿懷志量不能標。」黃天霸的投靠關鍵是他在綠林江湖不能伸展志量，是「龍逢淺水」，只有投靠官府，與清官合作，博取功名富貴才是龍游大海。

再如投靠施世綸的另一俠客賀天保「棄卻綠林，為的是久後掙個功名，轟轟烈烈」。可見，《施公案》中的俠客形象已經發生了質的變化，由與官府作對的「盜俠」變成了助官報國的「官俠」了。

《施公案》開創了俠義公案小說流派，但這類小說的真正盛行，是以《三俠五義》為代表的小說出現，從而將創作推向高峰，形成俠義公案武俠小說創作高潮。

二、《三俠五義》

《三俠五義》，初名《忠烈俠義傳》，共一百二十回，開篇是問竹主人序和退思主人、入迷道人二序，以前的說書人常常認為是評書藝人石玉昆所作。

---

111. 佚名，《施公案》，寶文堂書店，1985 年。

石玉昆，生平事蹟不詳，字振之，天津人。對於石玉昆的生平，魯迅、胡適、孫楷第、趙景深、李家瑞等人曾進行過專門研究，但因文獻資料的缺乏，有不少空白。生活在乾隆至道光時期的富查貴慶曾有一首專門吟頌石玉昆的詩，大致可以推定石玉昆主要生活在嘉慶、道光年間，是一位著名的說書藝人，當時也有人稱其為石先生或石三爺。

金梯雲《子弟書》是道光二十三年（1843）至二十五年（1845）流傳的手抄本，裡面的《嘆石玉昆》主要寫石玉昆說書的精湛技藝：「他款定三弦如施號令，滿堂中鴉雀無聞，但顯他指法玲瓏音嘹亮，形容瀟灑字句清新。令諸公一字一誇一句一贊，眾心同悅眾口同音。」顯示出石玉昆技藝的精湛，所以在當時聲譽極高：「高抬聲價本超群，壓倒江湖無業民，驚動公卿誇絕調，流傳市井效眉顰，編來宋代包公案，成就當時石玉昆。」

石玉昆講說包公的故事，在當時已經深受大眾的歡迎。石玉昆邊說邊唱的《龍圖公案》，其中唱的部分很多，後人在此基礎上，把唱詞刪去，改成了小說，名為《龍圖耳錄》。光緒五年（1879），問竹主人對文字進行了修改刊印，改名為《忠烈俠義傳》，也名《三俠五義》。到光緒十五年（1889），學者俞樾覺得故事開頭的「狸貓換太子」，「殊涉不經」，遂「援據史傳，訂正俗說」，重寫第一回，改書名為《七俠五義》，重新作序刊行。因此，此書流傳有三個版本《龍圖耳錄》、《三俠五義》、《七俠五義》，故事內容基本相同，細節文字有所區別。

故事講述北宋仁宗年間，開封府包公在眾位俠義之士的幫助下審奇案、平冤獄、除暴安良、行俠仗義的故事。小說的內容大致分為兩部分。前六十回，述包公出世，赴任定遠縣，執掌開封府，陳州放糧，刀鍘龐昱、葛登雲和斷「狸貓換太子」等各種奇案冤案的故事，裡面還加入了展昭被封御貓之事，以及五鼠鬧東京並歸服朝廷和授職事。後六十回，描寫俠客之間的恩怨，白玉堂等俠客協助欽差顏查散，翦除襄陽王趙爵黨羽等誅強鋤暴的故事。

《三俠五義》塑造了包公鐵面無私、不懼權勢的正義形象，寄託了百姓期待公平的願望。包公審理冤假錯案，其中「鍘龐昱」、「除藩王」等故事，從側面披露了當時統治的黑暗和不公平。書中俠客的行為，既有路見不平、拔刀相助的一面，但也表現出忠心為統治階級服務的本質。《三俠五義》的出現，代表近代俠義公案小說進入創作高峰。

胡適認為：「《三俠五義》本是一部新的《龍圖公案》，但是作者做到了小半部之後，便放開手做去，不肯僅僅做一部《新龍圖公案》了。所以這書後面的大半部完全是創作的，丟開了包公的故事，專力去寫那班俠義。」[112]

武俠無疑比公案故事吸引人，《三俠五義》一書中最突出、最精彩的正是大量「俠客」的描寫。小說對「俠」的認識遠比《施公案》要清醒。第十三回作者議論：「真是行俠作義之人，到處隨

---

112. 胡適，《三俠五義・序》，海南出版社，1993 年。

遇而安，非是他務必要拔樹搜根，只因見了不平之事，他便放不下，彷彿與自己的事一般，因此才不愧那個『俠』字。」第六十回又藉北俠歐陽春之口說：「凡你我俠義作事，不要聲張，總要機密，能夠隱諱，寧可不露本來面目，只要翦惡除強、扶危濟困就是了，又何必諄諄叫人知道呢？」很明顯，《三俠五義》繼承了秦漢時期的遊俠精神。

俠無義不立，小說中宣揚的「義」較為複雜，突出了報知遇之恩，強調了忠君觀念，但缺乏《水滸傳》那種反抗官府、替天行道的精神，這也是小說題為《忠烈俠義傳》的原因。作者力求將「忠」和「義」納入一個體系，對江湖義氣作出了必要的規範和限制，這一點又與《施公案》愚忠愚孝有所區別。

俠客之間是否能共度患難？是否能生死與共？不是建立在彼此關係的遠近上面，而是在於雙方堅守的道義是否相同。

白玉堂屢次與展昭爭鬥，開封府寄柬留刀，御花園題詩殺人，太師府私改奏摺，犯下「滔天大罪」，但他「屢次做的俱是磊磊落落之事」，其實和展昭在道義上是相通的。所以展昭表示，要與白玉堂「榮辱共之」。在陷空島，展昭聞知白玉堂強搶民女，立刻氣沖斗牛，不顧自己身臨險境，大罵白玉堂。小說對此是非分明，比之《水滸傳》模糊不清的是非界線，無疑具有極大的進步。

小說中俠客的「義」又有著毫不遷就的「正義」原則，只要對方作惡，即使是朋友也決不姑息，甚至對包公也要冷眼察看「是秉公呵，還是徇私」。俠客與其說是在捍衛法律的尊嚴，毋寧說是在恪守傳統倫理道德。一旦法律與道德倫理發生抵牾，他們會毫不猶豫地選擇後者，甚至不惜枉法。

書中有俠客們通力合作，栽贓馬朝賢一事：智化、艾虎在馬強的霸王莊中臥底，深知馬強、馬剛兄弟倆作惡多端，倚仗的是其叔父馬朝賢的勢力，下決心把惡勢力連根剷除，於是就有了盜取九龍冠、艾虎出首（實是栽贓陷害）等情節。結果馬氏叔侄被抄家斬首，不留一點兒後患。

此事涉及多位俠客，既有在野的智化、艾虎、丁兆蕙，又有在朝的白玉堂，甚至包括清官顏查散，可以說是清官和俠客的集體傑作。盜取御用之物，栽贓朝中大臣，如此「滔天大罪」，竟然沒有一人提出異議，本來在書中明察秋毫的包公，也居然被瞞過，可見在清官和俠客的心目中，道德和正義壓倒一切。

《三俠五義》刻意塑造的理想俠客是南俠展昭。展昭成為全書主角，不在其武功多高，也不在於其謀略多深，而是因為他身上俠肝義膽、忠孝兩全的精神。作者通過對展昭輔佐清官和救助受難百姓這兩方面的行為，樹立起一個為國為民的俠客形象。作者讓他先薦王朝、馬漢等四壯士投入開封府，然後以義氣感召五鼠，最終幫助包公建立起「總領豪俊」的地位。

展昭還是恪守封建道德的楷模，忠君愛民，時刻不忘維護法紀，他恪盡孝道，在老母堂前晨昏定省；他恪守禮教，嚴守男女大防；他尊老惜貧，對老僕禮遇有加；他知恩圖報，不忘包公的栽培；他處事謙讓，待人平和。

總之，展昭在作者刻意的描寫下，成了俠客中的謙謙君子。作者精心設計的富有儒家文化意蘊的儒俠展昭固然完美，但有「似偽」之嫌，並不能給讀者留下深刻的印象，後來台港新派武俠小說中《萍踪俠影錄》中的張丹楓、《書劍恩仇錄》中的陳家洛，可以說是展昭形象的一脈相承。

書中給人印象深刻的反而是有性格缺陷的白玉堂。白玉堂從第十三回出場到第一百零五回喪生，作者用大量的篇幅描寫白玉堂的性格：大鬧苗家集，表現出他的見義勇為，手段刻毒；三試顏查散，展示他性格灑脫，工於心計；鬧皇宮，入相衙，刻畫出他的好勝詭譎和冒險精神；陷空島囚「御貓」，表明他心胸褊狹，負氣爭強。

「五鼠鬧東京」的一段故事，以白玉堂為中心，一直延展了二十多回，情節安排得撲朔迷離。對白玉堂的正面描寫不多，卻讓人感到他無處不在，很好地表現了白玉堂複雜的性格。白玉堂性格中，除了好行俠之外，最鮮明的就是驕傲好勝，這使他做了種種驚人舉動，也讓他最後在銅網陣喪生。「錦毛鼠」白玉堂的形象，性格複雜，優劣並存，重心突出，平易真實，即便置於中國古典小說的典型人物形象中，也是毫不遜色。

《三俠五義》試圖塑造完美人格的俠客，不管是在思想還是藝術上都是極大的創新，儘管這種塑造並不太成功。

《三俠五義》一書的結構頗為巧妙，具有傳統評書藝術的典型特點。「大坨子」中有小回目，回目之中還有「扣子」，情節曲折，卻是環環相扣，眉目清楚。

大破霸王莊一段故事，是其中典型。先是太守倪繼祖私訪，被霸王莊賊人所擒，形成故事的首個高潮。倪繼祖被絳貞私放，途中遇險，氣氛再度緊張，成為第二個高潮。黑妖狐牢內暗殺歹人，到歐陽春力擒惡霸形成第三個高潮。倪繼祖夫妻相認，由刀光劍影過渡到風花雪月，沒有想到又遇到別的事情，倪繼祖被人陷害，押解到京城，成為第四個高潮部分。但是因為歐陽春沒有及時到案，又造成北俠和錦毛鼠較藝的精彩段落，白玉堂巧遇智化，引出來清官和俠客共同誣陷馬朝賢這一段文字，成為第五個高潮。後來到五堂會審艾虎的部分，又發生了變故。這種波瀾湧動的小說構架，不但讓人物更加的鮮明形象，也使得小說更加吸引讀者的眼球。

《三俠五義》在比武較量的描寫上比《水滸傳》又進了一層，不再是只突出「力」和「勇」，而是重在展示武功的技巧，著眼點放在飛簷走壁的輕功和百步取人的暗器上，無論是展昭的輕功，還是俠客們的「袖箭、石子、彈弓」，各顯奇能。小說中首次寫到點穴功夫：

白玉堂……搶到上首，拉開架式。北俠從容不迫，也不趕步，也不退步，卻將四肢略為騰挪，只是招架而已。白五爺抖擻精神，左一拳，右一腳，一步緊如一步。北俠暗道：「我盡力讓他，他盡力的逼勒，說不得叫他知道知道。」只見玉堂拉了個回馬勢，北俠故意地跟了一步。白爺見北俠來的切近，回身劈面就是一掌。北俠將身一側，只用二指看準脅下輕輕的一點。白玉堂倒抽了一口氣，頓時經絡閉塞，呼吸不通，手兒揚著落不下來，腿兒邁著抽不回去，腰兒哈著挺不起身軀，嘴兒張著說不出話語，猶如木雕泥塑一般，眼前金星亂滾，耳內蟬鳴，不由的心中一陣噁心迷亂，實實難受得很。[113]

這段比武較技，不僅雙方的招式分明，還進而表現出了白玉堂、歐陽春兩人的性格，語言描寫也饒有趣味。

《三俠五義》中有關武功技擊（如點穴、暗器、劍訣、輕功等）、行走江湖必備之物（如薰香、百寶囊、千里火、夜行衣等）以及機關埋伏（如銅網陣）種種元素的運用，對後來民國武俠小說的內容有著深刻的影響，其高明的藝術技巧，一直被後來者借鑑。

三、《聖朝鼎盛萬年清》

《聖朝鼎盛萬年清》又名《萬年清奇才新傳》、《乾隆巡幸江南記》，共八集七十六回，不題撰人。目前僅見光緒十九年（1893）上海英商五彩公司的石印本有敘，敘中也沒有交代作者和成書年代，一般都認為是咸、同年間所作。《萬年清》刻本僅有五集廿七回，接下來的回數皆為石印本。從書中粵語的使用、各集之間銜

113. 石玉昆，《三俠五義》，上海古籍出版社，1980年。

接及故事情節的敘述來看，前五集的作者為廣東人，五集以下由上海書商續刻而成。[114] 孫楷第認為，此書「始作者為廣東人，上海書賈續成之」。[115]

小說有兩條線索，一條線是乾隆皇帝化名高天賜和義子周日青一道下江南，一路上鏟惡鋤奸，舉薦賢良，數次遇險，皆化險為夷；另一條線則以方世玉、胡惠乾為引子，重點講述武林門派爭鬥。全書在結尾，兩條線索匯合為一，由乾隆下旨派兵剿滅了南少林寺。

兩條線索在書中平行存在，作者遂通過「花開兩朵，各表一枝」的方式交替敘述，所以乾隆的故事和方世玉、胡惠乾的故事實際上是兩個原本並不相干的故事。

石昌渝認為說此書是「清咸豐、同治年間，乾隆皇帝遊江南的傳說及武俠人物胡惠乾的事蹟在民間廣為流傳，作者將二者捏合在一起，創為該小說。[116]

《萬年清》一書明顯受到《施公案》、《飛龍全傳》等小說影響，也採用了「俠客；清官」這一模式，只不過清官換成了皇帝。乾隆麾下有周日青、趙芳慶、崔子相等豪傑，如第十二回，崔子相原是一個佔山為王的綠林人物，在乾隆被白蓮教人所困，表明身分後，崔子相和海波莊的綠林豪傑「連忙下跪⋯⋯此際雄氣十

---

114. 杜留荷，《〈萬年清〉研究》，四川師範大學碩士論文，2014 年。
115. 孫楷第，《中國通俗小說書目》，作家出版社，1957 年。
116. 石昌渝，《中國古代小說總目》，山西教育出版社，2004 年。

倍，情願效死，以保聖駕。」[117]

《萬年清》中對乾隆的塑造也同樣受到《飛龍全傳》的影響，把皇帝描寫成為明信重義，結交江湖豪傑，富有生活氣息的俠客，「文武全才，力大無窮」，「平生好打不平，故遇有逞惡欺人者，必打之」。[118]

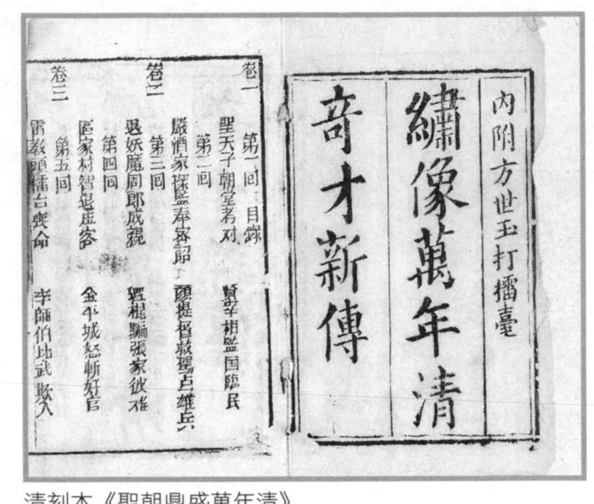

清刻本《聖朝鼎盛萬年清》

另一條線中的方世玉、胡惠乾故事則不再涉及斷案，只寫江湖爭鬥。方世玉打死雷老虎，又請五枚打死雷老虎的岳父、峨眉白眉道人的徒弟李巴山。方世玉去南少林拜師途中，救下被機房人欺凌的胡惠乾，一起拜入少林至善門下。胡惠乾偷跑下山，痛打機房人為父報仇，機房人請武當派馮道德的幾位徒弟助陣，相繼被胡惠乾及少林派眾人打死，拉開了武林門派之爭的序幕。後來以武當、峨眉為代表的「正派」，聯合官府，剿滅了以少林為代表的「邪派」。

---

117. 無名氏，顧鳴塘標點，《乾隆巡幸江南記》，上海古籍出版社，1989 年。
118. 無名氏，顧鳴塘標點，《乾隆巡幸江南記》，上海古籍出版社，1989 年。

在這個故事裡，清官基本很少出現，俠客也沒有投靠清官，首次在小說中描寫了武當、峨眉與少林間的江湖爭鬥，突出了門派的地位，對後世的武俠小說影響深遠。

小說對出現的眾多人物，並沒有簡單化、類型化處理，而是注重挖掘人物性格的多面性，在不斷變化的社會環境中去塑造人物，胡惠乾就是書中刻畫成功的人物。

胡惠乾最初與其父受盡機房眾人的欺辱，後其父被打死，在被機房人當街追打的時候，為方世玉所救。方世玉勸他一起去南少林學武，以俟日後復仇。胡惠乾立志復仇的良苦用心和習武的艱難歷程，讀來令人同情。但是胡惠乾藝成之後，瘋狂報復，蠻橫無理，逐漸走到了擾民安寧、為害一方的地步，直接導致了南少林的覆亡。

胡惠乾由懦弱被欺到凶橫無忌，再到恃強凌弱，無端擾民，每一步的變化都描寫得很真實。

《萬年清》的主旨是為歌頌皇帝，但也揭露了社會的黑暗面。書中的官吏多是貪污腐敗、知法犯法、濫用權力，極少清官。如第三十二回乾隆所說：「朕今來此玩遊，逢奸必削，遇寇必除，不知革盡幾個貪官污吏，可見食祿者多，盡心為國者少也。然則世態如此，亦無可如何。」[119]

腐敗是晚清政治的一個突出問題，無論大小官員，「大抵為官

---

119. 無名氏，顧鳴塘標點，《乾隆巡幸江南記》，上海古籍出版社，1989 年。

長者廉恥都喪，貨利是趨，知縣厚饋知府，知府善事權要，上下相蒙，曲加庇護，故恣行不法之事。」[120]第四十一回寫知府可以幫人追債，但規矩是「民間告帳，官四民六，此係定規」。[121]最為諷刺的是第十九回，乾隆深陷牢中，眾俠客為救他，不得不賄賂知府才能救他出來。

《萬年清》問世以來，以其為底本改編的小說、曲藝、戲曲、影視等種類繁多，流傳範圍很廣，產生了深遠的影響，最重要的是方世玉形象的出現。

小說中的方世玉、胡惠乾等少林派眾人是反面人物，最後被官府聯合武當、峨眉兩派剿滅，「廣東省垣內的人民聞知由白眉道人大破了少林寺，殺死至善禪師等人，無不歡呼載道，皆以為從此除了天下大害。」[122]

但後世人們沒有接受方世玉這個形象，反而更加喜愛他少年時期的英雄形象。在《萬年清》中，方世玉的形象也是前後矛盾的，所以後世的作品，都把方世玉塑造成為行俠仗義、為民除惡的英雄，少林寺眾人由於反清受到迫害而死。[123]

後世續寫少林寺被滅的反清故事中，洪熙官也由原書中的配角變為主角。《萬年清》中，洪熙官的情節不多，在第六回才登

120. 無名氏，顧鳴塘標點，《乾隆巡幸江南記》，上海古籍出版社，1989 年。
121. 無名氏，顧鳴塘標點，《乾隆巡幸江南記》，上海古籍出版社，1989 年。
122. 無名氏，顧鳴塘標點，《乾隆巡幸江南記》，上海古籍出版社，1989 年。
123. 岡崎由美，《方世玉故事形成初探》，《中國文學研究》，1996 年第 22 期。

場，全書中僅有九回與他有關，每一回的出場往往和其他少林弟子一樣，僅以數語帶過。在後世的小說、戲曲、影視裡面，洪熙官的故事漸漸多了起來，一躍成為主角。

造成這種現象的原因，一是方世玉故事被改編、挖掘較深，很難再寫出新意，另一方面，民間廣泛流傳洪熙官的故事，如記載廣東地區武林傳說的《粵海武林春秋》就記載有「洪熙官傳教大佛寺」的傳說。「清兵縱火焚燒少林寺後，相傳洪熙官來到廣州，隱居大佛寺，同佛緣和尚開設武館。一面傳授武術，一面宣傳反清復明。」[124]

《萬年清》一書思想陳腐，極力歌頌天子聖明與清朝鼎盛，兩條線索分開講述，結構鬆散，文字粗糙，情節累贅，但它為後世武俠小說的創作提供了經驗，比如書裡描寫了許多武功招式，更首次寫到了少林木人巷，還有其他的武功如花拳、梅花樁、陰陽童子腳等也在後世的武俠小說中一再出現。書中打鬥描寫也很真實，如第五回方世玉與雷老虎的擂台比武：

（方世玉）說罷，就擺開一路拳勢，叫做獅子大搖頭。雷教頭就用一個餓虎擒羊之勢，雙手一展，照頭蓋將下來，好生利害，世玉不敢遲慢，將身一閃，避過勢。往他胯下一鑽，用一個偷樑換柱之勢，就想將他頂下台去，教頭見他來得凶，也

---

124. 黃鑒衡，《粵海武林春秋》，廣東科技出版社，1982 年。

吃一驚,急忙將雙腿一剪,退在一邊,就勢用扳鐵手一千字望世玉頸上打了下來,世玉也避開。[125]

從武俠小說發展的意義來講,《萬年清》是武俠小說從「官府」邁向「江湖」的重要一步,在武俠小說的轉變過程中有著重要的地位。

第五節 神怪劍仙

所謂神怪劍仙小說,是指此時期出現,受神魔小說等影響產生,俠客以法術、神力行俠仗義的武俠小說。此類型的小說不多,但其歷史傳承和影響卻相對深遠。

魏晉南北朝的志怪小說裡的一些俠客形象已有涉足神鬼妖怪的先例。如《李寄》中弱女李寄殺掉吃人的大蛇,大蛇便有妖氣。及至唐代傳奇小說,以法術、神力行俠的俠客多番出現,部分俠客,如聶隱娘、盧生乾脆就是神仙隱士的傳人,奉師命在人間除強扶弱,主持正義。明清時期,受當時盛行的神魔小說,如《封神演義》、《平妖傳》等書的影響,這類帶有神怪之氣的武俠小說有了新發展,比較著名的有《綠野仙踪》、《濟公全傳》、《七劍十三俠》等。

---

125. 無名氏,顧鳴塘標點,《乾隆巡幸江南記》,上海古籍出版社,1989 年。

一、《綠野仙踪》

《綠野仙踪》，又名《金不換》、《百鬼圖》，有百回抄本和八十回刻本，題李百川撰。李百川，約生於康熙五十九年（1720），卒於乾隆三十六年（1771）以後，江南人，一說山西人。據作者自序看，李百川早年間家境尚可，常與友人談鬼論奇，後家境敗落，移居鄉塾，廣涉稗官野史。經人慫恿，萌發作小說之念，但因變故迭起擱筆。中年時，經商失敗，無奈「遠貨揚州」，因誤信成仙之說被騙，生活無著，投奔鹽城做官的叔父，又遭疾病困擾。在揚州就醫期間，草創三十回，定名為《綠野仙踪》，後又到擔任遼東牧的堂弟處謀生，又寫了二十一回。乾隆壬午年，這部小說方告完成。

書敘明嘉靖年間士子冷于冰求仙得道、降妖伏魔的故事。冷于冰出身士紳家庭，自幼聰慧，因惹怒奸相嚴嵩，科舉失利，遂無意功名，遊山玩水，怡情養性。因業師、縣令先後去世，他徹悟人生如夢，立志求證大道。訪道期間，在泰山廟中打女鬼，遇俠客連城璧，結為兄弟。雲遊四五年，未遇神仙。後在杭州天竺寺得火龍真人指點，授其法寶，方得窺大道。

修煉一年後，冷于冰再入紅塵，在柳家莊降伏厲鬼，用法寶誅殺害人的狐狸精。在師兄桃仙客的幫助下，藉雷君之力擊殺蛇精和蜈蚣精，在玉屋洞得《寶篆天章》，收靈猿不邪為徒。連城璧兄長因聚眾搶劫被官兵擒獲，眾兄弟劫牢，大鬧泰安府，連城璧被擒，得冷于冰之助逃脫，投奔表弟金不換。

冷于冰回鄉探親，救濟連城璧，並在川江斬黿救客商。連城璧投奔表弟，被弟媳告密，他打死弟媳，拒捕逃走。其表弟金不換也離家投親，途中遇寡婦，二人成親。不料寡婦前夫回家，金不換人財兩空，有遁世之念，與表兄連城璧立志隨冷于冰學道。泰安城總督之子溫如玉，家道豪富，冷于冰勸他割斷恩愛，出家修行，被溫如玉拒絕。後牽連叛案，溫如玉傾家蕩產。冷于冰施法攝來貪官嚴世藩、陳大經、馮剝皮髒銀救助陝西饑民。溫如玉經商失敗，冷于冰再來點化，仍舊不悟。連城璧赴衡山尋師，誤入驪珠洞，洞中狐狸精逼婚，被冷于冰救出。雪山道人告知冷于冰《天罡總樞》下落，冷、連二人救出被蠍子精騙來的金不換，三人回玉屋洞修道。

溫如玉與妓女鬼混，再被奸人詐騙，相愛妓女金鍾兒也被老鴇逼死。溫如玉告到官府，無人主持公道，落得人財兩空，孤苦伶仃。冷于冰為尋找《天罡總樞》來到凌雲峰，殺死魚妖，取出《天罡總樞》，潛心修煉，知過去未來。

溫如玉在尋冷于冰途中，夢遊華胥國，盡享一切榮華富貴，夢醒後徹悟一切為空，入瓊岩洞修行。不料偶遇蟒頭夫人，幸好得冷于冰解救。後冷于冰帶領猿不邪、連城璧、金不換等六徒煉丹，因連城璧、翠黛、金不換、溫如玉等人用心不專，經冷于冰教誨，方才成就道行。冷于冰騎鸞朝帝闕，被封為普惠真人，師徒俱成正果。

此書卷帙浩大，人物眾多，是神魔劍仙小說的開山之作，其成就有二：

其一，全書以歷史事件為經，神魔較量為緯，敘述了冷于冰師徒七人求仙得道的坎坷經歷，塑造了仙俠冷于冰的形象。冷于冰雖看破紅塵，棄家修道，但他並不是一味超脫，反而出入紅塵，積外功以求大道。一方面，他協助忠臣義士與奸佞小人作堅決鬥爭，「替國家除奸安良」，另一方面，他憑藉修煉的法術斬殺危害百姓的妖魔鬼怪。如侯定超在本書序言中所說：「故曰天下之大冷人，即天下之大熱人也……此作者命名之意至深至切。」[126]從形象本質看，冷于冰是中國武俠小說中道俠類型發展人物的濫觴。他積極修行，勇猛精進，探索宇宙的大道，與武俠小說隱含的追求人的極境內涵暗合。在修行時他不忘救助窮困百姓、落難義士。在他看來，這種行俠仗義的行為是有助於「積外功、證大道」的。可以說，冷于冰是中國儒、釋、道思想浸潤下產生的俠客形象。

其二，本書開神怪劍仙一脈，對後來民國時期武俠小說中的劍俠類小說影響深遠。神怪題材與武俠題材此前雖互有影響，但尚未融為一體，至《綠野仙踪》出現，宣告此類型的大成。在本書中，確立了此類型小說表現的道魔爭霸、正邪消長的主題，形成了以法術、飛劍為主的神化武功的敘事內容。尤其是書中，通過描寫人物在修行中，遭遇的種種困擾，來塑造仙俠形象的方法，

---

126. 侯定超，《綠野仙踪・序》，見李百川，《綠野仙踪》，上海古籍出版社，1996 年。

被後人屢屢模仿。民國時期，如還珠樓主的《蜀山劍俠傳》等，其祖肇於此。

二、《七劍十三俠》

《七劍十三俠》一名《七子十三生》，可稱晚清神怪武俠小說的代表，當時稱讚它為「誠集歷來劍俠之大觀，稗官之翹楚」。[127]

作者唐芸洲，號桃花館主，姑蘇人，生平不詳。此書分三集陸續刊行，各六十回，共一百八十回。初集六十回刊於光緒二十二年（1896）。江文蒲在為初集作的序言中說：「吾知是書一出，其不脛而走也必矣。」誠如斯言，書刊行後「風行海內，幾至家置一編」。[128]

光緒辛丑（1901）正月，二集六十四刊行，與初集一樣，其「膾炙人口，甚至有手不釋卷者」。同年六月，三集六十回問世，讀者得見全豹，月湖漁隱贊其「筆墨之奇妙，驚人之怪事，尤較之初、續兩集有過之無不及也」。[129]

《七劍十三俠》寫明武宗正德年間，賽孟嘗徐鳴皋等十二位英雄聚義，武藝超群，俠肝義膽，劫富濟貧，除暴安良，後在七子（七位以「子」命名的劍仙，即玄貞子、一塵子、飛雲子、霓裳子、默存子、山中子、海鷗子）及十三生（十三位以「生」命名

---

127. 江文蒲「初集」序，見唐芸洲，《七劍十三俠》，上海古籍出版社，1993 年。
128. 月湖漁隱「二集」序，見唐芸洲，《七劍十三俠》，上海古籍出版社，1993 年。
129. 月湖漁隱「三集」序，見唐芸洲，《七劍十三俠》，上海古籍出版社，1993 年

的劍仙，即凌雲生、御風生、雲陽生、傀儡生、獨孤生、臥雲生、羅浮生、一瓢生、夢覺生、漱石生、鷦寄生、河海生、自全生）的幫助下，隨右都御史楊一清平定甘肅安化王朱寘𨯺叛亂，隨僉都御史王守仁平定江西寧王朱宸濠的叛亂，小說結尾，七子十三生與十二英雄各受封賞。

書中講述安化王置藩和寧王朱宸濠叛亂的故事，係「據原史而增撰之」[130]，主體與史實大致相符，但出現了許多神異內容，顯現出濃郁的神秘色彩。魯迅和周作人在少年時代曾爭相閱讀此書，周作人專門購買了它的繡像本，讀後盛讚「新奇可喜」[131]，魯迅對此書也有很深的印象，在《中國小說史略》中舉為明清俠義小說的代表作之一。

民國上洋文新書局石印本《七劍十三俠》

作者在說到本書創作緣起時宣稱，為的就是「專敘劍客俠士的踪跡」，與一般的俠客有著顯著區別。《七劍十三俠》中的七子十

130. 月湖漁隱「三集」序，見唐芸洲，《七劍十三俠》，上海古籍出版社，1993 年
131. 倪墨炎，《周作人：中國的隱士與叛徒》，上海文藝出版社，1990 年。

三生近乎於神仙，不食人間煙火，口吐寶劍，腳踏劍光，知曉過去未來，法力無邊，他們雖為人體，卻具備超人的智慧。第一回中說：

> 這般劍客俠士，來去不定，出沒無常……有神出鬼沒的手段，飛簷走壁的能為，口吐寶劍，來去如風。此等劍客世代不乏其人，只是他們韜形斂跡，不肯與世人往來罷了。[132]

《七劍十三俠》一書對劍仙人物的推崇是同時代其他小說無法比擬的。小說中，這些劍俠具有神奇的法術，基本上掌握了整個鬥爭大局。儘管衝鋒陷陣的是徐鳴皋、一枝梅這樣人間英雄，但真正運籌帷幄、奠定勝券的卻是七子十三生這些劍仙。

每次王守仁遭遇困難之時，劍仙就會出來指點迷津，使其能夠獲勝，有時甚至直接動用法術去幫助士兵破陣退敵。第二十五回「雲陽生斬非非和尚」一節描寫雲陽生：「忽然鼻孔內射出兩道白光，宛如嬌龍掣電，直射到非非僧面前，合殿之僧無不驚呆，駭然寒禁，非非僧則立時失了六陽魁首，死於非命。」白光攝命，神乎其神。又如一百二十三回描寫傀儡生「反風滅火敗走妖人」，只見他念動咒語「寶劍寶劍，將這一片妖氣掃回賊隊，使它自燒其身，不得有誤」，寶劍在半空中飛舞一回，頓見一道強勁的白光淩

---

132. 唐芸洲，《七劍十三俠》，上海古籍出版社，1993 年。

空而起，將非幻道人的妖火蕩滌乾淨。此類情節，在書中不勝枚舉。可以說，正邪兩方的爭鬥，都是先由十二英雄受命臨陣，後由七子十三生顯威破敵。

這樣近似於「鬥法」的較量，打擊的對象不再是武林中的敗類或者是竊賊，而是一種有組織的、龐大的政治勢力，有足夠的力量與中央政權分庭抗禮。他們既不容於朝廷，也給普通百姓帶來了巨大災難，成為社會動亂的直接原因。他們網羅了許多邪派人物，比如余七、非非僧、徐鴻儒等都是半人半魔的人物，能使用妖法，招魂奪命，呼風喚雨，撒豆成兵。

正邪雙方的鬥爭不再是一般性的拳腳、刀劍武藝上的較量，轉而進入一個神妙的競技境界。作者賦予了俠客更多的智慧，更大的力量，更神奇的魅力，他們符合俠客的精神，卻擁有超乎現實的力量。

王守仁平定寧王朱宸濠之亂，是明朝重大的歷史事件，使作者的描寫有理有據。作者又很善於渲染氣氛，編織情節更加跌宕起伏。《七劍十三俠》在清末的武俠小說創作中，文學藝術性較高。

值得一提的是，每一次重大交兵以後，總要描寫七子十三生之間詼諧、幽雅的情趣，十二俠客之間的插科打諢、談笑風生，或者開懷痛飲，這固然與劍仙的儒雅風度和俠客的粗豪性情有關，但從中也可看出在藝術描寫中一張一弛的匠心。

《七劍十三俠》對後世武俠小說歷史背景、活動場面和人物三者安排趨於一體化、合理化，有著很深的啟發作用。

在人物塑造方面，作品的刻畫也較別致，多有新意。第二回至第四回描寫徐鳴皋出身富貴，仗義疏財，但他信奉道教，潛心學習武藝劍術，探求得道奧秘，與世事無爭，當他在鶴陽樓看見惡霸李文孝強搶民女，合樓上下無人過問時，終於忍無可忍，動了俠義心腸，於是挺身而出，嚴懲惡徒。

這種欲揚先抑、先鬆後緊的描寫，揭示出人物複雜的心理波動，更好地表現了俠客固有的「俠義精神」。

第十回徐鳴皋打擂的描寫也充分顯示了本書在藝術描寫方面細膩生動的特點。

徐鳴皋在擂主、寧王爪牙嚴虎三敗各路豪傑、趾高氣揚、目無一切之際，憤而登台。只見雙方你來我往，腳去拳住，環環相扣，令人目不暇給，而且一招一式都有講究。雙方拆招解招，既有武術上的依據，又極富藝術性。作者傾注了大量筆墨來描寫雙方所施武功招數，僅有名稱的就有二三十個，如寒雞獨步、轉陰泛陽、葉底偷桃、毒蛇出洞、王母獻桃、鶴子翻身、金剛掠地、泰山壓頂、獨劈華山、蜜蜂進洞等。

這場類似武術表演的擂台比武，有效地塑造了人物。作為正面人物，徐鳴皋的招數多是正大陽剛的名稱，而嚴虎的招數往往是陰險毒辣的名稱，恰如其分地賦予了人物獨特的個性特徵。同時，通過台下人聲鼎沸、呼聲雷動的烘托，兩者相輔相成，相得益彰。

《七劍十三俠》中對於比武場面藝術化的描寫，較之同期作品，有了明顯的進步，並為後世武俠小說所仿效和借鑑。

《七劍十三俠》問世後，在清末民初形成了一個武俠小說的新流派。這種既貫穿懲惡揚善的傳統俠義精神，又閃爍著飛天遁地、亦真亦幻的武俠小說，不但影響了民國時期武俠小說的創作，而且對於20世紀50年代後的台港新派武俠小說也有著直接的影響。

三、《濟公全傳》

講述濟顛故事的小說，現在所知最早為明晁瑮《寶文堂書目》所著錄的《紅倩難濟顛》平話，但未見傳本。據陳桂聲《話本敘錄》，此書又有明崇禎間杭州寫刻本，題《濟顛語錄》。清初刊本，題《錢塘漁隱濟顛師語錄》，又據《古本稀見小說匯考》，有《新鐫繡像麴頭陀濟顛全傳》三十六則，康熙刊本，大連圖書館藏。孫楷第先生的《日本東京所見小說書目》卷四靈怪類以及《中國通俗小說書目》卷三明清小說部甲，都著錄了明隆慶本，書名皆為《錢塘漁隱濟顛禪師語錄》。小說《醉菩提》上承《濟顛語錄》，下啟清中葉以後出現的《濟公全傳》，較之前者完整而生動，較之後者簡潔而少枝蔓，為濟公故事演變中至關重要的本子。

目前通常所言《濟公全傳》，是光緒初期郭小亭《評演濟公傳》。此書為濟公故事集大成之作，自出現後，便廣受歡迎。姚聘侯序云：「言非表諸淺近，其言不足以感人；事不設為神奇，其事不足以垂訓。蓋聖經賢傳，原道義所攸關；而野史稗官，尤雅俗所共賞也。」[133]

可見，濟公小說受歡迎之因，就在於以神奇、諧趣的濟公事蹟垂訓於世。濟公世俗化的神佛形象三分像神，七分像人，與神聖化的神佛形象相比，與平民百姓、善男信女的距離更近，使人感到親切，因而受百姓和市民歡迎。

有關郭小亭的參考資料不多，《濟公全傳》面世後，頗受歡迎，後來又有人一續再續，達「四十」續之多。郭小亭編纂的《濟公全傳》，全書二百四十回，前半部分寫了奇僧濟公戲弄官宦的一系列小故事，自四十六回起，敘述濟公帶領眾俠客追捕採花賊華雲龍及其黨羽的故事，此段是全書武俠色彩較濃的章節，至一百一十七回結束。此後是濟公與一干憑藉妖術害人的道士的鬥法故事。本書中濟公形象與同時期其他幾部意在宣揚神仙道化的濟公小說中的濟公不同。濟公雖是天上降龍羅漢下凡，但他不打坐參禪，只是帶領陳亮、鄭雄等俠客幫助落難百姓，剷除邪惡勢力，包括江湖盜匪、邪惡妖道、害人鬼怪等等。

羅立群評價書中人物濟公：「是一個集神仙、俠士、遊民於一身的喜劇性的人物形象。他的出現……武俠小說塑造遊戲江湖、亦正亦邪、滑稽幽默的武林高人形象提供了借鑑。」[134] 但本書藝術上缺乏錘煉，結構鬆散，人物形象類同，語詞重複，這也是無可

133. 譚正璧，《評彈通考》，中國曲藝出版社，1985 年。
134. 羅立群，《中國武俠小說史》，花山文藝出版社，2008 年。

諱言的。

第六節　兒女英雄

兒女英雄小說是指受明清盛行的才子佳人小說影響，描寫俠客受到佳人青睞，行俠仗義，護國保民，最後俠客與佳人結為佳偶，子孫永享富貴的武俠小說類型。武俠小說步入成熟之後，從形式到內容都有了自身的文本特徵，但對於俠客的感情世界較少涉及，俠客彷彿都是不食人間煙火的仙人。這種忽視人類情感情況，在明清才子佳人小說盛行後有了較大改觀，作家們開始注意到俠客的情感世界，此類武俠小說開始流行，其中有代表性的是《兒女英雄傳》、《好逑傳》和《綠牡丹全傳》。

一、《好逑傳》

《好逑傳》，十八回，又名《俠義風月傳》、《第二才子書》，題「名教中人編次」，「游方外客批評」。本書確切寫作年代和作者身分均不可考，從該書的流傳和有關史料分析，《好逑傳》早在明清之交就已經流行，是明清時期此類型小說中最早的一部。

《好逑傳》還是第一部譯成西方文字並得以出版的中國長篇小說，在西方文人中產生過較大影響，在漢籍外譯的研究中也具有重大意義。德國文學巨匠歌德非常推崇《好逑傳》男女主人公所遵循的道德和禮儀，也非常欣賞他們同惡勢力的抗爭精神。

故事講述明代大名府御史之子秀才鐵中玉，面目秀美，豪俠仗義。為洗清父親冤屈，手持銅錘，打破權豪大央侯大門，找到被其藏匿的民女一家，得義俠美譽。因惹怒權貴，無奈離開京城，去山東遊學。兵部侍郎水居一因舉薦失人削職戍邊，其弟水運為謀奪家產，迫使兄女水冰心嫁學士之子過其祖。水冰心美貌異常，才膽不讓鬚眉，設計使水運之女代己出嫁。過其祖賊心不死，乘水冰心祭墓時派人搶親，被水冰心察覺。過其祖又派人偽報水居一復任，誘劫水冰心，為鐵中玉搭救，將惡人扭送衙門。

鐵中玉寄宿寺廟，被僧人下毒，水冰心得知，將鐵中玉迎至家中調養，二人相互傾慕但不涉於私。水運和知縣先後為二人做媒，被鐵中玉堅辭。為避嫌疑，鐵中玉出走。過學士門生馮瀛被過其祖慫恿，強令水冰心嫁與過其祖，冰心以死抗爭，鐵中玉聞訊趕來相助，見奸人已被冰心震懾，遂不入門欲歸。過其祖派人挑釁，盡被鐵中玉打跑。過學士因為子求親不成，遷怒水居一，陷害水居一及其所舉薦大將侯孝。鐵中玉路見不平，在三法司堂以死擔保。半年後，侯孝立功，水居一升任尚書。水鐵兩家商議二人婚事，被水冰心、鐵中玉得知，因於禮教不合，二人不從。過學士慫恿大央侯和仇太監破壞二人婚事，並彈劾二人關係曖昧，有傷禮教。皇帝下旨查復，真相大白，污蔑者被斥責，鐵中玉、水冰心奉旨重結華燭。

小說的男主人公鐵中玉是一個好打不平的俠客，他臂力過人，武藝高強，「有不如意，動不動就要使氣動粗」，等閒三五十人不是對手。不但如此，他還蔑視權貴，笑傲公侯，「性子就似生鐵一般，十分執拗……倘或交接富貴朋友，滿面上霜也刮得下來，一味冷淡」。在他看來，人之賢愚無關地位出身，「若是遇著貧交知己，煮酒論文，便終日歡然，不知厭倦……更有一段好處：人若緩急求他，便不論賢愚貴賤，慨然周濟；若是諛言諂媚，指望邀惠，他卻只當不曾聽見。所以人多感激他，又都不敢無故親近他。」[135]

雖然鐵中玉一身俠骨，但他並不缺乏對美好愛情的嚮往。在他心中，時刻萌動著尋找人生伴侶、同道知己的渴求。在初遇水冰心時，他立刻被冰心以弱女之身與惡勢力作鬥爭的高貴品格打動，以為「這水小姐竟是個千古的奇女子了，難得，難得！莫要錯過！」與冰心分手後，心中念念不忘，想道：「天下怎有這樣女子，父母為我求親，若求得這般一個，便是人倫之福了。」

在與惡勢力的鬥爭中，鐵中玉和水冰心漸漸由相互欣賞向相互愛慕發展。鐵中玉因救水冰心被奸人下毒暗算，水冰心不避嫌疑，將他接入家中，親自照料飲食，為鐵中玉調理身體，鐵中玉為此感激不盡，由初遇的傾慕變為愛慕。在水冰心家中，鐵中玉與水冰心作了一番深談。在交談中，水冰心表達了對鐵中玉的理解。在旁人都認為鐵中玉舉止粗豪、徒逞血氣之勇的時候，水冰心認為：「彼風塵俗眼，豈知英雄作為，別出尋常？願公子姑置不

135. 名教中人，《好逑傳》，廣東人民出版社，1980 年。

與較論。」對於給予他理解支持的水冰心，鐵中玉心中已是一片喜歡。只因為名教限制，不能表達內心愛意。直到雙方家長同意，世人皆知二人清白後，鐵、水二人方才成就秦晉之好。

該書序言說：「是書也，誰和而先得我心，殆亦吾輩之流亞歟？以必無之事，成果有之書。所據者理，所言者情，所傳者文，所矜者奇。述他人之離合悲歡，摹自己之忠信義俠。」[136] 可見這部作品就是要據理言情，通過描寫青年男女追求美好愛情的故事來表現忠信義俠的偉大人格。為突出以情寫俠的主題，作者在開篇詩中開宗明義的提出來要表現英雄兒女美好愛情的主旨：「偌大河山偌大天，萬千年又萬千年。前人過去後人續，幾個男兒是聖賢！又曰：寢寐相求反側思，有情誰不愛蛾眉？但須不作鑽窺想，便是人間好唱隨。」

在這部書中，俠義與柔情成為密不可分的整體，《好逑傳》也成為中國首部兼言愛情的武俠小說。

二、《綠牡丹全傳》

《綠牡丹全傳》，八卷六十四回，又名《四望亭全傳》、《龍潭鮑駱奇書》、《宏碧緣》，一說此書為二如亭主人所著。本書最早刊本為清道光十一年（1831）芥子園廠版本，首「繡像綠牡丹續反唐傳序」，署「道光辛卯重陽二如亭主人謹書」，「後敘」署「長洲愛

---

136. 名教中人，《好逑傳》，廣東人民出版社，1980 年。

蓮居士漫題於芥子園」。據此推斷，《綠牡丹全傳》大約成書於道光年間。

故事以唐代武則天臨朝為歷史背景，寫揚州武進士駱龍有子駱宏勳，臂力過人，武藝高強。駱龍去世後，駱宏勳與母親隨其父徒弟定興縣富戶任正千居住。一日觀看江湖賣藝人表演，駱宏勳仗義趕走圖謀不軌的吏部尚書之子王倫。名為賣藝，實為擇婿的山東響馬花振芳之女花碧蓮，對駱宏勳心生愛慕。花振芳托任正千做媒，駱宏勳因服孝未滿，且已有聘，委婉謝絕。王倫賊心不死，欲調戲花碧蓮，反被花家父女打得落花流水。王倫帶著教習、家丁前去尋釁，任、駱二人趕來解了花家之圍。王倫見任、駱武藝高強，於是假意奉承，與任、駱結拜為兄弟。暗中則與任正千之妻賀氏通姦，並藉賀氏挑撥任、駱關係，駱宏勳見狀欲運父親靈柩回鄉。回鄉途中，駱宏勳遇到花振芳，訴說了定興縣經歷，花振芳於是帶領兄弟前去保護任正千。王倫污蔑任正千為盜劫財，縣令將任正千下獄，被花振芳救出，二人同回山東。

回到揚州老家的駱宏勳，在四望亭見好漢余謙捉猴子，原來是御史之子欒鎰萬懸賞捉猴。後來趕到的花碧蓮母女在捉猴中從四望亭摔下，駱宏勳救下花碧蓮。欒鎰萬因猴子摔死，勒索好漢不成，懷恨在心。不久，欒鎰萬請來壯士濮天鵬，騙他去行刺駱宏勳，反被駱宏勳擒住。得知濮天鵬被騙，駱家贈銀以成其夫妻之好，駱宏勳也離家避難。在去瓜州的船上，駱宏勳被船家挾持，因此結識水寇鮑自安、俠僧消安等人。王倫與賀氏通姦，眾好漢齊到嘉興府捉姦，事情未成，駱宏勳反因為搭救孤孀修氏被污公堂。因英雄大鬧嘉興縣，知府王倫行文捉拿眾好漢，鮑自安二鬧嘉興，救出修氏，認為義女。花振芳為逼婚，將駱宏勳原聘桂小姐及駱母劫往山東，假作小姐被殺，駱母被燒死。朱龍兄弟被欒鎰萬請來在欒家設擂台，指名挑戰駱宏勳等人，余謙、駱宏勳等人先後被朱彪打傷，性命垂危。濮天鵬連夜過江，帶來傷藥救治余、駱二人，並請來鮑自安父女打敗朱彪等人。朱氏兄弟不甘失敗，為報仇請來師父雷道遠。朱氏師徒與鮑自安等人擂台比武，幸好俠僧消安前來勸解，方才甘休。

駱宏勳赴山東尋親，路過酸棗林山寨，欲與花碧蓮結親的巴九父子暗害駱宏勳不成，巴九之子反被誤傷。巴九緊追駱宏勳報仇，駱宏勳得父親門徒胡璉相助脫險。在胡璉勸解下，駱宏勳準備返回南方找尋花振芳、鮑自安。南歸途中，駱宏勳被賀氏兄長賀世賴看見，勾結縣令唐建宗帶人抓住駱宏勳，同行的余謙逃脫。為救駱宏勳，余謙和駱宏勳堂兄駱賓王去山東節度狄仁傑處申冤。狄仁傑拿下賀世賴，鮑自安捉住王倫、賀氏。鮑自安笑審王倫、賀氏兄妹，駱宏勳娶桂小姐、花碧蓮，奇花「綠牡丹」盛開，武則天出榜考才女，眾英雄乘機殺奸佞。廬陵王登位封功臣，駱宏勳、花碧蓮喜獲官爵。

《綠牡丹全傳》的比武描寫注重寫實，武打動作刻畫詳盡，敘事鄭重其事。書中更描寫了武林中人行走江湖的特殊裝備，比如第十三回寫花振芳準備夜行：

> 換了一身夜行衣服：青褂、青褲、青鞋、青搭包、青裹腳。兩口順刀，插入裹腳裡邊。將蓮花筒、雞鳴斷魂香、火悶子、解藥等物，俱揣在懷內。外有扒牆索，甚長，不能懷揣，纏在腰中。[137]

書裡又對扒牆索這種器具詳細解釋一番，還特地說明，此物「江湖上朋友個個俱是有的」。這些對輕功、夜行、江湖行徑及其工具的文字描寫，還早於《三俠五義》。

這部小說從思想內容角度看，創新不多，其雜糅歷史、俠情的手法，在此前小說中已有先例，但《綠牡丹全傳》佈局方面，「宏碧緣」成為幾乎貫穿全書的重要線索。「宏碧緣」寫的不是男女間一見傾心的簡單故事，開始階段幾乎是花碧蓮的單相思，隨著故事的發展，這一特殊的江湖環境發生了變化，雙方接觸增加，彼此才逐漸產生了愛情，最終促成雙方結合。小說對花碧蓮的煩惱、執著、癡情，駱宏勳的內心波瀾描寫等，在明清武俠小說中殊為少見。「宏碧緣」艱難坎坷，曲折多變，人物性情得到充分表現。《綠牡丹全傳》開創的寫法大有意義，男女俠情故事成為全書結構主線，重要人物和情節，都圍繞這條主線展開。情節之間互相連接，構建成全書網狀結構。

137.《綠牡丹全傳》，浙江古籍出版社，1985 年。

《綠牡丹全傳》的文學語言富有生活氣息，塑造了多位性格突出、形象豐滿的俠客典型，尤其是有勇有謀、俠肝義膽的老英雄鮑自安的形象，也是明清時期武俠小說中所少見的。

三、《兒女英雄傳》

《兒女英雄傳》，又名《金玉緣》、《俠女奇緣》、《正法眼藏五十三參》，全書四十回，正文前有一回《緣起首回》。作者燕北閒人，原名文康，姓費莫，字鐵仙，清代滿洲鑲紅旗人，生於乾嘉年間，卒年約在同治四年（1865）以前。

文康出身顯赫，《八旗文經》中說他「歷官理藩院員外郎，安徽徽州府知府，駐藏大臣」。後因家道中落，晚景困頓，遂著書自遣。小說成書時間約在道光時期，從《正法眼藏五十三參》這一書名來看，全書最初當有五十三回，後來大概輾轉散失，僅存四十回了。

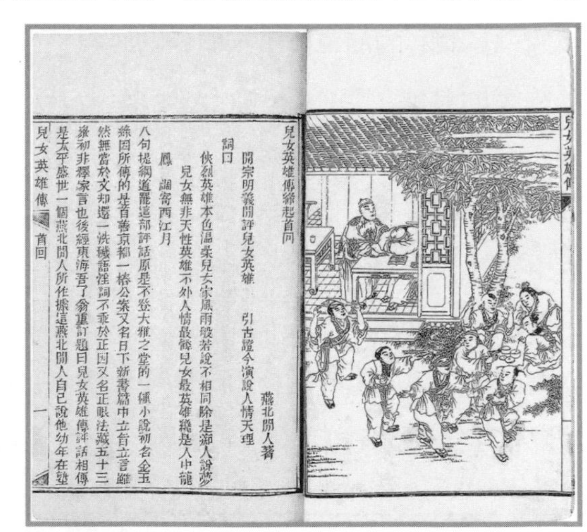

兒女英雄傳緣起首回
燕北閒人著
開宗明義閒評兒女英雄　引古證今演說人情天理
詞曰
俠烈英雄本色溫柔兒女家風雨般若說不相同除是痴人說夢
兒女無非天性英雄不外人情最憐兒女最英雄纔是人中龍
鳳　調寄西江月
八句提綱道罷這部評話原是不登大雅之堂的一種小說初名金玉
緣因所傳的是首善京都一樁公案又名日下新書篇中立旨立言雖
然無當於文却還一洗穢語淫詞不乖於正因又名正眼法藏五十三
參初非釋家言也後經東海吾了翁重訂題曰兒女英雄傳評話相傳
是太平盛世一個燕北閒人所作據這燕北閒人自己說他幼年在塾
兒女英雄傳　首回　一

清光緒時期上海申報館刻本《兒女英雄傳》首回書影

《兒女英雄傳》講述在清康熙、雍正年間，書生安驥因父親被河工總督陷害，遂不遠千里，持銀相救，途經能仁寺遇難，幸逢俠女十三妹相救，困在寺中的村女張金鳳也同時脫難。十三妹做媒，安、張二人結為夫妻。十三妹名何玉鳳，是一位出自將門、智勇蓋世的俠女，其父被權貴紀獻唐所害。她奉母逃難，避居山林，廣交豪傑，伺機復仇。安父得救後，尋見何玉鳳，告知紀獻唐已被朝廷誅殺。何玉鳳聞知後，見父仇已報，母親已逝，自念孤身在世，了無生趣，欲自殺未遂，又立志出家，後經眾人勸說，嫁給安公子。安公子得賢妻贊助，連中舉人、進士，欽點探花及第，位極人臣，政聲載道。何玉鳳、張金鳳親如姊妹，後各生一子，安家書香不斷。

小說在一開頭的「緣起首回」就對創作的意圖做了說明：

俠烈英雄本色，溫柔兒女家風。兩般若說不相同，除是癡人說夢。兒女無非天性，英雄不外人情。最憐兒女最英雄，才是人中龍鳳。[138]

然而，作者心中的「兒女英雄」又是怎樣的呢？

譬如世上的人，立志要作個忠臣，這就是個英雄心，忠臣斷無不愛君的，愛君這便是個兒女心；立志要作個孝子，這就是個英雄心，孝子斷無不愛親的，愛親這便是個兒女心。至於

138. 文康，《兒女英雄傳》，人民文學出版社，1983 年。

「節義」兩個字，從君親推到兄弟、夫婦、朋友的相處，同此一心，理無二致。[139]

作者將封建禮教的三綱五常的人倫道德放入了小說中，闡釋了他的創作觀點。

文康與曹雪芹在身世經歷上有相似之處，他「一身親歷乎盛衰升降之際，故於世運之變遷，人情之反覆，三致意焉」，但他並非像曹雪芹那樣，痛定思痛，對人生做深沉的思索，對社會現實做深刻的揭露，而是秉忠孝節義的創作意念，「悔其已往之過，而抒其未遂之志」[140]，雖是「有感於《紅樓》」，卻採用相反的筆調敘寫。結果，「前者是以血淚蘸和著往事寫成，後者是以失望所激發的幻想寫成。所以前者是一幕驚心動魄的人間大悲劇，後者卻是比較庸俗的夫榮妻貴的大喜劇」[141]。

思想認識的差異，導致了作品內容的迥異，小說的前半部分塑造了一個桀驁不馴的俠女十三妹，後半部分這個俠女則回歸到普通婦女隊伍，操持家務，前後形象巨大落差。儘管後半部分內容過於淺陋、庸俗，但前半部分內容確實精彩，尤其是武打部分的描寫，不再像以往武俠小說那樣一筆帶過，大而化之，無論從武術源流，還是具體打鬥，都進行了細緻的描述。能仁寺十三妹

139. 文康，《兒女英雄傳》，人民文學出版社，1983 年。
140. 馬從善，《兒女英雄傳・序》見文康，《兒女英雄傳》，人民文學出版社，1983 年。
141. 孟瑤，《中國小說史》，傳記文學出版社，1980 年。

彈斃凶僧、刀殲餘寇的一段，不僅突顯了十三妹的俠義性格，還向讀者們奉獻了一齣精彩絕倫的比武場面。

小說第六回，開篇便渲染了緊張的氣氛，凶僧正要舉刀朝向安公子的心口刺去，危急關頭，躲在暗處的十三妹用了兩個彈珠就結果了即將行兇的惡僧。殺死兩個歹人，十三妹完全有時間把安公子救走，但她經常行走江湖，知道能在這荒山野嶺打劫行兇，絕不是兩個人。十三妹將安公子安置好後，「就從衣襟底下忒楞楞跳出一把背兒厚、刃兒薄、尖兒長、靶兒短、削鐵無聲、吹毛過刀、殺人沾血的纏鋼折鐵雁翎倭刀來。那刀跳將出來，映著那月色燈光，明閃閃，顫巍巍，冷氣逼人，神光繞眼。」[142]

作者對十三妹使用兵器進行的詳細描寫，為此前少見。一般而言，柄長的刀使用起來需要較大的腕力和臂力，所以十三妹要使用這把短把倭刀，需腕力靈活就可以，不會損耗過多的臂力。因此，在十三妹與最後一個和尚惡鬥時，十三妹就說：「若和他這等油鬥，鬥到幾時。」從這可以看出十三妹在與自己武功相當的男性過招時，她是佔不了上風的。她本領雖大，但擅於短鬥，若與男子長時間打鬥，體力消耗過多，必將處於不利地位，這樣就解釋了十三妹選擇倭刀的原因。

沒過多時，第一撥和尚回來，首先是個瘦子與她交手，打鬥前，「那瘦子緊了緊腰，轉向南邊，向著那女子吐了個門戶，把左

---

142. 文康，《兒女英雄傳》，人民文學出版社，1983 年。

手攏住右拳頭，往上一拱，說了聲：『請！』」

作者並沒有急於描寫雙方打鬥，而是開始介紹武術歷史及打鬥規矩：

列公，打拳的這家武藝，卻與廝殺械鬥不同，有個家數，有個規矩，有個架式。講家數，為頭數武當拳、少林拳兩家。武當拳是明太祖洪武爺留下的，叫作內家；少林拳是姚廣孝姚少師留下的，叫作外家。大凡和尚學的都是少林拳。講那打拳的規矩：各自站了地步，必是彼此把手一拱，先道一個「請」字，招呼一聲。那拱手的時節，左手攏著右手，是讓人先打進來；右手攏著左手，是自己要先打出去。那架式，拳打腳踢，拿法破法，各有不同。[143]

武術門派也是武俠小說的重要組成部分，此前的武俠小說，並不太重視對武術門派的創造，也不對比武場面進行具體文學化的描寫，《兒女英雄傳》走出了非常大的一步。

一番介紹之後，文康詳細地描寫了雙方打鬥場景，這個瘦和尚跟十三妹的武功比起來，遠遠不如，被十三妹很利索地殺死。

反派人物首領通常最後出場，果然「前髮齊眉，後髮蓋頸，頭上束一條日月滲金箍，渾身上穿一件元青緞排扣子滾身短襖，下

143. 文康，《兒女英雄傳》，人民文學出版社，1983 年。

穿一條元青緞兜襠雞腿褲，腰繫雙股鸞帶，足登薄底快靴」的虎面行者手持「一條純鋼龍尾禪杖」撒花蓋頂，欲從十三妹身後偷襲。十三妹眼明手快，躲了過去，這場惡鬥真可謂棋逢對手：

一個使雁翎寶刀，一個使龍尾禪杖。一個棍起處似泰山壓頂，打下來舉手無情；一個刀擺處如大海揚波，觸著他抬頭便死。刀光棍勢，撒開萬點寒星；棍豎刀橫，聚作一團殺氣。一個莽和尚，一個俏佳人；一個穿紅，一個穿黑；彼此在那冷月昏燈之下，來來往往，吆吆喝喝。[144]

最後十三妹故意暴露自己一個小破綻，尋到了機會，殺死了虎面行者。兩人精湛的比武場面，沒有任何血腥，反給人感覺十分優美。

《兒女英雄傳》最為人稱道的是其語言藝術。文康是旗人，比較擅長北京話，很多語言在小說裡出現得都比較明顯，比如巴圖魯（英雄，勇士）、格格兒（有地位的滿族人家對女孩子的稱呼）、克食（恩賞）、阿哥（男孩兒）等。

作品中最富有特色的莫過於書中人物的語言，書中寫旗人女子說話直截了當，毫不遮掩，她們不說些文縐縐的話語，而使用的北京土話又顯得個性、趣味。第三十五回中舅奶奶聽聞安公子

144. 文康，《兒女英雄傳》，人民文學出版社，1983 年。

中了舉人後激動地自言自語：

那麼巧的事，這麼件大喜的喜信兒來了，偏偏兒的我這個當兒要上茅廁！才撒了泡溺，聽見，忙的我事也沒完，提上褲子，在那涼水盆裡汕了汕手就跑了來了。我快見見我們姑太太。[145]

這段話體現了當時舅太太欣喜又著急的情形，非常形象又真實地描繪了一位普通旗人婦女做事不拘小節、無所顧忌的性格。文康用這種描寫手法，為他塑造人物奠定了基礎。

《兒女英雄傳》一書以說書的形式結構全書，缺陷明顯，評述議論之處甚多，不僅作者大發議論，書中的人物也時不時要「講講道理」，損害了小說的結構。並且全書前半部陽剛，後半部陰柔，使人越讀越沒勁，虎頭蛇尾，「兒女」和「英雄」終未能統一起來。

明清武俠小說中，《兒女英雄傳》算不上是一流的作品，但卻絕對稱得上是一部優秀的作品，尤其是在武俠小說的發展歷程中具有極大的進步意義。

以《好逑傳》、《綠牡丹全傳》、《兒女英雄傳》為代表的兒女英雄小說在明清時期的盛行，對後來武俠小說發展大有影響。文康的《兒女英雄傳》中說，「以英雄至性成就兒女心腸，以兒女真

145. 文康，《兒女英雄傳》，人民文學出版社，1983 年。

情做英雄事業」，正是此類小說的注腳。

民國時期小說大興，有論者更以為：「非有英雄之性不能爭存，非有男女之性不能傳種也……明乎此理，則於斯二者之間，有人作為可駭可愕可泣可歌之事，其震動於一時，而流傳於後世，亦至常之理，兩無足怪矣。」[146] 因此，在民國武俠小說的創作浪潮中，表現鴛鴦俠侶笑傲江湖的武俠小說漸成潮流，到 20 世紀 50 年代之後的台港新派武俠小說創作時期，武俠小說幾乎無一不寫兒女之情，這大概是明清武俠小說作家始料未及的。

146. 嚴復、夏曾佑撰《國聞報》附印說部緣起，見阿英，《晚清文學叢鈔小說戲曲研究卷》，中華書局，1960 年。

第四章

桃花亂打蘭舟篷

——明清武俠小說創作（短篇）

第一節　白話小說及其成就

短篇武俠小說在明清時期，亦取得了遠超前代的成就，與長篇武俠小說堪稱雙璧。明清時期的短篇武俠小說，無論是以話本為主要形式的白話短篇，還是以筆記、傳奇為主要形式的文言短篇，都達到了這一類型武俠小說創作的高峰。

《續劍俠傳・佟客》

從作品分佈看，明清時期的白話短篇武俠小說主要集中於擬話本小說集中，如《清平山堂話本》、《京本通俗小說》、《石點頭》、《醉醒石》、《西湖二集》、《幻影》以及「三言二拍」系列等書，其中以「武俠」為題材的小說大約三十餘篇。當然，這不是明清白話短篇武俠小說的全部，但從中可窺出白話短篇武俠小說的大致情形。這其中又以「三言二拍」系列的武俠小說成就最為突出。

一、「三言」系列

「三言」，是對明代後期馮夢龍編輯創作的三部擬話本合集《古今小說》（又名《喻世明言》）、《警世通言》、《醒世恆言》的合稱。

馮夢龍（1574—1646），字猶龍，又字子猶，號龍子猶、墨憨齋主人、顧一、「三言」系列曲散人、吳下詞奴、姑蘇詞奴、前周柱史等。蘇州府長洲縣（今江蘇省蘇州市）人，出身士大夫家庭。馮夢龍是明代後期著述頗豐的通俗文學作家和理論家，除「三言」外，他還寫有傳奇《雙雄記》、《萬事足》，笑話集《智囊》、《古今譚概》、《笑府》，詩文集《七樂齋稿》，編有民歌集《山歌》、《掛枝兒》、《太霞新奏》，改訂了長篇小說《東周列國志》、《平妖傳》等，同時組織刊刻了《金瓶梅》等通俗小說。在其代表作「三言」中，共收錄武俠小說大致有六篇，另有與這時期武俠小說發展有關的作品七篇。略舉數例：

《臨安里錢婆留發跡》見《古今小說》卷二十一，敘唐末錢鏐，生時有蜥蜴繞屋異相，因鄰居王婆救命，小名喚作「婆留」。他小時候與夥伴遊戲，即喜稱王，長大後精通武藝，經常偷雞摸狗，吃酒賭錢，與本縣浪子鍾明、鍾亮結拜，號稱「錢塘三虎」。因生活無計，錢婆留與私鹽販子顧全武一同搶劫，被杭州刺史董昌發公文緝捕。鍾明發現公文提前通風報信，錢婆留逃亡外地潛伏三年。不久，黃巢兵起，杭州刺史招兵，錢鏐應徵，署為裨將。錢謬以三百兵丁打敗黃巢，名聲大振，積功升杭州刺史。時天下大亂，已任越州刺史的董昌圖謀稱霸，錢鏐上報朝廷，朝廷命錢鏐對付董昌。不久，董昌矯詔稱王，錢鏐進兵殺董昌，被封越王，轄四州。

吳越王錢鏐事蹟見《新五代史・吳越世家第七》，與史實比較，小說著重描寫的是錢鏐少年豪俠事蹟，其筆法、結構近於宋元話本《史弘肇龍虎風雲會》。小說雖寫唐末五代時事，但書中塑造的錢鏐形象，頗具明清市井豪俠風米。

《宋四公大鬧禁魂張》，見《古今小說》卷三十六，寫開封城開質庫的財主張富，為人吝嗇無比，人稱「禁魂張」。有一次他當眾欺負乞丐，被俠盜宋四公看見。見此人為富不仁，宋四公遂夜入其庫房，盜走金珠無數，逃往鄭州。張富告到府裡，滕大尹派人捉拿，未獲蹤影。不久，宋四公會同徒弟趙正、侯行、王秀三人來到東京，到錢王府偷走三萬貫錢和羊脂白玉帶，並借機嫁禍追捕他們的官差馬翰、王遵和張富。然後兩頭告發。馬翰、王遵因此冤死獄中，張富氣得自殺。後來，包公做了府尹，這夥俠盜方才散去。

這篇小說中最值得注意的是，文中詳細描繪了兼具盜賊和豪俠色彩的一夥江湖人物。以宋四公為首的一類盜賊很難用正邪好壞來區分，但他們卻是一直存在於現實社會和武俠小說中的一類典型。他們行事隨心所欲，有時見義勇為，有時陰狠殘酷。對於高高在上者，他們毫無尊重之心，對蠅營狗苟者，他們盡情戲弄。在他們手上，一貫欺壓百姓的胥吏劣紳，被折磨得死去活來。讀到這些，使人感到一種由衷的痛快。

這類俠客形象，是唐代以來的盜俠與元明以來的市井盜匪相結合而成。唐代傳奇小說中，善用輕功、慣取他人財物的俠客為數不少，如麥鐵杖、柴紹弟、三鬟女子、車中女子等，但這類俠客行事大多光明磊落，憑藉絕世輕功達成目的。宋元明清以來，城市經濟發展，財富聚集使得偷盜詐騙案件增加，如明代公案小說《包龍圖判百家公案》中涉及圖財害命、偷盜詐騙的案件就占全部案件的五分之一。

稍晚的《海剛峰先生居官公案傳》中偷盜案件也不少，如卷一第二十回公案《乘鬧竊盜》寫的就是大戶汪大婚娶，小偷支德乘鬧亂潛入新房，伏新婦牀下，盜走金銀首飾。可見在宋元明清時期，像這樣憑藉詭計和膽識盜人財物的小偷已經不少，並引起小說家注意。

《宋四公大鬧禁魂張》中的盜俠形象一方面繼承了唐以來武俠小說中俠客的部分品格，如以武犯禁、快意恩仇等，一方面也受到元明以來殘忍狡詐、詭計多端的市井盜寇形象的影響，因此呈現出人物性格兩面化的特點。

對於他們依仗行走江湖、快意恩仇的奇功絕藝，小說有細緻描寫。如寫趙正巧計偷取宋四公細軟，書中這樣寫道：

宋四公見天色已晚，自思量道：「趙正這漢手高，我做他師父，若還真個吃他覓了這般細軟，好吃人笑！不如早睡。」宋四公卻待要睡，又怕吃趙正來後如何，且只把一包細軟安放頭邊，就牀上掩臥。只聽得屋樑上知知茲茲的叫，宋四公道：「作怪，未曾起更，老鼠便出來打鬧人。」仰面向樑上看時，脫些個屋塵下來，宋四公打兩個噴嚏。少時，老鼠卻不則聲，只聽得兩個貓兒，乜凹乜凹地廝咬了叫，溜些尿下來，正滴在宋四公口裡，好臊臭！宋四公漸覺睏倦，一覺睡去。到明日天曉起來，頭邊不見了細軟包兒。[147]

乍讀之下，宋四公如何丟的包袱，讀者完全摸不著頭腦。待趙正第二天解釋了他的盜取過程，才讓人恍然大悟：

宋四公道：「二哥，我問你則個。壁落共門都不曾動，你卻是從哪裡來，討了我的包兒？」趙正道：「實瞞不得師父，房裡牀面前一帶黑油紙檻窗，把那學書紙糊著。吃我先在屋上，學一和老鼠，脫下來屋塵，便是我的作怪藥，撒在你眼裡鼻裡，教你打幾個噴嚏；後面貓尿，便是我的尿。」宋四公道：「畜生，你好沒道理！」趙正道：「是吃我盤到你房門前，揭起學書紙，把小鋸兒鋸將兩條窗柵下來。我便挨身而入，到你牀邊，偷了包兒，再盤出窗外去。把窗柵再接住，把小釘兒釘著，再把學書紙糊了。恁地，便沒蹤跡。[148]

兩相比較，尤其趙正下手的對象還是江湖上「最高手段」的宋

---

147. 馮夢龍，《古今小說》，人民文學出版社，1981年。
148. 馮夢龍，《古今小說》，人民文學出版社，1981年。

四公，就更顯技藝高妙、神鬼莫測了。像這樣的細節描寫在書中還有多處，通過這樣的細節描寫，增加了故事的矛盾衝突，突出了人物的獨特個性，流露出了一種似乎是以惡為美的情趣。這類的小說，對後世古龍的《楚留香》系列小說創作是有一定影響的。

《汪信之一死救全家》，見《古今小說》卷三十九，講述宋乾道年間，有嚴州豪俠汪革，字信之，因為與兄長汪孚不和，負氣出走，在安慶麻地坡燒炭冶鐵，發家致富，獨霸一方。江淮忠義軍解散，失業士卒程虎、程彪兄弟經洪教頭介紹，來汪革家教授其子汪世雄槍棒。二程因嫌汪家贈饋太少，到官府誣陷汪革一家聚眾謀反。奉命進剿的縣尉何能因懼怕汪革一家勢力，假報汪革拒捕。安慶太守遂委派郭擇、王立前去探察情況。郭與王本是舊識，有心開脫，不料因言語誤會，雙方衝突起來，郭擇被殺，王立逃脫。無奈之中，本來忠心朝廷的汪革殺人造反，州府幾千大軍圍剿，汪革一夥逃入江南。為保全家小，汪革一人潛入臨安投案自首。朝廷雖憫其事發有因，無奈其殺人罪名確鑿，被判凌遲，其子汪世雄被發配，義僕劉青被處斬。後哲宗駕崩，新天子大赦天下，汪世雄返鄉在大伯汪孚幫助下重整家業。

《汪信之一死救全家》一文，寫地方豪俠汪革如何被宵小之徒陷害，被逼殺官造反的故事，情節生動真實，可以當作《水滸傳》的補文來讀。

《水滸傳》通文寫來，全是「官逼民反」四個字，而本篇小說中汪革造反的經歷與梁山好漢的遭遇如出一轍。汪革本忠心朝廷，在宋金議和時，以草民身分「投匭上書，極言向來和議之非。且云：『國家雖安，忘戰必危。江淮乃東南重地，散遣忠義軍，最為非策。』末又云：『臣雖不之，願倡率兩淮忠勇，為國家前驅，恢復中原，以報積世之仇，方表微臣之志。」[149] 就是這樣一個憂心國事的俠義之人，只因兩個對束修不滿的宵小的誣陷，便被逼謀反。朝廷縣州府道各級官吏，聽得有人謀反，不是不分青紅皂白地一味圍剿，便是不分是非曲直地推脫責任，為此不惜捏造根本不存在的反情。

正是這些奸猾之徒的逼迫，汪革才殺官造反。在其激烈的反抗行為下面，作者訴說的是對市井豪俠的同情和對無能且殘暴的官吏的控訴，塑造了一個俠肝義膽、智勇雙全的俠客——汪革汪信之。

汪革文武雙全，性格剛正激烈。他對朝廷盡忠，雖處江湖而心憂廟堂；他對朋友盡義，凡有求助無不盡力，可說忠義兩全。在遭奸人構陷後，他自覺「沒有反叛實跡，跟腳牢實，放心得下」，認為上峰官吏必能分辨明白。在殺官後，他還希望能找到謊報反情的縣尉對質清楚，不料他的自保行為被認為是造反。朝廷大軍圍剿時，汪革臨危不亂，先派人製造有利的社會輿論，安排家人躲藏，設計逃脫官兵圍捕。在保證了家人安全的前提下，一個人潛入臨安投案自首，雖身受凌遲而保全了家人。在這個人物

---

149. 馮夢龍，《古今小說》，人民文學出版社，1981年。

身上，既可以看到豪俠那種坦蕩無畏的氣質，又可看到其勇武縱橫的風采。就明清短篇武俠小說而言，這是一個難得的成功俠客形象。

《趙太祖千里送京娘》。見《警世通言》卷二十一，講述大宋開國皇帝趙匡胤「未曾發跡變泰的時節」，「力敵萬人，氣吞四海。專好結交天下豪傑，任俠使氣，路見不平，拔刀相助，是個管閒事的祖宗，撞沒頭禍的太歲。」在其叔父出家的清油觀中偶遇被響馬掠來的女子趙京娘。趙匡胤見義勇為，不遠千里護送京娘回家。路上二人兄妹相稱，歷盡艱險，途中趙匡胤還打死了作惡多端的響馬滿天飛張廣兒、著地滾周進一夥。在同行中，京娘對趙匡胤生了愛慕之情，但表白後被趙匡胤拒絕。京娘到家後，父兄懷疑她與趙匡胤千里同行，必定有私，京娘為證清白，懸樑自盡。

本篇小說是長久以來流傳的趙匡胤遊俠故事中比較有代表性的一段。小說藉青年男女千里同行不涉於私的傳奇題材，串聯江湖正邪較量。通過與叔父趙景清、響馬張廣兒、周進、京娘父兄的比較，塑造了趙匡胤仗義守禮、威猛無敵、心胸寬廣的奇男子形象。

小說在趙匡胤出場時，已點名趙匡胤是一個大俠，當見到弱女京娘被強盜搶來，無人搭救時，他挺身而出，搭救京娘，說：「小娘子休要悲傷，萬事有趙某在此，管教你重回故土，再見爹娘。」在怕事的叔父勸他明哲保身時，他說道：「俺趙某一生見義必為，萬夫不懼。」但有人懷疑他與美貌的京娘千里同行有礙清譽時，他說：「俺們做好漢的，只要自己血心上打得過，人言都不計較。」為實現對京娘的諾言，趙匡胤不避艱險，果真護送京娘到家。在趙匡胤看來，他所做的一切都是俠行義舉，非是貪圖京娘美色，如果他因護送京娘而接受了京娘的感情，就是乘人之危，與強盜無疑了，是對「俠義精神」的玷污。在京娘表白時，他因此說：「趙某是頂天立地的男子，一生正直，並無邪佞。你把我看做施恩望報的小輩，假公濟私的好人，是何道理？……本為義氣上千里步行相送。今日若就私情，與那兩個響馬何異？把從前一片真心化為假意，惹天下豪傑們笑話。」

趙匡胤千里送京娘、事成無所取的行為，承襲了先秦以來遊俠仗義行俠、施恩不望報的「俠義精神」。這樣的「俠義精神」一直存在於武俠小說當中，也正是武俠小說長久以來廣受歡迎的根本原因。

二、「二拍」系列

「二拍」系列，是後人對明人淩濛初創作的兩部擬話本小說集《拍案驚奇》和《二刻拍案驚奇》的合稱。馮夢龍「三言」刊刻出版後，廣受讀者歡迎，書坊主見此類題材漁利頗豐，遂邀請淩濛初「取古今來雜碎事，可新聽睹，佐談諧者，演而暢之」。

淩濛初（1580—1644），字玄房，號初成，別號即空觀主人。浙江烏程（今湖州）人。據《浙江通志》，淩家為官宦世家。高祖淩敷，曾祖淩震，祖父淩約言（嘉靖十九年進士），叔父淩稚隆，

《劍俠傳・京西老人》，強中更有強中手的主題

《劍俠傳・車中女子》，古代女劍俠的代表人物形象

父親凌迪知，其父叔輩始事編刻，成為當時頗負盛名的書刻家。

凌濛初與馮夢龍相同，他也致力小說、戲劇的研究整理，除編撰「二拍」外，他還作有《紅拂記》等雜劇數種、《喬合衫襟記》傳奇，另編有戲曲選本《南音三籟》。

凌濛初先後編纂了《拍案驚奇》和《二刻拍案驚奇》兩部80篇，其中《二刻》之卷二十三與《初刻》之卷二十三重複，《二刻》之卷四十《宋公明鬧元宵》為雜劇，故「二拍」實有小說共計七十八篇，其中《劉東山誇技順城門，十八兄奇蹤村酒肆》、《程元玉店肆代償錢，十一娘雲崗縱譚俠》、《烏將軍一飯必酬，陳大郎三人重會》、《李公佐巧解夢中言，謝小娥智擒船上盜》、《王大使威行部下，李參軍冤報生前》、《神偷寄興一枝梅，俠盜慣行三昧戲》等幾篇皆屬於武俠小說。

《劉東山誇技順城門，十八兄奇蹤村酒肆》，見《拍案驚奇》卷三，講述明嘉靖年間，北直隸交河縣緝捕軍校頭目劉東山「有一身好本事，弓馬熟嫻，發矢再無空落，人號他連珠箭」。他三十多歲後，改行經商。一次他販驢馬到京城專賣，在客棧眾人中大聲吹噓自己武藝高強，不怕強人。第二天上路時，有二十餘歲美少年請求同行。路上美少年要求與他比試武藝，劉東山受挫，身上帶的銀子盡被劫走。劉東山因本錢丟失，江湖險惡，便與其子在城郊開了一個小茶鋪謀生。一日，一夥少年來店中打尖，其中就有當初戲弄劉東山、劫走他銀兩的美少年。劉東山見了大驚，不料當初劫走百兩紋銀的少年返還他千兩銀子，劉東山大喜，盡情款待少年一夥。少年中以一位未冠者為首，未冠者沉默而倨傲，常單人夜行不知其所為。三日後，少年們上馬離去，不知下落。

本篇是武俠小說「強中更有強中手」的典型題材，通過敘述高手行走江湖的遭遇，揭示了「一山更比一山高」的樸素道理。

武功是武俠小說中俠客行走江湖的手段，但一味恃武，則必將淪為暴慾恣肆，因此，作家在作品中非常注重對俠客武德的宣揚。唐代傳奇中，就有《京西店老人》、《張季弘逢新婦》等作品提出「強中更有強中手」的主題，在「二拍」中，承繼此題又翻出新變。

小說開篇寫劉東山武藝高強，「一身好本事，弓馬熟嫻，發矢再無空落，人號他連珠箭。隨你異常狠盜，逢著他便如甕中捉鼈，手到拿來」。但這個強橫人物在酒店吹噓自己本事後，馬上就有一個看起來羸弱的美少年來與之較量。劉東山引以為榮的強弓在少年手中軟如麵條，其一向自恃的弓馬之術在少年看來不值一哂。受到教訓的劉東山因此退隱江湖，「再不去張弓挾矢了」。

小說在此本可告一段落了，但故事後來又有了新變化。劉東山退隱後又遇到少年一夥，而此前弓馬無敵的美少年這時成了一個沉默寡言的十五、六歲少年的手下。這個少年雖然沒有顯露本領，但看其隨行少年的恭謹，可想像其武功之高。

為點明此意，凌濛初還以旁人說出：「想必未冠的那人姓李，是個為頭的了。看他對眾的說話，他恐防有人暗算，故在對門，兩處住了，好相照察。亦且不與十人作伴同食，有個尊卑的意思。」[150]

小說結束，作者在篇末點題：「人生一世，再不可自恃高強。那自恃的，只是不曾逢著狠主子哩。有詩單說這劉東山道：生平得盡弓矢力，直到下場逢大敵。人世休誇手段高，霸王也有悲歌日。」[151]

此外，本文「強中更有強中手」母題下還暗示了「人不可貌

---

150. 凌蒙初，《拍案驚奇》，人民文學出版社，1956 年。
151. 凌蒙初，《拍案驚奇》，人民文學出版社，1956 年。

相」的母體因素。在小說中，越是本領高強的俠客越是貌不驚人，其外在表徵與隱藏的武功成反比關係。武功最高的未冠少年年僅十五六歲，沉默寡言，不喜喧鬧，稍差一點的美少年弓馬絕倫，「是個白面郎君」「二十歲左右的美少年」；武功最差的劉東山反而最是張揚，再三地誇耀自己的手段。通過人物「事先印象」和情節「事後結局」的巨大反差，小說突出了預設的故事主題，在藝術上也取得了很好的效果。

另外，本文詼諧而生動的語言也頗有趣，劉東山在客棧誇口時：

> 東山聽罷，不覺鬚眉開動，唇齒奮揚。把兩隻手捏了拳頭，做一個開弓的手勢，哈哈大笑道：「二十年間，張弓追討，矢無虛發，不曾撞個對手。今番收場買賣，定不到得折本。」[152]

在領教了少年本領後，「豪勇」的劉東山馬上變成了一個惜命的可憐蟲，只見他「先自慌了手腳，只得跳下鞍來，解了腰間所繫銀袋，雙手捧著，膝行至少年馬前，叩頭道：『銀錢謹奉好漢將去，只求饒命！』」對劉東山前後言行變化的細節描繪，既突出來少年的高強的武藝，又表現了劉東山外強中乾的本質。

---

152. 凌蒙初，《拍案驚奇》，人民文學出版社，1956 年。

描寫少年顯露弓馬絕藝時，作者使用了多個生動的比喻，劉東山的弓在少年手中「連放連拽，就如一條軟絹帶」。少年的弓在劉東山手中，「用盡平生之力，面紅耳赤，不要說扯滿，只求如初八夜頭的月，再不能勾。」發現少年來勢不善，東山「心上正如十五個吊桶打水，七上八落的。」少年發箭嚇唬東山，利箭掠過東山耳邊，「但聞肅肅如小鳥前後飛過，只不傷著東山。」如此凶險的故事用如此詼諧的語言寫出，讀來既讓人感到劉東山的可笑，又領略了少年武藝的高妙。

這篇小說敘述的母題在明清非常流行，明宋懋澄《九籥別集》卷二有這個故事的文言版本，清初李漁的《秦淮健兒傳》，清涼道人《聽雨軒筆記》中收錄的《萬永元》也是類似主題的故事，另外《虞初新志》、《清稗類鈔》、《清代野史大觀》等小說集中也收錄有多篇類似題材的作品。

後來民國時期的武俠小說，這個母題幾乎成為創作定式，武俠小說中出現的真正武林高手必定是貌不驚人，越是隱士，武功越高。甚至在新派武俠小說大家梁羽生的代表作《萍踪俠影錄》的第一回，軍官方慶賣弄弓箭之技、丟失軍餉一段，完全與此篇如出一轍。

《程元玉店肆代償錢，十一娘雲崗縱譚俠》是一篇很有趣的武俠小說，從某種程度說，可以看做是一篇著重闡述武俠小說俠義精神、文本要素、形象塑造的「武俠批評」小說。

本篇見《拍案驚奇》卷四，情節簡單，敘徽州商人程元玉專走川陜販貨。一次在回鄉途中，他為一位無錢付帳的女子代付了飯錢。女子十分感激，自稱是韋十一娘，一飯之恩之後必有回報。後來程元玉遇到強盜，身上財物被劫掠一空，幸虧韋十一娘派人來助，奪回財物。原來韋十一娘是個劍俠，她與程元玉暢談了劍術、劍俠的故事，並表演了劍術。二人離別時，韋十一娘送給程元玉一囊藥，還派人一路護送其回家。此後十餘年，某地突有貪官被殺，程元玉懷疑是韋十一娘師徒所為。

從小說角度看，算不上佳作，但從武俠小說發展過程看，這篇小說具有非常意義。

通過對小說入話所敘述劍俠故事的分析，可以看到唐代以來武俠小說傳承的歷史。在小說入話中，作者敘述了九位女劍俠的故事，分別是紅線、聶隱娘、香丸女子、崔慎思妾、俠嫗、賈人妻、解洵婦、三鬟女子、車中女子。這九位女俠，都是唐代傳奇中的著名武俠人物。作者通過對這些人物故事的追溯，可以知道，明清時期的武俠小說在學習模仿、尋找素材的對象已經基本集中在前代的相關的武俠文學上了。這一點從明清時期的其他武俠小說中也可得到大量的佐證。

在程元玉與韋十一娘雲崗論俠一段中，藉劍俠韋十一娘之口，論述了劍俠的流傳、劍俠與劍術的關係、俠客的使命和道德，並藉韋十一娘徒兒的劍術表演描繪了作者心目中的劍術。

具體來說，在明清武俠小說作家看來，劍術是上古神人神通的流傳，是神人傳授於凡人，用來剷除世間不義之徒的工具，習得劍術的方可稱俠，不會劍術的只可稱為「有血性的好漢」。劍術因威力巨大，因此在傳承時，對傳承對象挑選十分嚴格，在挑選中逐漸形成了劍俠的道德準則，包括：「不得妄傳人、妄殺人，不得替惡人出力害善人，不得殺人而居其名」，「就是報仇，也論曲直。若曲在我，也是不敢用術報得的」，不可「傷物命以充口腹」，不可以劍術「換貨用」，等等。只有「世間有做守令官，虐使小民的，貪其賄又害其命的，世間有做上司官，張大威權，專好諂奉，反害正直的；世間有做將帥，只剝軍餉，不勤武事，敗壞封疆的；世間有做宰相，樹置心腹，專害異己，使賢奸倒置的；世間有做試官，私通關節，賄賂徇私，黑白混淆，使不才僥倖，才士屈仰的」才是劍俠懲處的對象。這些原則和明清現實中俠義道德相似處並不多，乃是依照前代筆記傳奇小說的內容總結而成的。

小說描述劍俠韋十一娘師徒的行為，已經確立了武俠小說的基本要素。如劍俠大半隱匿深山、行蹤飄忽。劍俠出現在普通人中間時，常常隱藏身分，劍俠使用的劍術不同於現實生活中的劍術，是一種介於劍術和道術之間的技藝，劍俠的傳承十分嚴格，在正式傳授劍術的時候，師父常常要考驗徒弟。

這些說明，在明清時期，《水滸傳》成書之後，武俠小說創作的主要力量不僅僅取材於現實生活，而是在於作家對前代小說的模仿學習和作家本人天馬行空的想像力。

武俠小說在創作環節發生的重大變化，使得武俠小說開始脫離現實生活，走向更大的想像空間。

《烏將軍一飯必酬，陳大郎三人重會》，見《拍案驚奇》卷八，講述蘇州吳江商人陳大郎與妻子一家經營小本生意為生。一日風雪交加，陳大郎路上偶遇一個滿臉鬍鬚的大漢，因大漢相貌奇偉，陳大郎於是主動邀請大漢飲酒。大漢並不推辭，到酒店飲酒吃肉，毫不客氣，只是在二人告別時告知陳大郎姓氏郡望，稱必回報陳大郎一飯之恩。不久，陳大郎岳家外婆病重，陳大郎妻子和妻舅去外婆家護理，不料路上被強人掠走。陳大郎多方尋找未果，心中煩悶，到南海拜觀音祈福，希望能找到親人。在大海上，陳大郎的乘船被大風吹到強盜聚集的海島上，強盜上船搶劫，大郎正在驚慌時，遇到之前的鬍鬚大漢，大漢原來是強盜的首領，號烏將軍。大漢見到陳大郎，十分高興，盛情款待，並將之前掠來被他保護起來的陳大郎的妻子和妻舅請來與大郎相會。最後親人重會，悲喜交加，烏將軍贈與大郎許多財物，陳氏發家，成了江南有名的豪富。

這篇小說主題明確，要褒揚世間那些雖為草莽，卻行俠仗義的豪俠。小說開場寫有一詩：「每訝衣冠多盜賊，誰知盜賊有英豪？試觀當日及時雨，千古流傳義氣高。」篇尾亦有詩云：「胯下曾酬一飯金，誰知劇盜有情深。世間每說奇男女，何必儒林勝綠林！」[153]

在作者看來，那些胸懷坦蕩、扶助世人的強盜比高高在上卻

153.凌蒙初，《拍案驚奇》，人民文學出版社，1956年。

一味戕害百姓的官吏、衙內、士子的品格要高尚得多，他對那些因生活所迫落草為寇，但能堅持俠義的盜俠抱有深切的同情和敬佩。文中寫道：

> 世上如此之人，就是至親切友，尚且反面無情，何況一飯之恩，一面之識？倒不如《水滸傳》上說的人，每每自稱好漢英雄，偏要在綠林中爭氣，做出世人難到的事出來。蓋為這綠林中也有一貧無奈，借此棲身的。也有為義氣上殺了人，借此躲難的。也有朝廷不用，淪落江湖，因而結聚的。雖然只是歹人多，其間仗義疏財的，到也盡有。[154]

他筆下的俠盜烏將軍相貌壯偉，品格高尚，只因陳大郎一飯之德，便將之認定是自己恩人。他為報答陳大郎，甚至對所有蘇州商人都很寬容，一旦遇到恩人，便不計代價地報答對方。

烏將軍之所以那樣對待陳大郎，關鍵並不在於陳給了他多大的物質恩惠，而在於烏將軍通過陳大郎對他的恩遇感受到了尊重。烏將軍說：「小可不是餔啜之徒，感仁兄一飯，蓋因我輩錢財輕義氣重，仁兄若非塵埃之中，深知小可，一個素不相識之人，如何肯欣然款納？所謂『士為知己者死』，仁兄果為我知己耳！」[155]

---

154. 凌蒙初，《拍案驚奇》，人民文學出版社，1956 年。
155. 凌蒙初，《拍案驚奇》，人民文學出版社，1956 年。

小說通過對俠客和「俠義精神」的褒揚，可以看出明清時期部分文人和市民階層對俠客和「俠義精神」的認同和嚮往。

凌濛初本人是個信奉儒家道統的傳統文人，他本人是極端仇視以武犯禁之徒的，這一點從他晚年抵抗李自成起義軍而死的事實中可以看出。但這樣一個傳統的文人，在他創作的小說中也流露了對俠客「恩怨分明，快意恩仇」的「俠義精神」的贊許。

《拍案驚奇》一書是凌濛初應書坊主請求創作的小說集，在創作前，該書的讀者已經基本確定，就是那些生活在城市中，有閒暇時間和剩餘金錢支配的市民階級。可以肯定，凌濛初在編撰前，經過了題材選擇，所謂「取古今來雜碎事，可新聽睹，佐談諧者，演而暢之」。這是在瞭解市民審美口味和接受心理的前提下，創作的這些小說。可以肯定，在明代末期，絕大多數市民對武俠小說中的「俠義精神」已經接受，並欣賞和嚮往俠客們的生活。

《拍案驚奇》卷十九中有《李公佐巧解夢中言，謝小娥智擒船上盜》。本篇小說是凌濛初根據唐代傳奇《謝小娥傳》改編而成。無論是情節還是人物，大多沿襲原作，甚至連人物姓名這類的細節亦無變化，可視為原作的白話版本。同樣情況的還有《拍案驚奇》卷三十的《王大使威行部下，李參軍冤報生前》，改編自唐人張讀筆記小說《李生》，見《宣室志》。

《二刻拍案驚奇》卷三十九之《神偷寄興一枝梅，俠盜慣行三昧戲》，書敘明嘉靖年間，蘇州玄妙觀一帶有神偷，自號「懶龍」。神偷事蹟情節細碎繁多，難以盡述。

武俠小說對於俠盜的關注由來已久，唐代傳奇中有多篇記載俠盜的小說，大抵在於渲染俠盜行蹤神秘。宋代出現了記載高超偷技的小說，如《盜智》、《我來也》等。但無論如何，盜竊他人錢物，不勞而獲的小偷，在道德和社會輿論中長期處於被批判的位置。本篇作品通過對懶龍以盜行俠、濟貧懲貪行為的記述和歌頌，改變了俠盜的尷尬處境。

在細述懶龍神偷妙技之前，作者將懶龍與其他盜賊的區別首先作了交代：

懶龍雖是偷兒行徑，卻有幾件好處：不肯淫人家婦女，不入良善與患難之家，許了人說話，再不失信。亦且仗義疏財，偷來東西隨手散與貧窮負極之人。最要薅惱那慳吝財主、無義富人，逢場作戲，做出笑話。因此到所在，人多倚草附木，成行逐隊來皈依他，義聲赫然。懶龍笑道：「吾無父母妻子可養，借這些世間餘財聊救貧人。正所謂損有餘、補不足，天道當然，非關吾的好義也。」[156]

有沒有這段說明，對故事主旨的影響很大。如果沒有這段說明，懶龍行竊就與其他盜賊的罪行一樣，根本目的都是為了滿足私欲，敲剝他人以肥自己。有了這段說明，可以知道，懶龍的行

156. 凌蒙初，《二刻拍案驚奇》，人民文學出版社，1956 年。

為並非為了自己享受，而是一種以盜行俠的行為。對照下文懶龍的具體事件，也可看出，懶龍的所作所為確實與一般小偷不同，他或劫富濟貧、或炫技戲謔，或懲誡貪蠹，通過行竊來執行之自己內心中的正義和公平。從這點說，可以認為小說所說的神偷之「神」，一方面說得是懶龍絕技神乎其神，另一方面也暗指著懶龍通過自己高尚的品格，改變了長久以來小偷即小人的觀念，超越了盜賊的侷限，成為盜中之俠。

對於這樣一個品格高尚、技藝出眾的奇人最後竟然以盜終老，作者十分惋惜，篇尾處感嘆不已：

似這等人，也算做穿窬小人中大俠了。反比那面是背非、臨財苟得、見利忘義一班峨冠博帶的不同。況兼這番神技，若用去偷營劫寨，為間作諜，哪裡不幹些事業？可惜太平之世，守文之時，只好小用伎倆，供人話柄而已。正是：世上於今半是君，猶然說得未均勻。懶龍事蹟從頭看，豈必穿窬是小人！[157]

三、其他小說集

《石點頭》，又名《醒世第二奇書》、《五續今古奇觀》，十四卷，題「天然癡叟著」，「墨憨主人評」。天然癡叟，胡士瑩以為即

157. 凌蒙初，《二刻拍案驚奇》，人民文學出版社，1956 年。

《鴛鴦塚》的作者席浪仙。[158] 本書最早刊本為明葉敬池刊本，葉敬池是明末蘇州書坊之人，曾為馮夢龍刊《醒世恆言》，則此書刊成，當在崇禎年間。在全書十四篇小說中，《侯官縣烈女殲仇》屬於武俠題材。

《侯官縣烈女殲仇》，見《石點頭》卷十二，寫宋代靖康年間，威武州侯官縣董昌父死，繼母徐氏不賢。董昌中秀才，娶才女申屠希光為妻。惡棍方六一覬覦希光，通過徐氏、姚二媽結識董昌，約泉州盜賊污蔑董昌為盜，董昌被下獄處斬。董昌死後，姚二媽代方六一向希光提親，希光姐夫劉成知道方六一底細，告知希光。希光為替夫報仇，假意允婚，在成親之日殺死方六一、姚二媽等人，然後夜至董昌墳前哭祭後自盡。

本篇小說寫了烈女申屠希光替夫報仇的故事，屬於唐代傳奇中「俠女復仇」母題，但作者筆力所限，小說寫得一般。

《幻影》，又名《型世奇觀》、《三刻拍案驚奇》，十卷四十回，題「夢覺道人編輯」，復有題「明夢覺道人、西湖浪子輯」。孫楷第推測，夢覺道人即明代傳奇《鴛鴦簪》作者王國柱，又有人以為夢覺道人是明末邵武人周學霆、明末清初錢塘陸雲龍、江蘇丹徒人李文燭。

《淫婦情可誅，俠士心當宥》，是一篇類似唐代傳奇小說《馮

158. 馮夢龍序説為「浪仙氏」。胡士瑩《話本小説概論》中認為是指席浪仙，理由充分，但浪仙究竟是何人則難以確考。《石點頭》中有一半作品改編自馮夢龍的《情史》，且馮夢龍又為該書作序，説明作者與馮夢龍交情匪淺。

燕》的作品，故事描寫明永樂年間宛平人耿埴，性情耿直，風流倜儻，充錦衣衛校尉，與董文妻鄧氏通姦，鄧氏百般凌辱其夫，被耿埴所殺。挑水的白大被誣為兇手，被判處斬。在白大臨刑時，耿埴挺身而出，說明案件真相，救出白大，官府感於耿埴義氣，寬恕耿埴，耿埴後出家為僧。

與《侯官縣烈女復仇》一樣，此篇是明清擬話本作家對前代小說的模仿作。與同類題材的文言小說（如《馮燕》）相比，這篇小說並無創新，並且作者在文中插敘了大量說教，讀來使人膩煩。

《醉醒石》，十五回，題「東魯古狂生編輯」，作者姓名生平不可考。據書中人物口吻推測，大約成書於明末清初。

《恃孤忠乘危血戰，仗俠孝結友除凶》，見《醉醒石》第二回，講述明太祖時，連江巡檢劉浚攜子劉璉，會同千戶周章、副千戶徐玉進山圍剿草寇陳伯祥、王善、張破四一夥。劉浚父子奮勇殺敵，本該接應的周章、徐玉卻畏敵如虎，不去接應。劉浚父子兵敗被俘，劉浚被殺，劉璉下山搬取救兵。怎料知府、行省各官員均置劉璉請求於不顧。劉璉一人回到連江，找到自己結義朋友。一班義士在內應吳健等人的幫助下，攻破山寨，活捉陳伯祥、王善，殺張破四祭了死去的劉浚。

本篇可算《綠牡丹》一類小說的白話短篇版本，都是奸臣當道，盜賊橫行，民間義士行俠仗義，鏟奸除惡，替天行道。此類小說在明末的流行，大抵因為文人對明末農民起義的恐懼和對腐朽官兵的失望，轉而把希望寄託於民間俠客。但此類題材大多場面較大，短篇小說篇幅很難容納，勢必影響其藝術效果，比起同類題材的長篇作品，本篇不免遜色。

《二刻醒世恆言》，又名《醒世恆言二集》，二函二十四回，題「心遠主人著」，「芾齋主人評」，作者姓名生平不可考，清雍正丙午年刊刻。

《琉球國力士興王》，見《二刻醒世恆言》第一回，講述秦朝有陳國力士善舞鐵椎，百發百中，與韓國張良在越相識，二人共謀於博浪沙擊殺秦皇。不料誤中副車，刺殺失敗，陳國力士泛舟東渡，到琉球國做了中山國王。後扶漢功成的張良也來到此地，二人同遊蓬萊仙島，師從赤松子、黃石公，飛升得道。

從武俠小說發展來看，近於仙人一脈的劍俠和注重現實的豪俠很難熔於一爐。根據對這兩種形象的區別，武俠小說漸漸發展為偏重浪漫的劍俠小說和偏重現實的俠客小說兩種類型。但在這篇小說中，劍俠和俠客卻合而為一。小說主體構思源於《史記‧留侯列傳》，其人物原型和情節原型較近於現實，但隨著情節發展，小說在後半部分卻拼接了唐代傳奇《虬髯客傳》的虛幻情節，把俠客的歸宿落到劍俠的求仙問道上。

據此篇小說大致可以推想，最晚在清中葉，已經有作家思考劍俠小說和俠客小說的合流。這種趨勢發展到清末民初，武俠小說的兩種流派完成合流過程，出現了如《江湖奇俠傳》和《蜀山劍俠傳》這樣的兼寫劍俠、俠客的武俠小說作品。

從明清時期白話短篇武俠小說來看，明清時期的擬話本作品成就，超越了宋元時期同體裁的小說。如果把範圍縮小到明清這個具體的歷史時期，擬話本體的武俠小說作為長篇武俠小說的補充，對武俠小說閱讀人群和武俠小說社會影響的擴大，功不可沒。但從武俠小說的發展看，話本、擬話本並不是武俠小說發展的主流趨勢。明清時期出現的白話短篇武俠小說無論從成就，還是影響，遠遠無法和同時期的長篇武俠小說相比。

第二節　文言小說與成就

明清時期，文言武俠小說也異彩紛呈，包括宋濂、李紹文、宋懋澄、徐士俊、魏禧、王士禎、蒲松齡、袁枚、沈起鳳在內的作家創作了文言武俠小說百餘篇，其中傑出者不下幾十篇。此時期編選文言武俠小說集者亦甚多，先後有王世貞、周詩雅、鄒之麟編選各類武俠小說選集多部，對武俠小說的發展起到了極大的促進作用。

一、明代作家群

宋濂（1310—1381），字景濂，號潛溪，浦江（今屬浙江義烏）人，元末明初著名學者，明代開國元勳文臣之一。宋濂出身貧苦，但聰穎好學，先後師從吳萊、柳貫、黃溍等人，文名傳於海內。元至正年間，被薦舉授翰林編修，以親老辭。後應吳王朱元璋徵聘，任江南儒學提舉。洪武二年（1369），詔修《元史》，任總裁，仕至翰林學士承旨兼太子贊善大夫。洪武十年（1377）致仕。洪武十三年（1380），因胡惟庸黨案，徙置四川茂州，次年病卒於夔州，有《宋學士集》。

《秦士錄》是宋濂創作於元末的一篇小說，寫秦人鄧弼，性格狂傲，身負奇才而人不識。因為神力過人，有力止奔牛之能，常人懼之。一日，與肖、馮二儒生相遇於酒樓，強逼二生同飲，席間較以才學，使二生大愧。後入德王府獻藝，受德王賞識，卻因德王與宰相不睦受阻於仕途。最後，鄧弼因壯志難酬，出家為道，不知所終。

本篇雖然著筆於俠客鄧弼，但作者的思想主題卻超越一般武俠小說的侷限。宋濂在記述了鄧弼的奇才異行後，對鄧弼壯志難酬的人生痛苦報以深切的同情。事實上，這是一篇借武俠的酒杯，澆烈士胸中塊壘的寄興之作。

作者在篇尾藉鄧弼之口說：「天生一具銅筋鐵肋，不使立功萬里外，乃槁死三尺蒿下，命也，亦時也。尚何言！」從武俠小說的演變看，這是傳統的「英雄流落草莽，忠義盡歸水泊」母題的變形。

宋濂的《秦士錄》影響極大。明清時期有多篇類似題材作品出現，如魏禧的《大鐵椎傳》、清涼道人的《韋得道》、《馮顯亭》、毛祥麟的《南海生》、俞樾的《楚壯士》都對「士抱有用之才而老死牖下」的不平世事提出了控訴。

李紹文，字節之，華亭（今上海市松江區）人。明嘉靖萬曆間人，著有《藝林壘百》、《明世說新語》、《雲間雜誌》。《雲間雜誌》為雜記體小說集，其中有《丐者》、《僧兵抗倭》、《洙涇鎮趙穀》三篇屬於武俠題材。

《丐者》記明嘉靖年間，倭寇入侵東南沿海。有丐者張二郎，「善泅水，伏水中能月餘不食，又矯捷不懼死」，應徵入伍，在方太守軍中作探子，曾經多次泅水深入敵人巢穴探查敵情，並斬殺倭寇多人。平息倭寇之亂後，張二郎積功任百夫長，得官服，並配以妻室。他一一辭卻，仍然優哉遊哉地回去過乞丐的生活。

《僧兵抗倭》記的也是俠客抗倭的故事。小說寫嘉靖年間，倭寇侵害沿海百姓，最凶殘的三十六人屯兵下沙鎮上。按院蔡可泉招俠義武僧百餘人，幫助抗擊倭寇。武僧首領法號月空，武藝高強。在進攻倭寇營寨時，一倭寇手舞雙刀而來，月空坐著不動。待倭寇至，月空突然躍起，跳過敵人頭頂，用鐵棒一招擊碎其頭顱。剩餘倭寇見此情景大驚，明軍於是大勝。

《明史》記載，明代中期民間武士參與抗倭鬥爭確有其事。《明史・杜槐傳》記慈溪義士杜槐「倜儻任俠」，在倭寇入侵時帶領鄉民在餘姚一帶與敵大戰，杜槐負傷墜馬而死。《福建通志》亦載有謝介夫者，「好勇任俠」，交結義士偷襲倭寇營寨，後又率兵討伐倭寇，因援兵不到被害。

從歷史上看，俠客參與抗倭是歷史事實，抗倭將領戚繼光、俞大猷所著的兵書中也記載了抗倭俠客的各種武功。俠客們可歌可泣的抗倭事蹟促生了以俠客抗倭為主題的小說。在這類小說中，俠客不再斤斤計較個人恩怨，投入到關係到民族危亡的抗倭大業中，將傳統的「俠義精神」提高到民族大義的層面，這一點對後來武俠小說影響極大。

宋懋澄（1570—1622），字幼清，號稚源，一作自源，明華亭虹橋（今郞橋鄉張塘村）人。文學家、藏書家，為人善交遊，習兵法，志願建功立業，曾三赴京試不第。萬曆四十年（1612）中舉，北遊京師為太學生，因好論世事而遭人忌，遂歸故里，專事著述。宋懋澄詩文樸實簡潔，曉暢自然，尤工書簡及文言小說。所著《九籥集》在清代被列為禁書，世所少見。其曾將「稗官野史」與「群經諸史」、「國朝掌故」相提並論。在《九籥集》中專辟「稗編」，在封建王朝時代絕無僅有，可稱將小說平話登上大雅之堂的創舉。所作《珍珠衫》、《負情儂傳》、《海忠肅公》，還有民間喜愛的杜十娘故事都是出自「稗編」中，後被馮夢龍改寫成白話小說《杜十娘怒沉百寶箱》，收編於《警世通言》中。

宋懋澄為人倜儻任俠，《九籥集》中《劉東山》、《朱丐兒》、《俠客》三篇屬於武俠題材。《劉東山》被凌濛初改編為擬話本，收入《拍案驚奇》，其內容前文已述。

《朱丐兒》記有乞丐困居村野，雖為乞丐卻行俠仗義，照顧村民。為救一客商，他力伏二虎，「挾虎而上，其行如飛」。太原相國王氏，慕名微服叩訪，朱丐兒怒斥拒絕，後不厭其煩，一夕遁去。《俠客》敘某士人中選得黔中別駕，不料途中染病故去。其妻悲哭於道中，有壯士問明情況後，誓言無歹圖，代其夫上任。為官三年，上下皆稱賢能。一日街上忽有人呼「王十三」，壯士不禁回頭。回到衙門，他知道事情敗露，遂假作病重，留金逃亡。壯士與士人妻相處三年，不見一面，士人兩個女兒仍為處子。作者篇末感嘆：「其人亦大可重矣！後復官縣佐歸，以任俠聞於鄉。」

徐士俊，字三有，號野君，錢塘人，生卒年不詳，明末清初戲曲家，工樂府，和徽州的出版商汪淇即儋漪子是莫逆之交，經常一道合作發表書籍。汪淇曾言：「野君好觀優伶演劇，終夜忘倦。」著有《絡水絲》等雜劇。徐士俊有小說《汪十四傳》，敘述了俠客汪十四保護客商，大戰強盜，護送弱女回鄉的故事。寫的是美人救英雄，然後俠肝義膽的英雄又不遠萬里單騎前行，將美人護至京城。後來徐珂將這段文字收入《清稗類鈔・義俠類》，寫了《汪十四送美人歸》。徐珂之文字和原文不盡相同，最大的區別是「聞汪十四名，咸羅拜馬前求護」，在《清稗類鈔》卻是：「聞汪名，咸聘為鏢師。」此外，篇末也沒有記錄汪十四臨終前受到祭祀一節。

明清時期，商路上盜賊橫行，治安極亂，商人們大多需要武藝高強者充當保鏢，護衛自己的人身和財產安全。一些武藝高強、武德高尚的俠客開始充任保鏢，為過往行商提供保護，這是俠客歷史發展中出現的變化。

明代中葉，安徽著名武術家程宗猷槍棍俱精，兼習弓馬刀弩之術，諸般武藝皆有造詣，卓然成家，先後學棍於少林，學雙手刀法於浙江劉雲峰，學槍法於河南李克復，學弩法於壽春土人。

他多方學藝的目的就是為自家生意提供保護。據《懷秋集》記載：「（宗猷）父挾重貲，偕之往北京，道遇響馬賊，父懼甚，匿草間，宗門獨敵數十人，皆辟易。」《少林棍法闡宗》後序中說：「（宗猷）辟道途之警，橫槊赴敵，群盜偵知其名，輒遁去，其先聲奪人類如此。」[159] 因此，小說敘述保鏢的故事，在內容上開武俠小說的先河，後來保鏢、失鏢亦成為武俠小說重要的情節架構之一。

二、清代作家群

魏禧（1624—1680），清初著名散文家，字凝叔，又字冰叔，號叔子，又號裕齋，寧都（今江西寧都）人。明末諸生，明亡後與家人兄弟隱居山林，躬耕自食，絕意仕途，且有恢復之志。年四十，出山遊學天下，與金俊明、李天植等人結交。康熙十七年（1678），魏禧被薦博學鴻詞科，以疾辭，後二年以病卒，年五十七。著有《魏叔子文集》三十三卷。

魏禧是清代初年最有影響的散文家之一，與侯方域、汪琬並稱「清初三大家」。他寫的《大鐵椎傳》以史家作傳筆法，塑造了草莽豪俠「大鐵椎」形象，對清代文言武俠小說具有較大影響。

《大鐵椎傳》寫清康熙年間，北平陳子燦省兄河南，在號宋將軍的豪傑家中遇到一個相貌醜陋，隨身帶著一柄大鐵椎的壯士。

159. 程繼康，《少林棍法闡宗》，中國體育出版社，1983 年。

這個人不太說話，大家不知道他的姓名，都稱他作大鐵椎。陳子燦與他同寢，常常發現他半夜神秘消失，天亮又神秘出現。一天，大鐵椎向主人宋將軍辭行，宋將軍極力挽留。

大鐵椎說：「吾嘗奪取諸響馬物，不順者輒擊殺之。眾魁請長其群，吾又不許，是以仇我。久居此，禍必及汝。今夜半，方期我決鬥某所。」宋將軍聽後，自負勇力，請求隨同觀戰。待雞鳴月落，大鐵椎安置好宋將軍後一人赴約。二十多個騎馬的強盜和一百多個步行帶弓箭的人出現。大鐵椎一人大戰群寇，殺死三十多個，觀戰的宋將軍嚇得腿軟。酣戰中，突然聽到大鐵椎喊道：「吾去矣！」其人便馳馬奔走，不復見矣。

本篇是清代文言武俠小說的佳作之一。在這篇帶有傳記色彩的小說中，作者以極簡練的筆墨敘述了一個含義豐富的俠客和江湖的故事。

《續劍俠傳・大鐵椎》

《續劍俠傳・高髻女尼》

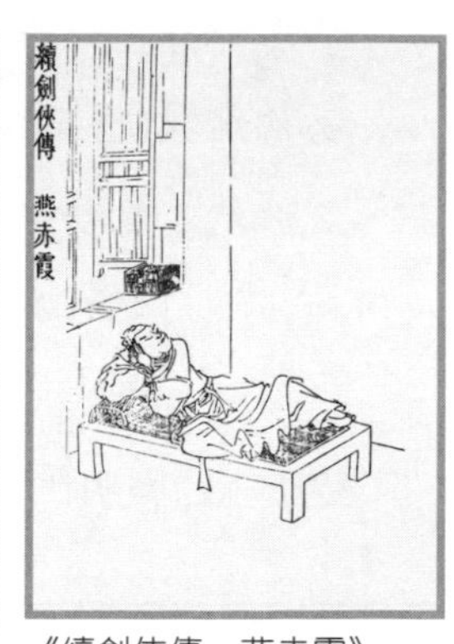

《續劍俠傳・燕赤霞》

小說通過人物的對比，說明了清代武俠意識的變化。在小說中，以豪俠之名傳於七省的宋將軍最先出場，這是一個朱家、郭解式的人物，廣結天下豪客，稱得上豪雄魁首。但俠客大鐵椎卻認為宋將軍及其門客並不是真正的俠，因為這些人都沒有超群的武藝。從這裡可以看出，在清代小說作家意識中，武技的高明成為判斷是否俠客的標準之一，與秦漢時期的遊俠大相徑庭。

小說作者用曲筆描寫了江湖紛爭的場面。從大鐵椎的言行看，這是一個黑吃黑的江湖豪雄，小說裡也沒有說明他有何殺富濟貧的俠行義舉。大鐵椎與綠林響馬之間的衝突純粹是江湖爭鬥，二者之間不存在正義與否的區別。這一點，與之前武俠小說著重描寫俠客與強盜道德上的差異有明顯不同。

魏禧在篇末借大鐵椎表達了英雄懷才不遇的感嘆，以及隱晦的反清復明願望：

> 子房得力士，椎秦皇帝博浪沙中，大鐵椎其人歟？天生異人，必有所用之。予讀陳同甫《中興遺傳》，豪俊俠烈魁奇之士，泯泯然不見功名於世者，又何多也？豈天之生才，不必為人用歟？抑用之自有時歟？[160]

這一主題與明代以來文言武俠小說常出現的「士抱有用之才而

---

160. 魏禧，《大鐵椎傳》，見《魏叔子文集》卷二十二，中華書局，1965 年。

老於牖下」主題一脈相承。

王士禎（1634—1711），字子真，一字貽上，號阮亭，又號漁洋山人，世稱「王漁洋」，新城（今山東桓台）人。王士禎出身明代官僚世家，十一歲，應童子試，縣、府、道皆得第一。順治十二年（1655），王士禎中會試，三年後，中殿試二甲，次年，選為揚州推官。

康熙三年（1664），王士禎升任禮部主事，旋遷禮部員外郎，此後二十多年，累官戶部郎中、翰林院侍讀、《明史》纂修官、國子監祭酒、少詹事兼侍講學士、左副都御史、兵部侍郎、戶部右侍郎、左都御史、入值南書房。康熙三十八年（1699），升刑部尚書，康熙四十三年（1704），因失察王五案罷官，十月歸里，康熙五十年（1711），病逝於家中。

王士禎一生著作頗豐，有《帶經堂集》、《漁洋山人精華錄》等詩文集，《池北偶談》、《居易錄》、《香祖筆記》等筆記集。在王士禎的《池北偶談》中，有他創作的武俠小說兩篇《劍俠》、《女俠》，後俱收入清人鄭官應編選的武俠小說集《續劍俠傳》。

《劍俠》，在《續劍俠傳》作《偉男子》，講述劍俠盜金懲貪的故事，又見於蒲松齡的小說集《聊齋誌異》中《王者》，本文的描寫稍遜後者。王士禎與蒲松齡有過筆墨交往，因此小說中的俠盜事蹟可能受蒲松齡影響而寫成。

在這篇小說中，作者巧設懸念，以捕盜官吏的視角描述了隱居深山而又自成世界的俠盜生活。在寫作過程中，作者吸收了唐代以來武俠小說竭力營造的江湖世界的構思，變原來的深山岩穴為深山市鎮。同時，把原來隱居深山的劍俠改造成儼然王侯、威猛剛正的偉岸男子形象。這兩處細節的修改，改變了傳統的「盜俠懲貪」小說的美學風格，使得小說由出塵的道氣變為入世的俠氣。

行跡隱秘而組織嚴密的盜俠，居然住在深山市鎮，這種創意，深深影響了後來武俠小說中對綠林生活的描寫。在民國以後的武俠小說中，很多武林幫派和綠林俠盜所居之處，都是類似此文中描寫的神秘嚴謹、自給自足的深山市鎮，如姚民哀《箬帽山王》中出現的「馬尾山七十二山寨」、鄭證因《鷹爪王》中的「十二連環塢」、金庸小說中出現的「光明頂」、「黑木崖」、古龍《名劍風流》中的唐門等，盡屬此類。

《女俠》，《續劍俠傳》作《高髻女尼》，講了一個高髻女尼保護過往旅人、幫助失主奪回被搶銀兩的故事，從創作時間看，《兒女英雄傳》中「十三妹義助安龍媒」一段明顯受到本篇小說的影響。

蒲松齡（1640—1715），字留仙，一字劍臣，別號柳泉居士，世稱聊齋先生，淄川（今山東淄博）人，清代著名小說家。蒲松齡的父親蒲槃科舉失利，家道中落，無奈棄儒從商。蒲松齡從小受父親教導，熱心科舉功名，十九歲應童子試，以縣、府、道第一補博士弟子員，文名出眾。但在後來的科舉考試中，蒲松齡卻一再失利。三十一歲時，因家貧曾到江蘇擔任友人孫蕙幕僚一年，此後足跡再未出山東，以塾師養家糊口。康熙四十九年（1710），蒲松齡七十一歲應科舉援例得歲貢生。康熙五十四年（1715），蒲松齡病逝。

蒲松齡一生著述頗勤，除小說集《聊齋誌異》外，尚有詩作一千餘首，文四百餘篇，詞一百餘闋、戲曲三齣、通俗俚曲十幾種。蒲松齡是清代成就最高的武俠小說作家之一，他的小說集《聊齋誌異》中共收錄其創作的武俠小說《聶小倩》、《俠女》、《老饕》、《商三官》、《武技》、《大力將軍》、《崔猛》、《田七郎》、《王者》、《佟客》等十餘篇，其餘《紅玉》、《紉針》、《鐵布衫法》、《快刀》等篇，或有武無俠、或只俠不武。

在清代眾多撰寫文言武俠小說的作家中，蒲松齡在吸收前代文言筆記小說營養的基礎上，發揮天才的創作力，為中國武俠小說的豐富作出了貢獻。

其一，重視細節描寫。作者善於通過對細節的描摹刻畫人物形象，並進而營造了武俠小說獨特的審美格局。唐代傳奇中的武俠小說，相當一部分是十分缺乏故事細節的，但優秀的武俠小說對於細節不可或缺。

造成這一問題的主因，除了文體的限制外，還因為大部分作家並不認為他們是在進行文學創作，創作的主要目的還停留在「搜奇輯異」、「作稗史補」的階段，使得他們筆下的作品常常淪為對故事的簡單記錄，有的甚至是幾個情節的簡單拼接。在這樣的創作環境下，蒲松齡對於武俠小說創作，表現出來的重視就顯得彌足珍貴。

在蒲松齡撰寫的武俠小說中，十分重視通過細節來表現人物的獨特個性，如《崔猛》中豪俠崔猛「性剛毅」，「強武絕倫」，「抑強扶弱，不避怨嫌；稍逆之，石杖交加，支體為殘」，為表現主人公仗義剛直的性格特點，小說在細節處花了很多心思。崔猛看到李申受到無理欺凌，自己限於母命，無法出手時寫道：

既弔而歸，不語亦不食，兀坐直視，若有所嗔。妻詰之，不答。至夜，和衣臥榻上，輾轉達旦，次夜復然。忽啟戶出，輒又還臥。如此三四，妻不敢詰，惟懾息以聽之。既而遲久乃返，掩扉熟寢矣。[161]

崔猛因為不能出手救助，所以不吃飯，不睡覺，一直呆坐，妻子問話也不回答。這一系列的狀態刻畫說明崔猛內心的痛苦和壓抑。當晚，他和衣躺在牀上，久久不能睡去，輾轉反側，時起時臥。這一系列的動作描寫表現了崔猛內心激烈而複雜的鬥爭。一旦下了決定，崔猛連夜出門，殺死巨紳子及淫婦，除去不平，崔猛內心立刻安靜下來，在牀上沉沉睡去。

儘管小說中沒有用直白的話語來說明崔猛內心的活動，但通過這一個個細節，可以深切地感受到俠客崔猛性格中那種「赴士之厄困，繼而存亡死生」的俠義精神，崔猛的俠客形象也因此生動起來。此外，蒲松齡非常善用細節烘托氣氛，以此營造符合武俠小

161. 蒲松齡，《聊齋誌異》，上海古籍出版社，1983 年。

說敘事的審美格局。

《聶小倩》是一篇表現劍俠除妖的小說，見《聊齋誌異》卷二，敘書生寧采臣僑居荒野寺院，遇士人燕赤霞，言談甚歡。寺院左近有妖物派遣女鬼聶小倩以美色金錢為餌誘過往旅人為食。小倩幾次誘惑寧采臣，寧采臣嚴詞拒絕。小倩感寧采臣心性，告以實情，並說燕赤霞可敵妖物。

是夜，妖物遣夜叉來，被燕赤霞飛劍斬退。原來燕赤霞是劍俠，善飛劍。後來，燕赤霞事了離去，贈寧采臣一破劍囊。寧采臣歸家，小倩隨其同行。

至家中，寧采臣母初以小倩人鬼殊途，甚為懼怕。相處日久，寧母與小倩漸漸熟悉，相處如同母女一樣，小倩與寧采臣遂成親生活。一日，小倩大驚，說妖物前來尋仇，要寧采臣懸掛燕赤霞贈破劍囊退敵。深夜妖物飛襲，被劍囊攝去，化為清水。「後數年，寧果登進士。舉一男。納妾後，又各生一男，皆仕進有聲。」

主人公燕赤霞和聶小倩，一為劍俠，一為女鬼，這就要求小說整體的審美格局應該是陰柔而詭異。為烘托人物、情節，蒲松齡不吝筆墨，細緻刻畫了故事發生的環境：

寺中殿塔壯麗，然蓬蒿沒人，似絕行蹤。東西僧舍，雙扉虛掩，惟南一小舍，扃鍵如新。又顧殿東隅，修竹拱把，階下有巨池，野藕已花。意甚樂其幽杳……寺北，見荒墳累累，果有白楊。[162]

野寺、蓬蒿、虛門、巨池、荒墳、白楊、烏巢，一個個景物集合起來，為整篇小說情節的開展提供了適宜的敘事環境，同時這種帶有情感色彩的敘述也為小說的審美營造了合調的情境格局。

其二，重視俠客形象的塑造。武俠小說首先主要人物就是俠客，雖不能說以俠客為綱，但缺少俠客形象的武俠小說肯定不能算作優秀的武俠小說。

蒲松齡在其小說中格外注重對俠客形象的塑造，他或通過細筆刻畫，或採用粗筆勾勒，尤其是他常常在同一篇小說中塑造兩個俠客形象，通過俠客的互相映襯，來突顯人物的性格。

《大力將軍》一篇，作者同時寫了查伊璜和吳六一兩位豪俠形象，查伊璜家世豪貴，但為人仗義磊落，見到乞丐是可造之才，不以對方鄙俗而輕視，反而百般施以援手，可謂義俠。吳六一以乞丐身投軍，做到將軍，但並未因地位的變化而忘了查伊璜的恩遇。見到恩人後，他將家產半數贈查伊璜，待以君父禮，可謂豪俠。查、吳二人如僅述其一，必無此風采。

蒲松齡寫到此處時不禁感嘆：「厚施而不問其名，真俠烈古丈夫哉！而將軍之報，其慷慨豪爽，尤千古所僅見。如此胸襟，自不應老於溝瀆，以是知兩賢之相遇，非偶然也。」這類的對比，還

162. 蒲松齡，《聊齋誌異》，上海古籍出版社，1983 年。

有《聶小倩》中的寧采臣與燕赤霞、《俠女》中的顧生和俠女、《崔猛》中的崔猛和李申等。

其三，重視表現俠義精神。這一點可以從出自「劉東山」母題的「劉東山」故事中《老饕》中的部分情節之對比看出。劉東山與美少年的故事衝突，源於劉東山誇耀自己的武藝，兩人的較量屬於武者之間的「較技」切磋，美少年雖然搶了劉東山的錢物，但在相遇後十倍償還。

《老饕》中邢德與老饕的衝突，起於邢德對老饕錢物的貪欲。邢德經商失敗，不思正當勞作，反而企圖謀不義之財。他見老饕、童子二人老少力弱，錢物眾多，便起了歹意，企圖仗著武藝搶劫他人財物。其行徑令人不齒。因此，老饕和邢德的較量除了「較技」以外，還有「行俠」的含義。邢德被打跑之後，並未吸取教訓，反而再去搶劫。這時童子趕來劫走他剛剛搶來的財物，對他施以懲戒，使其向善，這也是行俠之舉。蒲松齡在改造和創作武俠小說的時候，具有比較明確的創作目的，就是要歌頌行俠仗義、恩怨分明的「俠義精神」。

蒲松齡對「俠義精神」的重視也表現在他在篇尾以「異史氏」口吻寫下的評語。

狐女報恩的《紅玉》中，他讚美救助孤弱的狐女紅玉：「其子賢，其父德，故其報之也俠。非特人俠，狐亦俠也。遇亦奇矣！」《商三官》篇尾，他說：「家有女豫讓而不知，則兄之為丈夫者可知矣。然三官之為人，即蕭蕭易水，亦將羞而不流，況碌碌與世浮沉者耶！願天下閨中人，買絲繡之，其功德當不減於奉壯繆也。」將商三官比作古代的豫讓、荊軻，並指出其高尚不下於關羽的忠義，是普天下女子的楷模。這樣強烈直接肯定「俠義精神」的言語，在文言武俠小說中是罕見的。

蒲松齡創作的小說在中國古代文言武俠小說中，取得了相當高的成就，影響深遠。清末民初的很多武俠小說選集中都收錄了蒲松齡的武俠小說，如今古閒人編的《古今武俠大觀》中，蒲松齡的武俠小說被全部收錄。在當代武俠小說中，也不難看到蒲松齡武俠小說的影響，金庸小說《鹿鼎記》開篇就幾乎全盤照搬了《大力將軍》的情節。

袁枚（1716—1797），字子才，號簡齋、隨園主人，錢塘（今浙江杭州）人。乾隆元年（1736），應博學鴻詞科，為海內二百餘應試者中之最少者，雖然未中，卻天下知名。

乾隆三年（1738），舉順天鄉試，四年（1739），中進士，選翰林院庶起士。散館後，改知縣、歷任溧水、江浦、沭陽、江寧等地，官聲頗佳。乾隆十四年（1749），稱病辭官家居，在江寧之小倉山，築隨園，不再出仕。嘉慶二年（1797）病逝，年八十二。著有《小倉山房詩文集》、《隨園詩話》、《子不語》（又名《新齊諧》）等。

袁枚所著武俠小說大致有《董金甌》、《猢猻酒》、《姚劍仙》三篇，收錄於《子不語》一書中。

《董金甌》，見《子不語》卷八，講述湖州勇士董金甌善走，武力過人。一次，他帶著千金到京城，途中被一個強盜跟上。二人搏鬥，強盜被打敗。強盜問董金甌的拳法師承何人，董金甌回答是僧耳。強盜說其妹能破僧耳拳法。一會兒，其妹來，與董金甌搏鬥，不能勝，說董金甌的拳法不僅學於僧耳。董金甌說他還曾經向僧耳的老師王征南學藝。女子於是請董金甌到家中比武。到家後，發現張燈結綵，原來強盜要把妹妹嫁給董金甌。董金甌問為什麼，強盜說他父親保鏢遇到僧耳，被僧耳殺死，要想殺死僧耳為父報仇，就必須破僧耳的拳法。後來聽說僧耳師父是王征南，希望董金甌能代為引見王征南，以學其拳法殺僧耳報仇。董金甌於是入贅，後不知所終。

以復仇為主題的武俠小說早在魏晉便已經出現，如《三王墓》等，但表現江湖仇殺、子女學藝為父報仇的武俠小說，應當以袁枚《董金甌》為肇事。本篇小說在復仇主題中又增加了江湖比武較量的構思，成為後來的武俠小說中常見的主題。

《姚劍仙》，見《子不語》卷八，敘邊桂岩與友宴飲，「有客闖然入，冠履垢敝，辮髮毿毿然，披拂於耳，叉手揖坐諸客上，飲啖無怍」。[163] 大家問其名姓由來，自云姓姚，浙江蕭山人，能戲劍。眾人請求他展示一二，姚出飛劍一口，如雙虬飛舞。有人請求拜師，姚氏說：「太平之世，用此何為？吾有劍術無點金術，故

163. 袁枚，《子不語》，河北人民出版社，1987 年。

來。」[164] 邊桂岩無奈只好贈其百金，姚氏留三日乃去。

以往武俠小說中寫劍客入世，多為行俠仗義、斬妖除魔，而本篇寫劍客姚氏仗劍術恐嚇世人，強索錢物，其行大異於俠，不可稱劍俠。另本篇中之劍術描寫，頗為生動，「口吐鉛子一丸，滾掌中成劍，長寸許，火光自劍端出，熠熠如蛇吐舌……姚顧階下桃樹，手指之。白光飛樹下，環繞一匝，樹仆地無聲。口中復吐一丸如前狀，與桃樹下白光相擊，雙虬攫拿，直上青天，滿堂燈燭盡滅」。[165]

《猢猻酒》，見《子不語》卷二十，講述學士曹洛禋遊黃山，在雲峰洞遇隱居老人，自述明末到此，殺虎與群猿共居，猿感老人殺虎之德，願為老人驅使。曹洛禋與老人共飲，所使皆猿，所飲亦猢猻所釀之酒。老人醉後，「取雙劍舞，走電飛沙，天風皆起」。曹洛禋大喜，歸告友人，再去時已不見老人蹤影。

本篇小說描述了一個隱居的劍仙，與唐代傳奇中的《京西店老人》、《蘭陵老人》類似，只不過袁枚筆下的雲峰洞老人更近於仙，隱居猿洞一百三十多年，洞中「牀置二劍，光如沃雪，台上供河洛二圖、六十四卦，地堆虎皮數十張」。役使動物，並能教化動物（教白猿識字讀書），與以前的劍俠又有不同，這一情節，對後世《蜀山劍俠傳》等小說頗有影響。

---

164. 袁枚，《子不語》，河北人民出版社，1987年。
165. 袁枚，《子不語》，河北人民出版社，1987年。

沈起鳳（1741—？），字桐威，號黃漁、紅心詞客，江蘇吳縣人，清乾隆時期人。沈起鳳少負異才，能文章、工詩詞，但不得志，放浪於詩酒間，後拜夫人張雲為師，學有長進。乾隆三十三年（1758），他鄉試中舉，歷官祁門、全椒訓導。會試屢試不第，屈身下僚，鬱鬱而終。沈起鳳是清代較有影響的戲曲家，作品可考的有《千金笑》、《泥金帶》、《黃金屋》三種，收入《曲譜》一書中。另外，有流傳甚廣的雜記小說《諧鐸》十二卷、《吹雪詞》一卷、《絕妙好辭》一卷等。

其創作的武俠小說《盜師》、《惡餞》、《青衣捕盜》等都收於《諧鐸》中。

《惡餞》見《諧鐸》卷五，這是一篇非常優秀的武俠小說，影響很大，全文如下：

枝江盧生，有族兄任狄道州司馬，往依之，而兩月前已擢鎮西太守。囊無資斧，流寓沙尼驛。幸幼習武事，權教拳棒為活。

驛前棗樹兩株，圍可合抱，時當果熟，打棗者日以百計。盧笑曰：「裝鉤削梃，毋乃太紆，吾為若輩計之。」袒衣趨左首樹下，抱而撼焉，柔若蓬植，樹上棗簌簌墮地。眾奇之。

旁有一髯者，笑曰：「是何足奇？」亦袒衣趨右首樹下，以兩手對抱，而枝葉殊不少動。盧哂之。髯者曰：「汝所習者，外功也，僕習內功，此樹一經著手，轉眼憔悴死矣！」盧疑其妄。

亡何，葉黃枝脫，紛紛帶棗而墮，而樹本僵立，宛若千年枯木。盧大駭。髯者曰：「孺子亦屬可教。」詢其家世，並問婚未，盧曰：「予貧薄，終歲強半依人，未遑授室。」髯者曰：「僕有拙女，與足下頗稱良匹，未識肯俯納否？」盧曰：「一身萍梗，得丈人行覆翼之，固所願也。」髯者喜，挈之同歸，裝女出見。

於是夕，即成嘉禮。明日，謁其內黨；有老嫗跛而杖者，為女之祖母；蠻衿禿袖，頎而長者，為女之嫡母；短衣窄褲，足巨如籮者，為女之生母；野花堆鬢，而粉黛不施者，則女之寡姊也。盧以女德性柔婉，亦頗安之。居半載，見髯者形蹤詭秘，絕非善類；乘其出遊未反，私謂女曰：「卿家行事，吾已稔知。但殺人奪貨，終至滅亡，一旦火焚玉石，卿將何以處我？」女曰：「行止隨君，妾何敢決？」盧曰：「為今之計，唯有上稟高堂，與卿同歸鄉里，庶無貽後日之悔。」女曰：「君姑言之。」盧以己意稟諸老嫗。老嫗沉吟久之，曰：「岳翁未歸，理宜靜候。但汝既有去志，明日即當祖餞。」盧喜，述諸女。

女蹙然曰：「吾家制度，與君處不同。所謂祖餞者，由房而室，而堂，而門，各持器械以守，能處處奪門而出，方許脫身歸里，否則，刀劍下無骨肉情也。」盧大窘。女曰：「妾籌之已熟。姊氏短小精悍，然非妾敵手。嫡母近日病臂，亦可勉力支撐。生母力敵萬夫，而妾實為其所出，不至逼人太甚。惟祖母一枝鐵拐，如泰山壓頂，稍一疏虞，頭顱糜爛矣。妾當盡心保護，但未卜天命何如耳。」相對皇皇，竟夕不寐。

晨起束裝，暗藏兵器而出。才離閨闥，姊氏持斧直前曰：「妹丈行矣，請吃此銀刀膾去！」女曰：「姊休惡作劇！記姊丈去世，寒夜孤衾，替阿姊三年擁背。今日之事，幸為妹子稍留薄面。」姊叱曰：「癡婢子！背父而逃，尚敢強顏作說客耶？」取斧直砍其面，女出腰間錘抵之，甫三交，姊汗淫氣喘，擲斧而遁。

至外室，嫡母迎而笑曰：「嬌客遠行，無以奉贈，一枝竹節鞭權當壓裝。」女跪請曰：「母向以姊氏喪夫，終年悲悼，兒雖異母，亦當為兒籌之。」嫡母怒曰：「妖婢多言，先當及汝。」舉鞭一掣，而女手中錘起矣。格鬥移時，嫡母棄鞭罵曰：「刻毒兒！欺娘病臂，只把沙家流星法，咄咄逼人！」呵之去。

遙望中堂，生母垂涕而俟。女亦含淚出見，曳盧偕跪。生母曰：「兒太忍心，竟欲拋娘去耶？」兩語後，哽不成聲。盧拉女欲行，女牽衣大泣。生母曰：「婦人從夫為正，吾不汝留。然餞行舊例，不可廢也。」就架上取綠沉槍，槍上挑金錢數枚，明珠一掛，故刺入女懷。女隨手接取，砉然解脫，蓋銀樣蠟槍頭耳。佯呼曰：「兒郎太跋扈，竟逃出夫人城矣！」女會其意，曳盧急走。

將及門，鐵拐一枝，當頭飛下。女極生平伎倆，取雙錘急架，盧從拐下衝出，奪門而奔。女長跪請罪。老嫗擲拐嘆曰：「女生外向，今信然矣！速隨郎去，勿作此惺惺假態也！」

女隨盧歸里，鬻其金珠，小作負販，頗能自給。後髯者事敗見執，一家盡斬於市。惟女之生母，孑身遠遁，祝髮於藥草尼庵，年八十而終。有遺書寄女。女偕盧跡至尼庵，見牀頭橫禪杖一枝，猶是昔年槍桿也。女與盧皆大哭，瘞其柩於東山之陽，盧墓三年，然後同反。

鐸曰：「天之所福，慈孝為先。女知愛母，故不作覆巢之卵，母知愛女，故不作斷頸之梟。獨是溺於女者，何以不從厥夫？哀其母者，何以不及其父？君子曰，『此其所以為盜也。』嗟乎，世之不為盜者多矣，而盜且然乎？」。[166]

無論從何種的角度來看，《惡餞》都是一篇非常成熟而且優秀的武俠小說，其成就，甚至與某些幾十萬字的長篇小說相比較，也是毫不遜色，雖置身最優秀的武俠小說之林亦不為過。

與其他的文言武俠小說相比，《惡餞》的過人之處，在於它是結構真實與局部虛構相融合創作而成。作者藉此虛實結合的故事講述了具有明顯江湖情趣的武俠故事。

166. 沈起鳳，《諧鐸》見《古體小說鈔》清代卷，中華書局，2001 年。

《惡餞》的敘事獨特，在基本現實的基礎上，飾以虛幻離奇的細節，超越了傳統對劍俠和俠客描寫的侷限，與現代武俠小說已經頗為類似。

描寫劍俠的小說，由於敘述的多是斬妖除魔的故事，形象介於神仙和武士之間。描寫俠客的小說，敘述的又多是江湖好漢以武犯禁、行俠仗義的故事，其形象更近於現實中的人物。兩類小說嚴格說來都有藝術上的缺陷，前者過於玄幻，近於神魔小說，後者過於真實，容易與英雄傳奇和歷史演義混淆。

現代的武俠小說，在大背景的真實框架內敘述虛幻故事，修飾富於藝術想像的細節，營造虛實難辨的藝術效果。《惡餞》採用的就是這種方法，講述了落魄書生追求愛情的故事，這在明清筆記小說中是常見的，但在這個人所熟知的故事框架內，作者描繪了許多虛幻的細節，如大力搖樹落棗、掌擊大樹使其枯死，內外家武功、奇形怪狀而武功高強的家人、形式別開生面的離別和較量、帶有詩意名稱而威力驚人的武鬥場面等等，這是明清時期的武俠小說所不具備的。

在男女愛情故事中增加武功和爭鬥、正義與邪惡的描寫，沈起鳳使這個故事變成了一篇精彩的武俠小說，表現了江湖兒女有別於普通人的情感經歷。通過描寫那些武藝驚人的江湖兒女的情感生活，也使得原本遠離紅塵的江湖世界變得更加真實。

《惡餞》有別於當時一般武俠小說的構思和描寫，被後世很多的武俠小說模仿。王韜創作的《盜女》，就是在此篇基礎上的仿作。平江不肖生的代表作《江湖奇俠傳》從第九回「失鏢銀因禍享聲名，贅盜窟圖逃遇羅漢」開始，講述桂武在甘家堡的經歷，全盤照搬了此篇故事，敷衍為將近十回的內容。當代作家劉麗朵所作小說《盛大的出走》，更以現代文學的筆法，對此篇小說進行了重構。

除了這些直接模仿的作品外，《惡餞》中包含的盜賊之女為愛情反叛家庭、以過關形式打出門、貌不驚人而武藝高強的江湖豪客、威力巨大而富於詩意的武功等武俠小說元素，在後來的武俠小說中都得到了繼承。

金庸《倚天屠龍記》中的崆峒派武功「七傷拳」，擊打樹木，其外表不損，內部樹脈盡斷的奇妙武功，完全因襲了《惡餞》掌擊樹木而至枯死的寫法。

沈起鳳創作的武俠小說雖然數量不多，但皆屬精品之作，並且具備了相當多的現代武俠小說色彩，這種成就，在清代只有蒲松齡可與之相提並論。

明清文言武俠小說的成就除了創作了大量優秀的作品外，這一時期的作家還對歷史上的武俠小說進行了編選和輯錄，這也是武俠小說發展史研究中所不可忽視的。

作為文學生產的重要一環，文學批評的重要性不言而喻。隨著武俠小說創作的全面繁榮，與之相應的武俠小說理論批評工作也拉開序幕。

一方面，武俠小說作家和批評家，通過序跋、評點等方式對部分武俠小說進行了大量有益的批評，另一方面，在明清時期，以王世貞、周詩雅、許廣、鄒之麟為代表的批評家編選、輯錄了多部武俠題材的小說選集。

《劍俠傳》，撰者不詳[167]，在《古今逸史》、《秘書二十一種》、《叢書集成初編》、《唐人說薈》、《龍威秘書》、《唐代叢書》、《晉唐小說暢觀》、《說庫》、《藝苑捃華》這些叢書中都可見到。從留存各本看，《劍俠傳》有一卷本、四卷本、四卷附錄一卷三種版本。明隆慶三年（1569）刊刻的《劍俠傳》應是最早的一個版本。

《劍俠傳》之後，如明周詩雅的《續劍俠傳》，明徐廣的《二俠傳》，明鄒之麟的《女俠傳》，清鄭官應的《續劍俠傳》，清胡汝才的《劍俠》等，它們或全部蹈襲，或有所增刪，儘管其「劍俠」的概念逐漸有所變化，但皆受《劍俠傳》啟發而為之。

鄒之麟的《女俠傳》是民族精神與時代特徵相結合的產物，專收「女俠」，共分六類：「豪俠」、「義俠」、「遊俠」、「任俠」、「節俠」、「劍俠」，其中「劍俠」類只有條目而無內文。編者將《劍俠傳》中的女性故事抽出加以增益，從書中所列篇目看，多從史書中選出，編者將這眾多的女俠事蹟彙集一書，形成女俠集體群像，成為專輯女性俠義故事的總集。

167.有關《劍俠傳》一書作者，學界有不同看法，魯迅《中國小說史略》中指出唐段成式撰奉《劍俠傳》為明人偽託。余嘉錫《四庫提要辨證》中考定《劍俠傳》為明人王世貞編撰。趙景深《中國小說從考中》對《劍俠傳》具體篇目作了考定。今人劉蔭柏在《隆慶刻本〈劍俠傳〉敘錄》（載《文學遺產》1985 年第二期）一文中提出《劍俠傳》決非王世貞所作，且存在四卷本和二卷本兩個系統。

女俠故事雖在史書及《劍俠傳》中已經出現，但為女性出專集，鄒之麟《女俠傳》是首創。中國古代具有「女性特質」的「女俠」第一次出現，從而對後世的武俠小說產生深遠的影響。

有關「女俠」的集結，大致採用兩種模式，一是在標榜女性的叢書中，闢出門類，稱為「女俠」，如秦淮寓客的《綠窗女史》，此書將歷代女性分成十部，將一應與女性相關的事物、詩文、傳記等盡行收錄，其中有「節俠」一部，分「義烈」、「節烈」、「義俠」、「劍俠」四類，廣收其事蹟；馮夢龍的《情史》，則是以男女的感情為主線，分成廿四類，專記相關的事蹟，有「情俠」一類。

徐廣編選的《二俠傳》亦是如此，在「俠」的大範疇中，以男女性別為區隔，分為「男俠傳」、「女俠傳」兩個部分，其中男俠七十人，女俠一百零八，皆以載記事蹟為主。這幾部以「女俠」為核心而集結成書的作品的出現，迥異於前此對女性俠客零散的記載，具有特殊意義。

《二俠傳》，今存萬曆四十一年（1613）刻本，藏於美國哈佛大學燕京學舍圖書館，編者徐廣，福建柘浦（今浦城）人，字廣居，校者黃國士，四川平昌人，字允符，兩人生平皆無可考。

徐廣「自序」稱此書名「二俠」之由云：「蓋取男子之礫然於忠孝，女子錚然於節義」。書中雜錄歷代史書與小說中男女俠義人物事蹟，自周至元，男錄七十人，女錄一百零八人，女子人數大大超過男子的人數，單從一百零八的數字來看，亦可見編者別具深意。

眾所周知，《水滸傳》中有一百零八位好漢，其中僅三位是女性，而此書則輯一百零八位女英雄與之相對，充分體現了編者對女性的崇敬和讚美。不僅如此，作者還在書前「凡例」中言道：「古有男俠而未聞女俠。嗚呼！茲其捐生就義，殺身成仁者續於簡後，殊見妾婦可為丈夫，丈夫可愧於妾婦乎？」充分體現了明代進步思潮的影響。

從這些武俠小說選本收錄篇目看，明清武俠小說研究者對唐宋時期文言小說中出現的武俠小說類作品，以及此一時期武俠小說的創作狀態有了積極的關注。這些武俠題材小說集的編選，對保存唐宋時期武俠小說的早期資料，為後代提供創作範本，具有極其重要的意義。

第三節　明清武俠小說的影響

綜觀明清時期的武俠小說創作，可謂諸體皆備，體大思精，取得了優異成績。在武俠小說的形式和內容兩方面均開拓出了新境界，達到了中國武俠小說發展史上的一個階段性的高峰。

在小說體制方面，開創了長篇章回體、短篇白話擬話本體，發展了唐宋傳奇體；在小說題材方面，吸收了其他類型小說題材，開闢了歷史演義、神魔武俠、俠義公案、兒女英雄等武俠小說新的題材領域。

在具體的武俠小說作品方面，不但出現了《水滸傳》這樣的巔峰之作，同時還有《宋四公大鬧禁魂張》、《劉東山誇技順城門》、《老饕》、《王者》、《惡餞》這樣的優秀短篇武俠小說出現；在武俠小說的創作隊伍方面，如施耐庵、王世貞、馮夢龍、凌濛初、魏禧、王士禎、蒲松齡這樣的文學大家都寫作有武俠題材的小說，武俠小說創作隊伍空前壯大；在武俠小說的文類自覺方面，已經出現了初步的武俠小說批評，對於武俠小說的創作具有巨大的指導意義。

從武俠小說的發展看，明清時期不僅是武俠小說的一個高峰，同時也是創作的一個高潮。這時期的武俠小說創作不僅在繼承前人的基礎上取得了空前的成就，而且為民國的武俠小說進一步發展提供了堅實的發展基礎。

清末民初時期，社會革命家如譚嗣同、小說家如顧明道、文公直等大力提倡武俠小說，認為武俠小說可以「壯國人之氣」[168]，「挽頹唐之文藝，救民族之危亡」[169]，正是由於明清時期武俠小說格局提升了的結果。

對明清時期以《水滸傳》為首的武俠小說的社會功用，民國時期無名氏所作《中國小說大家施耐庵傳》一文中論述說：

尚俠之思想。民風茶弱，至南宋而極點矣。耐庵慨漢人

168. 顧明道，《武俠小說叢談》，轉引自南江林《荒江女俠・前言》。
169. 文公直，《碧血丹心大俠傳・自序》，岳麓書社，1987 年。

之不振，致胡馬之蹂躪，刀光劍氣，提倡俠風。一殺虎也，陽穀於焉揚名。一偷雞也，梁山為之不錄。非特武松、魯達等人，英風動山嶽，高義薄雲天；即水泊之嘍囉，酒店之夥伴，亦隱隱有俠氣。則中國之武士道，發之又早有耐庵；耐庵可比西鄉隆盛。[170]

作者將創作武俠小說的施耐庵比作日本明治維新的宣導者西鄉隆盛，可見民國時期的文人們不再視武俠小說為稗官野史了。

1907 年，清末民國時期的小說評論家王鍾麒對明清時期的武俠小說格局的提升大作肯定。他說：

吾國政治，出於在上，一夫為剛，萬夫為柔，務以酷烈之手段，阻震盪摧鋤天下之士氣。士之不得志於時而能文章者，乃著小說，以抒其憤……歌慷慨之士，窮而為寇為盜，有俠烈之行，忘一身之危，而急人之急，以愧上位而虐下民者，若《三俠五義》、《水滸傳》皆其倫也。[171]

從民國小說理論研究看，認為明清武俠小說已經完全擺脫純

170.《中國小說大家施耐庵傳》，見朱一玄、劉毓忱主編《中國古典小說名著資料叢刊》第二冊《水滸傳資料彙編》，南開大學出版社，2002 年。
171.王鍾麒，《中國歷代小說史論》，見郭紹虞等主編《中國歷代文論選》第四冊，上海古籍出版社，1980 年。

是娛樂的狹隘觀念，這個結果與明清時期武俠小說極力擴大題材表現範圍，提升小說創作格局的努力是分不開的。

明清武俠小說雜糅各類題材，武俠小說呈現出「綜藝」的面目，成為後來武俠小說寫作一致學習的特點。明清之前的武俠小說因篇幅短小，長者萬餘字，短者不到百字，限制了武俠小說表現手法的開拓，只能集中筆墨於「武俠」這一單一主題，雖然有精悍的優點，但也影響了作家思路的展開和讀者求新求變的審美需要。

明清時期，武俠小說篇幅增加，一般為幾十回，長的上百回。篇幅的增加使得作家可以使用之前限於文字容量無法應用的文學技法，作家們吸收其他小說類型內容，採歷史、言情、神怪、公案，「一爐共冶」，形成綜合題材，極大影響了後世武俠小說的創作，進一步提高了武俠小說的表現範圍，開拓了新格局，規範了文體格式、題材範圍和藝術手法，其價值難以估量。武俠小說可以像其他小說類型一樣，充分表達作者的思想情性和人格氣質。

武俠小說篇幅的增加，也使作家增加了大量的人物，小說中的人物關係因此複雜起來，如《禪真逸史》、《綠牡丹全傳》等作品均採用了多線索同時敘述的手法，通過俠客之間的相互關聯，編制出宏大的江湖敘事模式。

作家們還對人物、事件的細節產生了前所未有的興趣，他們不厭其煩地描述俠客的打鬥場面，敘述俠客們行俠江湖的細節活動，往往對一個矛盾衝突可以使用幾回的篇幅、幾萬字的容量來表現，並極盡變化。

如《綠牡丹全傳》中寫駱宏勳、鮑自安打擂，用了三四回的篇幅，寫初打戰勝，再打失利，搬請救兵，對手被打敗，對手再請救兵等，其中夾雜了大量細節，如濮天鵬請鮑自安，老英雄揶揄不去，鮑金花激將其父等等。

作家們還增加人物對話，以表現人物的內心活動，如《好逑傳》中鐵中玉在水家養病期間與水冰心的大段對話，也是明清之前的武俠小說所未出現的。

第五章

一例春潮汗漫聲

——民國武俠小說總論

第一節 民國武俠小說興盛原因

一、「武俠小說」定名

民國武俠小說介於明清古典武俠小說和台港新派武俠小說之間，承前啟後，是武俠小說進入成熟期的標誌。

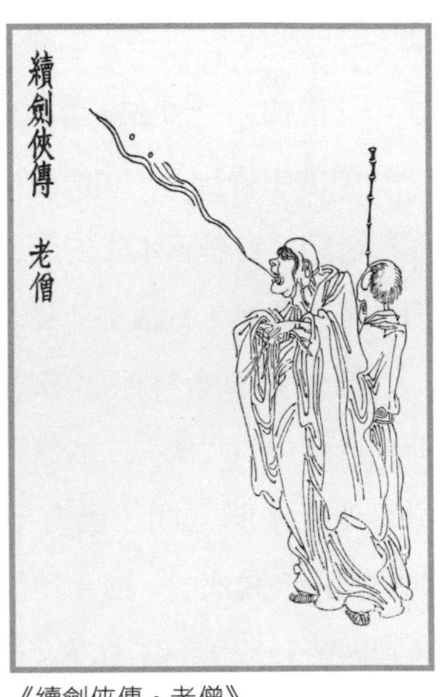

《續劍俠傳・老僧》

民國武俠小說最引人注目的是多樣風格和流派的形成，並在這個時期產生了巨大影響，關於武俠小說的爭論，一開始就廣泛而激烈。

袁進的《鴛鴦蝴蝶派》一書記載，從20世紀初至40年代末（囊括清末民初至新中國成立這一時間段）共有一百七十餘位武俠小說作者，共出版約千餘部武俠小說，近三億字。[172]

這一時期產生的武俠小說習慣稱之為「舊派武俠小說」，以示與後來台港創作的「新派武俠小說」相區別。武俠小說正是在民國時期逐漸具有「現代性」，就此走向一個繁榮的時代。

武俠小說「以武行俠」的內容傳承已久，但我國古代無論正

172. 袁進，《鴛鴦蝴蝶派》，上海書店，1994年。

史還是野史多以「仁俠」、「義俠」、「遊俠」、「勇俠」、「豪俠」、「儒俠」、「隱俠」乃至「盜俠」、「劍俠」、「僧俠」、「女俠」等語稱之。

《武俠叢談》書影

葉洪生提出，「武俠」能成為一個複合詞，實是日本人的創造。[173]然而，查考典籍，此說並不確切。

據台灣學者林保淳研究所言，傳統典籍中「武俠」二字連用頗為罕見，但元、明之間，已有不少文人開始使用「武俠」一詞。元代蘇天爵（1294—1352）的《滋溪文稿》有「昔宋之季，文日以弊，而江、淮俗尚武俠，儒學或未聞也」之句，或為「武俠」一詞最早的使用。此處的「武俠」，意為「尚武行俠」，與今日的用法相類，其後明清兩朝，亦有使用者，但正反兩義皆有。

明末徐世溥作《柳賦》，內有：「叛兒以白花遁禍，季蹠以柳下稱強，斯則柳之武俠也。」引北魏楊叛兒去魏投梁及春秋盜蹠的典故，稱為「武俠」，與古代的俠客觀念頗為相合。是以「武俠」二字，並非日本首創，中國古代亦有此語，只是相關書籍流傳不廣，鮮為人知。

---

173. 葉洪生，《中國武俠小説史論》，見《論劍——武俠小説談藝錄》學林出版社 1997 年。

當清末之際，「武俠」一詞能在中國流傳、援用，確是與日本有密切關係。押川春浪（1876—1914），日本明治時代後期的通俗小說家，撰寫了被他稱作「武俠六部作」的小說。除此之外，為了鼓吹武俠精神，押川春浪還創辦了《武俠世界》雜誌。[174]

1903年，有署名「定一」的作家，曾於梁啟超在橫濱所辦《新小說》月報的《小說叢話》專欄中有言：「《水滸》一書為中國小說中錚錚者，遺武俠之模範；使社會受其餘賜，實施耐庵之功也。」[175] 此為中國人所辦刊物第一次使用「武俠」一詞來闡釋《水滸傳》的影響。

1904年，梁啟超在所著的《中國之武士道》自序中，曾兩次使用「武俠」這一名詞。1908年，徐念慈以筆名「覺我」在上海《小說林》月報中發表文章《余之小說觀》：「日本蕞爾三島，其國民咸以武俠自命、英雄自期……故博文館發行之……《武俠之日本》……《武俠艦隊》……一書之出，爭先快睹，不匝年而重版十餘次矣。」[176] 其中《武俠艦隊》（改題為《新舞台》）是他親自翻譯的小說，曾在《小說林》上連載。

「武俠」二字經旅日文人大力宣揚，漸成熟語，但是「武俠小說」這一名詞仍然未能出現，沒有人正式以此作為小說類目，資料

174. 押川春浪（1876—1914），日本冒險小說作家，本名押川方存，筆名春浪。
175. 定一，即余定一，字瑾懷，1876年生，江蘇武進人，著有《知非集》等書，該文收入《中國歷代小說論著選（下一）》，江西人民出版社，1985年。
176. 覺我，《余之小說觀》，見上海《小說林》第九期（1908年正月）。

顯示，《小說林》分為：社會小說、科學小說、偵探小說、歷史小說、軍事小說、言情小說、奇情小說、家庭小說以及短篇小說等九種類目，《新舞台》一文則歸入軍事小說一類。除此之外，《小說林》第五期所連載的小說《綠林俠譚》，也未能冠以「武俠小說」之名，而被當作江湖軼事，獨立於九種小說類目之外。

學者馬幼垣曾考據許多期刊所收錄的作品，均是清末民初具有「武俠」題材的小說，而這些作品在當時被劃分了「俠情」「勇義」「義俠」「俠義」「技擊」「尚武」等名目。過去由於資料不全，一般認為首次出現「武俠小說」類目名稱的是 1915 年底《小說大觀》季刊第三期上的林紓《傅眉史》。

近據「全國報刊索引」資料庫可知，1914 年 8 月，《香豔雜誌》第二期曾將見南山人的《金釧緣》標目為「武俠小說」。這有可能是中國報刊首次以「武俠小說」作為文學類型名稱的個例。

此後，直到 1915 年 I2 月，林紓在《小說大觀》第三期發表了小說《傅眉史》，「武俠」從此才開始正式被定為類型小說。[177]

自此以後，署名冷風（錢基博與惲鐵樵）編撰的《武俠叢談》、唐熊所撰《武俠異聞錄》、姜俠魂編撰的《武俠大觀》、平襟亞主編《武俠世界》月刊、許慕羲所編《古今武俠奇觀》以及包天笑主編《星期》週刊之《武俠專號》等均開始以「武俠」作為書

---

177. 馬幼垣，《水滸傳與中國武俠小說的傳統》附注七，見《水滸論衡》，生活・讀書・新知三聯書店，2007 年。

名。「武俠小說」透過報紙、雜誌的宣傳鼓吹，被社會大眾逐漸接受。[178]

20世紀20年代，時人譽為「南向北趙」的向愷然、趙煥亭雙雄崛起，其代表作《江湖奇俠傳》與《奇俠精忠傳》雖無「武俠小說」之名，但人們皆將其視作武俠小說。於此之後，較晚出現的，同屬一類的作品封面及書名插頁，有直接稱「武俠小說」的，亦有代以「歷史武俠小說」、「俠義小說」、「武俠技擊小說」、「俠情小說」、「奇俠小說」、「武俠鬥劍奇情小說」等名目，甚至有稱「黨會小說」之類，但大多以「武俠小說」之名歸類。「武俠小說」遂逐漸定名，成為一種被社會大眾接受的小說形式，延續至今。

二、動盪的社會背景和民眾寄望心理

辛亥革命前，因國家屢挫於外敵，有識之士致力於維新，他們所致意者，除「富強」外，還有久已失去的民族尚武精神。1904年，梁啟超著《中國之武士道》一書，具有代表性。

梁啟超和蔣智由、楊度在該書序言中都呼喚：在「合五大洲為一大戰國」的時代，必需重振中華民族形成於戰國時期的「武俠」「天性」，他們提倡「武士道」、「尚武」、「武俠」，認為這是振興國家，抵抗外來侵略，去除「東亞病夫」這一屈辱頭銜的最好方

178. 葉洪生，《中國武俠小說史論》，見《論劍——武俠小說談藝錄》學林出版社 1997年。

式。一時之間，這種思潮得到廣泛傳播，具有巨大影響力。[179]

民國拳師傳授八極拳，此式為八極拳小架中最具代表性的「當門頂肘」式。德國女攝影家海達・莫里循（Hedda Morrison）攝，現藏哈佛・燕京圖書館

清末志士，一直籌謀推翻清朝政府，紛紛身體力行，參與革命行動，展示了古代文人心所向往的俠士風範，坐而論劍，起而行俠。譚嗣同「好任俠，善劍術」，[180]秋瑾則「好《劍俠傳》，習騎馬，善飲酒」。[181]

這些言論是和反列強、反專制、重塑國民性的思想相聯繫的，在闡釋「武俠」精神的實質時，他們都強調「公義」這一核心。清末，革命黨的武裝鬥爭，則將上述思想付諸實踐，這就是辛亥前後，一批不同於明清武俠小說的現代武俠小說，或者含有武俠因素的新小說產生的背景。

當時人們對於除暴安良、扶助弱小的「俠義精神」非常渴望，這種情緒也造就了武俠小說的出版並暢銷。畢竟善良弱小的人

---

179. 梁啟超，《中國之武士道》，中國檔案出版社，2006 年。
180. 梁啟超，《譚嗣同傳》，見翦伯贊等編《中國近代史資料叢刊・戊戌變法Ⅳ》神州國光社，1953 年。
181. 陳去病，《鑒湖女俠秋瑾傳》，見《秋瑾女俠遺集》，貴州教育出版社，2014 年。

們，習慣寄希望於英雄豪傑出現，斬奸除惡，幫助其脫離苦海。

清末民初，中國已經出現了大批殖民城市，造就了大批現代都市市民。他們相較於傳統都市市民，「現代文化」氣息更為濃重，與傳統安土重遷的農民，在思想情趣、生活方式上迥然不同，他們也成為武俠小說的首要讀者群。

生逢飄搖亂世，目睹種種社會不堪現狀，這些市民因為自身無能為力，往往沉溺於英雄拯救世界的幻想中，通過俠客行俠的行為來舒緩不平之氣。

風雨飄零中，帝國主義列強對中華民族侵略不斷，現代的都市市民站在殖民城市前沿，既明瞭國家孱弱不如外邦，又不堪凌辱，想要反抗外邦侵略與壓迫。

通過讚頌英雄的武俠小說，可以清楚地看到市民內心的反抗意識。傳統的武俠題材，熟悉的人物和故事模式，增加了市民的心理認同感。這也是民國時期武俠小說得以風靡一時，佔據當時小說出版數量巨頭的原因。

三、普通讀者的娛樂需求

當時國家經濟和文化教育水準落後，一般市民的文化素養和文學欣賞水準長期處於較低的水準，唯有悲喜交織、情節曲折、消遣為主的傳奇故事才會受到歡迎，閱讀武俠小說逐漸成為市民閒暇時的主要休閒方式。

武俠小說的這種娛樂性、通俗性，充分滿足了市民在空閒時的文化需求。當然，武俠小說在20世紀30年代形成井噴式發展的重要原因，也與當時都市中的小市民具有一定的經濟能力有關。諸如上茶館聽書，或者是買幾本薄印本等文化消費，在小市民的經濟承受範圍之內。

當時文化市場不容樂觀，新文學並不看重通俗文學，文學傾向歐化嚴重，知識階層是讀者的主要構成人群。瞿秋白曾直言不諱地說：「『五四』式的一切種種新體白話書，至多的充其量銷路只有兩萬。例外是很少的。」[182] 武俠小說卻出人意料，發行量動輒達到十萬之眾，大抵是因為武俠小說能夠滿足市民的閱讀需求。

武俠小說在京津滬、長江兩岸商埠以及京廣沿線，這些商業化味道極濃的都市，商品化的程度更高。

當時很多書局隨著武俠小說的市場的擴展，逐漸形成，並且完善。書局的老闆們認識到武俠小說的商業價值，於是便成為民營報館、出版社競相出版的種類。武俠小說在《申報》、《新聞報》和《時報》等上海報業銷路遙遙領先的副刊均佔有一席之地，其他刊物也不遑多讓。

據粗略統計，作為寫作武俠小說的主要派別一鴛鴦蝴蝶派，其成員所主編的刊物就有一百三十一種，最為有名的是1914年創刊的《禮拜六》。鴛鴦蝴蝶派的作品中，單看武俠小說一類作品就

182. 瞿秋白，《吉訶德的時代》，見《瞿秋白文集（文學編第1卷）》，人民文學出版社，1985年。

有八百十八部之多。[183]

民營出版社於亂世中，首要考慮的是存活，繼而才有發展的機會。認清現實的出版社大多先以出版通俗小說紮根生存，步步為營，而後才謀求長遠發展，世界書局是此中佼佼者。

世界書局於1917年由沈知方創立，初始創業的資金僅為一萬五千元，然而它在20世紀30年代已發展到資產達一百萬元，成為當時全國的第三大出版社，緊隨商務印書館和中華書局之後。

世界書局的快速成功，無疑受益於早期大量出版武俠小說之舉。由其出版的向愷然的《江湖奇俠傳》等武俠小說，深受市民階層歡迎，銷量驚人，世界書局從中獲益甚大。[184]

世界書局除了出版通俗小說之外，還出版如《紅雜誌》、《偵探世界》、《紅玫瑰》等市民消閒雜誌，這些雜誌也十分暢銷。

除卻新成立的出版社熱衷於出版武俠小說，許多大的出版社、報刊社為了銷量的保證，或多或少都會出版武俠小說。就連商務印書館這樣經濟實力強大的出版社，也在其先後出版的刊物《繡像小說》、《小說海》、《小說月報》上刊登連載過武俠小說。

「書賈武俠不刊。」當時作家鄭逸梅針對這種情況無比感嘆。無獨有偶，作家張恨水也曾深有體會，小說《啼笑姻緣》連載時，張恨水自承：「報社方面根據一貫的作風，怕我這裡面沒有豪俠

---

183. 宋原放，《中國出版史料・現代部分》，山東教育出版社，2006年。
184. 鄧詠秋，《「才氣宏闊」的出版家沈知方》，見《編輯學刊》，2003年第6期。

人物，會對讀者減少吸引力，再三的請我寫兩位俠客。……我只是勉強的將關壽峰、關秀姑兩人，寫了一些近乎傳說的武俠行動。」[185] 無武俠不歡已然成為當時讀者的流行風尚。1932 年，鄭振鐸寫作《論武俠小說》一文，在文章中，引用從予的《武俠教科書》提到的資料，資料顯示，由世界書局出版的新主義教科書國語讀本，在第二冊中，三十八課中有七課是宣講飛劍之術的文章。當時的報紙上，也常常有青少年結伴上山，或是學道，或是訪仙，或是拜師求藝的事蹟報導。由此可見當時社會受武俠小說影響極深。

不僅如此，武俠小說擁有最廣泛的讀者群，甚至包括當時很多高級知識份子，也閱讀武俠小說。

四、武術強國熱潮的刺激

20 世紀 20 年代，當時全國掀起大規模習武熱潮，一批優秀的武術家積極提倡中國拳術，並且利用現代科學理論作為指導方法，重新歸納整理傳統武術，設立研習所專門研究武術。1912 至 1927 年，全國先後建立了大批武術社團，這些流派紛呈的武術社團形成，推動了社會習武之風的盛行。武術成為許多學校的教學科目，就連北京大學、清華大學都設立技擊會。武術的興旺，寄託著當時人們振興民族精神的美好願望。

---

185. 張恨水，《寫作生涯回憶》，見《張恨水全集》第 62 卷，北嶽文藝出版社，1993 年。

精武體育會，前身為武術家霍元甲創辦的「精武體操學校」，屬於民間學術社團，後來覺得「學校」名稱與形式容易限制招生範圍，影響武術的廣泛傳播，因而霍元甲的學生陳公哲、姚蟾伯等人積極倡議並修改了「學校」一詞，改「精武體操學校」為「精武體操會」。到 1916 年，會員與日俱增，「體操」未能概括武術精神，遂更名為「精武體育會」。從精武體育會名字的變化和創立經過，可以看出，其是由熱愛武術的青年商人自發組織的，既無國家和政府扶持，也並非受黨政集團意志而建立的民間社團。

技擊部是精武體育會下設部門，主要任務是推廣、傳播武術。體育師範學校則是精武體育會為了培訓武術師資，於上海創辦的聚集五湖四海武術名家的培訓學校。打破傳統的宗派門戶制度，廢除師徒私授的法則，集百家之長，培養了大批武術人才，

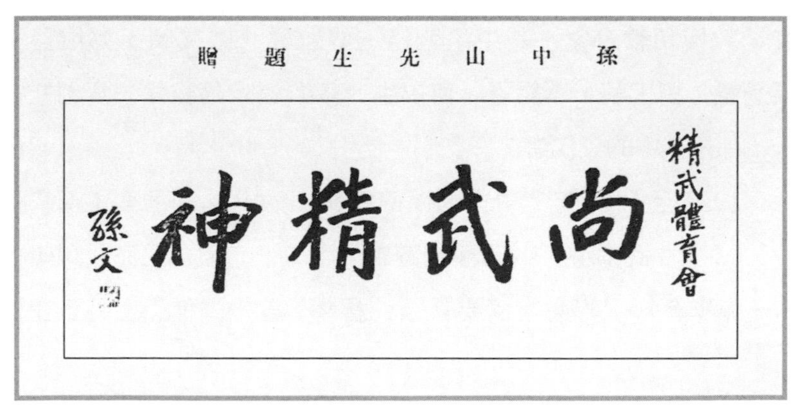

孫中山題贈精武體育會「尚武精神」

為武術的發展作出了巨大的貢獻。[186]

1927 年張之江在國民政府的支持下創立中央國術館，政府是直接指導者，經費來源於財政部。中央國術館是政府用來推廣武術教育的重要機構。

1928 年和 1933 年，中央國術館曾經舉行過兩屆全國性的國術考試。儘管這兩次考試並不盡如人意，還有許多問題亟待解決。但是不可否認的是它在吸引社會目光、增加社會關注度、制定和實踐武術拳械單練與對搏的競賽規則等方面起到了重要作用。

中央國術館下設五個等級的班，分別是教授班、師範班、練習班、青年班、少年班。它廣設武術技術課，培養了大批武術人才。這些人，有的奔走於抗日前線，殺敵立功，變成人人敬仰的英雄；有的甘於奉獻，愛崗敬業，後來成為新中國建設的棟樑之才；有的武藝超群，一生研究武術技藝和理論研究，成為武術專家、教授和教育家。其中溫敬銘、傅淑雲、張文廣、鄭懷賢、張登魁、劉玉華、李錫恩、何福生、康紹遠、萬籟聲、齊劍虹等人，都是其中的佼佼者。

1927 至 1934 年，中央國術館編輯出版武術論著有《查拳圖說》、《少林武當考》、《青萍劍圖說》等二十二種；已完成編輯的有《練步拳》、《形意拳摘要》、《八極拳》等十二種；當時正在編

186. 關於精武體育會的記述，主要參考郭玉成、許傑，《精武體育會與中央國術館的武術傳播研究》，見《體育文化導刊》，2005 年第 2 期。

輯的還有《太極拳》、《內功正軌》、《八卦掌圖說》等十一種。這些書刊為各地武術組織和傳習者交流提供了便利，對於中國武術的繼承和發展具有重大的意義。[187]

盛行的習武之風，也廣泛傳播了當時許多武術家的傳奇故事。在落後的社會文化條件下，武術家的故事往往被蒙上一層面紗，充滿神秘色彩，又因為當時較為特殊的社會心理，相當多的市民極易被勾起好奇心，深陷於這種武俠故事中，在一定程度上也促進了武俠小說的銷路。

第二節　民國武俠小說概說

民國時期的武俠小說，自20世紀20年代開始發展，30年代達到巔峰，40年代末逐漸落幕，熱潮持續三十多年，許多家喻戶曉的作品、人物故事，被改編成電影或連環畫冊，還有許多經典作品，反覆再版翻印。

長篇章回體小說的形式更易被中國大眾接受，因此，民國時期的武俠小說絕大多數採用了這一形式，儘管與「五四」之後的新文化運動背道而馳，但也正是因為這一點，武俠小說反而風靡於普通市民之中。

187. 關於中央國術館的記述，主要來自昌滄，《南京中央國術館始末》，見《體育文史》，1997年第5期。

民國武俠小說作家繁多，但自成一家，獨立門戶，形成其獨特的藝術流派的有以下十位：

「江湖傳奇派」平江不肖生、「風俗人情派」趙煥亭、「俠骨柔情派」顧明道、「會黨秘聞派」姚民哀、「歷史演義派」文公直、「奇幻仙俠派」還珠樓主、「社會寫實派」白羽、「幫會技擊派」鄭證因、「悲情武俠派」王度廬、「詭異奇情派」朱貞木。

這十名武壇高手，撐起了民國武俠小說的一個流派紛呈、風格各異的輝煌時代。

民國時期，武俠小說作家已結合成為一個群體，除卻這名揚天下的十大家，林琴南、陳冷血、葉楚傖、李定夷、蘇曼殊、何海鳴、姜俠魂、楊塵因、海上漱石生、胡寄塵、陸澹庵、戚飯牛、范煙橋、張恨水、陸士諤、張恂子、張杰鑫、戴愚庵、徐春羽、望素樓主等作家，亦值得一提。

林紓（1852—1924），近代文學家、翻譯家，字琴南，號畏廬，別署冷紅生，福建閩縣（今福州市）人。他不懂外文，卻因以文言翻譯歐美小說留名於現代文學史。林譯小說社會影響甚大，當時有：「傷心一部茶花女，蕩盡支那浪子魂」的說法。他的武俠小說有《傅眉史》、《技擊餘聞》、《京華碧血錄》等。林琴南的武俠小說缺乏真正的武俠元素，語言過於艱澀，但林琴南在當時文化界舉足輕重，著名文化人寫武俠，本身就是風氣的轉變，對民國武俠小說的發展壯大，功不可沒。

林琴南之前，有上海報人陳冷血下海寫武俠。**陳冷血**（1878—

陸士諤《峨眉劍俠傳》書影，香港上海印書館印行

葉小鳳《古戍寒笳記》書影，1907年上海小說叢報社初版

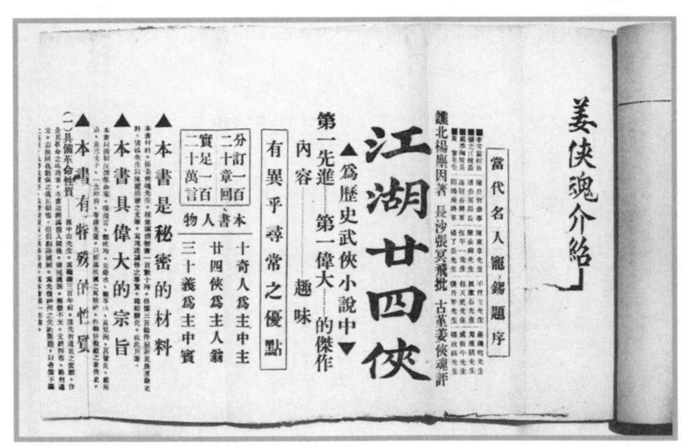

姜俠魂、楊塵因《江湖廿四俠》刊出預告

1965），原名陳景韓，另有筆名陳冷、冷血、不冷、無名、新中國之廢物等，上海松江縣人，民國著名新聞人，曾任1902年創刊的上海《時報》總主筆。其名雖「冷血」，寫起社論短評來，卻一腔

熱血，慷慨激昂。1904年，他創辦《新新小說》，其中有欄目《俠客談》，第一期小說《刀餘生傳》，是近代武俠小說史上第一篇白話短篇小說，簡潔生動。

海上漱石生（1864—1940），原名孫家振，字玉聲，另有筆名警夢癡仙等，上海人，民國著名小說家、知名報人。孫玉聲二十九歲開始主持上海《新聞報》、《申報》、《輿論新聞報》等著名報紙二十餘年，而後又參與建立上海圖書館，其代表作是清末完成的《海上繁華夢》一書。民國初年，孫玉聲以左手寫時論、言情，以右手寫劍仙、武俠，創作《飛仙劍俠大觀》、《仙劍五花俠》、《金鐘罩》、《嵩山拳叟》、《一線天》、《飛仙劍俠》等十幾部武俠小說，對後來興起的「武俠技擊小說」形成巨大影響。

陸士諤（1878—1944），原名陸守光，自幼學醫，上海青浦人。早年上海行醫，謀生不易，因前輩孫玉聲的鼓勵和支持，一面開診行醫，懸壺濟世，寫下《醫學南針》、《陸評王氏醫案》等醫學專著；另一面著文創作，寫作小說，陸續寫成《清室暗殺團》、《八大劍俠血滴子》、《南北派劍俠全書》等武俠小說，並著有《古代百俠英雄傳》，為收集古代武俠短篇的資料叢書。

張杰鑫（1862—1927），河北安新人，後寓居天津，是清末民初著名評書藝人，早年說書以舊書為主，但不被時人所喜，遂自編新書《三俠劍》，風靡一時。後來評書《三俠劍》被書寫成文，連載於報端，大受歡迎。其作品口語甚多，情節緊湊，寫法上仿效《三俠五義》、《小五義》。《三俠劍》一書主人公勝英形象豐滿，黃三太、楊香武等俠客亦是有血有肉，但令人遺憾的是，囿於評書的形式，書中缺乏對人物的心理活動的挖掘。

戚飯牛（1877—1938），名牧，字和卿，屬牛，取「寧戚飯牛」的典故，自號飯牛，又號蓑笠神仙、牧牛童等，浙江餘姚人，向有「民初國魂七才子」之一的美譽。戚飯牛在上海聖約翰大學任教，同時兼職在無線電台講授國學，著有《山東女俠盜》《熱昏水滸傳》和《綠萍》（描寫江南大俠甘鳳池的事蹟）等武俠小說，結構嚴謹，佈局巧妙。另撰有《江湖秘訣百種》，種種秘訣瞭若指掌，令人目不暇給。

蘇曼殊（1884—1918），原名玄瑛，字子谷，曼殊是他出家後為自己取的法號。蘇曼殊不僅學習美術，還精通政治、軍事。1903年，他遊學日本，參加了「拒俄義勇隊」，這是由中國留學生成立的愛國組織，1907年，他又參加了「亞洲和親會」，以反抗帝國主義為主旨。回國後，他又積極加入「南社」，煽動革命，成為享譽一時的詩僧。他的武俠小說《焚劍記》，塑造了一個頗具遊俠風度的廣東書生獨孤燦，漂泊海外，富有傳奇。

胡寄塵（1886—1938），字懷琛，別署季仁、季塵、有懷、秋山，涇縣溪頭都人，「南社」成員。辛亥革命時，協助柳亞子編輯《警報》。胡寄塵善寫短篇小說，詩詞出眾，曾任南方大學、上海大學、滬江大學等詩學教授多年。他既創作《修辭學要略》、《中國文學通評》一類的學術專著，也曾出版《黛痕劍影錄》、《羅霄女俠》、《女子技擊大觀》等武俠小說。

何海鳴（1887—1944），原名何時俊，字一雁。筆名衡陽一雁、求幸福齋主等。湖南衡陽人。何海鳴十五歲前往兩湖師範求學，不久因學費高昂，無力承擔而退學。後投湖北新軍第二十一混成協當兵，曾與蔣翊武一起組織成立「文學社」，發展革命同志，圖謀反抗清政府，發動起義。事情暴露，何時俊退伍，去漢口任《大江報》的記者，不久又因鼓吹反清革命被捕入獄。辛亥革命爆發，當夜出獄的他，受命擔任漢口軍政府參謀長。「二次革命」失敗，他徹底對政治失望，轉而投身文學創作，其武俠小說《朔方健兒傳》，展示出豪氣干雲、俠義天下的英雄氣概。可惜何海鳴作為辛亥革命的功臣，晚節不保，抗戰期間，成為附逆文人，旋又遭日寇遺棄，終至貧病而死。

葉楚傖（1887—1946），世人皆知他是民國年間重要政治人物，曾擔任國民黨中央黨部秘書長，但是他作為民國初年文壇名將之一的「葉小鳳」卻鮮為人知。早年葉楚傖曾參加同盟會，反清興中，俠肝義膽，文學上亦有才能，文學、辭章運用自如，遣詞造句，頗具文采。葉楚傖於 1917 年出版武俠小說《古戍寒茄記》，全書四十六回，被讚譽為「其中雜以孤臣烈士、名將美人，穿插得宜，生氣勃勃」。第四回《全鴛侶俠士結同盟》情節有影射「同盟會諸俠義」的意味，時人由此稱讚其「殊非一般空中樓閣可比」。[188]

---

188. 吳綺緣《古戍寒笳記・序四》，見葉小鳳《古戍寒笳記》，吉林文史出版社，1988 年。

戴愚庵（約1887—1945），名錫庚，字漁清，號愚庵，筆名娛園，浙江吳興人，久居天津。戴愚庵一生從事教育工作，曾任天津官立第八學校校長、天津著名的草場庵小學校長。他知識廣博，20世紀初開始研究曲藝，撰寫有關曲藝評論文章，對曲藝歷史、演出場所、演員的掌故軼事和風尚習俗知之甚詳。1941年，主持編輯《遊藝畫刊》雜耍版，並將有關知識寫成文章發表，保存大量曲藝資料。20世紀30年代末，戴愚庵曾將所存《化蠟扡兒》抄本傳給了張壽臣，後成為張壽臣一派相聲中擅長的節目之一。戴愚庵閒暇之餘寫作武俠小說，多以天津為背景，在天津淳樸的風土人情中展現俠義精神，代表作有《沽上英雄譜》、《沽上遊俠傳》等。其中《沽上英雄譜》塑造了男妓劉老、師爺蔣蓮仙、狗頭軍師於小樹、風流成性的金壽、飛賊晏祥、愁城俠客畢飛鴻等一系列精彩的人物形象，囊括了當時天津的妓女、惡霸、地痞、流氓等各式各樣的群體。最具進步意義的是，戴愚庵筆下描寫了江湖人在日寇侵略壓迫下，自主反抗暴政的事蹟。

李定夷（1890—1963），字健卿，江蘇武進人，曾任《民權報》主筆，是當時著名報人，曾發文聲討袁世凱。李定夷亦是著名的社會言情小說家，主要作品有《吳苑鶯聲譜》、《美人福》、《國色天香傳》、《縣花影》、《紅粉劫》等。受創作環境影響，他也寫作了《塵海英雄傳》、《僧道奇俠傳》、《武俠異聞》等武俠小說，較為出名的是1919年的《塵海英雄傳》。李定夷的武俠小說多有戀情悲劇，進而影響了後來王度廬悲情武俠的創作。

姜俠魂與楊塵因都是革命黨人。**姜俠魂**，生平不詳，浙江鄞縣人，他深諳武術技擊，在民國初年著書，大力提倡中國武術，主編了武術叢書《國技大觀》，撰寫了多部武俠小說，如《風塵奇俠傳》、《雍正一百零八俠》、《南北奇人傳》、《女子武俠大觀》以及《飛仙劍俠駭聞》等。

楊塵因（約1889—1961），名道隆，號雪門、煙生，安徽全椒人。其早年留學日本，畢業於早稻田大學，並在日本加入同盟會。武昌起義後，受《申報》館經理史量才之聘，擔任該報副刊編輯，新中國成立之初，出任華東戲曲研究院編劇，加入上海作家協會，並與蘇雪安、伍月華合寫劇本。1915年，楊塵因寫作《新華春夢記》一書，描寫袁世凱復辟帝制始末，轟動一時。楊塵因生得魁梧，懂武術、善氣功，亦寫有《龍韜虎略傳》、《愛國英雄淚》、《英雄復仇記》等武俠小說。1918年，姜俠魂抽出《女子武俠大觀》末回，又以野史、正史、筆記和掌故等百餘種資料作為參考，攜手楊塵因合寫《江湖廿四俠》。此書取材明朝末年的「復社」諸子和鄭成功等著名愛國人物反清復明的事蹟，高度贊許他們是「革命先覺」，借此激發時人的民族精神。該書花費十年之久，修改達八九次，最終形成一部長一百二十回，字數達百萬言的大部頭武俠小說，成書後引起社會名流好評，為之作序者達十五人。

陸澹庵（1894—1980），彈詞作家、小說家，為人多才多藝，時任同濟大學教授、上海商學院教授和正始中學校長，桃李天下。他曾與洪琛合作開設電影講習班，培養了蝴蝶等明星，也曾創作京劇腳本《風塵三俠》，還寫過學術著作《諸子末議》、《小說詞語匯釋》、《古劇備覽》等。他創作的武俠小說《百奇人傳》、《遊俠外傳》等也傳誦一時。

范煙橋（1894—1967），原名范鏞，字味韶，號煙橋，另有筆名含涼生、愁城俠客、鴟夷室主、萬年橋，蘇州同里人。范煙橋博學多才，才藝兼備，小說、詩、小品文、猜謎、電影、彈詞樣樣精通，才名遠播，又善書畫、工行草、寫扇冊，號稱「江南才子」。他也寫作了《忠義大俠傳》、《俠女奇男傳》、《孤掌驚鳴記》及《江南豪俠》等武俠小說，文筆精細雅致，廣受稱讚。

張恨水（1895—1967），原名張心遠，鴛鴦蝴蝶派代表作家，有現代文學史上的「通俗文學大師」和「章回體小說大家」第一人的美譽。張恨水的作品情節曲折複雜，結構佈局嚴謹完整，更以多產出名，一生創作一百多部小說。張恨水的武俠小說寫得也很出色，但相比其一百餘部的作品量，完全屬於武俠小說的只有《劍膽琴心》、《中原豪俠傳》兩部，如《啼笑姻緣》、《丹鳳街》、《秦淮世家》等，只具有俠義精神，但非武俠小說。張恨水崇尚真實的武技，主張據實描寫，他認為，武俠會技擊，但「不是口吐白光的怪物」，也不語怪力亂神。[189]其筆下的俠客施恩不望報，但受人滴水恩，卻以湧泉還，好行俠仗義，打抱不平，重信守諾，一諾千金，行跡與《史記·遊俠列傳》中的古代遊俠頗有相似處。在兩性

189.張恨水，《劍膽琴心·序》，北嶽文藝出版社，1993年。

觀念上，男子不近女色，坐懷不亂，女子頗有英風，英姿颯爽，近似《水滸傳》中的英雄。

張恨水在小說中所表達的對於「武俠」的認識，與後來香港「新派」武俠小說名作家梁羽生的認知是有些相通的。梁羽生認為「俠」是目的，「武」是手段，「寧可無武，不可無俠」。張恨水則在《中原豪俠傳》中如是寫道：「武俠這種人中國各級社會裡都繪聲繪影地傳著，加之在小說家的筆下、戲台上戲子的搬演，更把武俠形容得像妖魔鬼怪一樣。其實把這兩個字拆開來解釋，那也是很平淡的事。武是有武力，俠是豪爽之士。累贅一點兒來解釋，他是一種有力氣，而且輕財重義、扶弱鋤強的人。這樣說來，這種人雖是難得，可絕不是人群以外的人，社會上總可以找得出來的。不過做俠客的人，他有扶弱鋤強的志趣，不懂武術的人倒是不能勝任。」

然而，張恨水受「五四」新文學觀念影響，卻也被左翼文人尖銳批評，造成他言情、傳奇兩類小說融合生硬，《中原豪俠傳》，「兒女情長」和「英雄事業」的描寫段落涇渭分明，前後分割明顯。並且張恨水對於「武俠小說」的創作觀念，有著其身為文人的固執，他從根本上否定「武俠小說」本可以包涵的奇幻主義色彩和浪漫主義色彩，認為「武俠小說」應當寫現實。

徐春羽（1905—？）江蘇省武進縣（今常州市武進區）人，其父徐思允曾入張之洞幕府，與遺老許寶蘅友善。徐春羽多才多藝，通醫術，精書法，會評書，善烹飪，尤其喜歡票戲，常找藝人（包括翁偶虹）到家中交流。抗戰前在天津市教育局工作，1949年後在北京開診所，「反右」時被逮捕入獄，後因病保外就醫，然為其續弦吳氏（著名的北京「燈籠吳」之女）所不容，未久即病死。徐春羽之病逝，或在20世紀50年代末期。徐春羽小說創作始於何時，無資料查考，以《碧血鴛鴦》、《風虎雲龍》等武俠小說揚名。1941年出版的第161期《立言畫刊》上有一則廣告，內容是：「武俠小說家徐春羽君著《鐵觀音》、還珠樓主著《邊塞英雄譜》、白羽著《大澤龍蛇傳》，三君均為第一流武俠小說家……」

文中徐春羽排第一位，依次是還珠樓主和白羽。或許排名並非有意，但徐春羽的名氣可見一斑。徐春羽善於說書，刊載時即標明「技擊評話」，行文慣以說書的口吻鋪陳故事，言語細膩不乏生動，情節一波三折，文字功力深厚。不過如此一來，小說結構散亂，武打場面過於簡單，不足以引人入勝。

陳挹翠（1917—1988），原名陳若萍，山東濰縣人，九歲時因高燒致殘，雙耳失聰變為聾啞。十歲時自學文字，兩年後已能讀書看報。陳若萍為強身健體，學習螳螂拳、少林拳等武術，後又隨濰縣名家李欽學習濰縣獨有拳術「四通捶」。1938年初，陳若萍到青島謀生，初在火柴廠打工，後被聘任為青島太平鎮武術講習所教務長。1944年，他寫作第一部長篇武俠小說《四海遊龍》，投稿到《民言報晚刊》連載，從此一發而不可收，分別用「青萍道人」、「北海居士」、「翠閣主」、「陳悒翠」等筆名，先後發表了《金錢鏢》、《荊雲娘》、《雙龍鬥》、《太極手》、《金羅漢》、《四海遊龍》、《血濺青鋒》、《滄浪女俠》、《孤雛喋血》、《風雲兒女》、《蟄龍驚蟒》等十幾部長篇小說，成為當時北方地區有名的小說作家之一。由於他援筆能文、擲筆能武的雙重身分，使他比一般武俠作家更長於技擊描寫。1952年，他又將孔尚任的《桃花扇》改編為長篇章回小說，在《青島日報》上連載。20世紀80年代，晚年的陳挹翠還編寫出版有《六合棍》、《七星螳螂總錄》等武術書籍。

望素樓主，生平不詳，他的武俠小說寫作大概從1947年開始，屬大器晚成型人物。大約是信奉貴精不貴多，只留下兩部小說：《勝字旗》和《夜劫孤鸞》，但這兩部小說的藝術成就，堪比民國其他武俠小說名家。

除了以上提到的這些作家，很多鴛鴦蝴蝶派名家也都創作過武俠小說，區別只是數量多寡。較為出名的尚有包天笑的《碧血幕》，唐熊的《武俠異聞錄》，李涵秋的《俠鳳奇緣》、《綠林怪傑》，張冥飛的《荒山奇俠》、《小劍俠》、《江湖劍俠傳》，張春帆的《球龍》、《煙花女俠》、《天王老子》、《風塵劍俠》和《虎穴情波》等。

鄭逸梅自署名「紙帳銅瓶室主」，擅長報端補白，曾多次設法以快筆補上報刊的空白「天窗」，因而榮獲「補白大王」的桂冠。鄭逸梅被讚為「人淡如菊，品逸於梅」，時人皆稱其文章與人品俱佳。如此謙謙君子，也曾寫作武俠題材，有《玉霄雙劍記》一書。

魏紹昌曾在其編寫的《鴛鴦蝴蝶派研究資料》一書中統計，南派有一百六十二名武俠小說作者，北派有十名武俠小說作者。

從數量看，南方的知名報人，基本都參與過武俠小說創作，哪怕是創作社會言情小說，也會雜以武打場面吸引讀者。但就品質而言，南派武俠小說作家的成就總體上不如北派武俠小說作家。

除了南派和北派的武俠小說作家群體，在廣東和香港的粵語方言區，也活躍著一些武俠小說的創作者，稱為「廣派」武俠小說。其作品內容著重表現功夫的真實性，也就是說人物所用招式必有依據，主旨統一，提倡習武風氣。這類作品最喜寫「南少林」（福建莆田少林寺）再傳弟子洪熙官、方世玉、胡惠乾及三德和尚等遊俠廣東的軼聞軼事。在佛山洪拳、詠春甚至蔡李佛內部的源流傳說中都有所涉及。不過，在天地會的會薄中，從來未見至善、五枚、洪熙官、方世玉、胡惠乾等名字，這些人物承襲自清代小說《聖朝鼎盛萬年清》。

「廣派」武俠小說最早可追溯到1931年5月30日，香港《工商晚報》開始連載朱愚齋所撰「國術稗史」的《廣東近世四大俠軼事》。所謂四大俠者，即黃澄可、爛頭何、唐六和林世榮，但重點全在寫林世榮，蓋因林世榮乃作者朱愚齋的師父，是以寫前三俠的文字僅占全文的四分之一，偏重其師。

稱之「廣派」或因作品以「廣府語」（即粵語方言）行文，而作者大多為廣東佛山人。

福建莆田「南少林」成為「廣派」武俠小說的一張名片，體系不斷完善和擴大，所用文體文白夾雜，影響了後來的念佛山人（許凱如）、王香琴、崆峒（楊大名）等作者。

1938 年，高小蜂（本名戴昭宇）將粵語方言用於《黃飛鴻》一書，流風所及，萃文樓主（陳光）、我是山人（陳勁）等紛紛效仿，運用這種混雜粵語的「半文言」進行小說創作，後來還有大圈地膽（黃健），改用白話文寫「廣派」題材，格調雖不高，也受到一定歡迎。[190]

「廣派」武俠小說沒有廣闊的故事題材，作者大多遵循鄧羽公創建的「南少林」體系敷衍而出，洪熙官、方世玉、三德和尚等人遂成為廣東、香港地區家喻戶曉的人物。較為著名的作品有我是山人的洪熙官系列、佛山贊先生系列，大圈地膽的爛頭何系列，念佛山人的嶺海群雄系列等，後來更被改編拍攝成電影、電視劇不計其數，影響深遠。

朱愚齋（1892—1984），原名朱棠，字愚齋，南海大灶鄉人，後徙廣州，三歲時，朱父病逝，隨母度日，奉母至孝。朱愚齋自幼多病，十七歲時，家道中落，投身蘆排巷報知寺為廝役，寺中知客亞登教授朱愚齋技擊之術。1911 年辛亥革命後，朱愚齋奉母到港，就職電話公司為司機。其時，粵之名拳師黃飛鴻的弟子林世榮在港設館授徒，朱愚齋拜入門下，跟隨林世榮學習技擊及跌打損傷醫術，歷七載寒暑。《廣東近世四大俠軼事》是目前所見，朱愚齋最早提筆為文的作品，以齋公為筆名，刊載於《工商晚

190. 葉洪生，《香港「新派」武俠小說發展概況》，見周清霖編《中國武俠小說名著大觀》，1996 年。

報》，但未見成書出版。

1932 年 6 月 21 日，朱愚齋開始連載《粵派大師黃飛鴻別傳》，遂引發轟動效應，成為後來專述廣東武林人物的「廣派」武俠小說濫觴。

《粵派大師黃飛鴻別傳》是由其師林世榮口述，朱愚齋整理為文，行文拖遝，事無鉅細，影響故事順暢。此一特徵，完全是在模仿明清武俠小說的舊寫作手法。此書儘管文筆一般，敘事粗糙，但開創了以「黃飛鴻」為主角的藝術創作先河，以此改編的黃飛鴻系列電影家喻戶曉。

嗣後，又有廣東報界前輩鄧羽公寫作的《至善三遊南越記》。

鄧羽公（1889—1964），又名鄧君毅，一名先奉，廣東佛山南海人，世居佛山古洞直街，出身於中醫世家，其祖父和父親都是佛山著名的中醫師，自幼在廣州私塾讀書，十九歲投身報界，曾在廣州數家大小報社任職，在廣東報壇有「怪傑」之稱。

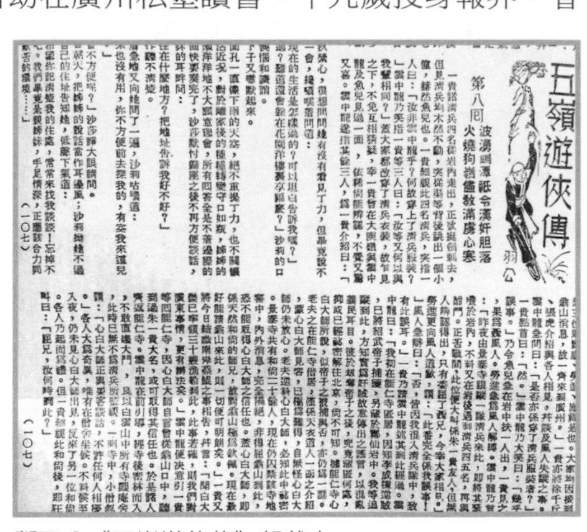

五嶺遊俠傳

羽公

第八回 波濤嶋潭祇令漢奸胆落 火燒狗嶺儘教滿虜心寒

鄧羽公《五嶺遊俠傳》報載本

1935 年 1 月 23 日開始，鄧羽公以「凌霄閣主」的筆名，在《天光報》上開始連載長篇武俠小說《至善禪師三遊南越記》，至 1936 年 11 月 15 日結束，共六百四十四期，講述少林寺「一段如許悲壯俠豔之史跡」，帶有強烈的廣東區域性文化特色。

《至善禪師三遊南越記》是在晚清小說《聖朝鼎盛萬年清》的基礎上虛構出一個南少林派，以至善禪師、五枚師太、馮道德、方世玉、胡惠乾等為人物代表，為《聖朝鼎盛萬年清》中的方世玉等人「翻案」。《至善禪師三遊南越記》影響巨大，引導了以金庸、梁羽生為代表的「新派」之前的香港武俠小說潮流。

我是山人（1916—1974），原名陳魯勁，又稱陳勁，筆名亦有魯勁、勁、勁翁、陳勁等，廣東新會人。新會武風強悍，陳勁祖父陳惠以教授武藝為生，但在陳勁父親十二歲的時候，被仇家擊斃。陳勁父親陳正以抬轎子為生，被稱為「抬轎正」，陳勁七歲時，「抬轎正」不幸身患重病去世，全靠陳勁母親含辛茹苦將其姐弟撫養成人。陳勁因家庭變故，沒有受到良好而系統的教育，卻閱讀了大量閒書。十八歲時，在朋友念佛山人的介紹下，以新聞記者身分投身於新聞工作，自此與報紙結緣。1938 年，日寇侵犯廣州，廣州淪陷，陳勁避難於西樵山下雲泉仙館，在此曾親眼所見一名法號悟空禪師者表演鐵頭攂絕技。黃仲鳴先生曾著文介紹過我是山人，文中說陳勁「勝利後回穗主編《廣東七十二行商報》，首以我是山人的筆名撰《三德和尚三探西禪寺》，一炮而紅。自此開始他的技擊生涯。」

1945 年，抗戰結束，廣東各大報紙復刊，陳勁不復再寫新聞，而以小說為主，尤其是技擊小說，以在《廣東商報》上連載的

《三德和尚三探西禪寺》和在《華聲報》、《星報》上連載的《佛山贊先生》兩部作品聞名於粵港澳。

我是山人有明確的創作意圖，就是要「以通俗之筆，發揚國術，一洗東亞病夫之恥」，在《三德和尚三探西禪寺》結集本自序中寫道：

或問是書何以與萬年清所敘少林事蹟相徑庭者，山人不能不有所言矣。萬年清作者為清代時人，而少林又為反清復明之人物，清廷所謂為大逆不道，若照事直書，則在清代文網秋荼之際，其不如金聖歎之罹文字獄者幾希，是以作者不能不歪曲事實。

小說在報紙連載時，並無這段自序，是結集成書之後所加。我是山人的觀點，此前亦有闡述。《三德和尚三探西禪寺》連載期間，我是山人同時在《廣東商報》上開闢「武術漫談」專欄，專述武壇掌故。其中在一篇《方世玉與至善禪師——答讀者楊潔君》文中寫道：

《乾隆皇遊江南》一書，為清人所作，因當時環境關係，偏袒清政府，其所敘當年之事實，每多乖謬，蓋少林派為當時之革命團體，若照事直書，則作者有殺頭之虞，所以其文筆不能不詆毀少林派人士為叛徒，而稱乾隆皇為聖天子，歪曲事實，後者無人起而糾正之，遂致一誤再誤，此亦作者當時不得已之苦衷也。……至《乾隆皇遊江南》一書，謬誤之處尚多，皆為屈服於清虜虐政之下，不得不如此執筆者，山人寫成是書，糾正《乾隆皇遊江南》之謬誤，為前人所未經道者，讀者繼閱下文，便知其詳矣。

由此可見，我是山人撰述小說之見識，猶勝鄧羽公。《至善禪師三遊南越記》為批判而「翻案」，我是山人則洞悉原著者的春秋筆法而在自己的筆下扭轉乾坤。

第三節 民國武俠小說的分期

民國時期，武俠小說的作家多，作品也多，難以準確統計，但是通常將眾多的作家作品劃分為南北兩大流派。武俠小說的創作又可分為三個階段：其一，起步萌芽階段，從民國初年至20世紀20年代初；其二，繁榮興盛階段，從20世紀20年代初至30年代初；其三，由盛而衰階段，從20世紀30年代初至40年代末，這一時期同時也是新、舊派武俠小說逐漸過渡的階段。三個階段創作時間，迄自1911年，終至1949年。

一、民國前期（1911—1923）

此一時期，晚清的武俠小說逐漸向民國武俠小說過渡，專門從事武俠小說寫作的作家少，而附帶進行武俠小說創作的作家多。此外，武俠小說作品雖然數量繁多，但是真正具有影響的佳作少。一些作家依靠前人資料進行編撰，或者改寫成中長篇的作品。這些資料主要來源於宋元明清以來的正統史書、稗官野史以及筆記軼聞中的有關行俠仗義的故事。另一些作家則直接模仿明清武俠小說創作的題材、寫作風格、藝術技法進行創作，顯而易見是因襲作品，如《熱血痕》、《江湖三十六俠》等一類性質的作品。

1902 年 10 月，梁啟超流亡日本，在橫濱創辦了《新小說》雜誌，第二年轉移至上海。梁啟超在《新小說》的創刊號上發表《論小說與群治之關係》一文，他大膽借鑑了國外的小說理論，建設性地提出了與古典小說迥然不同的以「改良群治」為中心的小說理念，由此舉起了「小說界革命」的大旗，時人紛紛響應。

清代的武俠小說，在「新小說」興起後萎靡不振。新小說家們以「鼓吹武德、提振俠風」為己任，「以俠客為主義」，以「演行俠好義，忠群愛國之旨」為主張，在自己的小說雜誌中「其中各冊，皆以俠客為主」。這些主張亦影響到當時的資產階級革命派的知識份子，黃世仲感慨於「英雄神聖，自古而今，其奮然舉義，為種族爭，為國民死者，類湮沒而無影」。[191] 後來，一腔憤慨的他用禹山世次郎作為筆名，寫《洪秀全演義》一書，在自序中批評以往那些

191. 黃世仲，《洪秀全演義》，人民文學出版社，1984 年。

「只能為媚上之文章」的小說。章太炎呼籲：「洪王朽矣，亦思復有洪王作也！」

解釋是因為「國家種族之事，聞者愈多，則興起者愈廣」，故而有此一言。[192] 黃摩西則對《水滸傳》百般讚賞：「耐庵痛心疾首於數千年之專制政府，而又不敢斥言之，乃借宋、元以來相傳一百有八人之遺事，而一消其塊壘」。[193] 通過讚揚水滸英雄的俠義精神，表現他們反清排滿的政治主張。

在這一特殊時期，許多武俠小說的作者，有的參與資產階級改良運動，有的參加過民主革命，但是他們非但不輕視武俠小說，還身體力行，相繼創作了許多武俠小說。

然而，這些早期的作品，雖然也有俠客行俠的情節，但從總體看，缺乏成熟的條件，作用和份量都不足以與後來的武俠小說相比。直到 1923 年，向愷然的《江湖奇俠傳》出版，才標誌著以「武俠」為主要表現對象的武俠小說，正式登上文壇，並迅速走紅。[194] 然而，民國前期的武俠小說的創作，卻為後繼者打下了基礎。

二、民國中期（1923—1932）

民國前期，「鴛鴦蝴蝶派」小說是中國文壇的主流，武俠小說不過是陪襯。1923 年，平江不肖生（向愷然）在上海《紅》雜誌第

---

192. 章太炎，《洪秀全演義・序》，見黃世仲《洪秀全演義》，人民文學出版社，1984 年。
193. 黃摩西(18661913)，江蘇常熟人，字慕韓，中國近代文學史上重要的文學家、小說理論家，同時也是一位社會活動家，引文出自其《小說小話》。
194. 葉洪生，《中國武俠小說史論》，見《論劍——武俠小說談藝錄》學林出版社 1997 年。

二十二期連載武俠小說《江湖奇俠傳》，通俗小說界大受影響，由此掀起的武俠小說熱潮，其受寵程度持續不退。[195] 向愷然亦被看做民國武俠小說南派作家的領導者。

趙煥亭是民國武俠文壇的先驅，他與南方的向愷然齊名，素有「南向北趙」的美譽。

趙煥亭生逢新舊文化交替更迭時期，他的作品既帶有明清小說的深刻烙印，又含了一些「新文學」的氣息，其作品內容多從前人的野史筆記中選擇素材，重視結構佈局，語言生動又不失風趣，深受讀者喜愛。

此一時期，作家們將「江湖」作為武俠活動的必要場景，這種「環境」定義成為武俠小說創作的最重要的貢獻之一。「江湖」主要有俠客活動的現實江湖和劍俠活動的奇幻江湖兩種形態。這兩種形態在武俠小說中出現後，由於其符合通俗文學的特色，立刻得到了相應發展，向愷然和趙煥亭分別為其代表。

這一時期的其他作家，如顧明道、姚民哀、文公直等人，也都紛紛構築出屬於自己的江湖。

武俠小說在這一時期，藝術表現力得到極大豐富，作家們紛紛採用了整體渾成的長篇格局，借鑑了「新小說」的手法。

南向北趙與北派五大家中的大多數人，最初都是從「新小說」的創作開始，而並非人們所認為的，一開始就是專門寫武俠小說

---

195. 徐文瀅，《民國以來的章回小說》，《萬象》1941 年第 6 期，1941 年 12 月 1 日出版。

的作者。民國時期的武俠小說始終深受「新小說」的影響，多具有現代性、文學性的特點。

趙煥亭《雙劍奇俠傳》插圖

武俠小說的這種自主意識，必然與此前的武俠小說創作不同。從小說的結構藝術方面看，唐代傳奇是短篇，以《水滸傳》為代表的明清章回小說雖然從形式上看屬於長篇，但實際上卻是由多個相對獨立的故事組成。在「新小說」文學思想的影響下，武俠小說快速達到了整體結構，長篇小說已成為不可分割的故事，不再拆分成許多連續、獨立故事，增添了閱讀樂趣。

寫作方式的改變，使得一些宏大的題材也能通過武俠小說進行表現，故事更加曲折、細膩、生動，生命力更豐富。

此時，南派武俠作家成為民國武俠文壇的主導者，直至20世紀30年代以後，北派作家迅速崛起，逐漸取代了南派武俠作家的地位，並且大幅度地提高了武俠小說的藝術水準，達到了民國武俠小說的巔峰。

這個時期的民國，風雨飄零，政權更迭頻繁，國內軍閥混戰，分裂割據鬥爭不斷；國外則列強虎視眈眈，步步緊逼。此一時期的武俠小說，多寄託故國之思，展示出作家們振興中華的民族激情。

三、民國後期（1932—1949）

國民革命軍於 1927 年出師北伐，一路順暢，勢如破竹，看似強大的北洋軍閥統治不過是「紙老虎」，迅速敗退。1928 年，在張學良的帶領下，東北「易幟」，全國表面上實現了統一。然而，國民黨新軍閥之間爭鬥不斷，為了利益你爭我奪，形勢劍拔弩張。日本帝國主義也加快對中國的侵略步伐，民族危機更加嚴重。

1931 年，震驚中外的「九・一八」事變爆發，東北三省被日軍佔領。日軍又步步緊逼，關內大門被攻破，長城血戰，平津告急，戰爭之血染紅整個華北。

民國的武俠小說在國家面臨內憂外患的動亂時期，寫下了壯麗的一頁。

前期南派的作家們仍然在進行武俠小說創作，但在此一階段，揚名天下的是後來被稱為「北派五大家」的還珠樓主、白羽、鄭證因、王度廬、朱貞木。他們在前人武俠小說的基礎上，多有所創新和突破。他們建立的武俠小說流派，風格迥異。民國武俠小說，由此被推向了內容與形式更為完善的藝術境界。

「北派五大家」中，還珠樓主的《蜀山劍俠傳》結構宏大，情節複雜，雲詭波譎，神魔武俠小說至此登峰造極；白羽的《十二金錢鏢》取材於鏢師與綠林豪傑的紛爭故事，武功亦無出奇，然而作者卻憑藉深厚的文學素養，化腐朽為神奇；鄭證因的《鷹爪王》因其精妙的武術描寫而深受讀者喜愛，他將驚險的情節、粗獷的豪氣、精彩的武術三者融為一體，又重點描寫幫會的內幕，成就了「幫會技擊」武俠小說的特色；王度廬的「鶴鐵五部作」以「悲情武俠」獨享盛名，書中敘述了三代武林豪俠的愛情悲劇，寫俠義慷慨俠烈、豪氣撲面，寫悲情纏綿悱惻、哀婉動人；朱貞木的《七殺碑》等作品博採眾長，吸取還珠樓主、顧明道、王度廬作品的優點，集結武俠、愛情、冒險三種題材為一體，故事佈局巧妙，神奇詭秘，又擅長推理，得以獨門立戶，是為「詭異奇情」一派。

民國武俠小說全盛時期為1932—1949年，共十餘年時間。在此期間，武俠小說不僅風靡全中國，南洋星馬一帶亦流傳頗廣。

此一時期，中國人民贏得了近代史上偉大的反侵略鬥爭的勝利，伴隨著新中國的成立，盛極一時的民國武俠小說創作，也就此停止。

第四節 民國武俠小說的藝術特色

民國武俠小說與明清時期的武俠小說有了較大的區別，形成了與此前武俠小說不同的藝術特色。

其一，社會現實。無論是向愷然、趙煥亭，還是還珠樓主、白羽，都擅長在武俠小說中描寫現實生活的風土人情，反映人民水深火熱的疾苦生活，揭露現實社會的悲慘。

向愷然的武俠小說把關注重心轉向民間，不重正史，而重視野史與民間口耳相傳的故事傳說，他用生花妙筆，將一些江湖中看似微不足道的小人物寫得躍然紙上。向愷然寫作時注重人物的民族氣節，塑造了霍元甲、王五等俠士，把平民意識與愛國意識融合在一起。

無獨有偶，趙煥亭的武俠小說思想傾向也有異曲同工之妙。他以「賣文」為生，窮困潦倒，愛憎觀念與普通百姓意識相近。在動盪不安的時代，他一方面對軍閥混戰的紛亂現實不滿，另一方面又以文為聲，揭露政治的腐敗。趙煥亭的武俠小說具有一定的社會教育意義，他在描寫芸芸眾生時，注重反映老百姓的生活疾苦和平民需求，他在《大俠殷一官軼事》中的一句：「哪個皇上來了不納糧」，反映了老百姓面對清政府、帝制還是共和，始終都生活在痛苦壓迫下的憤懣之情。[196] 這顯然不是侷限在「復古」的思想裡，而是對時弊的針砭。

趙煥亭的武俠小說在藝術上也有突破。他的小說文采斐然，工於文言，白話小說的語言宛如天成，流暢自然。在描寫社會風俗人情、刻畫人物性格時，語言功力深厚。難能可貴的是，他受新文藝和西方寫實主義的影響，推陳出新，擺脫了明清小說「話本」的說話藝術範疇，更注重強調文人創作的主觀性。

---

196. 趙煥亭《清代冀東大俠殷一官軼事》，天津益世印字館，1926 年。

文公直在武俠小說中一直宣傳愛國主義精神，他創作《碧血丹心》三部曲，以《明史・于謙傳》為主要參考資料，又採納軼事野史，發揮作者想像，在武俠世界中塑造一位正直的民族英雄，目的是喚起百姓在飄搖亂世中明辨忠奸、振興國家的自覺性。儘管三部小說中的俠義之士仍是維護封建統治，但文公直具有傳統的民本思想，以于謙之口堅定說出：「官不愛民忠國就是賊，反過來說，賊就是害民的奸徒。要是開山立寨的朋友能夠保愛百姓，就是古來的俠士所為。」[197] 這段話明確了愛民與忠君的界限，大大突破了此前武俠小說的「忠義」觀念。

文公直提倡的不是明清時期俠客對封建君王的愚忠。他認為朱棣、朱祁鎮都是誤國殃民的統治者，真正的忠君是忠於社稷、忠於國家利益、維護民族利益，這一思想境界超越了明清武俠小說的狹隘思想。

白羽受自身坎坷經歷影響，筆下的江湖多給人以世風日下、世態炎涼之感。俠客們在行俠仗義的過程中處處碰壁，展示出作者冷峻、憤慨的社會現實態度，如同一位醫者，以筆為手術刀，在揚善懲惡的同時，解剖世態社會中背後的封建罪惡。

白羽把俠客描寫得十分狼狽，大俠林廷揚因為心存寬恕，結果死於小人之手，武林高手柳兆鴻居然鬥不過一群地痞流氓，開鏢局幾十年的俞劍平退隱江湖，卻受官府的壓迫，難享清福。儘

197. 文公直，《碧血丹心大俠傳》，岳麓書社，1987 年。

管俠客的武藝超群，終究無法與社會抗衡，反而被社會大熔爐所融化改造。白羽的小說情節，將過去武俠小說中沒有觸及的問題寫了出來一個人的行俠行為連自身都難保，遑論拯救社會。

白羽通過寫俠客行俠的狼狽，批判俠客的無能，諷刺社會現實的黑暗。這種進步的思想明顯與明清《水滸傳》、《三俠五義》等書的思想有著本質上的區別。

其二，武功精彩。民國時期的武俠小說在武功描寫方面豐富多彩，遠遠超過了明清武俠小說「點到即止」的寫法。

鄭證因、朱貞木、白羽筆下的武功均以剛猛平實為主。他們發揮想像力，自創的武功，招式豐富，發明了各式武器，使得武俠小說的打鬥場面更為精彩紛呈，令人眼花繚亂。

不論是鄭證因的《鷹爪王》，還是朱貞木的《七殺碑》，武林高手比武的驚險場面必不可少。作家們在書中以精彩俐落的文字，富有動感、變化而又不失章法的招式，吸引住讀者的目光。與他們不同的是，還珠樓主採用更為奇幻的表現手法，開拓出更為廣闊的武俠天地，小說中法寶迭出，人物飛天遁地，鬥法排兵佈陣，種種熱鬧的場面紛紛呈現。

民國時期的武俠小說在武功描寫方面也進入佳境，俠客的兵器不僅僅是簡單的刀劍棍棒，更趨向於各種奇形怪貌、功能多樣的奇異武器。

鄭證因的代表作《鷹爪王》，當年不僅引起了讀者的強烈反響，武術界也很關注。鄭證因將習武的心得悉數寫入書中，武打場面招式準確、虛實相生。鄭證因的後人曾回憶，當年《鷹爪王》一出，北平數家武館的習武者幾乎人手一冊，愛不釋手，反覆將書中招式拆解演練。

其三，描寫細膩。王度廬的武俠小說注重人物的思想轉變，通過婚姻的曲折，寫出其內心的動盪、猶豫、煩躁，狂熱、苦悶、哀傷，自始至終把感情起伏與人生經歷緊緊地聯繫在一起。王度廬巧妙處理人物感情，善於以情動人，通過一波三折的感情變化來推動情節發展。相對於明清武俠小說以編織故事情節來寫人物，無疑更符合文學創作規律。

王度廬比較優秀的武俠小說，雖然也以江湖爭鬥為背景，展現俠客們的恩怨情仇，卻能夠將西方戲劇中的社會悲劇、性格悲劇、命運悲劇三種悲劇形式融入其中，體現出高水準的審美價值，人性的深度展示得更為深刻，同時富有悲劇美感，開拓了武俠小說的新境界。

王度廬在探求悲劇衝突的原因中，挖掘人物的靈魂，觸碰人性，而不是單純受制度、文化等外在因素的制約。人物的性格和心理，是王度廬集中展現悲劇因素的方面。同時，王度廬又注重展示「個人」與「社會」的矛盾，把表現人的內心世界矛盾衝突，以及人性的複雜多樣為創作的追求，打破了武俠小說簡單表現「善」、「惡」衝突、描寫「正」、「邪」爭鬥的瓶頸。

其四，想像浪漫。民國時期的武俠小說作家，都擁有充沛的想像力，他們充分發揚這一優點，為武俠小說的世界，開拓出一個處處彰顯浪漫主義情懷的新天地。

還珠樓主筆下的自然環境光怪陸離，奇幻無比，武打場面宏大開闊，千形百態，其中又大肆渲染妙語奇觀。他的武俠世界奇幻、神秘，如潛入地獄，如登臨仙界，上天入地，自在沉浮，充滿詩情畫意，又帶有飄然出塵的神韻。

還珠樓主在他的武俠小說裡構建出的「劍仙世界」奇幻浪漫，光怪陸離。其豐富的想像，華麗的文筆，強大的力量，神秘的自然，磅礴的氣勢，令人驚嘆不已。

向愷然的《江湖奇俠傳》已經將劍仙鬥法寫得眼花繚亂，但還珠樓主超越了向愷然的劍仙描寫，想像愈加別出心裁。飛劍交戰描寫之精妙絕倫，超越《封神演義》等神魔小說。由於出場人物很多，情節交錯，大大開闊了武俠小說的世界。還珠樓主武俠小說的奇幻風格，在近代，以至當代的武俠小說中獨樹一幟。

民國的武俠小說家中，還珠樓主通過富有畫面感的文字，展現出武俠小說的精緻語言、優雅意境，他以「詩化」的方法描寫小說，啟蒙了後來台港新派武俠小說的散文化和詩化。

其五，形式突破。民國時期的武俠小說發展到後期，在形式上已不再滿足於傳統章回體。朱貞木新設計的小說回目更是與五四「新文學」的小說頗為相似。小說的容量不僅僅侷限於長篇，而是根據情節需要，發展成超長篇的小說。這其中《蜀山劍俠傳》創造了武俠小說的長篇之最。

在思想內容與藝術成就上，民國時期的武俠小說均取得了巨大的突破。一方面是時代造就了武俠小說的新局面，另一方面是作家的變化，讀者的需求受到許多具有良好文學修養的知識份子的重視，藉文言志，武俠小說的創作被當成一種工具，一種能夠干涉社會的文學樣式，使武俠小說的新思想和新形式得以在民國出現，直接為20世紀50年代以來，風起雲湧的台港新派武俠小說，開啟了序幕。

第六章

著書先成不朽功

——民國前「五大家」

第一節　雙子星南向北趙

一、江湖傳奇不肖生

向愷然（1890—1957），名逵，湖南平江人，取筆名平江不肖生。[198] 向愷然對自己的筆名這樣解釋：「天下皆謂我大，大而不肖。夫唯不肖，故能大。」溯其淵源，出自《道德經》，頗有不同流俗之意。

向愷然自幼文武雙修，清光緒三十二年（1906），向愷然自費去日本留學，考入東京宏文書院學習法政，認識了著名武術家王潤生，向他學習拳術，拳技得以精進。[199]

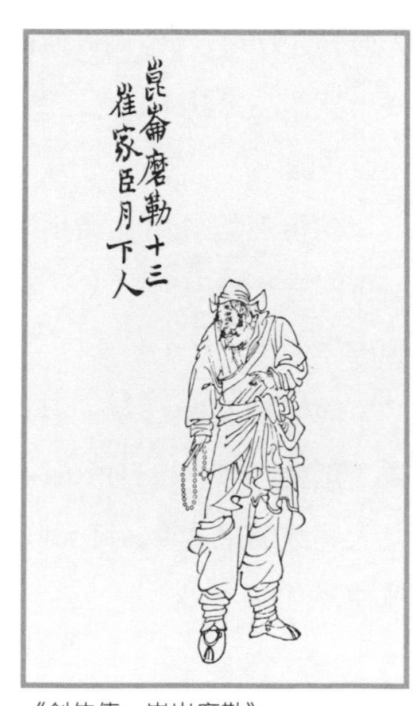

《劍俠傳・崑崙磨勒》

1912 年，向愷然回國，與王潤生在長沙市學宮街富國礦內創辦國技會。此時，他寫出了第一本著作，名為《拳術》，最初在《長沙日報》上連載，後由上海中華書局印成單行本，更名為《拳術見聞錄》，署名向逵。不久，向愷然

198. 關於不肖生的生年有二說：向一學在《回憶父親一生》中是 1890 年 2 月 26 日。《民國人物小傳》中《向愷然》條是 1889 年，注明「此據天使《訪平江不肖生夫人》」。
199. 關於不肖生首次留日時間有三說：1906 年說（據《平江不肖生小傳》），1907 年說（據《民國人物小傳》），1908 年說（據范煙橋《民國舊派小說史略》）。

應第一軍軍長程子楷之聘擔任軍法官，國技會停辦。向愷然任職後不久，程子楷被袁世凱派部驅趕下台，向愷然決定再次東渡日本，於 1913 年考入日本東京中央大學。1914 年，撰寫清末留日學生醜惡現狀的譴責小說《留東外史》，1916 年 5 月以平江不肖生筆名出版發行，成為當時的暢銷書。回國後，向愷然住在上海，專門從事於寫作，先後出版了《留東新史》(1924)、《江湖奇俠傳》(1923)、《俠義英雄傳》(1923)、《玉玦金環錄》(1925)、《現代奇人傳》(1929)、《江湖義俠傳》(1935)、《江湖大俠傳》(1939)等幾十部作品，其中以《江湖奇俠傳》(1923)流行最廣，銷到了東南亞各國。

向愷然慣於用蠅頭小楷在不到一尺的紙上寫作，每行可寫一百四五十到一百七八十字，卻是筆直一線，為現代文人中的奇觀。[200]

向愷然閱歷既多，復又見多識廣，舉凡江湖習俗、武林行規、幫會門檻，皆有所通曉。他又生性詼諧，滿腹奇聞，平日與友人娓娓道來，令人瞳目咋舌，侃侃而談，使人驚詫莫名。他自述在獨處時：

在下閒居無俚的時候，每歡喜將平昔耳聞目見、稀奇古怪的事情在腦筋裡如電影一般的，輪迴演映。事情越是奇怪，演

200. 向一學，《回憶父親的一生》，見《江湖奇俠傳》附錄，岳麓書社，1986 年。

映的次數便越多。時常遇著演映好笑的事，不知不覺，就獨自縱聲大笑起來……隨手寫將出來，自覺比較普通由心造的小說，興趣還來得濃厚些兒。[201]

這些奇思妙想，都成為向愷然創作題材的雄渾基礎。向愷然自幼仰慕古代遊俠的豪放仗義，性喜習武。他的《江湖奇俠傳》和《近代英雄俠義傳》等武俠小說暢銷之後，位於上海的家，竟是「談笑有鴻儒，往來無白丁」的「武藝沙龍」。其子向一學曾這樣回憶：

他生性詼諧，健談好客，與滬上名流、幫派頭目、武林高手、各路好漢，無不交往甚密。賓客滿堂，來去隨意，很少一一介紹，只是在暢談中相互拱手，自我介紹，走時亦並不打招呼。有時同坐兩三班不同的人，父親談笑風生，天南地北，古今中外，無所不及。他記憶力特強。聽了別人的故事掌故奇聞後，選擇性地印入腦海，到寫書時，即可傾吐而出，一瀉直下。[202]

1931年，向愷然返回長沙後，擔任湖南國術訓練所秘書，後

---

201. 向愷然，《三個猴兒的故事》，載《紅》第50期，1923年6月14日出版。
202. 向一學，《回憶父親的一生》，見《江湖奇俠傳》附錄，岳麓書社，1986年。

來又兼任國術俱樂部秘書。他曾籌辦全省第二屆國術考試，對推廣中國武術，頗為盡力。1937年冬，向愷然赴安徽身兼多職，任第二十一集團軍總辦公廳主任，兼任省府顧問及安徽大學教授。次年，向愷然由皖返湘，任省政府參議。1949年隨程潛將軍起義，擔任湖南省文史館館員，後任省政協委員。1957年，向愷然在「反右」中受到衝擊，時正著手寫作《中國武術史話》，尚未動筆，竟不幸病逝。

由上海泰東圖書局再次印行的《拳術見聞錄》，作者已經改為向愷然

《江湖奇俠傳》

《江湖奇俠傳》是向愷然的武俠小說成名作。向愷然居於上海之時，世界書局老闆沈知方登門拜訪，邀請向愷然寫稿。[203]向愷然欣然接受，開筆撰寫《江湖奇俠傳》，自1923年1月在《紅》雜誌（後改名《紅玫瑰》）22期連載，隨寫隨發表，同時由世界書局出版單行本。全書寫作達六年，長達百萬字。後來，由於向愷然中途返鄉，因而輟筆，沈知方邀人代筆續作，因此本書前一百零六回為向愷然所作，從一百零七回起為走肖生（趙苕狂）續完。

203.包天笑，《釧影樓回憶錄》，大華出版社，1976年6月第1版。

《江湖奇俠傳》取材於清末湖南鄉野傳奇，是融合飛劍與法寶、俠客和術士的「江湖大拼盤」。[204] 全書敘清末崑崙、崆峒兩派劍俠因分別介入瀏陽、平江兩縣爭奪趙家坪的械鬥，造成嫌隙，結怨日深，後共同擊敗了邛崍派的哭道人，剷除了危害生靈的邪惡，又由江南酒俠進行調解，雙方消除仇怨，親密如昨。全書的素材選擇具有真實性，例如民間爭地械鬥等確有其事，可見於清末湖南等地。「《江湖奇俠傳》……因寫湖南的鄉風民俗甚多，湖南人讀起來，倍感親切。」[205] 徐文瀅說：「《江湖奇俠傳》中除了飛

平江不肖生《江湖奇俠傳》，世界書局初版書影

岳麓書社1986年重新出版的《江湖奇俠傳》，邀請湖南畫家陳白一繪製的插圖

204. 葉洪生，《近代武壇第一「推手」》，見《論劍——武俠小説談藝錄》，學林出版社，1997年。
205. 向一學，《回憶父親的一生》，見《江湖奇俠傳》附錄，岳麓書社，1986年。

劍道術外，據說大部分故事有著它們的來源，如清人筆記及民間的傳說（楊繼新及桂武二故事均採自沈起鳳《諧鐸》），其間瀏陽平江的械鬥，以及張汶祥刺馬，向樂山報仇等故事，至今還有七八十歲以上的老人們津津樂道。」[206]

《江湖奇俠傳》並不是以某一事件為中心線索，而是以幾個主要事件及人物構成全書的框架。最突出的是「火燒紅蓮寺」的故事，這段情節從第七十三回「思往事借宿入叢林，度中秋賞月逢冤鬼」至一百零六回「鄭青天借宿拒奔女，甘瘤子挾怨煽淫僧」，共三十四回，篇幅長而不冗，聲勢浩蕩，曲折婉轉。俠士陸小青投宿紅蓮寺，因發現和尚惡行而被困寺中。柳遲本想搭救同樣圍困寺中的卜巡撫，卻陰差陽錯地先將陸小青救出。被救後，陸小青與柳遲會同其他俠客救出卜巡撫，曾經無惡不作的紅蓮寺也被眾俠客剷除，陷落於火海。結構鬆散，是該書的一大特點。作者對此這樣解釋：

雖則是小說的章法稍嫌散漫，並累得看官們看的心焦，然在下寫這部義俠傳，委實和施耐庵寫《水滸傳》、曹雪芹寫《石頭記》的情形不同。《石頭記》的範圍只在榮、寧二府，水滸傳的範圍只在梁山泊，都是從一條總幹線寫下來，所以不

---

206. 徐文瀅，《民國以來的章回小說》，《萬象》第 1 年第 6 期，1941 年 12 月 1 日出版。

至有拋荒正傳、久寫旁文的弊病。[207]

「火燒紅蓮寺」算是小說中故事情節比較集中的段落，饒是如此，也有六個與之無關的故事摻在其中，包括呂宣良的故事、楊幻的故事、張汶祥刺馬的故事、孫耀庭的故事、鄧法官的故事、鄧法官的徒弟趙如海的故事。六個故事採用順藤摸瓜法的寫作方法，形成了網狀式結構。

《江湖奇俠傳》全書可從七個方面對書中武技進行分類：其一，辟穀導氣，技擊搏鬥；其二，役鬼驅神，道家修煉；其三，喚雨呼風，神奇法術；其四，奇門遁甲，無窮變幻；其五，飛劍殺人，吐氣禦敵，所謂「一口劍，要練得倏長倏短，吐納自如；一股氣，要練得倏遠倏近，神化無方」；其六，駕雲馭風，燒鼎煉丹，到了半仙的境界；其七，養性修心，脫胎換骨……這些情節，除第一種尚屬於拳棒技擊的武術外，其餘都灌注了大量神魔色彩。[208]

全書關鍵之處在於「奇」，作者在第八十六回中說：「這部《奇俠傳》卻是以奇俠為範圍，凡是在下認為奇怪的都得為他寫傳。」為了在「奇」字上不斷升級，就出現許多不可思議的東西。向愷然在行文中也曾承認：「這種說法，本是無稽之談，只因全部《奇俠

207. 平江不肖生，《江湖奇俠傳》，岳麓書社，1986 年。
208. 范伯群，《民國武俠小說奠基人 —— 平江不肖生評傳》，南京出版社，1994 年。

傳》中，比這樣更無稽的很多，這裡也就不能因他無稽不寫了。」書裡說到孫癩子峨眉學道的歷史，向愷然借題發揮：

他的歷史，若說給一般富於科學頭腦的人聽，不待說必叱為完全荒謬，就是在下是個極相信天下之大，無奇不有的人，當聽了傳說孫耀庭歷史的時候，心裡也覺得好像是無稽之談，直到後來閱歷漸多，才知道孫癩子的事，絕對不荒謬，拿極幼稚的科學頭腦，去臆斷他心思耳目所不及的事為荒謬，那才是真荒謬。[209]

這種「奇」對讀者來說自然是有巨大的吸引力。魯迅在《中華民國的新「堂・吉訶德」們》中說：「幾個店家的小夥伴，看劍俠小說入了迷，忽然要到武當山去學道的事，這倒很和『堂・吉訶德』相像的。」[210]《江湖奇俠傳》在讀者中所達到的風行程度簡直令人難於置信：「據友人熟知圖書館情形的說，那個付諸劫灰的東方圖書館中，備有不肖生的《江湖奇俠傳》，閱的人多，不久便書頁破爛，字跡模糊，不能再閱了，由館中再備一部，但是不久又破爛模糊了，所以直到一・二八之役，這部書已購到十有四次，武俠小說的吸引力，多麼可驚咧。」[211]

---

209. 平江不肖生，《江湖奇俠傳》，岳麓書社，1986 年。
210. 魯迅，《中華民國的新「堂・吉訶德」們》，見《二心集》，人民文學出版社，1973 年。
211. 鄭逸梅，《武俠小說的通病》，載《小品大觀》，1935 年 8 月校經山房出版。

《江湖奇俠傳》巨大的效應由於小說改編成電影，從而達到白熱化的地步。上海明星電影公司於 1928 年伊始製作《火燒紅蓮寺》，電影的情節主幹，採自前文提到的《江湖奇俠傳》中關於「紅蓮寺」的三十四回內容。

電影《火燒紅蓮寺》於 1928 年 5 月 13 日在上海中央大戲院首映，竟萬人空巷，一舉突破了當時國產影片的最佳賣座紀錄，正所謂「千不料，萬不料，這空中飛騰，眾仙鬥劍的把戲，卻正投合我們貴國一般中下流社會和婦人女子一種好奇迷信的心理的下懷，所以紅蓮寺一出，便轟動了全國中下流和一般婦人孺子，個個在看完了之後，都眉飛色舞地驚嘆為國片裡的奇蹟！」[212]

《火燒紅蓮寺》的熱映，使得上海明星電影公司找到了一條發財之路，於是決定開拍《火燒紅蓮寺》續集，而且續集一拍就是二十本：1928 年拍攝了第一至第三集；1929 年拍攝了第四至第九集；1930 年拍攝了第十至第十六集；1931 年拍攝了第十七、第十八兩集。[213]

茅盾以目擊盛況者的身分寫道：

《火燒紅蓮寺》對於小市民層的魔力之大，只要你一到那開映這影片的影戲院內就可看到。叫好、拍掌，在那些影戲院

---

212. 素民，《火燒國片》，載《百幔》雜誌 1931 年第六期。
213. 陳墨，《中國武俠電影史》，風雲時代出版股份有限公司，2006 年。

裡是不禁的；從頭至尾，你是在狂熱的包圍中，而每逢影片中劍俠放飛劍互相鬥爭的時候，看客們的狂呼就同作戰一般，他們對紅姑的飛降而喝采，並不是因為那紅姑是女明星胡蝶所扮演，而是因為那紅姑是一個女劍客，是《火燒紅蓮寺》的中心人物；他們對於影片的批評從來不會是某某明星扮演某某角色的表情那樣好那樣壞，他們是批評崑崙派如何、崆峒派如何的！在他們，影戲不復是『戲』，而是真實！如果說國產影片而有對於廣大的群眾感情起作用的，那就得首推《火燒紅蓮寺》了。[214]

左翼文壇對這種「武俠熱」提出了異議。茅盾激烈地批評：「一方面，這是封建的小市民要求『出路』的反映，而另一方面，這又是封建勢力對於動搖中的小市民給的一碗迷魂湯。」[215]所謂「出路」是封建小市民於水深火熱之中尋不到出路，無奈之下把希望寄託於「彰俠義鋤強扶弱，懲頑惡除暴安良」的俠客。而瞿秋白卻擔心「濟貧自有飛仙劍，爾且安心做奴才」的夢幻曲及「夢想著青天大老爺的青天白日主義者」會由此而生。[216]當然，這主要是單純從政治鬥爭視角去進行剖析，而排除了「武俠」類題材應有的娛樂效

214. 茅盾，《封建的小市民文藝》，載《東方雜誌》第 30 卷第 3 號，1933 年 2 月 1 日出版。轉引自《茅盾選集》，人民文學出版社，1959 年。
215. 茅盾，《封建的小市民文藝》，載《東方雜誌》第 30 卷第 3 號，1933 年 2 月 1 日出版。轉引自《茅盾選集》，人民文學出版社，1959 年。
216. 瞿秋白，《吉訶德的時代》，見《瞿秋白文集（文學編第 1 卷）》，人民文學出版社，1985 年。

應。

也正因此，《江湖奇俠傳》在思想上的最大的缺失是承繼了明清神魔小說中的糟粕，大力宣揚宿命論。

《江湖奇俠傳》中，向愷然的「天命論」是自成體系的。他用「天命」來解釋一切，充斥「命運」、「緣法」、「來歷」、「因果」等等詞彙。小說中的許多惡人沒有受到懲處，向愷然解釋說：這是「命不該絕」，「此時死期未到」；而另一人卻「惡貫已盈」、「鬼使神差」地掉了腦袋。對從小就深受苦難的人物，他的解釋是：此人「命裡合該出母胎即遭磨難」；有時他又為「見危不救」的人進行開脫：「他的磨難更多，此時救他尚早」。總之，一切都屬「命中注定」。還有所謂「緣法」，為什麼孫癩子等人都能遇到奇人異士？能求仙得道？他們的師傅都異口同聲地說過，此人「與我有緣」。把「緣法」說得神乎其神，最終是「有緣千里來相會，無緣對面不相逢」。一切遇合，皆有前緣，那麼小說就常追溯人物的「來歷」：有神力的仙家一眼看去，就知面前站著的凡人「也是有些來歷的人，將來也得成就一個女俠」。這是所謂「慧眼識夙根」的本領。從「來歷」出發，自然引申到「前生冤孽」和「萬事皆由前定」等宿命觀點。

因此，《江湖奇俠傳》的重要情節的支撐就是「迷信因果，報應昭彰」。上述所說的「命運」、「緣法」、「來歷」、「因果」都是冥冥之中的「天命」所派生出來的種種不可知論的奇談，歸結到一點就是世人應該「畏天命」。

一部《江湖奇俠傳》說來也並不奇怪，「俠客」的本領再大，在「天命」面前也是無力，所謂「天命難違，拗不過來」。「俠客」的本領其實極渺小：「只能盡人事以聽天命，天機不可洩漏」。本領非凡的道長雖能掐指一算：「千里以外，吉凶禍福，一掐便知」。但他們也無法瞭解禍福的原委，因為「凡事不可理解，乃天數」。而且「大事天數，小事天數，一飲一啄，莫非前定」。「人」到了這般田地，就成了天的附庸。在《江湖奇俠傳》中，「人力」的作用消失了，「天命」成了世界唯一的主宰。

就《江湖奇俠傳》的藝術性而言，它在敘寫奇談怪聞上固然成績斐然，但通盤的佈局是失敗的。

向愷然自己也不得不一再承認，自己「小說的章法稍嫌散漫」，「在下也自知這支筆太散漫了」。[217]有時為了某一人物的來歷，離開正在進行的故事主線，「拋荒正傳，久寫旁文」達十幾回書；有時一個「大岔岔開去，竟寫了好幾萬字的閒文」。這樣節外生枝地寫下去，生出無數新故事的開頭，一會兒說某人是書中的緊要人物，後文自有交代，一會兒說，某事是全書開合大關鍵，不久將自有一番奇觀之類，但寫到後來，連作者也不知如何自圓其說。徐文瀅曾評論說：

《江湖奇俠傳》沒有寫完，作者寫到七八集時，已幾乎

---

217. 平江不肖生，《江湖奇俠傳》，岳麓書社，1986 年。

完全忘記了開頭時所布下的宏大的計畫，到九集草草的結束了。以後由另一個人續寫了胡說八道的數冊，相形之下，方知寫這樣夢囈的神怪小說原來也不是易事。[218]

為了續作的問題，還發生過一場公案：《江湖奇俠傳》寫到一半，向愷然返回家鄉湖南，小說沒了下文。《江湖奇俠傳》可算是能下金蛋的天鵝，世界書局的老闆沈知方自然不肯輕易中輟，正在傷腦筋之時，編輯趙苕狂自告奮勇，要把書續撰下去，並且刊成了單行。這件事平江不肖生自然不高興，寫信質問沈知方。這件事明擺著沈、趙二人做事欠妥，只得覆信道歉，請平江不肖生自己續完，把代續部分撤去重排，結果平江不肖生此時已身兼多職，忙於推廣武術，再沒有續寫，為這本奇書留下了遺憾。[219]

為著作權的賠償問題，《上海畫報》還刊登過一篇《向愷然返湖省親記》中有所提及：「上海世界書局曾托李春榮君來平（向愷然一度住北京）與向接洽，結果酬報現金八千元。此中糾紛，非片言所能罄，大致不外《江湖奇俠傳》之著作權問題。蓋向君以十至十一兩集，非其手筆，深致不滿，世界乃以此慰之也。」[220]

---

218. 徐文瀅，《民國以來的章回小說》，《萬象》第1年第6期，1941年12月1日出版。
219. 鄭逸梅，《民國舊派文藝期刊叢話・紅玫瑰》，見魏紹昌《鴛鴦蝴蝶派研究資料》，上海文藝出版社，1962年。
220. 振振，《向愷然返湘省親記》，見《上海畫報》524期，1929年11月6日出版。

《近代俠義英雄傳》

《近代俠義英雄傳》寫作略晚於《江湖奇俠傳》。1923年6月，向愷然在寫作《江湖奇俠傳》時，開筆撰寫《近代俠義英雄傳》，描述清末義士霍元甲和大刀王五的事蹟，於上海《偵探世界》連載。

向愷然在寫《江湖奇俠傳》時，以發揮奇想，甚至走向神魔化為特色，雖然取得一定的成功，也暴露了他的一些劣勢和侷限，而《近代俠義英雄傳》卻正好顯示了他的一些優勢和強項。

《江湖奇俠傳》側重於神怪劍仙，《近代俠義英雄傳》則以武功技擊為主。前者是在前人的筆記及民間傳說的基礎上發揮奇想，後者則在史實傳奇、武林軼聞的基礎上樹碑立傳。

《近代俠義英雄傳》以王五和霍元甲的經歷為經，以愛國之情與民族正義為緯，塑造了多位嫉惡如仇、氣勢恢宏的奇俠豪客的形象。《近代俠義英雄傳》成了民國武俠小說中的扛鼎之作。小說起筆以「戊戌六君子」之一譚嗣同的絕命詩開首，回顧王五與譚嗣同的肝膽相照，至第四回又寫譚嗣同的從容就義。譚嗣同的無畏慷慨，王五的義腸俠骨，皆顯得英氣逼人。當王五要護送譚嗣同脫離險境之時：

譚嗣同從容笑道：「……安全的地方，我也不只有一處，但是我要圖安全，早就不是這麼幹了。我原已準備一死，像這般的國政，不多死幾千人，也沒有改進的希望，臨難苟急，豈

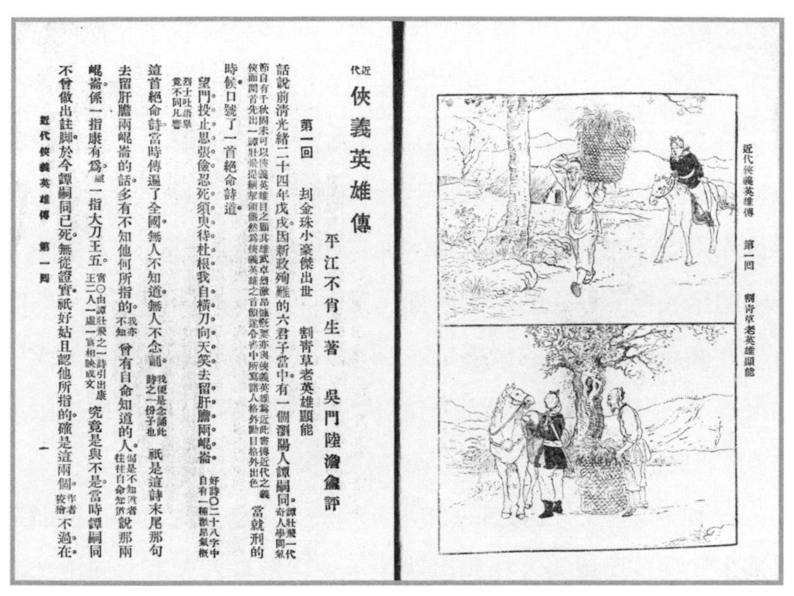

近代
俠義英雄傳
平江不肖生著　吳門陸澹盦評
第一回　封金珠小豪傑出世　割青草老英雄顯能

話說前清光緒二十四年戊戌。因新政殉難的六君子當中。有一個瀏陽人譚嗣同。（譚壯飛一代奇人學問氣節自有千秋固未可以俠義英雄目之顯其雄武卓烈激昂慷慨要亦與俠義英雄爲近此書傳近代之義俠而開首先出一譚壯飛提綱挈領儼然爲俠義英雄之首領蓋令者中所寫諸人格外勵目格外出色）當就刑的時候。口號了一首絕命詩道。

望門投止思張儉。忍死須臾待杜根。我自橫刀向天笑。去留肝膽兩崐崙。（好詩〇二十八字中自有一種激昂氣概）（烈士吐語畢竟不同凡響）

這首絕命詩當時傳遍了全國。無人不知道。無人不念誦。（我便是念誦此詩之一份子也）祇是這詩末尾那句去留肝膽兩崐崙的話。多有不知他何所指的。（我亦不知）曾有自命知道的人。（偏是不知消者往往自命知消）說那兩崐崙。係一指康有爲。（康）一指大刀王五。（實〇由譚壯飛之一詩引出康王二人一虛一實相映成文）究竟是與不是。當時譚嗣同不曾做出註腳。於今譚嗣同已死。無從證實。祇好姑且認他所指的。確是這兩個。（作者狡獪）不過。在

近代俠義英雄傳　第一回　一

《近代俠義英雄傳》內文書影，1924年世界書局初版

是我輩應該做的嗎？」王五不待譚嗣同再說下去，即跳起來，在自己大腿上拍了一巴掌道：「好呀！我愧不讀書，不知聖賢之道。得你這麼一說，我很悔不該拿著婦人之仁來愛你，幾乎被我誤了一個獨有千古的豪傑！」過不了幾日，譚嗣同被阿龍寶刀腰斬了，王五整整的哭了三日三夜。[221]

寫霍元甲也是襟懷豁達、大氣磅礴。霍元甲擂台比武、創辦

221. 平江不肖生，《大刀王五、霍元甲俠義英雄傳》，岳麓書社，1984年。

武校，最終目的是為了要強健國人體魄，替民族爭氣，並無絲毫排外、仇外思想。1984年岳麓書社重印《近代俠義英雄傳》時，改書名為《大刀王五、霍元甲俠義英雄傳》，並有所刪節。其中某處整整刪去五章，[222]內容是霍元甲與義和團的一番糾葛，這正好是顯示霍元甲既不允許外國人辱華，而又決無排外思想的重要情節；既能顯示人物的性格的兩個側面，又是向愷然的得意之筆。即使有人會據此批評作者的侷限性，卻也不妨直陳於讀者之前，或可加上一定的說明或注釋。出版《近代俠義英雄傳》不必參照出版潔本《金瓶梅》的方式。

向愷然以霍家「迷蹤拳」和霍元甲的人生為小說主幹，從而帶出清末武林各門派的人物和事件，不少均是真人真事。向愷然晚年計畫撰寫《中國武術史話》而未成，但在《近代俠義英雄傳》中仿司馬遷的《遊俠列傳》為近代武林英雄一一造像，留下了不朽筆墨。

《近代俠義英雄傳》中並非沒有敗筆，但整體藝術性優於《江湖奇俠傳》，結構亦較《江湖奇俠傳》為勝。不過還是免不掉「雖云長篇，頗同短制」的章法。向愷然所謂一人帶出一人的「劈竹剝筍」之法，往往用之不當，故事缺乏內在聯繫。

例如，世界書局版第二十回《金祿堂試騎千里馬，羅大鶴來報

---

222. 岳麓書社 1984 年重印《近代俠義英雄傳》，改書名為《大刀王五、霍元甲俠義英雄傳》，刪掉了原書第十五回至第十九回的內容，主要情節為霍元甲以人道為本，保護無辜教民，從而與義和團發生了嚴重對峙的故事。

十年仇》以王五為引，帶出一長串其他的故事，直到四十一回才回到故事主線，但僅用了兩千字就草率了結第二十回之前王五的故事，不僅讓人感到作者的不負責任，在藝術上更是缺陷。

對此，向愷然在《近代俠義英雄傳》的正文中吐露了自己的苦衷：

在下寫這部《俠義英雄傳》，雖不是拿霍元甲做全書的主人，然生就是許許多多事實，都是由霍元甲這條線索牽來，若簡單將霍元甲一生的事蹟，做三五回書寫了，則連帶的這許多事實，不又得一個一個另砌爐灶地寫出許多短篇小說來嗎？[223]

如向愷然所言，在《近代俠義英雄傳》寫作前，作者已經將若干重要片段在刊物上作為獨立的短篇發表過了。有的是主人公的名字換掉，但情節相似；有的如第五十三、五十四回《秦鶴歧八代傳家學》、《殺強盜掌心留紀念》作為短篇發表時，題名就叫《秦鶴歧》，而第六十五至六十八回的《黃石屏初試金針術》等情節作為短篇發表時題名《神針》。在發表《神針》的下期刊物上，居然還登出了黃石屏的傳人在上海行醫的地址，以表示作者所寫乃是真人、真事、真功夫的紀實作品。

---

223. 平江不肖生，《大刀王五、霍元甲俠義英雄傳》，岳麓書社，1984 年。

武俠小說發展至向愷然的作品，已基本上掙斷了傳統的鎖鏈。《近代俠義英雄傳》一書，脫離了明清武俠小說的舊模式，堪稱民國武俠小說的奠基作，自此為民國武俠小說的發展別開一番新天地，向愷然憑藉此書足可稱得上是民國初期武俠小說的開山大師。[224]

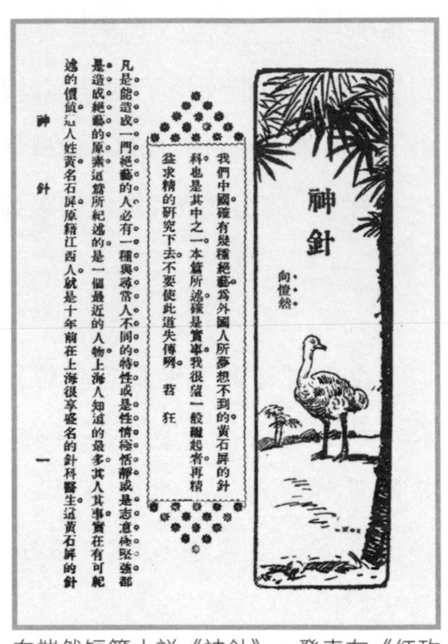

神針

向愷然

我們中國確有幾種絕藝。為外國人所夢想不到的。黃石屏的針科。也是其中之一。本篇所述。確是實事。我很望一般繼起者再精益求精的研究下去。不要使此道失傳咧。　苕狂

凡是能造成一門絕藝的人。必有一種與尋常人不同的特性。或是性情極恬靜。或是志意極堅強。都是造成絕藝的原素。這篇所紀述的。是一個最近的人物。上海人知道的最多。其人其事。實在有可紀述的價值。這人姓黃名石屏。原籍江西人。就是十年前在上海很享盛名的針科醫生。這黃石屏的針

神針　一

向愷然短篇小說《神針》，發表在《紅玫瑰》第一卷11期，內容與《近代俠義英雄傳》相同

二、風俗人情趙煥亭

當時與上海的向愷然形成雙峰對峙之勢的，是北方作家趙煥亭。鄭逸梅論及「南向北趙」時曾稱為「向愷然敘事以華茂暢達勝，其王摩詰之渲染乎！趙煥亭用筆以深切沉著勝，其李思訓峭拔乎！」[225]

趙煥亭（1877—1951）原名趙紱章，煥亭是其字，又稱幻亭，河北玉田人，出身官宦世家，父親趙英祚光緒十年中進士，做過山東魚台知縣，兄長趙紱鴻，光緒二十一年進士，入翰林院，後

224. 葉洪生，《近代武壇第一「推手」》，見《論劍——武俠小說談藝錄》，學林出版社，1997年。
225. 鄭逸梅，《藝林散葉》，中華書局，1982年。

任江蘇省奉賢縣知縣。趙煥亭自幼博聞強記，長居玉田和天津，對京東一帶掌故了然於胸，又隨父親宦游山東等地，尤其留心各地的風土人情和奇聞逸事、文壇掌故等，每有所得，隨手記錄、積累了十分豐富的材料，為他後來的武俠小說創作奠定了素材的基礎。[226]

趙煥亭寫得一手精彩的文言隨筆，如發表在《金剛鑽月刊》上的《今夕齋叢談》，《小說月報》上的《青城叢話》，《萬象》雜誌上的《潛廬漫話》，《新東方雜誌》上的《潛廬漫墨》，以及《益世報》上的《晚晴軒漫話》等等。

趙煥亭動筆寫作前對每部小說的結構、佈局、情節、人物等均費心經營，平時寫稿，字體纖小，密密麻麻，但絕少塗抹，編輯們十分歡迎他的稿件。[227]

趙煥亭的武俠小說，始於1923年的《奇俠精忠傳》，小說結構嚴謹，風格粗獷質實，時人比之為「施耐庵」。此書一問世便和平江不肖生的《江湖奇俠傳》並稱。趙煥亭的小說受清代公案俠義小說影響頗深，格局往往步入公案小說套路。趙煥亭除《奇俠精忠傳》（1923）外，尚有《大俠殷一宮軼事》（1926）、《馬鶴子全傳》（1926）、《雙劍奇俠傳》（1926）、《北方奇俠傳》（1927）、《英雄走國記》（1930）等，基本都是取清代的史實，再加以虛構和自由

---

226. 陳萬華，《趙煥亭的家世與創作》，見《品報學叢第一輯》，天津古籍出版社，2014年。
227. 張贛生，《民國通俗小說論稿》，重慶出版社，1991年。

發揮，承襲「講史」的遺風，但又不取「演義」體制，重在杜撰情節，寫「武」、寫「俠」。

趙煥亭非常注意搜羅奇聞異事，他又從前人的筆記中多方取材，本人雖不諳武術，但他平時仔細觀察，注意江湖賣藝者的武打動作，又常到實地踏勘，因此寫來生動逼真。

時人給予其作品的人物和語言高度的評價，徐文瀅評價：

> 趙煥亭作品中的人物個個有《兒女英雄傳》的口才。他寫一個罪人的轉變之「漸」，很有陀思妥耶夫斯基的作風；他寫風趣人物也有嵌諧的天才，常令人看到大觀園中劉姥姥的姿態。例如《雙劍奇俠傳》、《奇俠精忠傳》、《驚人奇俠傳》、《英雄走國記》，都是超過《七俠五義》以上的好作品。《奇俠精忠傳》中的冷田祿寫得真像白玉堂，《英雄走國記》中的魚躍鯉真像翻江鼠蔣平；《雙劍奇俠傳》寫紹興包村之淪陷，實在夠得上「細膩生動」四字；《驚人奇俠傳》中特多風趣人物的描繪，而述及水災、地震二大段，真不下於《老殘遊記》，幾乎是任何作品中難得見到的好文章。[228]

趙煥亭小說的思想觀念、寫實傾向和評書風格構成了他的敘述模式，儘管在思想格調、藝術形式等方面還帶有晚清小說的特

---

228. 徐文瀅，《民國以來的章回小說》，《萬象》第 1 年第 6 期，1941 年 12 月 1 日出版。

點，但他並沒有墨守成規，從而呈現出「新中有舊，舊中有新」的特徵。

趙煥亭以本名趙紱章撰寫的歷史小說《明末痛史》

趙煥亭常用說書語氣來抒發自身感想，戲謔的語言裡流露濃厚的反諷，意蘊深遠。趙煥亭嚴肅的自審態度，深刻的世事洞察力，都非一般說書人所能擁有。

趙煥亭筆耕甚勤，寫作態度極好，南北各報章雜誌向他索稿，他總是有求必應，即使小型報社，他也欣然命筆。惟其如此，那些小型報社往往壽命不長，長篇登不到一半，便已停刊，加之時局動盪，許多連載作品皆半途而廢。這種半截的稿子，再次轉投其他刊物也不受歡迎，沒有辦法，只得擱起，這類稿子共有十來種之多。有的報章拖欠稿費，趙煥亭一再追索，卻被人置之不理，這使他吃了很大的虧，念及與其枉拋心血，不如焚硯擱筆。

抗戰爆發之後，趙煥亭基本上退出文壇，專事書法，以賣字為生，報刊上時有他的鬻字廣告，不再有武俠新作向世。

趙煥亭為推進武俠小說進步作出了重要貢獻。他重新定義了

「武功」的含義，成為技擊修煉諸般本領的統稱。在此之前，「武功」只被用來稱呼封建帝王開邊拓土的功勳。趙煥亭提出「武功」的概念，顯然超越了此前武俠小說中的「武技」、「武藝」等概念，突破古代哲學與現代科學間的界限。趙煥亭又大講「罡氣」、「內力」，進一步劃分了「內功」、「外功」和「輕功」的本質。趙煥亭是「玄門罡氣」、「先天真氣」及服用千年靈芝可以大增功力等小說橋段的開創者，為後來的武俠小說作家提供了極大的靈感。

寫世故人情和寒涼世俗是趙煥亭武俠小說的精華所在，其筆下「『酒肉爭端，細入情狀』，入木三分，混混兒之口沒掩攔，里巷女兒之尖利潑辣，販夫走卒之爽朗粗豪，蕩子浪婦之淫褻俚俗，如聞其聲，呼之欲出。故其得力於《金瓶梅》，實甚於《水滸》。」[229] 趙煥亭將文字的筆觸貼近普通人，是現代武俠小說重要標準之一，這也與「五四」新文學的精神不謀而合。

《奇俠精忠傳》

《奇俠精忠傳》，全稱《風雲際會奇俠精忠傳》。小說正編八集，一百二十八回，1923—1925 年陸續出版，續編九十回，1926—1927 年出版。

其書時代背景為清乾隆、嘉慶年間，以清廷平苗定邊、整治

229. 徐斯年、劉祥安，《中國武俠小說創作的「現代」走向——民國時期武俠小說概述》，載《中國現代文學研究叢刊》，1996 年第二期。

川、陝、鄂三省教亂為大環境，

書敘名將楊遇春出生時，其父聽見仙樂悠揚，其母夢見錦鯉騰空，分娩之際，屋簷下有兩位兵部差官躲雨，為其守門，眾人大異，以為吉兆。楊遇春從小聰睿過人，七八歲時，得到一部漆皮古裝舊書，名《玉真玄女兵法秘笈》。族長于太公在村中設館，請道人葛玄一執教。葛道人見《玉真玄女兵法秘笈》，大異，謂天機不可輕泄，只向遇春、逢春傳授。冷田祿偷學葛道人的點穴之術，專幹偷雞摸狗之事。苗族與清廷爆發衝突，皇帝欽點額勒登保為雲貴總督，督師平苗。楊遇春做了額勒登保的隨身侍差，深得器重。數場惡戰，額勒登保與楊遇春戰勝了叛亂苗民。冷田祿由楊遇春薦舉投軍，窩藏苗民女首領烏蘇拉，楊遇春為促其覺悟，殺了烏蘇拉，冷田祿與楊遇春斷交，投入白蓮教。白蓮教勢力有三處，陝西教主高開德、四川教主王三槐、荊楚女教主朱仙娘，其中主要講述田紅英的事蹟。田紅英身負家仇，先嫁富商陳敬，又拜湖北黃岡茄家莊莊主茄南池為師，苦學茄家拳，後加入朱仙娘的白蓮教。朱仙娘對田

趙煥亭《奇俠精忠全傳》正編書影，上海鴻文書局印行

紅英十分器重，將教主之位傳給她，從此田紅英便主持荊襄一帶的白蓮教。田紅英害死丈夫陳敬，利用丈夫田產，廣收徒眾，又與冷田祿勾結，一心想做女皇帝，聚眾數萬，攻打襄陽，劫掠殺戮官民不計其數。楊遇春上書皇帝，起用額勒登保，率軍征剿白蓮教，並請纓願一同出征。楊遇春在戰鬥中大顯身手，生擒冷田祿，平息了白蓮教，被封侯爵，死後謚「忠武」。

關於創作此書的宗旨，趙煥亭自承：

> 取有清乾、嘉間苗亂、回亂、教匪亂各事蹟，以兩楊侯、劉方伯等為之幹，而附以當時草澤之奇人、劍客。事非無稽，言皆有物；更出以紆余卓犖之筆，使書中人之鬚眉躍躍，而於勸懲之言，尤三致意焉。至其間奇節偉行、豔聞軼事，以至椎埋之猾跡，邪教之鴟張、裡巷奸人之姿惡變幻，無不如溫犀燭怪、禹鼎象物。讀者神遊其間，亦可以論古音，察世變矣。若謂著者有龍門傳遊俠憤然之意，則吾豈敢！[230]

據此可見趙煥亭創作的本意在於勸懲世人精忠報國，描寫的是俠客走出武林，參與政事，為朝廷效力的內容，不過因襲晚清公案俠義小說餘韻，立意並不甚高。

然而整部小說在文字描寫上頗見功夫。全書結構嚴謹，情

230. 趙煥亭，《奇俠精忠全傳・自序》，巴蜀書社，1990 年。

節緊湊，語言流暢，人物描寫更是生動出色。書中冷田祿這個人物，才貌雙全，心胸狹隘，心狠手辣，其精彩處，幾乎是《三俠五義》中白玉堂的翻版。其他人物，如楊遇春、楊逢春、葉倩霞，以及反面人物田紅英等，幾乎個個精彩，可圈可點。

趙煥亭在此書中首次使用「武功」這個稱謂，並將點穴術廣泛地引入武俠小說中，成為俠客身上特有的技能。書中的道人葛玄一傳授楊遇春武功時說「拳法宗派，大約不外內外兩家，其中內家拳法，主以靜制動，蓄勢晦用，以窺敵隙。不到緊要時不發，一發則必致人於死地，內家功夫的秘法在點穴。穴道有啞穴、暈穴、死穴之分，一指戳出，敵人應聲便倒。但此術非忠厚者不可傳，萬一傳授非人，損德不少。」這種說法被後來的武俠小說創作廣泛襲用。

此書也暴露出趙煥亭寫作的另一個缺點，其運筆不避穢語，書中有大量色情場面的描寫，涉及田紅英身世的情節大半出於此，以此表現出作者宣導「萬惡淫為首」的觀念，維護傳統禮教的思想，書中人物只要是反面人物，必定是與「色」沾邊，並且無一得善終。這些描寫固然有其奇橫恣肆一面，但也未嘗沒有迎合市民讀者的低級趣味一面。重要的是，從這裡也可以看出趙煥亭陳舊的道德觀念，這也是小說消極的一面。

趙煥亭是一位編造故事的高手，整部小說佈局張弛有致，細節精彩感人。但小說也存在著不夠簡潔，篇幅過長，拖遝散漫的問題。雖然趙煥亭寫作已經開始有意識地與傳統說書的方式相脫離，但做得並不徹底，仍不時以「說書人」全知的身分跳出來評點一番，干擾了整部小說的正常發展。

第二節　南方武壇三傑

一、俠骨柔情顧明道

顧明道（1897—1944），原名顧景程，江蘇蘇州人，另有筆名正誼齋主、虎頭書生等。顧明道在少年時膝骨間生有疽病，因治療無效導致殘疾，從此出行必借助於拐杖。顧明道從小讀書認真，文思敏捷，在基督教會辦的蘇州振聲中學讀書，上學期間成績優秀，畢業後獲得留校任教資格，受洗成為基督徒。

顧明道業餘時間喜愛寫作，後因生活困苦，索性專事寫作。顧明道在十七歲時開始以女性筆名寫小說，其處女作刊於上海的《眉語》雜誌，《眉語》是中國近代女性雜誌，所刊文章皆句香意雅、纏綿悱惻。顧明道在此刊發表的言情小說，筆名為「梅倩女史」，以至讀者以為作者真是女性，還鬧出男性讀者向「梅倩女史」寫求愛信的笑話。[231]

顧明道悲觀消極，終日感懷傷物，不善言笑，歸因於從小喪父及腿殘。悲劇的命運，注定了顧明道對世態有著不同常人的看

231. 顧明道生平經歷，主要參考范伯群，《中國近現代通俗文學史》，江蘇教育出版社，2000 年。

法。人在困境之下總是渴望真情，他也不例外，他說：「雖然人生之渴望者，美滿幸福乎，無如花開只在一時，月圓難逢一時，不如意事常八九。同是圓顱方趾之倫，而能終身享甜蜜之光陰，不知憂愁為何物者，有幾人哉。」[232] 所以顧明道在小說創作中，「願為天下失意人寫照」，他的言情小說，以佈局曲折、言情細膩而見長。十七歲時，顧明道被聘為《小說新報》的特約撰稿人。二十五歲時，他參加了范煙橋在蘇州組織的「星社」。作為中國近代通俗小說文壇上的一個奇才，他是個多產作家，以社會言情小說稱著，其作品如《奈何天》、《蓬門紅淚》、《花萼恨》等，皆極受歡迎，名聲不在張恨水、周瘦鵑之下。

在「南向北趙」的武俠小說興起後，顧明道也覺技癢，創作了他的第一部武俠小說《荒江女俠》(1928)，結果大受歡迎，從此步入了武俠小說寫作的行列。

抗戰時期，為避動亂，顧明道舉家從蘇州遷至上海，從事教學與創作。此時期武俠小說文壇已經被「北派」武俠作家佔據，顧明道在病中猶能筆耕不輟，爭得一席之地，由於其廣泛吸收了西方小說的敘事技巧，故此在南方作家中獨樹一幟。

顧明道身體一向虛弱，腿疾又是負擔，白天為了生計兩處教課，晚上還要熬夜趕稿，終因過度操勞辛苦，患上了肺部重疾，於 1943 年冬天停止筆耕，1944 年 5 月 14 日在上海病逝，終年四十

---

232. 顧明道，《啼鵑錄・自序》，和平書店，1921 年。

八歲。著名老報人，素有「補白大王」之稱的鄭逸梅生前回憶，顧明道病入膏肓之時，尚有一個兩歲左右的小女兒，稚弱不能行走，由於家人在喪事忙亂中不及照顧，小女從木凳上摔下，跌破頭顱而殞命，父女在一天中同歸於盡，給人們留下了慘痛的記憶。

顧明道具有強烈的愛國主義精神，曾經自述：

> 余喜作武俠而兼冒險體，以壯國人之氣。曾在《偵探世界》中作《秘密王國》、《海盜之王》、《海島鏖兵記》諸篇，皆寫我國同胞冒險海洋之事；或堅拒外人，為祖國爭光者也。余又著有《金龍山下》，則完全為理想之武俠小說也。……又為《小日報》撰《海上英雄》初續集，則以鄭成功起義海上之事蹟為經，以海島英雄為緯牧。……又嘗作《草莽奇人傳》，則以台灣之割讓與庚子之亂為背景也。[233]

顧明道在「一二・八」事變背景下，不斷創作《國難家仇》、《為誰犧牲》等以抗戰為題材的作品，用以表達中華民族抗戰到底的意志與決心。

1940年7月發表《磨劍錄》，全書以明代日寇入侵為背景，講述闖蕩東南亞的國人和明清更迭間抗清義士的故事，暗含了對日寇入侵的憤懣與抗爭。被作者視為「武俠而兼冒險體」的《秘密王

---

233. 顧明道，轉引自南江林《荒江女俠・前言》，吉林文史出版社，1992年。

國》、《海盜之王》、《海島鏖兵記》表現中國人勇於探索海外的開拓精神。

顧明道的武俠小說多以愛國或民族精神為主題，《海上英雄》（1931）中的鄭成功，《草莽奇人傳》（1931）中的萬心雄、劉永福，皆為顧明道塑造的「民族脊樑」形象。作品以探險故事為主，危殆震撼，甚受讀者歡迎。

顧明道擬把吳三桂和陳圓圓的故事撰寫為小說，柳亞子專治南明史，提供給他很多資料。顧明道寫成《血雨瓊葩》（1942）一書，登載在《申報》附刊《春秋》上。書敘明朝末年，俠士李信協同官府守衛杞縣，被陷通賊下獄，幸得山大王紅娘子營救，終結連理。憂國憂民的儒生許靖，去山海關投靠守軍將領吳三桂的途中，遇到英雄柳隱英，兩人趣味相投，結伴而行。抵達山海關，吳三桂已向清軍投降，並引清軍入關，兩人憤懣離去。二人行刺清攝政王多爾袞未果，遂欲投奔青石山的李信和紅娘子。途中許靖發現義弟柳隱英係明朝大將袁崇煥的孫女，祖父遇害後淪落天涯，不得已女扮男裝。到青石山後，獲知流寇已攻破山寨，李信戰亡，紅娘子下落不明，無奈之下投奔蜀中。

顧明道筆下，情節撲朔迷離、驚心動魄，寫情則花前月下、情意綿綿，刊出後備受讚譽。

及至日本侵略軍進入租界，以該小說中多激昂之語，勒令停止登載，《血雨瓊葩》只得不了了之。

顧明道一生創作五十餘部小說，題材極為廣泛，有武俠小說十八部，包括《荒江女俠》、《胭脂盜》、《俠骨恩仇記》、《劍底鶯聲》、《啼鵑錄》、《江南花雨》等。

《荒江女俠》

《荒江女俠》初集、二集均在1928年上海《新聞報》副刊《快活林》上連載。最初本是中篇小說的架構，但因太受歡迎，在主編嚴獨鶴要求下，改為長篇小說。1931年，由上海世界書局發行單行本，由范煙橋作序、周瘦鵑題詞「健筆獨扛」。小說至1934年載完，共計六集十冊。1940年4月由上海文業書局再版，全二十冊，約一百二十萬字。《荒江女俠》由上海友聯影片公司拍成電影，一拍再拍，多至十三集，大舞台劇院將其改編為京劇，轟動一時。1985年重印再版，又由鄭逸梅寫了序。

《荒江女俠》對後世的武俠小說影響很深。後來的武俠小說作家金庸，少年時迷上這本小說，一口氣讀完後，拍案叫絕：「想不到世上還有這麼好看的書！」當時金庸才只有八歲，可謂是金庸走向武俠小說創作之路的啟蒙之作。[234]

《荒江女俠》主要敘述女俠方玉琴拜崑崙劍仙一明禪師為師學習武藝，藝成後尋飛天蜈蚣鄧百霸報殺父之仇。方玉琴夜探蘇州韓家莊巧遇同門師兄岳劍秋，兩人一見如故，遂攜手奔走天涯，嫉惡如仇，匡扶正義，最終喜結良緣，琴瑟和諧。

234.冷夏，《文壇俠聖——金庸傳》，廣東人民出版社，1995年。

在「南向北趙」武俠小說造就的旋風中，顧明道雖然比不上二人的名聲，但《荒江女俠》確實也帶動一陣風潮，若說三人鼎足而立，也不至過譽。

顧明道《荒江女俠》書影，上海文業書局印行

此前的武俠小說，女性在武俠小說中的地位很低，縱觀歷史演義、俠義公案，皆無女性，或者有女性卻無愛情，兒女英雄小說，雖然出現了女俠，有了女性和愛情，但地位並不平等，主要作為襯托男主人公的綠葉。

《荒江女俠》首創男女合走江湖的模式，被後世武俠小說所遵循，成為一種固定套路，為武俠小說開闢了一條通途。

顧明道胸懷正義，可惜生不逢時，身處軍閥交戰的靡亂時代，無奈社會之黑暗，國家之衰危，揮筆常情不由己。顧明道以塑造鏟奸除惡的俠士形象作為《荒江女俠》的創作重點，藉此表達作者斬奸除惡、天下太平的夙願。

俠骨與柔情交織是《荒江女俠》的首創：「以武俠為經，以兒女情事為緯，鐵馬金戈之中，時有脂香粉膩之致，能使讀者時時轉換眼光，而不假非僻之途，小贅蕪穢之辭，是以愛讀者弛函交譽。」[235]

為了增強可讀性，顧明道推崇「以情入俠」與「以險入俠」齊頭並進。如設有密集機關、陷阱的天王寺，和尚偷奸搶掠，岳劍秋隻身闖入，受機關圍困，幾近喪命。同伴前往營救，破解機關後進入四空上人密室，憑鐵缽殺死四空上人，攻破天王寺。

出人意料的情節和驚險離奇的刀光劍影、濃情蜜意的花前月下同時出現，是顧明道小說與眾不同之處，這也是20世紀30年代通俗小說的一個趨勢，符合追求冒險緊張的十里洋場讀者的審美情趣。

顧明道首次將新文藝的寫作手法引入武俠小說創作，使《荒江女俠》在武俠小說史上佔據重要地位。

《荒江女俠》運用了中國傳統的「說話體」通俗小說敘事模式，但與以往武俠小說相異的是，「《荒江女俠》一書開卷，所採用的現代『單一觀點』（主觀筆法）敘事，即打破傳統章回小說的陳腐老套，開武壇未有之先河，卻值得大書特書。」[236]

採用「全知敘事」模式是中國傳統小說的特色，作者處處皆在，事事皆知。顧明道採用新文藝筆法——限制敘事，使小說更具真實感。

---

235. 嚴獨鶴，《荒江女俠・序》，轉引自王夢沂《作家顧明道的悲劇人生》，見《蘇州日報》2012年9月21日。
236. 葉洪生，《近代中國武俠小說名著大系・序》聯經出版事業公司，1983年。

《荒江女俠》以方玉琴、岳劍秋結伴奔走天涯為線索，敘述他們的所見、所聞、所為。讀者彷彿身臨其境，感同身受，有利於增強讀者之閱讀興趣。這種新的敘事手段在新文學創作中屢見不鮮，對於武俠小說而言，則是敘事模式的一種轉折，流風所至，這種敘事手法在武俠小說中，幾乎取代了傳統的敘事模式。

然而從小說整體上看，《荒江女俠》雖大受歡迎，但盛名之下，其實難副。顧明道不諳武術，平時又行動不便，缺乏見聞，創作素材不足。為創作小說，他曾特地面向社會收集素材：「著者頗欲四方人士以哀情資料見賦，如有圖畫照片等，尤所歡迎。」可見顧明道武俠小說創作的一大缺點。

顧明道不具遠遊體驗，創作全憑借鑑書刊、報章來想像，聯想缺乏新意，內容千篇一律，變化不足。武技比拚到最後，只能借劍丸、飛刀來完成場面。往往要通過巧合才能推動情節，俠客在斬奸除惡過程中，或遭毒器所傷，命歸一線，幸得救星相救；或是慘遭敵人謀害，身臨絕境之時找到出路。巧合情節的氾濫，反覆用「無巧不成書」來解釋，使故事缺乏真實感。

顧明道藉「情」補「俠」，讓主人公談情，終成情俠。以「情」補「俠」對於武俠小說而言是一種進步，但氾濫使用，也顯得缺乏創意。在武俠小說中增添冒險內容亦是顧明道的另一創新，他希望融合武俠、言情、冒險來書寫武俠小說的新篇章，但限於才力，顧明道沒能更好地糅合三者，武不精彩、情不細膩、冒險牽強，留下了遺憾。

顧明道小說文字風格不一，中西並用，文言白話皆存，對當時外來時尚詞彙和蘇白之類的舊詞使用不厭其煩，也失之嚴謹。

顧明道小說瑕瑜互見，但他的諸般奇思妙想，確使武俠小說一新面貌，為武俠小說的發展功不可沒。

二、會黨秘聞姚民哀

姚民哀（1893—1938），江蘇常熟人，本名姚朕，又名肖堯，字天亶，號民哀。筆名另有鄉下人、花萼樓主、護法軍、小妖、老匏、芷卿、靈鳳等。室名又有花萼樓、息庵、芝蘭庵等。姚民哀出身於書香門第，祖籍安徽桐城，是散文大家姚鼐的後人。他才思敏捷，新體文章、舊體詩詞皆擅，是「南社」的中堅分子。主編過《春聲日報》、《世界小報》、《新世界報》、《遊戲雜誌》、《小說霸王》等報刊。除身為作家外，姚民哀還是一位著名評彈藝人，獨創「吟詠調」，善說「書外書」，被稱為「當世柳敬亭」。姚民哀「身體既小且矮，夾在人叢裡，彷彿是個十餘齡的童子。」「他的腳小得詫異，鞋子只穿得五寸六分實尺，比到三寸金蓮，只多二寸有餘，這件趣事，早已遍傳小說界了。」據評彈創作者朱惡紫回憶，姚民哀「面龐瘦削，似帶病容，右手提三弦，左手褰衣。」[237]

姚民哀一生交遊廣闊，廣識三教九流，因此有人打趣姚民哀一副諧趣聯語：腳小人小棺材小，名多友多著作多。

---

237. 嚴芙孫，《姚民哀》，見《全國小說名家專集》，上海雲軒出版部，1923 年。

姚民哀最終結局，或說其在抗戰時期投敵，攜偽綏靖隊公文去上海，在常熟境內被遊擊司令熊劍東所屬部隊截獲，逮捕後被處決。

好友葉楚傖曾悼念姚民哀，「早識聰明味，難知天地心」。

姚民哀創作武俠小說之始，在 1923 年，他的第一篇武俠小說《山東響馬傳》在程小青主編的《偵探世界》上發表，出版時間上幾乎與平江不肖生的《江湖奇俠傳》相同。姚民哀不喜歡神怪和豔情，也並不擅長武術描寫，但他能利用他對幫會內幕熟悉的優勢，大寫幫派故事，他自己也承認：「留心探訪各黨秘史軼聞，摸明白裡頭的真正門檻，才敢拿來形之筆墨，以供同好談資」，[238] 如此一來，他的小說別樹一幟，廣泛展示了幫派規矩、香堂紀律、江湖規則等，塑造了一個異彩繽紛的江湖世界。

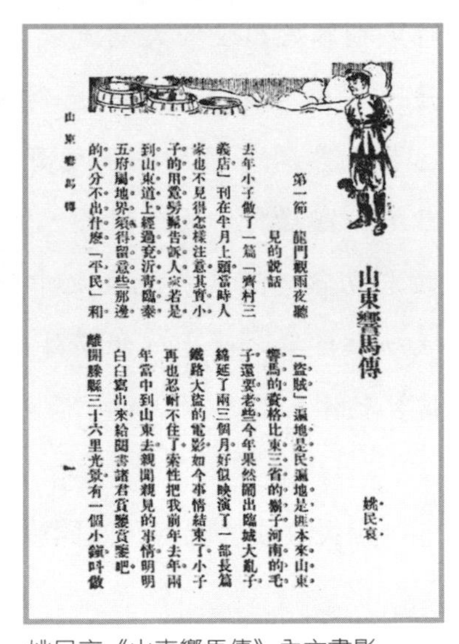
山東響馬傳

姚民哀

第一節　龍門觀雨夜聽見的說話

去年小子做了一篇「齊村三義店」刊在半月上頭當時人家也不見得怎樣注意其實小子的用意另歸告訴人家若是到山東道上經過兗沂青臨泰五府屬地界須得留意些那邊的人分不出什麼「平民」和「盜賊」遍地是民遍地是匪本來山東響馬的資格比東三省的鬍子河南的毛子還要老些今年果然鬧出臨城大亂子綿延了兩三個月好似映演了一部長篇鐵路大盜的電影如今事情結束了小子再也忍耐不住了索性把我前年去年兩年當中到山東去親聞親見的事情明明白白寫出來給閱書諸君賞鑒賞鑒吧

離開滕縣三十六里光景有一個小鎮叫做

山東響馬傳　1

姚民哀《山東響馬傳》內文書影

徐文瀅批評說：「這其實不是俠義，而是江湖秘聞了，作者則自己掛一塊招牌：『黨會小說』。這個作家的熟習江湖行當和黑話確是驚人的。他似乎是一

238. 姚民哀，《本書開場的重要報告》，見《箬帽山王》，上海世界書局，1931 年。

個青洪幫好漢中的叛黨者，『吃裡扒外』不斷地放著本黨的『水』吧。」[239]

向愷然和趙煥亭也筆涉江湖，但不像姚民哀這樣對於幫會門派如數家珍。在當時社會，黨會幫派佔有特殊勢力和地位，其中種種組織，種種術語，局外人不得而知，即有所知，亦不許公開。姚民哀能知其緣由，也是其來有自。

在《江湖豪俠傳》(1929)自序中，姚民哀自述創作經歷：

我年九歲，即隨先君子旅食離鄉，往返於江、浙鄉壤間。時巢湖客民出沒於太湖流域，所至以聚賭、販鹽為事，聲勢甚強。嘗出入此輩秘窟中，對於個中之特殊術語及風俗，是時已習見熟聞。因見彼輩之見義勇為，同黨相共患難，志堅金石，心竊慕焉。故余稍長，亦投身其中，並加盟於陶成章先生之光復會、陳其美先生之中華革命黨為會員……會有感於臨城劫車巨案之發生，牽涉外交，喪權辱國，因而有《山東響馬傳》之作。[240]

姚民哀成功地將武俠與會黨組織結合起來，成為獨樹一幟的

239. 徐文瀅，《民國以來的章回小說》，《萬象》第1年第6期，1941年12月1日出版。
240. 姚民哀，《江湖豪俠傳・序》上海世界書局，1929年。臨城劫車巨案一事，發生於1923年5月5日，在津浦線的山東臨城車站附近，孫美瑤率領土匪兩千人左右，劫掠浦口開來的火車乘客，內中有許多英美人和日本人，因此成為國際上的重要案件。

「會黨秘聞派」武俠小說作家，作品既有紀實性的資料價值，又開拓了武俠小說的另一塊新大陸。這種寫作手法被後來的「北派」作家鄭證因繼承下來，大為發揚，成為「北派」武俠小說中的精彩內容。

姚民哀的小說注重「會黨」題材，也站在武俠角度探究「俠德」，使「惠民濟物」之真俠和「暴勇好鬥」之「光蛋」界限分明。他主張以「義」制「勇」，除強助弱。姚民哀筆下不僅有超脫世俗、天人合一的劍仙，還有最胸懷理想的俠客，如《四海群龍記》（1929）中的「三不社」，「襄助無產階級前途戰勝」的主人公們，以「不做官」、「不為盜」、「不狎邪」的三不主義外，還加一條「獨身主義」為信仰，凸顯了近代中外民主革命思想的作用。

姚民哀創造了「連環格」的小說結構，即情節和人物在各篇小說之間互為牽連，彼此照應，構成了一個隱含在作品間的巨大「系統」。這一點被後來的新派武俠小說作家金庸、梁羽生、溫瑞安等學習運用。

姚民哀豐富的江湖知識加強了小說的紀實性和資料性，但說書人慣用的「書外書」過於冗長，提高了學術價值卻降低了閱讀品味，終未能形成自己的文化觀念，其小說缺乏明確的思想約束，使他的聰明才氣和江湖習性得不到融合。姚民哀成名後做事不愛惜羽毛，作品粗製濫造。此外，其小說慣用第一人稱講述故事，雖加強了作品的真實感，卻牽制了小說敘事。

姚民哀的武俠小說大約十餘部，除《山東響馬傳》（1923）、

《江湖豪俠傳》(1929)、《四海群龍記》(1929)外，尚有《鹽梟殘殺記》(1925)、《箬帽山王》(1931)、《南北十大奇俠》(1930)、《俠骨恩仇記》(1928)等。

《四海群龍記》

《四海群龍記》，全書三十六回，1929年發表於《紅玫瑰》雜誌，後來由世界書局出版單行本。

小說敘寫興中會成立(1894)以前，鎮江一帶幫會組織的事蹟。鎮江焦山的莊園主人姜伯先曾留學日本，文武雙全。回國之後，聯絡一批江湖豪俠之士，秘密建立了專反貪官污吏的「三不社」。這群義士專做劫富濟貧、仗義行俠的事，海內江湖豪傑與他皆有往來，江湖朋友路過鎮江，都要去拜望姜伯先。「三不社」的成員外出，持有姜伯先的記號，各地幫會頭目都會照顧。

有個關外人閔偉如，與鎮江知縣包後拯是表兄弟，閔偉如因生計困難，來尋曾受過父親恩惠的表兄包後拯。包後拯忘恩負義，不願相助。姜伯先得知此事，將閔偉如接到家中住下，並親自出馬，設計將包後拯騙到焦山，把包後拯弄成了殘廢，使其再也不能為官害人。姜伯先名聲太響，勢力太大，結下許多仇家，包後拯是當時兩江總督張之洞的紅人，張之洞得知包後拯的事情後，又打聽到姜伯先許多不軌的舉動，下令緝拿姜伯先。姜伯先入獄後，江湖朋友們千方百計進行營救，並劫過牢，但都沒能救出姜伯先。

姜伯先遇害後，閔偉如等人殺掉了謀害姜伯先的縣令李鶴千以及捕快王大忠，並齊集海島，成立了規模宏大的「興中會」。

《四海群龍記》一書立意較高，關注國計民生，宣傳愛國思想，在書中自我設計一條強國富民之路，雖然充滿了幻想，但卻難能可貴。由於姚民哀熟識江湖內幕，小說充滿了江湖秘聞、豪俠軼事、幫規戒律等，可以使讀者瞭解到舊中國社會的幫會組織，明瞭俠盜同源的轉換關係。小說第十回寫開香堂收徒的儀式，作者敘述起來井井有條，若非熟諳幫會規矩，絕難做到。

姚民哀在《小說浪漫談》一文中曾說：「作小說宜以禪家迷偈之法為法，始而糊塗鶻突，令人茫然不知所措。臨末以一索貫串，使讀者恍然大悟。」[241]《四海群龍記》一書的謀篇佈局十分精彩，開局與結尾，具體體現了這種「始而糊塗」，「臨末以一索貫串，使讀者恍然大悟」的結構法。

書中第一回，作者以說書人的身分來到鎮江，恰好聽到百姓紛紛議論捕快王大忠被殺的命案。此案順勢就牽出了與王大忠有仇的人物劉六、姜伯先以及寄居「甘露寺」的「朝鮮人」。那麼捕快王大忠究竟被誰所殺？為何被殺？疑問在全書第一回就擺在讀者面前。這種倒敘法所構置的懸念非常強烈，保持著作品的緊張度，一步步揭開謎底，把注意力引到甘露寺，揭開甘露寺題詩的「朝鮮人」乃是閔偉如化妝，由寺中老僧述說姜伯先事蹟，最後

241. 姚民哀，《小說浪漫談》，見《紅玫瑰》第五卷第6期。

再回到老僧說書，讀者才明白此事原委，這些必須到最後一回才能明白。全書開局在情節高潮處撒網，結尾又在高潮處收網，形成了回環式結構，使全書渾然一體。然而，全書議論較多，遊離小說主幹，破壞了整體結構。

全書不擅武功描寫，打鬥場面甚少，但其第四回，書中人物講解中國武術發展，闡述武術理論，為此前武俠小說較少涉及。

姚民哀《南北十大奇俠傳》預告

三、歷史演義文公直

文公直（1898—？），原名文砥，江西萍鄉人，後來自號萍水若翁。文公直出身世家，其父文廷式為清光緒年間進士，曾任翰林院侍讀學士，其母龔家儀博通經史，曾為《道德經》作注，還撰有《明史正誤》。文公直幼承家學，接受了良好的教育。其母曾教育他說：「兒習史，當於二十四史以外求之。」[242] 文公直開始涉獵野史、歷史小說，開闊史學視野，打下了未來創作歷史小說的基礎。

1912 年，文公直離家北上考入軍校，獲得研讀歐洲與日本著

242. 文公直，《碧血丹心大俠傳・序》，岳麓書社，1987 年。

作以及世界史的機會。學業告結後，文公直留隊任職，後隨孫中山北伐，參加了1916至1917年的討袁、護法等戰役，官職升至少將，履及東北和西南諸省。1921年，文公直在湘軍中任職，1922年，在湘鄂軍閥戰爭中被陷害入獄。在獄中時，文公直讀書不輟，自云「鐵窗風味，固革命軍人所宜嘗試。因藉此狴犴生活，為勞生之休息，且暢讀我書。」[243]出獄之後，文公直仍復出為將，轉戰湘鄂。從軍中退役後，文公直賦閑上海，棄武從文，受聘為《太平洋午報》編輯。1928年，文公直再度賦閒，開始著手寫作歷史武俠小說《碧血丹心》系列，原計劃四部，後只完成三部。

面對國破家亡的困境，抒發強烈的愛國情懷，行文大氣深沉，慷慨樂觀，又具歷史真實性與深度，這是文公直武俠小說的特別之處。

文公直人如其名，又公又直。其最著名的一段公案，乃是與魯迅發生的一場筆戰。起因是魯迅用「康伯度」的筆名撰文《玩笑只當它玩笑（上）》，推崇對中國語法進行歐化，文公直卻偏頗地理解為「要把中國話取消」，故發表《文公直給康伯度的信》一文批判「康伯度」是買辦心理，指責作者受了帝國主義者的指使，投文化的毒瓦斯。魯迅則撰寫了《康伯度答文公直》，從語言和邏輯方面，指摘文公直不解其意，並嘲諷了其敵視的心理。[244]

---

243. 文公直，《碧血丹心大俠傳・序》，岳麓書社，1987年。
244. 魯迅，《玩笑只當它玩笑（上）》、《康伯度答文公直》，見《花邊文學》，人民文學出版社，1973年。

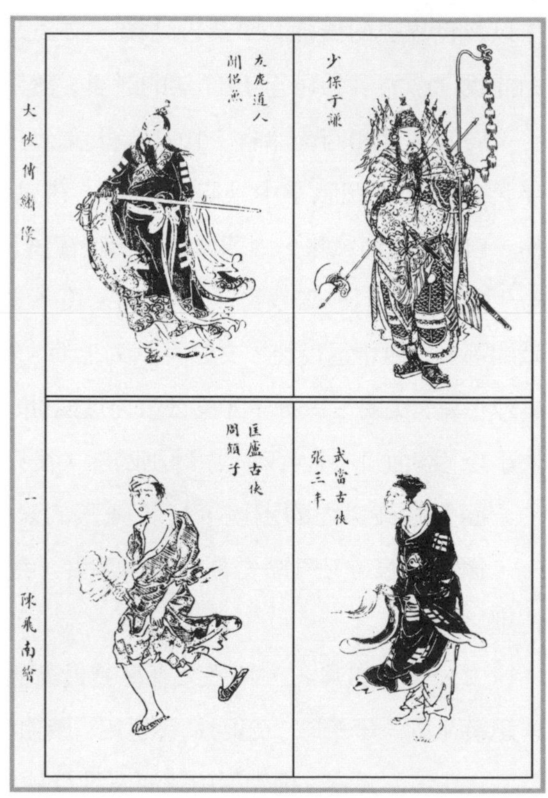

《碧血丹心大俠傳》初版書中的人物繡像

通過此次論戰，即可看出，首先，文公直未細讀魯迅的文章，便提筆於衝動之中，「草率出槍」，教訓其所謂的「文化狂徒」；其次，「康伯度」即英語「買辦」的音譯（comprador），故他不知「康伯度」就是魯迅，以為完全是個為帝國主義賣命的文化買辦，因此態度無絲毫客氣；再次，在不掌握魯迅文風的情況下，他片面地從字詞表面理解魯迅的文章，導致理解偏差。不過，文公直性格中的強烈的民族自尊性和激烈性由此可見一斑。

文公直小說中的官規儀態、民俗世情等皆有史籍參照，絕非向壁虛構，其創作態度的嚴謹用心可見一斑。小說描寫聲東擊西、張弛有度的大場面廝殺是文公直的另一擅長之處，台港新派武俠小說作家梁羽生、金庸等人均對此有所借鑑。

除《碧血丹心》系列，文公直還撰有《女俠秦良玉演義》、《江湖異俠傳》、《劍俠奇緣》、《赤膽忠心》、《關山遊俠傳》等武俠小說，皆不脫歷史演義之思路。

文公直以武俠小說出名後，對政治、經濟、軍事、社會乃至人口學等領域均有研究，並不侷限於文學的範疇，還寫有《泰西經濟思想史》、《最近三十年中國軍事史》等非武俠小說著作。

《碧血丹心》三部曲

《碧血丹心》三部曲，是文公直的武俠小說代表作。1922 年，文公直在獄中讀到寫于謙事蹟的《千古奇冤》手抄殘本，深受啟發，出獄後根據《明史》中的記載，參考野史，並詳考當時的官制、禮儀、風俗、習慣、用語以及社會狀況等，加以虛構和想像，創作而成《碧血丹心大俠傳》、《碧血丹心于公傳》、《碧血丹心平藩傳》三部長篇小說。

關於《碧血丹心》的創作動機，文公直在《碧血丹心大俠傳》書前自序中解釋：

是時，除因革命高潮之澎湃，社會、經濟之作如雨後春筍，蓬勃叢茁外，其餘雜誌小說漸趨於頹廢、淫靡之途。論者慨嘆為每下愈況，喪失我雄毅之國民性。……志欲昌明忠俠，挽頹唐之文藝，救民族之危亡；且正當世對武俠之謬解，更為民族英雄吐怨氣，遂有《碧血丹心》說部之作。……其中因《千古奇冤》涉及武當派、白蓮教諸事，因更博采前人筆記及武術秘笈，為之渲染；其太背事理者，則從割愛，新穎可喜者，則悉殊之。[245]

由此可知，《碧血丹心》是作者的感憤之作，既要「昌明忠俠」，更要「為民族英雄吐怨氣」，又要振興當世「頹唐之文藝」，同時，還要辨明世人「對武俠之謬解」，這樣嚴肅的寫作意圖，區別了當時通俗小說寫作以娛樂、商業為主的創作態度，實是難能可貴。

文公直於 1930 年、1933 年寫成三卷，共一百二十五回，百萬多字。三卷分別為《碧血丹心大俠傳》三十六回、《碧血丹心于公傳》四十四回和《碧血丹心平藩傳》四十五回。

《碧血丹心》系列講述明朝名臣于謙從出世求學，直至明宣宗年間平定藩王朱高煦等精忠衛國的事蹟。在史實之中又穿插武當派劍客除暴安良、見義勇為的俠義行為，以及白蓮教徐鴻儒一黨犯上作亂，終歸敗亡的過程。整部小說以明太祖立國之後社會政治動亂為歷史背景，以于謙為核心人物，環繞其周圍的英雄人物為一大批僧道俠士。他們以安邦保民、除暴鋤虐為畢生志向，反抗以朱高煦為首的暴虐統治者，書名是對于謙等人精神業績的頌

---

245. 文公直，《碧血丹心大俠傳・序》，岳麓書社，1987 年。

揚。

于謙和朱高煦等人都是有史可據的歷史人物，但是作者參照史實，塑造了眾多的人物形象，構思了動人的藝術情節，有虛有實，既有歷史的真實描繪，也有藝術的想像虛構。原設想還有第四部描寫「土木之變」，于謙冤死的《碧血丹心衛國傳》，可惜半途而終。

民國武俠小說名家姜俠魂讀過原擬名為《碧血丹心》的《碧血丹心大俠傳》初稿後闡述道：「『忠』者，孫中山《三民主義講演》中所解釋之義也；『俠』者，太史公《遊俠傳》所昌明之義也」，建議將「忠俠傳」題為書名。然而，作者認為「忠俠」只涵蓋書中部分人物，為突出主要人物的凜然正義、憂國憂民，終將「大俠傳」作為書名。

民國元老柳亞子為書題詞，文公直的好友洞庭秦來甫（復元）、吳縣沈碩生（異塵）及姜俠魂之批、校、評點；作者的兄長文公毅親自標點；古董袁秀堂、南通陳飛南做了繡像，杭縣王振麟逐筆繪圖。國民黨元老于右任題寫書名，還親筆寫序，並站在政治角度評價該書「敘述忠肅故事，體雖演義，而文則詳於正史」「信夫揚先烈之光，作民族之氣，小說之力，較正史為大。忠肅死，而淪浹血氣，耿耿忠烈之精神則不死。」[246]凡此種種，足證該書不同凡響。從古至今，武俠小說的刊行，如此盛大隆重，絕無

246. 于右任，《碧血丹心大俠傳・序》岳麓書社，1987年。

僅有。

《碧血丹心》三部曲講述于謙青少年求學，直到中進士，巡撫河南、山西，但是作者似有雄心寫出于謙一生的主要業績，在第一部《碧血丹心大俠傳》的結尾預示：「以下朱高煦謀叛及征番、征苗，宦官王振弄權，英宗被瓦刺部擄去，于謙百戰迎歸英宗，身遭刑戮；以及平諸大盜，破諸奇案；一切事情，俱在下集書中敘明。」待第二、三部寫出，作者其實還沒敘及上述于謙征番、征苗等事，創作計畫已經變更。因此，他的「衛國傳」也未能問世。這就使這部系列小說在人物塑造上有失重感。又如書中寫漢王朱高煦，有些部分是以史載為據，如朱高煦性情兇悍，不肯向學，輕佻淫狂；曾偷盜其母舅徐輝祖的寶馬，渡江馳歸，途中輒殺民吏；封漢王後，就藩雲南，不肯前行；後成祖還南京，將其廢為庶人，仁宗力救，徙封樂安，以及在樂安叛反，平定後被廢為庶人，旋即被殺等。不過，書中諸如勾結番邦、進獻紅丸等情節，則是出自異聞、傳說，難以查考。明代「梃擊」、「紅丸」、「移宮」三案，從來是史家爭論的公案，也是小說家的素材。本書借取「紅丸」案的某些片段，也是為增加故事的傳奇性。

《碧血丹心》三部曲有歷史傳記的構架，也有武俠的傳奇色彩。岳飛、文天祥、于謙、史可法等人，備受文公直推崇，于謙忠貞不二卻慘遭陷害尤使其深感不公。為大白歷史真相與呼籲群眾衛國，文公直擇于謙而寫。他主張「忠俠之國民性實為其重大之原力」，認為「盡離武事，消沉俠性，而成『東亞病夫』，為碧眼兒所欺凌，受木屐奴之蹂躪」，故「吾人今日，為我民族求生存計，為救世界弱小民族計，為求達全人類平等之日計，公直急謀恢宏我民族之忠俠性，發揚而光大之」[247]，並認為，武俠小說突起是大勢所趨，所以「跌宕有致，頗有水滸遺風」成為當時對「碧血丹心」系列的總體評價。

從小說的思想來看，宣導武俠精神是文公直愛國的體現，不僅表現了當年人民久盼政治清明、社會安定、抗禦侵略的愛國心理，也反映了下層知識份子藉寫小說來呼籲當局任用賢良、量才錄用的社會思潮。民國章回小說幾乎都有這種民本思想，其價值也在此。

由於武俠小說的讀者主要是市民階層和下層知識份子，所以《碧血丹心》一書的藝術趣味也傾向於神怪色彩。書中寫白蓮教的「妖術」以及寫僧道俠士友鹿道人、丈身和尚等能通星卜、善相術、知過去未來、識賢愚命運，而且把于謙寫成天生不凡的超人，因襲的是明清武俠小說的模式。

《碧血丹心》的技法採取傳統章回手法，如欲擒故縱、旁生枝節、聲東擊西、奇峰迭起、前呼後應等，使情節引人入勝。

作者塑造人物，喜好運用眾星拱月的烘托手法。在故事展開中，表現為一般人物的出場，是為了引出主要人物的出場，一般性的矛盾衝突是為了引發更大的角鬥廝殺。欲表現紅花需先描繪

---

247. 文公直，《碧血丹心大俠傳・序》，岳麓書社，1987 年。

綠葉，欲表現明月先細數群星。這些寫法明顯受《水滸傳》的影響，每當人物出場，各自有傳，把這些人物總攬於一個大山頭臥牛山，因而雖則人物眾多而眉目清楚，主旨明確。

全書開端先寫江湖上張三丰、周癲子、大通尼等大師及他們的弟子，情節展開也以俠客的行蹤為中心，鋪敘正邪兩大教派衝突的由來，以及宮廷裡互相傾軋的內幕，以大量筆墨渲染眾多遊俠。這樣為于謙日後力挽狂瀾，介入歷史重大事件有了實實在在的背景鋪墊。

書中俠士人物先後出場，彼此身世不一，命運不一，卻都有著一個共同的性格基調，就是仗義、正直、嫉惡如仇。無論是錢邁雪夜救孝子吳春林，還是張三丰刀下救孤兒馮璋，無論是茅能赤手鋤奸，還是文義揮劍去秕莠，俠客的血性和赤膽在扶弱助貧、去污除穢的共同點上得到了統一，為這一批俠客能夠後來在于謙的統領下力保太子，為國奮戰鋪下了內因。俠客們平時仇視民間的奸賊，那麼一旦國家出現竊國大盜，他們出於義憤前去剿殺，也就順理成章。書中細小除奸去惡事件的演繹，為後文集團性的大爭戰做了伏筆。結構上的前後呼應，彼此映襯，絲毫不亂。

為了使人物形象豐滿，作者不僅在結構上做了精心設計，還用了大量事件、細節來刻畫人物的多側面。《碧血丹心于公傳》中，于謙收服秦源的一段描寫，顯示了于謙善於辭令，長於攻心的將才風度；利用湯新的反間計，表現了他當機立斷、足智多謀的鐵手腕。即使是書中的一般人物，他們的性格也往往並不單一。如莽男兒薛祿，作品在表現他魯莽、武勇過人以外，還對他粗中有細、百般孝敬老母親做了細膩的描寫。同樣，擎天寨兩位武師，自然頭陀憨直粗樸，丈身和尚的風趣瀟脫各自不同。即使是反面人物朱高煦，也不是一味凶殘，他也有體恤士兵、愛慕英雄之心。錢巽作為一個忠實的走狗，不僅貪財、奸詐、狠毒，而且也是計謀深廣。因此，《碧血丹心》三部曲塑造的人物，才能從平面的描述上生動立體起來。

《碧血丹心》三部曲採用了故事套故事、人物滾雪團的情節處理方法，極少有枝節蔓蕪，中心線索一貫到底，這一切都使作品產生了特殊魅力。但由於《碧血丹心》三部曲人物過多，導致人物缺乏細緻的心理活動，成為三部小說的通病。另外，作者在細節處理上也有失誤之處，如白蓮教女將濮林麗，在《碧血丹心于公傳》中已被殺死，而在第三部《碧血丹心平藩傳》中突然又揮錘上陣。

文公直的文字簡練，較少鋪陳，重歷史而少俠情，大大充實了作品的社會內涵。這種寫法，對後來的武俠小說創作影響極深，雖然被評論家們指摘為「缺乏武俠的趣味性」[248]，但絲毫無損《碧血丹心》三部曲在20世紀武俠小說中「歷史武俠教科書」的地位。

248. 葉洪生，《中國武俠小說史論》，見《論劍——武俠小說談藝錄》，學林出版社，1997年。

第七章

魚龍光怪百千吞

——民國後「五大家」之奇幻仙俠

第一節 「劍仙」還珠樓主

中國的武俠小說發展到20世紀30年代，創作的中心開始由南方轉移至北方的京津地區，遂有「北派五大家」的稱呼出現。這其中產生巨大影響的，當屬以「奇幻仙俠派」別開武俠生面的還珠樓主。

還珠樓主在筆下開創了世界上亙古未有、異想天開的奇幻世界：

《續劍俠傳・河海客》

關於自然現象者，海可煮之沸，地可掀之翻，山可役之走，人可化為獸，天可隱滅無跡，陸可沉落無形，以及其他等等；

關於故事的境界者，天外還有天，地底還有地，水下還有湖沼，石心還有精舍，以及其他等等；

對於生命的看法，靈魂可以離體，身外可以化身，借屍可以復活，自殺可以逃命，修煉可以長生，仙家卻有死劫，以及其他等等；

關於生活方面者，不食可以無饑，不衣可以無寒，行路可縮萬里成尺寸，談笑可由地室送天庭，以及其他等等；

關於戰鬥方面者，風霜水雪冰、日月星氣雲、金木水火土、雷電聲光磁，都有精英可以收攝，煉成功各種兇殺利器，相生相剋，以攻以守，藏可納之於懷，發而威力大到不可思議。[249]

還珠樓主（1902—1961），原名李善基，後改名李壽民，四川長壽人。他出身於書香門第，祖上世代簪纓，其父李元甫曾於光緒年間在蘇州做官，由於不滿官場黑暗，後辭官還鄉，靠教私塾為生。在父親的悉心教導下，李壽民從小便學習中國傳統文化，文學積澱頗豐。三歲伊始，李壽民讀書習字；到了五歲，已能吟詩作文；七歲時，已能寫下丈許楹聯；年方九歲，因一篇洋洋五千言的《「一」字論》，在鄉里有神童之稱。李壽民生平興趣廣泛，頗務雜學，於諸子百家、佛典道藏、醫卜星相無所不窺、無所不曉，堪稱奇才。

李壽民的人生經歷，跌宕曲折，傳奇色彩十分濃厚。十歲時，他在塾師「王二爺」的帶領下多次登上峨眉和青城。李壽民後曾在日記中反覆提到「三上峨眉，四登青城」的所見及體悟。李壽民的塾師「王二爺」與一般腐儒不同，不僅能如數家珍地即興解說掌故，還曾帶他前往峨眉仙峰寺，拜見了一名精通氣功的和尚，

249. 徐國禎，《還珠樓主論》，正氣書局，1949 年。

此後堅持鍛煉，從未間斷。

峨眉山、青城山優美的傳說故事，層巒疊嶂、千姿百態的壯麗景色，使童年的李壽民流連忘返，這種生活和經歷，也為他後來的作品《蜀山劍俠傳》和《青城十九俠》提供了豐富的創作源泉。

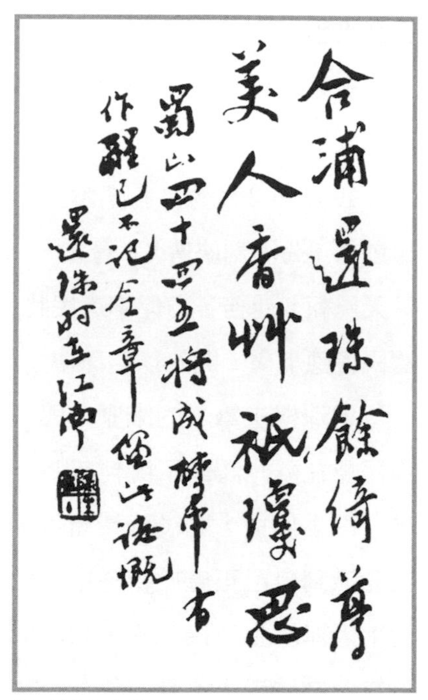
還珠樓主書法

李壽民少年喪父，家道中落，隨母親投親蘇州，後移居天津，先後做過軍中幕僚、郵政局職員、報紙編輯等職務。

李壽民的愛情婚姻的經歷也非常不平凡。李壽民夫人孫經洵，父親是大中銀行董事長孫仲山。

1928 年，李壽民經友人介紹，擔任天津警備總司令傅作義的中文秘書，彼時留英歸國的英文秘書段茂瀾和他興趣相投、十分要好。段茂瀾不久擔任天津電話局局長，邀請李壽民做他的秘書，李壽民應邀而去。1929 年春，李壽民業餘時間兼職在孫仲山家中做家庭教師。二小姐孫經洵與這位比她大六歲的家庭教師相愛。得知此事後，孫仲山大怒，他將李壽民辭退，並嚴斥孫經洵，孫經洵憤而離家。孫仲山藉「拐帶良家婦女」之名，把李壽民送進監獄。開庭審理過程中，孫經洵出人意料地出現在旁聽席上，氣宇軒昂地表示婚姻自主權掌握在自己手中，李壽民因判無罪釋放。

1932年2月5日，李壽民與孫經洵舉行婚禮，彼時，他已開筆創作《蜀山劍俠傳》，寫完十二回，恰巧友人唐魯孫[250]臨時代理《天風報》社務，力促李壽民將書稿交由《天風報》連載發表，李壽民答應下來，開始以還珠樓主為筆名，撰寫《蜀山劍俠傳》。

還珠樓主筆名的來歷，與李壽民的初戀有關。少年時期，李壽民曾在蘇州認識了比他年長三歲的姑娘文珠，兩人正是青梅竹馬、兩小無猜，嗣後感情漸生，彼此不離形影。十六歲時，李壽民意識到自己正處於初戀中。然而由於家境所迫，李壽民當時要北上天津謀生，後來兩人只能以書信往來。不想天意弄人，變故無常，文珠誤入風塵，從此杳無音訊，李壽民精神上受到創痛。婚後的李壽民還會偶爾提起文珠，夫人孫經洵聽後，對文珠的遭遇深感同情，建議他以還珠樓主為筆名，取唐代詩人張籍《節婦吟》「還君明珠雙淚垂」詩意，以此紀念文珠。

《蜀山劍俠傳》在《天風報》一經刊出，大受讀者歡迎，《天風報》發行量成倍增長，李壽民從此一發不可收拾，名聲越寫越大。

《蜀山劍俠傳》寫於「九一八」事變後不久，開篇以愛國情懷為基調。全書第一集第一回的第一位出場人物，是一名鬚髮全白

---

250. 唐魯孫(1908—1985)，前清宗室、珍妃侄孫、掌故名家、美食家。

的半百老人，他立於舟上，慨嘆道：「哪堪故國回首月明中！如此江山，何時才能返吾家故物啊！」哀慼之情，溢於言表。

多年後，談及《蜀山劍俠傳》的創作歷程時，李壽民寫道：「第以稗官雖屬小道，立言貴有寄託，涉筆不慎，往往影響世道人心，故於荒唐事蹟之中，輒寓愛國孝親之旨。」[251]

1937年，「七七」事變後，李壽民因為子女眾多，滯留北平，以寫小說為生。1942年2月，時任中央廣播協會會長的周大文（原北平市市長）邀請李壽民擔任偽職，李壽民為之拒絕，於是被冠以「涉嫌重慶分子」的罪名抓到憲兵隊，遭受鞭打、灌涼水甚至往眼睛揉辣椒麵等種種酷刑。然而李壽民始終不肯屈服，經過七十天的煎熬，終於在社會人士的保釋下出獄。這一次酷刑折磨，李壽民視力大損，不能親自執筆，只好請秘書筆錄由他口授的文字。李壽民踱步屋中，指天畫地，滔滔而談，逐步構築起自成一家的「劍仙世界」。

此後，李壽民的小說開始由報紙連載轉向大規模結集出書，《蜀山劍俠傳》、《青城十九俠》等作品相繼出版，在全國範圍內風靡一時。「還珠熱」在上海灘一度風行，《蜀山劍俠傳》每本印數達到上萬，仍滿足不了市場銷售，位於西藏路遠東飯店附近的一個小書攤，上午剛放出十餘本，下午即告售罄。

新中國成立後，李壽民不再繼續從事武俠小說創作。1951年5

251. 還珠樓主，《天山飛俠》第一集正文後《作者附識》，北京新華書局，1943年7月。

月，完成其第三十四部武俠小說《黑森林》後，李壽民宣佈「放棄武俠舊作」。

在隨後出版的《獨手丐》的卷首前言中，他公開檢討自己二十多年來所寫「是那麼低級和內容空虛」，並表示「將銷行二十年、在舊小說中銷路最廣、讀者最多、歷時二十年而不衰、能夠顧我全家生活的《蜀山》、《青城》等帶有神怪性的武俠小說，在當局並未禁止的環境之下，毅然停止續作」。[252]

《蜀山劍俠傳》這部五百萬字的曠世奇作就此戛然而止，全書的「峨眉三次鬥劍」和「道家四九重劫」等故事的高潮部分並未出現，關係著正與邪之間的大決戰結局如何終成懸案。

放棄武俠小說寫作後，李壽民轉職成為一名京劇編導，編寫戲曲劇本。1955年，李壽民在《北京日報》第三版刊登了《一個荒誕、神怪小說製造者的自白》，對自己的過去做了反省和批判，文中說：「我所寫的這些所謂『武俠』的荒誕小說，內容都是憑空捏造的，也都是具有反動本質的。在這些書裡，有的是亂打亂殺，有的是恐怖殘忍，其中也夾雜一些色情淫亂的成分。這實際上替資產階級、封建地主階級作了宣傳品⋯⋯今天回想過去我寫的那些壞書和它們對讀者的毒害，我真不寒而慄，日夜不安。我願意努力改造自己，盡自己的力量，多寫一些通俗讀物和劇本，多為

252.還珠樓主，《獨手丐》前言《從新寫起》，上海元昌印書館，1950年3月，轉引自南明離火，《原刊本〈獨手丐〉卷前李壽民的序言》舊雨樓網站・清風閣・還珠區，2005年8月29日。

人民作些事情，以贖我從前造下的罪愆。」[253]

1956年春天，李壽民托人將自己寫的歷史小說《岳飛傳》帶往香港出版。1957年「整風運動」開始後，李壽民發表了歷史武俠小說《劇孟》，在「內容提要」中特別注明，此書「沒有舊劍俠小說的荒誕」。然而「反右運動」旋即展開，武俠小說再遭批判。1958年3月，《讀書》雜誌發表文章，抨擊此書為「滿紙荒唐言，一套騙人語」，作者寫道：

有一個中學的一部分學生因為互相借閱武俠小說而結合成一個集團，武俠小說中個人英雄主義的腐化思想，把這些青少年的思想毒害得和社會主義現實生活格格不入，這個小集團最後竟變成了反黨小集團！[254]

《評還珠樓主的武俠小說〈劇孟〉》一文，從《蜀山劍俠傳》一路批到《劇孟》。1958年6月，李壽民讀此文後默然不語，次日凌晨即突發腦溢血，由此輾轉病榻兩年有餘。

病榻上的李壽民萌生了創作歷史小說《杜甫》的念頭，1960年2月，他躺在牀上，開始口授，到1961年2月18日，《杜甫》初稿

---

253. 還珠樓主，《一個荒誕、神怪小說製造者的自白》，見《北京日報》1955年12月25日第三版。1956年1月3日，香港《文匯報》以《還珠樓主拆穿神怪小說》為題進行轉載。

254. 樹平，《評還珠樓主的武俠小說〈劇孟〉》，見1958年3月，《讀書月報》（半月刊）第3期。

完成，共十一回，九萬餘字。《杜甫》的結尾講到，杜甫在窮愁潦倒間病死舟中，李壽民轉首告訴夫人孫經洵：「二小姐，我也要走了。你多保重！」三日後，1961 年 2 月 21 日，李壽民因肺膿瘍不治，逝世於北京大學附屬醫院，恰和杜甫同壽，享年五十九歲。[255]

還珠樓主在民國武俠小說作家中，其作品最能展現中國傳統文化特色。儒、道、佛等中國特色文化元素佔據了小說裡重要位置。他採用半文言半白話式的文字風格，語言淺近易懂，卻沒有受到西化語言的影響。

還珠樓主一生撰寫武俠小說約四十餘部，其中最能代表其創作成績及其地位的，是《蜀山劍俠傳》一書。

第二節　卷帙浩繁的奇書

一、龐大的「蜀山」譜系

1932 年，《蜀山劍俠傳》開始連載於天津《天風報》，1933 年 4 月由天津百城書局出版第一集單行本，7 月，改由文嵐簃古宋印書局出版第二至十七集，1938 年 5 月，改由勵力印書局（後改名勵力出版社）出版第十八至三十六集。1945 年，李壽民移居上海，不再登報連載，而是寫完一集（每集約十萬字）直接出版。上海正

255. 還珠樓主創作經歷及生平，主要參考周清霖、顧臻，《還珠樓主李壽民先生年表》，李觀賢、李觀鼎，《回憶父親還珠樓主》，范伯群，《中國近現代通俗文學史》，張贛生，《民國通俗小說論稿》等有關章節。

氣書局於1946年取得第一至三十六集的版權，1947年3月出版第三十七集，一直出版到五十五集（後五集為《蜀山劍俠後傳》），總三百二十九回，不含《後傳》則為三百零九回。在第五十五集結尾，依然是「欲知後事如何，且看下集分解」，出版日期為1949年3月。[256]據說全書計畫完成一千萬字，如今只到五百萬字，關乎正邪大決戰的結局是「峨眉三次鬥劍」和「道家四九重劫」，這也是最重要的故事高潮部分，但並未完成。

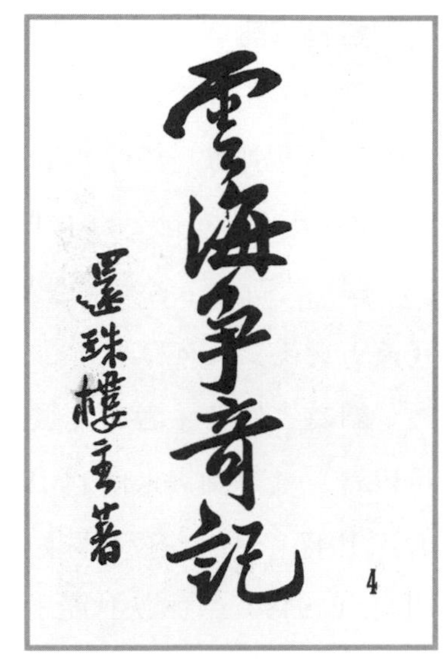

還珠樓主《雲海爭奇記》書影

在還珠樓主的武俠小說中，《蜀山劍俠傳》是其開山扛鼎之作，通過一部《蜀山劍俠傳》，還珠樓主構築起了一個龐大的「蜀山」世界，他的多數武俠小說都是由「蜀山」延伸而出，可分為正傳、前傳、別傳、新傳、外傳等。

歸為「正傳」者有《蜀山劍俠傳》（1932）、《峨眉七矮》（1946）及《蜀山劍俠後傳》（1948）；

256. 周清霖、顧臻《還珠樓主李壽民先生年表》，見《紫電青霜》附錄，中國文史出版社，2016年1月。

歸為「前傳」者有《柳湖俠隱》(1946)、《北海屠龍記》(1947)、《長眉真人傳》(1948)和《大漠英雄》(1948);

歸為「別傳」者有《青城十九俠》(1935)、《武當異人傳》(1946)及《武當七女》(1949);

歸為「新傳」者有《邊塞英雄譜》(1938)、《冷魂峪》(初名《天山飛俠》)(1947)及《蜀山劍俠新傳》(1947);

歸為「外傳」者有《蠻荒俠隱》(1934)、《雲海爭奇記》(1938)、《皋蘭異人傳》(1943)、《黑孩兒》(1947)、《俠丐木尊者》(1947)、《女俠夜明珠》(初名《關中九俠》,1948)、《青門十四俠》(1948)、《大俠狄龍子》(1948)、《兵書峽》(1949)、《龍山四友》(1949)、《獨手丐》(1949)、《鐵笛子》(1950)、《翼人影無雙》(1950)和《白骷髏》(1951)。

此種劃分是以小說中的武功描寫為主,正傳、前傳、別傳、新傳,皆寫劍仙鬥法,而外傳則是以武術技擊為主,劍仙為次,有的甚至是完全沒有劍仙法寶。

在這些小說當中,最為經典和代表性的非《蜀山劍俠傳》莫屬,前後創作近二十年,是還珠樓主的心血之作,其設想之奇,氣魄之大,文字之美,功力之高,諸書無法與之相比。

在蜀山譜系中,《青城十九俠》亦是一篇力作,與《蜀山劍俠傳》堪稱雙璧,1935年5月起在《新北平報》連載,旋由天津勵力出版社出版單行本,至1943年10月出版第二十四集,1947年11月由兩利書局出版、正氣書局印行第二十五集,全書未完。《蜀山劍俠傳》第十六集第一回（總一百六十六回）中曾藉矮叟朱梅之口言道：「師弟伏魔真人姜庶……執意要創設青城一派，以傳本門衣缽。頭一代按照先恩師遺偈，共只收男女弟子十九人。」《青城十九俠》即以朱梅的這段話鋪陳，著力記敘青城派劍仙的眾弟子——裘元、羅鷺、虞南綺、狄勿暴、狄勝男、呂靈姑、紀異、楊映雪、楊永以及紀登、陶鈞、楊翊、陳太真、呼延顯、尤璜、方環、司明、塗雷、顏虎等十九人修仙煉劍、行道誅邪、開創青城派的事蹟。還珠樓主有意識要在《蜀山劍俠傳》之外，別樹一幟，將「天下第五名山」的青城山和川黔滇苗疆作為小說背景，通過對「入世武俠」的生活經驗和人情世故的深切體會，創造出一個可與「蜀山峨眉」媲美的藝術天地。

《青城十九俠》在談玄說異方面不及《蜀山劍俠傳》神奇宏偉，但某些章節，如虞南綺與裘元夜觀天體星群（第三集第二回）、李洪大戰太虛一元祖師蒼虛老人（第二十、二十一集）等，也是想像豐富，瑰麗不可方物。

《青城十九俠》與《蜀山劍俠傳》不同之處，在於還珠樓主並不專注於飛劍法寶的神奇超邁、仙山靈域的瑰麗奇幻和想像構思的出人意表，他藉四川、貴州、雲南等地的山川景物和當地民族生活為背景，把裘元、虞南綺夫婦的活動作為小說敘述主線，詳細地展示了裘元夫婦、狄氏姐弟、紀異、呂靈姑等青城派弟子的生活遭遇和歷經艱險、創立門派的曲折過程。比起《蜀山劍俠傳》來，本書不僅更顯得內容首尾連貫，結構相對完整，文字風格統一，而且作家筆下的人物，更富有濃厚的人情味，因而也更有獨特的文學價值。

《蠻荒俠隱》(1934)、《黑森林》(1950)和《黑螞蟻》(1950)等作品，繼承發展了還珠樓主以南疆風土人情作為故事背景的構思方式。《青城十九俠》(1935)直接或間接地影響了眾多武俠小說作家，比他略晚幾年出道的「詭異奇情派」朱貞木，就繼承了他這一構思，其作品《羅剎夫人》(1948)、《苗疆風雲》(1951)等作品，就將故事背景選在了南疆。

除《蜀山劍俠傳》和《青城十九俠》，還珠樓主其餘作品雖然成就不俗，但不及這兩部小說成就大，然而正如天地日月，縱有大小之分，但彼此間密切相連，缺一不可。

二、《蜀山劍俠傳》故事概要

蜀山，指的是蜀中峨眉山，全書講述了峨眉弟子學藝和斬妖除魔的經歷。峨眉山上修煉的不是普通俠客，而是超越凡俗劍仙，峨眉派是正宗劍派，即使法術不如對手，但道行也遠非其他派劍仙所能比，而且不必經過「兵解」便可上升紫府天界，成就修行正果，所以被其他門派推崇或妒恨。

峨眉派之外，便是屬於旁門左道的異派。異派也分正邪，屬於正的，是峨眉派的同盟者，屬於邪的，則專門與峨眉派為敵，並且為非作歹，荼毒生靈。峨眉派的開派祖師是長眉真人，早已飛升仙界，現任的掌教是乾坤妙一真人齊漱溟。在老一輩的劍仙中，尚有「三仙二老」、妙一夫人、餐霞大師、醉道人、髯仙李元化等人，都在廣收門徒，其主要人物為「三英二雲」「四大弟子」及「峨眉七矮」。他們年紀雖輕，然而外出修行期間奇遇不斷，獲得奇珍異寶無數，自身道術也與日俱增，其中以「三英二雲」最為傑出。「三英二雲」，指李英瓊、余英男、嚴人英、齊靈雲和周輕雲，共四女一男，小說主要就是他們學藝、成道、鬥魔、得寶等過程（其中余英男、嚴人英所著筆墨較少）。

小說主人公李英瓊，堪稱天之驕子，她是峨眉掌教心目中的繼承人。全書著重描繪了李英瓊如何由一個資質平凡的女子，在種種機緣巧合下獲得了長眉真人的紫郢劍，繼而將神鵰佛奴、猩猩袁星收服，得到罕見朱果，又順利將前輩仙人所留的太清神焰兜率火及白眉和尚的定珠收於囊中，後來還得到前世至交好友聖姑一甲子功力，成為峨眉派諸弟子中的第一人物。除李英瓊外，峨眉晚輩劍仙中落墨較多的尚有齊金蟬、笑和尚、齊霞兒等人。

當代畫家趙明鈞繪製的《蜀山》李英瓊畫像，身邊即為李英瓊收服的猩猩袁星和神雕佛奴

小說開卷寫李英瓊隨父親李寧避難四川，途遇父親至友周淳（周輕雲之父），相偕隱居

峨眉山。不久，洪山八魔來尋周淳報仇，雙方約定在成都開元寺決一勝負。周淳得峨眉派劍仙援助，洪山八魔也廣邀能人異士撐腰。小說從此拉開了正邪兩派鬥法的序幕。

兩派數次爭鬥，仇怨越積越深。邪派中的人物有綠袍老祖、鳩盤婆、殭屍、萬載寒蚿等妖物，大多形象醜惡，性格專橫、殘忍、毒辣。另有五台派的許飛娘，是峨眉派的死敵，她自己不出面，總是煽動別人去和峨眉派交鋒。還有曉月禪師，乃是峨眉派的叛逆，因忿生恨，處處同峨眉派作對。

正邪雙方的爭鬥又往往是因爭奪寶藏、寶物而起：名山大川藏有千古至寶，對於修道人大有裨益，正邪兩派都想獲得，互不相讓，於是各逞本領，遂起戰端。這種探險奪寶差不多占了小說一半以上的篇幅。

小說的另一重要內容是峨眉劍仙剷除毒蛇猛獸凶蚊惡蟒之類的害人妖物，以造福人間，積累功德。

《蜀山劍俠傳》有兩個重大關目：一是「峨眉三次鬥劍」；二是「五百年群仙劫運」，即道家所謂「四九天劫」。小說中劍仙們的活動都圍繞這兩條主線進行，然而由於小說沒有寫完，兩大關目俱無下落。

《蜀山劍俠傳》的故事，不是發生在紅塵人間，而是發生在沒有俗世風塵，沒有江湖恩怨的「異度空間」。作者的筆力上入青冥，下通九幽，點染煙雲，描摹仙境，遂使故事內容踵事增華，博大精深，含蘊無盡，幻想無極。

全書大致情節如下：

1、鬥法慈雲寺（第一集第一回～第三集第七回）敘全書緣起，正邪雙方眾多人物紛紛登場，「三英二雲」、「紫青雙劍」、「三次峨眉鬥劍」等全書重要關節出現。

2、李英瓊學道（第三集第七回～第四集第十三回）全書第一主角李英瓊正式出場，寶劍紫郢、神鵰佛奴、猩猿袁星盡歸於李英瓊，一番奇遇，堪稱全書之最！

3、戴家場鬥法（第四集第十四回～第五集第十三回）主線牽連較少的小插曲，鬥法的場面規模、精彩度皆不如慈雲寺段落，屬於支線情節。

4、青螺峪鬥法（第六集第一回～第八集第一回）鬥法描寫精彩紛呈，全書由「劍俠」開始步入「劍仙」的境界。李英瓊初次出師，穿插敘寫司徒平和秦家姊妹的一段姻緣。

5、兩儀微塵陣出世（第八集第二回～第八集第九回）群魔亂舞，書中第一陣法——兩儀微塵陣正式使用。

6、斬妖屍、誅綠袍（第九集第一回～第十一集第二回）大致為三段故事，交錯而寫。笑和尚斬文蛛失敗，初次鬥法綠袍老祖再次失敗，和齊金蟬跑去幫李英瓊、周輕雲，紫青雙劍合璧斬了妖屍谷辰，再回頭去殺綠袍老祖，終獲成功。

7、火困凝碧崖（第十一集第三回～第十二集第一回）峨眉派的多事之秋，情節大致和斬妖屍、誅綠袍二事同時發生。

8、峨眉開府之前（第十二集第一回～第十三集第三回）眾多情節異彩紛呈，但都不長，主要為秦寒萼、司徒平道基毀壞、齊霞兒雁山誅鯀怪、寶相夫人渡劫等。

9、大破紫雲宮（第十三集第四回～第十六集的第三回）此段故事又可分為兩部分：遊離主線的紫雲三女小傳和峨眉派大破紫雲宮。

10、銅椰島和幻波池（第十六集的第四回～第十六集第九回）全書重大伏筆，可分為三段，分敘與天癡上人、紅髮老祖、辛凌霄夫婦等結怨的經過，為下文天癡神駝銅椰島鬥法、苗疆鬥紅髮老祖、幻波池等事件做出鋪墊。

11、凌雲鳳學道（第十七集第一回～第十九集第四回）敘述楊瑾、凌雲鳳的修道故事。

12、臥雲村（第二十集第一回～第二十二集第一回）敘述歐陽霜、崔瑤仙故事，也是遊離主線的情節。

13、元江取寶（第二十二集第二回～第二十四集第一回）鄭顛仙初次取寶，其二次、三次取寶的故事則見《青城十九俠》。

14、峨眉開府（第二十四集第二回～第二十七集第二回）群仙盛會，規模宏大，想像出奇，是全書描寫的一大盛事。首次提出峨眉派入門必須過小人天界，下山則要走左元十三限和右元火宅嚴關，入門也難，出門也難。

15、天癡神駝鬥法（第二十七集第三回～第二十八集第三回）天癡上人和神駝乙休在銅椰島鬥法，大荒二老出場，此段故事群仙齊出，風雲變色。

16、苗疆鬥紅髮老祖（第二十八集第三回～第三十集第二回）峨眉開府之後，峨眉派弟子首次沒有長輩參與的鬥法。

17、陷空島求藥（第三十集第二回～第三十一集第二回）齊金蟬入北極陷空島求藥，解救被化血神刀傷害的申若蘭。

18、幻波池（第三十一集第二回～第三十七集第一回）三人幻波池誅豔屍崔盈，次次驚險，中間閒閒幾筆，描寫小寒山二女神態如活。

19、神碑禪經（第三十七集第一回～第三十八集第二回）群邪奪寶，大雄禪經終歸花無邪。朱由穆、姜雪君與天殘地缺大鬥法，雙方和解告終。

20、火煉毒手（第三十八集第二回～第三十九集第一回）謝瓔、謝琳在大咎山佛火心燈煉毒手，李洪神劍峰相救阮征，屍毗老人初出場。

21、光明境誅萬載寒蚿（第三十九集第二回～第四十集第四回）峨眉七矮聚首，在天外神山光明境開府。

22、尸毗老人魔法困群仙（第四十一集第一回～第四十三集第三回）雙方只是意氣爭鬥，最終和平收場。

23、金石峽（第四十三集第四回～第四十四集第二回）此段故事主要是金石峽救人、探寶、誅邪。

24、幻波池危機（第四十四集第三回～第四十七集第二回）沙紅燕、辛凌霄來犯，引來兀南公出手。李英瓊被困參悟，功力大進。余英男月兒島得離合五雲圭，收服火無害。

25、海外涉險（第四十七集第三回～第五十集第一回）主要為金銀島求藥、小南極四十七島誅邪、黑刀峽奇遇、絳雲宮解圍等故事。

26、易靜鬥法鳩盤婆（第五十集第一回～第五十集第四回）包括九鬼啖神嬰，鳩盤婆天劫降臨，形神俱滅。

全書至此並未寫完，後續故事在《蜀山劍俠後傳》中，也並沒有下落。

三、《蜀山劍俠傳》的思想

徐國楨在《還珠樓主論》中這樣評價《蜀山劍俠傳》一書內容的體大思精：「本來是李耳、莊周一般的襟懷，可生就了釋迦牟尼的兩隻眼睛，卻是替孔丘、孟軻去應世辦事。於是儒、釋、道混成一體了！」[257]

《蜀山劍俠傳》蘊含了儒、釋、道三家思想，忠孝節義、因果報應和轉世輪迴、神仙術數和鬼狐修行等皆有涉及，作者通過高超的藝術技巧，使三家思想精義在小說得以融會貫通。

李壽民在小說中能產生如此思想，其來有自。據掌故名家唐魯孫說，李壽民的儒學造詣頗深，1936年，李壽民曾在北平「冀察政務委員會」政務廳擔任秘書工作，委員長兼河北省政府主席宋哲元曾請他將四書分門別類，另行編纂《四書新編》，而掛以劉春霖

---

257. 徐國禎，《還珠樓主論》，正氣書局，1949年。

敦煌藏經洞《金剛經》卷首圖，藏於大英博物館

等鴻儒之名刊印，足見其儒學功力。[258]

至於釋、道兩家玄學，李壽民更是自幼至長浸淫其中，「如佛教的《華嚴經》、《阿彌陀經》、《無量壽經》、《大乘妙法蓮華經》、《金剛般若波羅蜜經》、《般若心經》、《大智度論》、《俱舍論》乃至禪宗《傳燈錄》，多半為李壽民化入小說。道家經典，由最早的《易經》、《道德經》、《莊子》、《列子》，以迄《抱朴子》、《周易參同契》、《皇極經世》、《太上靈寶經》、《雲笈七簽》乃至道教中神秘的《玄天九轉道錄》及譚峭《化書》等奇妙素材，也均散見於

258. 唐魯孫，《我所認識的還珠樓主——兼談〈蜀山〉奇書》，原載 1982 年 6 月 20 日台灣《民生報》。

小說。」[259]

李壽民生命哲學的中心思想，體現儒家的「仁」，體現佛家的「慈悲」，體現道家的「長生」。他在小說裡一再強調「世無不忠孝的神仙」，其原因正是在此。《蜀山劍俠傳》中，他對儒、釋、道三家思想進行了綜合的安排：

在道德上，小說中的正派劍仙以儒家的倫理規範約束自我，大力推崇「知其不可而為之」的儒家入世精神；在生活上，小說渲染逍遙散淡、遊戲人間的道家思想，他們力求寡欲清心和辟穀煉氣；在修煉上，小說推崇「四大皆空」、「一塵不染」等佛家空明之境。

三者相融，將書中正派劍仙的人生哲學呈現於讀者眼前：

其一，無論仙凡均不脫儒家的倫理規範，以儒家的「仁」為出發點，貫穿了修行過程中的除魔衛道，挽救生靈，純粹在以「仁」為念而行俠。劍仙以「仁」為本的言行，目的是要達到道家所說的長生不老，得道成仙，目標完成的過程則需借助佛家的輪迴轉世，幾世苦修。小說中「仁」的力量無所不在，威力極大。天狐寶相夫人的超劫成道（第十二集），忍大師情關為淚所化（第二十四集），神駝乙休大鬧銅椰島以及峨眉群仙聯手消弭地心奇禍（第二十七集）等，都是「仁」的力量高度發揮的結果。即便反面人物如

259. 葉洪生，《開小說界千古未有之奇觀——評還珠樓主〈蜀山劍俠傳〉》，見《論劍——武俠小說談藝錄》，學林出版社，1997 年。

尸毗老人、鳩盤婆等人，也因一念及「仁」而得幸保殘魂。

《蜀山劍俠傳》所表現出的儒家正統觀念極強，第二十四集第四回借英姆之口說：

> 法與道不同，貴派（峨眉）玄門正宗，異日循序漸進，自成正果，須時反倒無多。愚師徒如論法術，自不多讓；論起道行，終因起初駁而不純，欲速不達，枉辛苦修為了幾百年，時至今日，始能勉參上乘功果。一樣成就，卻不如貴派事半功倍。[260]

書中強調峨眉派與別派的差別，正是作者意識中正統與外道的差別。作者用這一觀念塑造人物，凡正派人物，男子一律仙風道骨，丰神俊朗，女子則仙容玉貌，美秀絕倫，而反派男子或獰惡凶殘，或一臉邪氣，女子大多妖豔淫邪。正派稱仙姑、仙童、仙禽、仙猿，邪派則是妖人、妖徒、妖道、妖婦、妖鳥、妖獸。非正宗門派修道人，即使為人正派，法力無邊，只能修到地仙境界，仍有天劫之災，正宗門派的人就可以修到天仙境界。這種過分突出正邪的創作觀，也使得小說人物性格難以深掘，呈現表面化、概念化。

其二，書中人物崇尚佛道，但在宿命論的影響下，不免為

---

260. 還珠樓主，《蜀山劍俠傳》，岳麓書社，1988 年。

「情」字所累。日常生活方面，渲染道家的散淡逍遙，講究洞天福地、珠宮貝闕的居室之美，也要致力於清心寡欲、服氣辟穀，嚮往「博大真人」的超劫長生之道。

第十二集第五回中描寫天狐寶相夫人藉助二女和女婿以及鄧八姑、諸葛警我、神駝乙休和東海三仙抵禦天劫三災（乾天純陽真火、巽地風雷、天魔）。

作者寫乾天純陽真火、巽地風雷二災，筆下狂飆怒卷，場面駭目驚神，大自然的威力，幾欲奪勢而出。寫「天魔」之劫，作者馳騁想像，曲曲寫出相由心生的諸般幻境，又由紫玲、寒萼道行法術高深反而為魔力所破，司徒平道力法術較淺反而戰勝「天魔」，加上作者現身插入一番議論，道出佛家「六賊」之魔便是以人的眼、耳、鼻、舌、身、意六根為媒介，造成聲、色、香、味、觸、法（幻想）六種污染心靈、妨害修道的魔境和道家「有」、「無」相生相剋的哲理。第二十四集第一回，作者藉芬陀大師之口細述「小轉輪三相神法」：

我那小轉輪三相神法，納大千世界於一環中；由空生色，由虛為實，佛法微妙，不可思議。說起來雖是個石光電火瞬息之間，而受我法者，一經置身其中，便忘本來；不特不知那是幻相，凡諸情欲生老病死，與實境無異。一切急難苦痛，均須身受。幻境中歲月，久暫無定，在內轉生一次，最少也須五六十年。此一甲子歲月，更須一日一時度過，與邯鄲粱的夢境迷離，倏忽百變，迴乎不同。[261]

這種在剎那間，遍歷未來三生苦樂，且在「三相虛境」內預積三十萬善功，並一一實踐的「小轉輪三相神法」，是作者研習佛學的心得，在書中，這一移後作前、倒果為因的奇思妙想，將佛學精義充分藝術化了。

第三十三集第三回寫謝琳、謝瓔和癩姑在青蓮峪千頃平湖邊「花開見佛」，求取七寶金幢，奇景奇緣，內蘊佛、道兩家思想。三人禪心不淨時，但聞湖上梵聲若有若無，只有安定心神，不生一念，返虛生明，達到明心見性後，才得「花開見佛」。當七寶金幢出現時，謝琳、謝瓔心下動念，欲以法力強求，結果徒勞，七寶金幢隱形，當她們恍然大悟相由心生，有相無相，無為因果時，遂頓觸靈機，理解了「有無相因，人寶分合」，「佛在我心」之妙，於是萬慮全收，人寶合一。這段情節意境高妙，通過小說闡釋得非常到位。

其三，蜀山的劍仙對於愛情持有「靈肉分開」的態度，認為肉慾會使人靈魂墮落，愛情（精神戀愛）則可脫離肉體而獲得永生。小說雖然也寫一些正派男女劍仙甘願為情粉身碎骨，減卻道行，只要「來生再聚」，恩愛不移，如李厚為申若蘭、石明珠為阮征，即使峨眉派的齊靈雲、周輕雲、朱文等人，修道多年，仍對幾世

---

261. 還珠樓主，《蜀山劍俠傳》，岳麓書社，1988 年。

情侶孫南、嚴人英、齊金蟬情絲未斷，倍加關切。可是作者又寫他們為情所累，並讚揚那些能壓抑心中感情的人道行深厚，修仙志堅。

正派男女劍仙即使是夫妻，情深愛重，也只是名義夫妻，同修仙業。如果產生感情糾紛，則是「情孽」「孽緣」，該有此劫。魔教中人則多半淫蕩無恥，或用情魔幻相，或用活色生香的淫欲場面去迷惑對手。只要修道人略有疏忽，心念一動，魔念便乘虛而入。所以，書中合籍雙修的情侶稱為「神仙眷屬」，縱慾無度的狂蜂浪蝶則「必墮魔道」。

李壽民肯定所有超自然的宇宙力量，冥冥中自有天定，對此深信不疑，他認為所有賢愚不肖者，生而有之，是命中注定之事，不可抗爭，因此在他的小說中不乏宿命論和因果報應等思想。此外，李壽民十分重視生命價值，認為生命最為珍貴，恣意殘害生命、趕盡殺絕等行為是不可取的，他還努力懲惡揚善，宣導扶貧濟弱，人性尊嚴也受到他的表彰。

儘管他對「一切俱有定數」的觀點推崇備至，然而他卻並不主張「認命」，他認為只要努力追求、鍥而不捨，用至誠之心感動蒼天，便能「逆數而行」，將命中注定的運數克服，達到「人定勝天」之境！

綜合來看，李壽民重視禮教，這是他承襲儒家的一面；但他又崇信宿命論，認同佛教的三世因果、六道輪迴，對於道家宣揚的有無相生、陰陽五行、讖緯占卜，還有諸般煉丹法門、符篆驅鬼、白日飛升、天人感應等說法多有採納，因此融多家思想於一爐。

四、超越凡塵的生命架構

《蜀山劍俠傳》對 21 世紀初流行於網路的仙俠小說、玄幻小說亦有極大貢獻，其最重要的一點，就是搭建了一個超越凡塵的生命架構。

在劍仙的整個生命體系中，有一類描寫始終貫穿全文，即對俗世生活的描寫。每一段天地間仙魔戰鬥的情節裡，都鑲嵌著對俗世生活的勾勒。這些劍仙的俗世生活仍停留在凡人的形態上，通常充滿濃郁的悲劇色彩，這一點在全書中頗具意義。

藏傳佛教的六道輪迴圖

小說始於李寧父女歸隱途中的描繪。嘆罷「故國不堪回首月明中，如此江山，何時才能返吾家故物啊」，李寧「言下淒然，老淚盈頰」，小說在故國之思、歸心急切中，將一個窮愁潦倒的失意遺老，矛盾苦悶的心理展現給讀者。李寧與舊日好友周淳的交談，又將他家破人亡的悲慘遭遇一一呈現。他之所以入山修道，其直接原因是受塵世生活所困，而根據作者的固有理論分析，認定是其前世因果使然。

從第二十集到第二十二集中，李壽民對歐陽霜和黃畹秋的婚變，以及他們的兒女因為報仇而釀成的慘劇作了集中闡述，篇幅字數十萬字有餘。該部分擁有完整曲折的故事情節，儼然一部獨具風格的中篇小說。在愛情中，黃畹秋因愛生恨，將她的多年舊友歐陽霜（也是她的情敵）設計毒害而死。黃畹秋自己也遭到了報應，而她並沒有善罷甘休，並將女兒瑤仙等推向了復仇之路，使他們的人生在仇怨中幾乎毀滅。由此，可以窺見作者全面而深刻的人性洞察力，善惡、愛恨、利己和無私、冷漠和寬容、摧殘和救贖等人性的種種主題交織在一起，再通過作者高超的描寫技巧，使讀者如身臨其境一般，心靈感觸極深。

劍仙的出場，成為這部慘劇的拯救力量。鄭顛仙救走了將死之人歐陽霜，並收她入門修行；而誤入妖窟的絳雪瑤仙，由正派劍仙所救。

相比這個戲劇色彩濃厚的例子，出家經歷更為平淡的是齊漱溟夫婦這對峨眉派掌門「乾坤正氣妙一真人」，他們的經歷是有形而上的。名門望族出身的齊漱溟和表妹荀蘭茵青梅竹馬，兩人婚後生下子女一雙，擁有幸福美滿的生活。蘭茵慨嘆「花不常好，月不常圓，人生百年，光陰有限，轉眼老大死亡，還不是枯骨兩堆」，一語將狹隘而虛幻的理想世俗生活點破。正因如此，齊漱溟後來求道於峨眉，全家人最後一起修仙。齊漱溟一家的故事，是世俗生活的真實寫照，因此，人物致力於對有限生命的超越，追求生命的自由和永恆，使小說具有了普遍意義。

小說第三十四集中第一回裡關於川峽縴夫的描繪，素來為人們所推崇：

這一臨近，才看出那些縴夫之勞無異牛馬，甚或過之。九十月天氣，有的還穿著一件破補重密的舊短衣褲，有的除一條纖板外，只攔腰一塊破布片遮在下身，餘者通體赤裸，風吹日曬，皮膚都成了紫黑色。年壯的看去好一些，最可憐是那些年老的並未成年的小孩，大都滿面菜色，骨瘦如柴，偏又隨同那些壯年人前吆後喝，齊聲吶喊，賣力爭進，一個個拚命也似朝前掙扎。江流又急，水面傾斜，水的阻力絕大。遇到難處，齊把整個身子搶撲到地上，人面幾與山石相磨。那樣山風凜冽的初冬，穿得那麼單寒赤裸，竟會通體汗流，十九都似新由水裡出來，頭上汗珠似雨點一般往地面上亂滴，所爭不過尺寸之地。[262]

這段文字，被許多人用來說明還珠樓主的寫實功力。然而，天津已故學者張贛生認為這段文字具有更深的象徵價值：

262. 還珠樓主，《蜀山劍俠傳》，岳麓書社，1988 年。

我每讀到這段描寫，常感到還珠是在借題發揮、抒寫自己生活的感受。……天津人把生活負擔叫做「拉套」，挑上生活的重擔就好像套在大車上的騾馬一般「上了套」；還珠是在奔波勞碌中掙扎多年的人，他難免有一種「拉套」的感覺，寫著寫著就不禁借題發揮一點自己的感慨。[263]

還珠樓主有沒有這層寓意不得而知，然而這是芸芸眾生裡的一個悲劇代表，則毋庸置疑。

在作者看來，李寧、黃畹秋以及齊漱溟夫婦這些凡人也好，前朝遺民也好，作品中提及的眾多異類生靈也好，他們不正如這些縴夫一樣嗎？他們拚盡全力、將生命耗盡，也不過是爭那「尺寸之地」罷了。相比浩渺無窮的宇宙時空，他們所求之物實在細如螻蟻。現實是殘酷的，因此對拯救之道的追索應運而生。以修仙之道超越現實的有限，達到永恆之境，這是還珠樓主所找到的高度理想化和藝術化的答案。

《蜀山劍俠傳》中，有許多和生命組成結構相關的「術語」，諸如「真靈」、「元靈」、「元神」、「軀殼」、「元嬰」、「元丹」、「內丹」、「殘魂」和「生魂」等。

整體而言，通常生命體的基本形態是由「元神」和「肉身」二者相對應構成的。在作品中，這個可用於人的法則，同樣可用

263. 張贛生，《民國通俗小說論稿》，重慶出版社，1991年。

於動物、植物。「元神」在二元結構中具有決定意義。肉身可以更替，元神卻不能毀滅。離開肉體後，元神仍能存在甚至分化成多個，「三屍元神」和「九命元神」等皆由此而來。修煉到達一定高度，便可形成比肉體更高級的軀殼——「元嬰」。元嬰是可以借用，因為元嬰也有元神，比如小說中的千神蛛，妖物「萬載寒眩」的元嬰便是被它所借用。當元嬰修煉至一定的境界，通過「天劫」，此時內外功行皆已圓滿，飛升成仙便不在話下。

作者構思的這種超越生命的途徑，一切生物都能適用。《蜀山劍俠傳》中諸多例子是關於非人類生物修道的。如神鵰佛奴鋼羽、獨角神鷲和古神鳩等飛禽，以及天狐寶相夫人、猿長老和母猿袁星等走獸，還有芝人和芝馬，以及花木之靈等通靈植物，更有各式異類怪物，火人火無害、龍道人等便是其中例子。一言以蔽之，凡有生之物，作者認為他們都有機會超越現有生命架構。台灣學者葉洪生有過這樣的說法：

至於還珠對佛教「六道輪迴」說法，基本上是認同的。所謂「六道」是指：天道、人道、阿修羅道、畜生道、餓鬼道、地獄道而言，為眾生輪迴之六次元道路。前三者為「三善道」，後三者為「三惡道」，造物主分別依其行為善惡多寡而決定其投身於那一類（以上見《法華經》）。但還珠小說卻將三善道及畜生道放在同一個平面世界來談，迴避了另一度空間的餓鬼道與地獄道。如《蜀山》中談鬼，一般專指人死後之靈魂；

對修道人則謂之「元神」；惟有小說邪派人物「冥聖」徐完，是由陰魂修煉成的「妖鬼」，統率鬼兵鬼卒。奇怪的是，還珠選的鬼國既非陰間地府，亦非自古相傳的酆都城，而是在歷代詩人發思古幽情的北邙山！因此還珠小說雖常提「輪迴」一詞，實則卻不受造物主的控制，迅即由僧、道高人運用法力將人「死」後的靈魂或元神送往別處轉世投胎——沒有「下地獄」見閻王、判官這一套陳腔濫調。至其所謂生死，亦不是看肉體是否存在，而是以靈魂之有無為準；故「兵解」(借殺身解脫）云云，散見全書。[264]

在《蜀山劍俠傳》的世界中，整體空間是單層次的。雖有距離之隔並且相隔甚遠，然而仙魔鬥法的世界以及人世間，都存在於同一層面。小說中關於峨眉開府的描述，正當群仙觀佛光於峨眉山巔之上，「雲層以下，各廟宇人家，已上燈光……不時傳來幾聲疏鐘、數聲清磬……知道此時，半山以下正下大雨」，山頂為仙人，山下為凡人，劍仙凡人之間僅僅相隔半山，可謂觸手可及的距離。讀到此處，不免有仙凡雖然有別，然同處一片天地的感覺。

中國民間通常習慣將天庭、地獄與人間並置，《蜀山劍俠傳》則不然。

264. 葉洪生，《開小説界千古未有之奇觀——評還珠樓主〈蜀山劍俠傳〉》，見《論劍——武俠小説談藝錄》，學林出版社，1997年。

小說雖然提及「紫虛仙府」和任職其中的「大羅金仙」，但它沒有擾亂小說構造的現實和幻想世界，僅僅是虛設罷了。而關於地獄和閻王之類的說法，《蜀山劍俠傳》裡幾乎沒有。因此，在《蜀山劍俠傳》裡活動的種種生靈，全然憑藉自己的生命意志而活，正是「萬類霜天競自由」的寫照。

根據道家陰陽五行消長、太上感應學說等，還珠樓主又制定了屬於這個世界的「自然規律」。有了這一規律，他所創造的世界便能獨立持續運轉。

生命的延伸也是《蜀山劍俠傳》所崇尚的對象，只要具備必要性及可能性，生命便能無限延伸。《蜀山劍俠傳》裡，這一生命旅程為兩個階段，即修行與渡劫。

修行有內外之分。「凝煉元神」，繼而將「內丹」和「元嬰」煉成，是修行者的內在功夫；而外出行善積德，便是修行者所謂的「外功」。當修煉到一定的境界後，「元嬰」就能將軀殼擺脫，達到行動自由，此即為逍遙灑脫的散仙。

每隔四百九十年，散仙必須經歷「天劫」，也稱「道家四九重劫」，散仙過往的所有善惡之舉的總帳，將會在應劫過程中得到清算。此關若不過，不是「兵解轉世」，修行退回起點，就是「形神皆滅」，生命轉瞬成空。要練就不死之身，從成道之日始，散仙必須連續歷「天劫」三次。此後，內外功行皆已修滿者，便可登「靈空仙界」化為天仙；功行未圓滿者便成「地仙」，天府不會對其有任何約束。但每歷兩千一百九十年，地仙又有重劫三次，其影響與「天劫」無太大差異，十分殘酷。

「應劫」在超越生命的道路上意義重大，因此《蜀山劍俠傳》的敘事重心離不開「應劫」。

小說緊緊圍繞「峨眉三次鬥劍、群仙大劫」展開，由此產生各類枝節事件，這未來的大劫，正是小說潛在的敘事中心。然而由於作者因故擱筆，「峨眉三次鬥劍」未能完成，實乃憾事。對於「應劫」的意義所在，有學者總結：「劍仙、怪魔都要逃脫『道家四九天劫』，即每四百九十年一次的劫難。不同者，劍仙以行善來避劫，怪魔用行惡來逃劫。兩方面寓示了一種共同的形而上意義，就是人對自身命運的不懈抗爭。」[265]

作者苦心經營「天劫」系統，體現了他的某種辯證思想。他將「天劫」交由某種抽象的「自然律」掌控，但又強調修行以避劫運，無異於交給人類掌握自身命運的權力，人的未來由自己決定，是尊重生命價值的體現。

因果輪迴作用，是始終貫穿在修行和渡劫過程的重要問題。在《蜀山劍俠傳》中，各人有各人的輪迴圈子，他們只能在這個圈子裡活動，但無法跳出這個圈子。小說的因果法則分為兩部分。其一為因果報應，「因」種於心念言行中，必將出現與之相應的「報」；其二為輪迴轉世，一段因果沒有了結，即使「轉世」了，也要遭「報」，永世不止，直至了斷。

---

265. 錢理群等，《中國現代文學三十年》，北京大學出版社，1999 年。

在「渡劫」征途中，因果輪迴至關重要，因果未了，便是內外功行圓滿也無法升仙。愈是道行高深者，愈是重視因果輪迴。例如聖姑伽因，雖然是前輩散仙，由於曾經將好友勸說棄之不理，一心馴服惡徒崔盈，並發誓：「我自己甘願受累，即使此女真個犯規叛師，淫惡不法，我也加以容恕三次；只她第四次不犯我手，決不親手殺她。我必將她感化教導，引使歸正才罷；否則有她在世一日，我也留此一日，不了此事，決不成真。」

只因這番誓言，聖姑便坐上了「百年死關」，過了三百年之後，崔盈為峨眉派所滅，聖姑方能飛升。更為慘烈的是，小說中第三十三集第四回關於「女惡人」各世的經歷。「女惡人」之前作惡過多，因此輪迴轉世數十次，經多次慘死的孽報和行善積德的抵消之後，罪孽方得以消滅。而曾對此女發誓「不度此女回頭，決不證果西歸」的高僧大智禪師，也受其牽連。高僧大智禪師乃「我佛如來座下第四十七尊者」的轉世者，為此一句誓言，正果推遲了五百多年。

從表面上看，人的力量之光以及人的情感之光，在生命延伸裡得到更多的閃現。還珠樓主極力頌揚知情至善之人，他寫了一封信給徐國楨，談及《蜀山》的創作觀念：

惟以人性無常，善惡隨其環境，惟上智者能戰勝。忠孝仁義等，號稱美德，其中亦多虛偽。然世界浮漚，人生朝露，非此又不足以維秩序而臻安樂。空口提倡，人必謂之老生常談，乃寄於小說之中，以期潛移默化。故全書以崇正為本，而所重在一情字，但非專指男女相愛。[266]

陳平原表示：「在我看來，武俠小說的根本觀念在於『拯救』。『寫夢』與『圓夢』只是武俠小說的表面形式，內在精神是企求他人拯救以獲得新生和在拯救他人中超越生命的有限性。」[267]《蜀山奇俠傳》是個「大夢」，其中不乏奇幻迷離，它還充分闡釋了拯救這一主題，意即通過生命自身的實踐超越有限，實現永恆。這種深化發展，體現著作者透徹、通達的生命觀。

五、充滿幻想的劍仙世界

武俠小說情節的跌宕起伏和想像力的雄奇瑰麗，恰恰是民國時期新文學最薄弱的環節。幻想文學尤其需要會講故事，武俠小說就是因為會講故事而備受大眾歡迎。

還珠樓主的幻想天馬行空，把一切「人情物理」統化為「會心」的絢爛意象，這是他對所身處世界的一種文學詮釋，「自唐人傳奇以來的劍俠及神魔小說，無論是文言或白話，均相容並包，納為轉形易胎之用。於焉神光離合，一爐共冶，乃頓開中國小說界千古未有之奇觀」。[268]

---

266. 徐國禎，《還珠樓主論》，正氣書局，1949 年。
267. 陳平原，《千古文人俠客夢——武俠小說類型研究》，新世界出版社，2002 年。
268. 葉洪生，《中國武俠小說史論》，見《論劍——武俠小說談藝錄》，學林出版社，1997 年。

清代道教水陸畫中的真武大帝像，還珠樓主筆下的劍仙應當有如此氣象

現代科技與玄門法寶的緊密聯繫是《蜀山劍俠傳》的一大創新特色。南海玄龜殿地仙易周採海底千年寒鐵，「九天十地辟魔神梭」乃合北極萬載玄冰磨冶製而成：

那九天十地辟魔神梭，乃易周採取海底千年精鐵，用北極萬載玄冰磨冶而成，沒有用過一點純陽之火，形如一根織布的梭。不用時，僅是九十八根與柳葉相似，長才數寸，紙樣薄的五色鋼片。一經使作，這些柳葉片便長有三丈，自行合攏，將人包住，密無縫隙，任憑使用人的驅使，隨意所之，上天下地，無不如意。如要中途救人，只須口誦真言，將中梭心七片較小的梭葉一推，便現出來一個小圓洞的門戶，將人納入，帶了便走。如再有敵人法寶飛劍追來，那七片梭葉便即旋轉，發出一片寒光，將它敵住，一轉眼，已是破空穿地而去。[269]

這不禁讓人聯想到現代的「飛行器」，或者科幻作品中才會出現的「太空飛船」。還珠樓主的想像可歸結為「把物理的作用，納於玄理的運用中」[270]，也就是物理的玄理化，玄理的物理化。「即色玄遊」，將神話帶上科學色彩，把物理現象轉化為光怪陸離的意象，使「有」、「無」、「物」、「我」能建立在任意聯繫的玄學思維路線上，鎮妖辟邪為人間帶來正義清剛之氣。

還珠樓主筆下，舉凡昆蟲、魚鳥、草木、飛禽走獸皆可戰鬥，為20世紀50年代以來的台港新派武俠小說提供了豐富的寶庫，如金蟬的芝人、仙猿、靈鶴等。李英瓊的神鵰就在金庸的《神鵰俠侶》中不可或缺。

對於作品中怪物相搏的情節，還珠樓主曾被人問及是如何讓想像而來的。對於這些似乎來自遠古的生物的殘酷打鬥，還珠樓主認為很簡單，他說：「你就想像兩個小昆蟲在打架，然後把它放大十萬倍，就成了那種非常恐怖的場面。」[271]

---

269. 還珠樓主，《蜀山劍俠傳》，岳麓書社，1988年。
270. 徐國禎，《還珠樓主論》，正氣書局，1949年。
271. 還珠樓主，《一個荒誕、神怪小說製造者的自白》，見《北京日報》1955年12月25日第三版。1956年1月3日，香港《文匯報》以《還珠樓主拆穿神怪小說》為題進行轉載。

比如書中可怕的「文蛛」：

這東西是蛛蠍合種，體如蟾蜍，腹上滿生短足，並無尾巴。前後各有兩長鉗，每條鉗上分別排列著許多的倒鉤刺，上面發出綠光。口中所噴彩霧，逐漸凝結，到處亂吐，散在地面，無論什麼人物鳥獸，沾上即死。牠只將舞網一收，便吸進肚內。[272]

這段文字描摹細緻，讀後不由讓人不寒而慄。

現代的科技發展和人類借用現代科技對大自然的新探索，為《蜀山劍俠傳》的創作提供了堅實的想像基礎，它的想像甚至是符合科學原理的。

如果說科幻小說家往往有預見力，能走在時代尖端，那麼《蜀山劍俠傳》的大膽合理的想像，足可作為有人認為中國沒有科幻、沒有想像力的說法的有力反駁。《蜀山劍俠傳》的想像，上接唐代傳奇中的「白光飛劍」、「御劍術」，下合現代高科技武器的威力，中西合璧。

大自然的現實與想像交融的描寫，也為情節發展構成和諧的整體。如第四集第十二回描寫凝碧崖：

---

272. 還珠樓主，《蜀山劍俠傳》，岳麓書社，1988 年。

左側百十丈的孤峰拔地高起，姿態玲瓏生動，好似要飛去的神氣。右側崖壁非常峻險奇峭，轉角上有一塊形同龍頭的奇石，一道二三丈粗細的急瀑，從石端飛落。水氣如同雲霧一般，包圍著那白龍一般的瀑布，直落在那小孤峰上面，發出雷鳴一樣的巨響。飛瀑到了峰頂，濺起丈許多高。瀑勢到此分散開來，化成無數大小飛瀑，從那小孤峰往下墜落。有的瀑布流成稀薄透明的水晶簾子，有的粗到數尺，有的細得像一根長繩，在空中隨風搖曳，俱都流向孤峰下麵一個深潭，順流往崖後繞去。水落石上，發出來的繁響，伴著潭中的泉聲，疾徐中節，宛然一曲絕妙音樂，聽到會心處，連峰頂大瀑轟隆之響，都會忘卻。[273]

還珠樓主在峨眉山上假設了這一處景色，其實是將峨眉盛景，經過自己的想像，融會到這凝碧崖中，為眾女劍俠在山中修煉的情節，設置了一個美輪美奐的外部環境。

除此之外，還珠樓主還在這個劍俠世界中塗抹了一層緊張欲裂的恐怖氣氛。這種恐怖氣氛的形成：

其一，是誇張大自然狂暴的力量（與仙境中自然界和諧、柔性之美相反），海嘯、陸沉、山裂、地震、雪崩、火山爆發等，作者均以如火如荼的筆力和繪聲繪影的景象一一寫出，使讀者既有

273. 還珠樓主，《蜀山劍俠傳》，岳麓書社，1988年。

耳聞目睹的真實感，又有目眩神驚的危機感。

其二，是寫出怪獸、怪禽、怪蟲、怪魚的奇形怪狀和可怕行為。書中最恐怖驚人的還是「邪教」妖人的暴戾性格和由其性格衍生出來的慘毒行為，比之形貌上的恐怖，更令人觸目驚心。綠袍老祖、萬載寒蚿、鳩盤婆、魔女鐵姝等人，其性格、行為無不陰森慘厲，恐怖絕倫，閱之令人神驚。

還珠樓主營造的雖然是劍仙的世界，書中卻仍遍佈人世間的影子，除了前文提到的川江縴夫拉縴的一段文字，如第十七集第二至四回小人國的故事，顯然深受《列子》、《山海經》的影響，猶如童話世界，小人國中兄弟爭王、發生政變等事又似現實世界中的爭權奪利。

作者在講述小人國的歷史與現狀時，以神話寓言方式影射現實，揭示了中國人的國民性，餘意不盡，耐人尋味。

六、對後世武俠小說的影響

《蜀山劍俠傳》受「新文學運動」的影響，白話語言已是大勢所趨，文言只作點綴之用，「轉變為古代白話和現代口語相結合，其文化特色也體現在古代白話文和古代俗語的運用上」。[274]

還珠樓主因目力不濟，只能口述小說，為使記錄人方便，所以創造了大量的四字詞彙，用以描繪自然景觀及戰場場面。這些

274. 葉洪生，《天下第一奇書——〈蜀山劍俠傳〉探秘》，2002 年。

瑰麗的文字構成了《蜀山劍俠傳》最具吸引力的血氣。在上文所引的眾多例子中，可以明顯感覺到這一點。「深具魔幻力的語言，為奇異武俠世界的形成起了關鍵作用。用文白相間、淺顯易懂的文筆，使各階層讀者都能感受到其語言的奇幻魅力。寫人狀物，常用誇張手法，攝其神，繪其形。產生強烈的戲劇效果」。[275]

還珠樓主《蜀山劍俠傳》初版書影

還珠樓主的想像力極其豐富，文字駕馭功力高超，山川草木、風霧雲煙等在他筆下，均栩栩如生、呼之欲出，而精美的文字和開闊的氣象更增加了小說的吸引力。

小說中寫景狀物的這部分，儼然一篇篇散文佳作，還珠樓主富麗堂皇的文辭、優美鏗鏘的音韻、錯綜變化的句法、清新脫俗的風格、雋永傳神的景物以及高雅深遠的意境等等，與某些古典的寫景名篇散文不相上下。

還珠樓主還擅長工筆細描，寫景文字，常變冗長的靜態描寫

275. 范伯群，《中國近現代通俗文學史》，江蘇教育出版社，2000 年。

為立體動態描寫，文字動作感、色彩感強，極富表現力。他從未去過南北極，卻根據媒體報導對想像中的極光作了描繪：

> 只見正北方遙空中，現出了萬千里一大片霞光，上半齊整如截，宛如一片光幕，白天倒懸，下半光腳，卻似無數理路流蘇下垂。十餘種顏色互相輝映，變化閃動，歡成無邊異彩。一會變做通體銀色，一會變做半天繁霞，當中湧現大小數十團半圓形的紅白光華，晶芒萬丈。千里方圓的繡瓊原，頓成了光明世界……[276]

有這般優美又極富魅力的文字，難怪當年《蜀山劍俠傳》迷遍佈全球華人世界，上至政府官員、大學教授、文化學者，下至販夫走卒，優美文字的魅力，是任何人也難以抵擋的。

著名作家白先勇曾癡迷於此書，並以讀者的身分說：「設想之奇，氣派之大，文字之美，冠絕武林，沒有一本小說曾經使我那樣著迷過」[277]；當代學者湯哲聲說：「對大多數讀者來說，能夠滿足情趣和愉悅不正是閱讀過程中最主要的精神期待嗎？這樣的小說當然能受到讀者的歡迎」，《蜀山劍俠傳》「少了社會的分析和批判，多了審美的情趣和愉悅」。[278]

---

276. 還珠樓主，《蜀山劍俠傳》，岳麓書社，1988 年。
277. 白先勇，《驀然回首》，文匯出版社，1999 年。
278. 湯哲聲，《中國流行小說經典》，文化藝術出版社，2004 年。

《蜀山劍俠傳》在人物塑造方面手段也頗為豐富，人物個性，呈現出了多樣化、複雜化的趨勢。「讓通俗文學的敘事形態，在人物個性的心理深度上發生，並不單純依賴情節乃至超越情節的變化。」[279] 構成了 20 世紀 30、40 年代通俗小說人性關切的新變化，《蜀山劍俠傳》雖描寫的是神話世界，但書中的人物卻都只是穿著神仙的外衣，有著平民的心腸。

還珠樓主善於組織曲折離奇的情節，使人物通過充滿力度的「動作鏈」展示性格類型的多種多樣，人性無常。作為第一主角的正派新輩「三英二雲」，有的生性魯莽蠻橫；有的命運多舛，宿孽深重；有的糊塗膽大，粗心大意；甚至也有的自私自利……正如所有的年輕人一樣，他們也都經常因年輕氣盛而犯錯誤。

女主角李英瓊的性格衝動、嫉惡如仇；許飛娘美貌和藹，然而卻是臥底；法元和尚雖屬邪派，但他老老實實的傻樣兒，令人頗覺可愛而不是憎惡。因此，好人可能是壞人，壞人可能是好人的情況在小說中經常出現。

在風塵奇士的刻畫方面，還珠樓主顯得異常成功，對正人君子的描繪卻稍遜一籌。對神駝乙休、怪叫花和矮叟等人行為怪癖、正邪莫辨的刻畫，極具生命力，他們敢愛敢恨、不懼生死的形象躍然紙上。「老頑童」矮叟朱梅，貪酒嗜吃的怪叫花凌渾，二人唇槍舌劍、互不饒人的鬥嘴，令讀者不覺莞爾。他們的形象活

279. 劉揚體，《流變中的流派——新鴛鴦蝴蝶派新論》，中國文聯出版公司，1997 年。

靈活現，彷彿就在生活中存在著。他們並非神仙，只是擁有血肉之軀的平凡「人」。

還珠樓主筆下的人物具有神仙化的本領，以及凡人化、平民化的性格，但由於《蜀山劍俠傳》人物體系繁雜，面面俱到實在是強人所難。

《蜀山劍俠傳》的結構不夠緊湊，欠缺肌理，這是篇幅過長造成缺陷的主要原因。寫景狀物的散文最能顯出還珠樓主的創作功力，因散文注重文理氣勢及神理意境，結構佈局較為隨意鬆散，正是還珠樓主所擅長的，因此不乏優美的散文式佳作，但這種習慣放到小說的佈局謀篇上，則常顯敗筆，拉拉扯扯，枝蔓過多。

這樣的原因，與還珠樓主不夠嚴謹的創作態度以及商業因素考慮過多分不開。還珠樓主創作時，急於應付積壓過多的稿債，無暇細細佈局，往往匆忙之間草草完成。《蜀山劍俠傳》中不乏神來之筆，然而情節過於冗長，文情蕪雜，造成結構佈局鬆散拖遝。

《蜀山劍俠傳》對後來武俠小說的創作影響很大。葉洪生說：「50年代以後的武俠作家，幾乎無一能脫出其『萬有引力』之外，咸由『武俠百科全書』——《蜀山》取經偷招。甚至連小說人物名號亦多借用還珠『原裝貨』，其影響力之大，於此可見一斑。」[280] 天津學者甯宗一表示：「其中許多手法、思路、題材、細節、形象，均為後來眾多小說家所師法，影響迄今不衰。還珠樓主因此而保有

280. 葉洪生，《中國武俠小說史論》，見《論劍——武俠小說談藝錄》，學林出版社，1997年。

舊派武俠作家的至尊地位。」[281]

還珠樓主結合儒、佛、道三家哲學精義，將之巧妙地融入小說中，創造了別具一格的「境界」，後來描寫道、佛以及烘托「意境」的武俠小說，無不以其為宗旨。《蜀山劍俠傳》中風光神怪，山雄水麗，禽獸怪奇，堪稱舉世無雙，對武俠小說作家的啟發極大，從朱貞木到蕭鼎，20 世紀 40 年代到 21 世紀初的作家多受此影響。

第十七集的第一回中，白髮龍女崔五姑將凌雲鳳帶至風洞山上白陽崖花雨洞中修道，凌雲鳳打坐運功、參悟「白陽圖解」的一幕，常為後世武俠小說作家效法。後世的武俠小說裡關於武功壁畫、拳經劍訣的描寫，幾乎全由此脫胎而成。而一些具體的武功及題材細節，也常為後世武俠小說作家繼承和發展，比如鹿清的「降龍八掌」、李英瓊的神鵰及智猿、海底紫雲宮的「天一真水」和矮叟朱梅的「百里傳音」等等。

還應當提到的是，武俠小說史上第一位變情為仇、因愛生恨的情變女性形象，正源於第十九集裡的黃畹秋，堪稱武俠小說「情變」主題的開山作，對傳統復仇女性情感歷程、精神世界的開掘，大有青出於藍之色。只是由於還珠樓主仍受男性中心文化的浸染，對女性弱點的表現依然帶有偏見，恪守「萬惡淫為首」的傳統思想，對正邪、天人衝突強調過頭，導致對人物的人性挖掘不夠

281. 甯宗一，《中國武俠小說鑒賞辭典》，國際文化出版公司，1992 年。

深入，但對後世如金庸等人塑造因愛生怨、由妒至恨、由女性褊狹和愛情自私導致而形成負面心理的「黃畹秋」式形象群落，產生了巨大啟發。[282]

282. 劉衛英，《〈蜀山劍俠傳〉女性因愛生恨復仇的主題史開創》，西南大學學報（社會科學版），2011年5月。

第八章

九州生氣恃風雷

——民國後「五大家」之兩樣江湖

第一節 社會寫實白羽

《續劍俠傳・柳南》

白羽（1899—1966），原名宮竹心，此外，尚有杏呆、宮槑、槑、耍骨頭齋主等，山東東阿人，在天津馬廠出生。白羽自幼喜讀《水滸傳》、《施公案》等通俗小說，甚至連《瓦崗寨》等評書鼓詞，也頗有閱讀的興趣。

白羽中學畢業後，就讀於北京師範大學，「五四」前後居於北京。白羽十九歲時，父親患腦溢血突然去世，家道衰落，被迫輟學。白羽當時雖已成人，但一直以來過的是萬事不管的公子哥生活，此時當家立業，不明社會世道險惡，結果在經營中，「種種的當全上了，萬金家私，不過餘年，倏然地耗費了一多半」[283]。後來在南遷途中，又遭亂軍搶掠，終於陷入困頓。此後，白羽賣過書報，做過小販，飽嘗生存的艱辛。

面對生活的壓力，白羽不得不委曲求全，忍氣吞聲，順應社會，改變自己。他變了，「漸漸地，學會了『對話』，學會了『對

283. 白羽平生經歷，主要見於《話柄》，天津正華學校出版部，1939 年。

人』，漸漸地由乖僻孤介，而圓滑，而狡獪，而喜怒不形於色，而老練」，為此，他感嘆：「噫！青年未改造社會，社會改造了青年。」[284] 這些獨特的社會經歷，使他對現實生活有著深刻的認識，對社會黑暗面有深切的體會，對人性的複雜、虛偽尤其感觸良多。在以後的武俠小說創作中，他引入了這種觀察視角，遂使小說在描摹世態、刻畫人心方面，獨具慧眼，十分深刻。

白羽曾產生過成為新文學作家的夢想，1921 年，他曾親聆魯迅教誨，承蒙魯迅修訂多篇創作、譯作，推薦在北京《晨報》等報刊發表[285]。

1926 年他在北京的《國民晚報》任編輯。1927 年，他的第一部武俠小說《青林七俠》發表在張恨水主編的《世界日報》副刊《明珠》上。同年，他被《東方時報》副刊《東方朔》聘為特約撰稿員。

白羽在北京謀生不易，無奈於 1928 年返回天津，另尋出路。白羽與新聞界頗有關係，加之自身擁有的才能，他當過校對、記者和編輯，其間通過陸續發表一些文章和文學作品，漸漸獲得了名氣。

1937 年 11 月，白羽從霸縣返回天津，何海鳴邀請白羽為《庸報》撰寫武俠小說，白羽邀請鄭證因參與寫作，初擬名《豹爪青鋒》，後被《庸報》改名為《十二金錢鏢》，從 1938 年 2 月起在《庸

---

284. 白羽平生經歷，主要見於《話柄》，天津正華學校出版部，1939 年。
285. 倪斯霆，《白羽的第一部武俠小說》，見《津門論劍錄》，上海遠東出版社，2011 年 3 月。

報》連載。《十二金錢鏢》在《庸報》連載後，受到讀者歡迎，名震京津，白羽從此一舉成名，躋身於武俠小說名家之林，成為當時最為人所推崇的武俠小說作家[286]，同年11月，《十二金錢鏢》卷一單行本由天津書局出版發行。

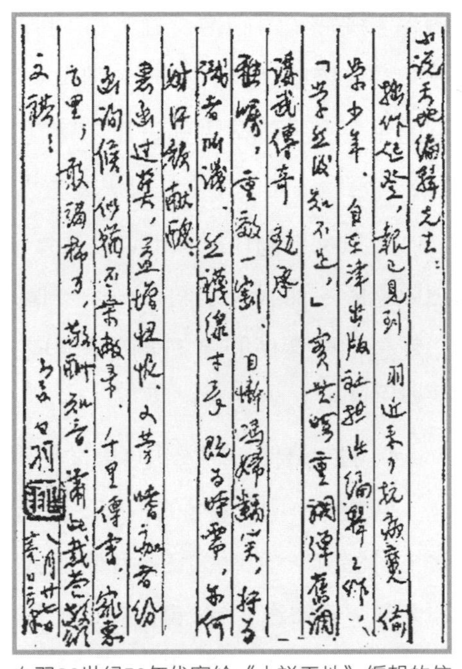
小說天地編輯先生：

白羽

白羽20世紀50年代寫給《小說天地》編輯的信

1939年，白羽的《偷拳》開始在北平《華文大阪每日》連載，《聯鏢記》開始在北平《實報》連載，《武林爭雄記》開始在北平《晨報》連載。同年，白羽創辦正華學校出版部，出版了武俠小說《十二金錢鏢》（卷二至卷六）、《聯鏢記》（卷一）和自傳《話柄》等。此後，又陸續創作了《血滌寒光劍》（1941）、《摩雲手》（1942）、《牧野雄風》（1942）等武俠小說。

1943年，正華學校出版部停辦，白羽武俠小說由書局出版。1944年為北平《立言畫刊》撰寫《大澤龍蛇傳》。1945年為《華北

286. 巴人，《論白羽的武俠小說》，《新天津畫報》，1943年7月10日。

新報》撰寫《河朔傳奇錄》。白羽在淪陷時期的創作歷程大致如此，其巔峰期是在1939年，創作勢頭一直持續至1942年。此後白羽的主要精力轉向古史研究，發表了《白魚瑣記》、《甲金證史詮言》等考證古史的學術札記，武俠小說寫作大為減少。

但白羽對創作武俠小說一直有心理障礙，他曾自承：「凡是人總要吃飯。而我也是個人……一個人所已經做或正在做的事，未必就是他願意做的事，這就是環境。環境與飯碗聯合起來，逼迫我寫了些無聊的文字。」[287]

白羽的這種心態，也可以從他筆名窺見一二。

關於「白羽」筆名的由來，人們大多沿襲白羽後人宮以仁的說法。1985年，天津作家馮育楠以白羽為主人公創作了一部傳記小說《淚灑金錢鏢》，該書由宮以仁作序。1986年，宮以仁又將其序擴充成一篇長文《談白羽傳記小說〈淚灑金錢鏢〉》，交香港《明報月刊》發表，文中說：

一九三八年初，先父親自把題為《豹爪青鋒》的長篇武俠小說的第一章，送到(《庸報》)報社。報社文藝編輯大概認為這個書名純文學味太濃，大筆輕輕一揮，改作《十二金錢鏢》。細心的葉洪生先生發現了《十二金錢鏢》初版版本有《豹爪青鋒》的副題，來由即是如此。先父回到家中，很感慨

---

287. 白羽平生經歷，主要見於《話柄》，天津正華學校出版部，1939年。

了一番，大罵文藝編輯的無知、庸俗，對家人說：我不能丟姓宮的臉，寫《十二金錢鏢》的，姓白名羽，與我宮竹心無關；白羽就是輕輕一根羽毛，隨風飄動。

此文一出，便成為後來研究者在論述白羽筆名由來及寓意時的依據。2015年，學者倪斯霆在白羽一篇佚文《生之磨煉——白羽自傳》中發現了不同的說法。[288]

民國二年（1913），白羽隨軍中任職的父親由天津遷居北京後，在小學時代，他讀了英國作家A・E・W・馬森的小說《四根羽毛》，「後來拍成電影叫《四羽毛》」。於是白羽有感而發，「由此獲得了一個筆名」。「白羽到了也是懦夫，他傷感的在虎口賣文，而寫逃避現實的傳奇小說。他在小說敘文上自比優娼：『無能充隱，臣朔苦肌，稗官無異於伶官，鬻文何殊於鬻笑！』又說：『倚窗聊著換羊書，投筆長吟不丈夫。』用這筆名，寫這小說，在他是一種痛苦。縱然在作品中，盡力消毒，盡可能加些東西到裡面，而在他依然很痛苦。」[289]

白羽的親述，顛覆了人們此前對「白羽」筆名由來及寓意的認知，也使人們更進一步瞭解，為何白羽總是在「自責」的「悲情」。

比如，他在《十二金錢鏢》「自序」中反覆表達自己的歉意，

288. 倪斯霆，《武俠小說以外的另面白羽》，蘇州教育學院學報，2019年第3期。
289. 王振良、張元卿，《竹心集——白羽先生文錄》，天津人民出版社，2015年。

一再聲明這是為了糊口，不得已而為之。白羽解釋「敘遊俠以傳奇，托體愈卑；雜俚諺以諧俗，等之平話」[290]，卻又說：「自以武俠故事逃避現實，苟投俗好，未敢標新，恐謗讀者之不饜也。書成復閱，俗氣逼人。」。[291]「至於傳敘俠刺，盜言札甘；話說梁山，我知我罪……嗚呼，夢尋蝸角，何日出頭？嘔心刻楮，終於扼腕！惟人生必須啖飯，誠可嘆恨也！」[292]

「白羽毛」的典故源自歐洲古典宮廷鬥雞，大凡所鬥之雞身上雜有白色羽毛者，在爭鬥中大多表現懦弱，故以「白羽毛」比喻懦夫之說在西方由來已久。可見，白羽以此西典自命筆名，實乃含有自貶自損之意，這也正是他曾自嘆「青年未改造社會；社會改造了青年」的真實寫照。

這種自責自貶，復又自辯自話的創作心態，在他很多場合的文字中都可以見到，他的這種情緒，在當時以武俠小說為業的作家中是十分少見的。

白羽寫作武俠小說一戰成名後，遂成為職業作家，此後十餘年間，白羽相繼創作出二十餘部武俠小說，遂成一代武俠宗師。但由於逐日撰寫，白羽最初構思與後來出版的故事，情節差異很大，並且結構混亂，尤其1943年以後寫的部分作品，有的是別人代撰，有的前後情節、人物性格矛盾。

---

290. 白羽，《十二金錢鏢・初版自序》，天津書局，1938年。
291. 白羽，《十二金錢鏢・三版自序》，天津書局，1942年。
292. 白羽，《十二金錢鏢・滬版自序》，上海百新書店，1947年。

新中國成立後，白羽先在天津《新津畫報》擔任社長，後來又成為天津人民出版社特約編輯，並出任天津市文學工作者協會常務理事[293]、天津文聯委員，後任天津文史館館員。

白羽除武俠小說創作，在甲骨文、金文方面的研究也頗有建樹，1943年，他發表了總題為《甲金證史詮言》的二十多篇研究筆記，連載於《新天津畫報》，其價值十分重大。晚年時期，白羽將全部精力投入到甲骨文、金文的鑽研中，希望做出一番成績，藉此沖淡「武俠小說家」這個儘管非他所願、但已成事實的頭銜。可惜時不待人，20世紀50年代末，他的研究由於患腦血栓而不得不中止。儘管患上了肺氣腫，行動困難，晚年的白羽仍想發表他的考古論文集，然終究未能如願。

1961年，時值秋季，一位名為馮育楠的天津年輕作家，慕名來到河北二馬路寓所，探訪已然退出人們視野的白羽。

在馮育楠的記憶中，白羽住在大約十平方米的居室內，屋內昏暗異常，陳設簡陋，他吃飯、寫字，大概都是在那張放在牀上的唯一的小炕上進行。斗室之內的白羽，身材矮小，白髮稀零，形容枯槁。在不算太冷的天氣裡，他已然將一件陳舊的老式對襟棉襖穿在身上，人也因此更顯衰老和孱弱。馮育楠表示，在那一瞬，他簡直無法相信眼前的一切。儘管早有預料，但白羽的落魄程度仍然令他吃驚。眼前之人就是曾經名聲沸揚的白羽？

293.天津市文學工作者協會即天津作家協會前身。

交談期間，白羽找出一份香港舊報，指著報上關於白羽的描述，「正是中國武俠小說之大成者，家有演武堂，擁有十八般兵器，座無虛席云云，他苦笑：『演武堂？我這間破房子都無力去修。哈，十八般兵器、我家那把菜刀因為劈木頭，都豁口了……他的臉上雖堆著笑，卻無法掩蓋內心的苦楚，他的笑意令人想起來便五味陳雜。」[294]

白羽小說文筆出眾，雄沉雅健兼而有之。他一生中大致撰寫武俠小說二十餘種，以《十二金錢鏢》最為著名。除武俠小說外，他還有幾種著作：《話柄》是他的自傳，《片羽》是他的短篇小說集，《雕蟲小草》、《燈下閒書》是他的兩部小品集，《三國話本》是他的考證文集。

白羽的武俠小說雖然採用通俗文學這種流行的文學形式，但他卻持有相當嚴肅和認真寫作態度。他十分擔心讀者尤其是青少年，因為自己的隨意和失誤而受到傷害，深受內心責任感和負疚感的折磨，並說：

我取徑於魔俠傳，對所謂俠客輕輕加上一點反嘲。大俠死於宵小之手，這一點願望聰明的讀者明白飛劍揮拳到底有多大用處。正如「比武招親」、「賭期盜寶」的這些窠臼都被我打破

294. 張永久，《應慚俠氣消磨盡——白羽的心情》，《書屋》2011年第五期。

一樣。讀者要曉得，小說是小說，作者的責任就減輕了。[295]

他的朋友葉冷也說：

白羽討厭賣文，賣錢的文章毀滅了他的創作愛好。白羽不窮到極點，不肯寫稿。……可是造化弄人，不教他做他願做的文藝創作，反而逼迫他自摑其面，以傳奇的武俠故事出名；這一點，使他引以為辱，又引以為痛。[296]

在武俠小說創作上，由於白羽的責任感和使命感極其強烈，他雖然採用舊的形式進行創作，但都提出了新的文學見解和創作手法，重點使用反諷的手法來寫武俠小說。

白羽的創作思想，從他對小說表現手法的一段論述中可以驗證：

有些小說，把書中人物嚴分邪正，無形中給每人畫上一個「臉譜」。又有的強迫主角打「背弓」自訴品行，《水滸》宋江口說仁義，喋喋不休，甚至害病延醫，也對張順說：「兄弟，

---

295. 白羽，《話柄》，天津正華學校出版部，1939 年。

296. 葉冷，《白羽及其書》，《話柄》最後一篇文章。葉冷本名郭雲岫，河北霸縣地方名紳，家境富裕，思想進步，曾在天津報刊發表過不少童話，頗具文名。日本人侵後，加入國民黨，因暗中從事地下抗日活動，被日本人抓捕，當作華工送往日本，死於北海道勞工營。

看在忠義分上，是必救我則了。」這樣的表現法似太省事了。講台上的主席可以握著講師的手，當場介紹：「各位同胞，這位黃天霸，很有本事。」而小說是不行。像說評書似的，插科打諢，導演上台，裝丑角逗笑，在今日已索然無味了。並且作者露面，看官聽說立刻遮斷了故事的進行。小說表現手法也可以借鑑電影。注重小動作，以動作宣示心情……[297]

張贛生對白羽以武俠書寫社會人生的看法極為讚賞，將其創作特點標明「社會」二字，與其他武俠小說作家區別開，頗具新文學作品的含義。宮以仁、宮捷是白羽的後人，他們認為父親，「其風格、文筆，就明顯反映出魯迅的傳授——文字平淡而內涵深刻，感情、語言冷漠而深透社會本質」[298]，還將之概括為「社會」「世態」和「反譏」六個字。

白羽極力描寫俠義思想和社會現實的嚴重脫節，是以其豐富的生活積累和對世態人生的思考為基礎的。

白羽的武俠小說呈現出這樣一種觀點，俠客義士並非救世主，行俠仗義也可能遭人誤會，而行善者可能會遭惡報，作惡者也可能得善終。這樣的創作思想將中國武俠小說中神聖的俠義傳統模式打破，並使武俠小說與現實更加貼近，讀者從中能夠受到

---

297. 白羽，《湖海香盟・序》，見劉雲若《湖海香盟》，五洲書局，1942 年。
298.宮以仁、宮捷，《六十年間的評説》，《十二金錢鏢・代序》，長江文藝出版社，2004 年。

啟發，從而更好地理解生活和人生。對此，白羽曾表示：

一般小說把心愛的人物都寫成聖人，把對手卻陷入罪惡淵藪，於是加以批判，此為「正派」，彼為「反派」我認為這不近人情，於是把柳姑娘（《十二金錢鏢》人物）寫成一個嬌豪的女子，目中有己無人。但儘管她性行有若干缺點，她為人仍還可愛，這才叫做「人」，而不是「超人」。所謂「歸善」與「歸惡」的寫法，我認為不當。我願意把小說（雖然是傳奇的小說）中的人物，還他一個真面目，也跟我們平常人一樣，好人也許做壞事，壞人也許做好事。等之，好人也許遭惡運，壞人也許獲善終；你雖不平，卻也沒法，現實人生偏是「這樣」！[299]

在白羽的武俠小說裡，俠客皆為社會地位不高的江湖武夫，身分更近於普通人。他們一方面，渴望殺富濟貧、除暴安良，表現得可敬可親，另一方面，又自私狹隘、圓滑狡黠，顯得悲哀而可憐。由於社會生活環境的殘酷，他們有時自身也難保，更談不上拯救其他人脫離苦難。

在白羽筆下，好心好報不一定準確，你想改造社會，可能往往被社會所改造，俠客們的真實面目就是如此。比如太極陳，這

299. 白羽，《十二金錢鏢》，長江文藝出版社，2004 年。

位在《偷拳》中威震四海、英明一世的大俠，在收楊露蟬為徒過程中，囿於古板的門派偏見和弟子的讒言，楊露蟬的學藝生涯幾乎被他扼殺。他在與周邊關係的處理上，猶疑不決，處處顧忌，在小人的算計中差點兒喪命火海，若非楊露蟬全力以救，恐怕早已喪命。《十二金錢鏢》中，柳兆鴻這位老英雄學習古人，欲用「比武招親」為侄女柳研青選婿，結果事與願違，反遭地痞流氓侮辱戲弄。

小說寫道：「柳兆鴻策馬而行，偶然回頭，見柳研青汪著眼淚，這才曉得這『比武招親』的話，只是說著好聽，實際上是斷斷行不通的」。俠客不是救世主，他們是普通人，他們離不開現實生活，在生存面前同樣要吃飯，但前提是要學會處世之道，在學會處事的過程中，他們無疑成為被社會改造的對象。

白羽在他的武俠小說中，認為「俠義精神」是脫離現實生活的。

《聯鏢記》（1939）中，鏢師林廷楊和盜賊小白龍比武較量，威名顯赫的他本來穩操勝券，然而他卻對年輕對手的武功資質產生憐憫，不忍心痛打落水狗，遲疑之間，敵人宵小卻利用了他的手下留情，用暗器將他置之死地。「俠義精神」包含有寬容，但在現實生活中，人心卻是多變的，對人寬容，也許得到的只是恩將仇報。林廷楊一代大俠，結局可悲可嘆，其原因就在於他不看對象，無所顧忌地寬容他人，忽略了社會現實的殘酷，終至死於非命。

對此，《十二金錢鏢》（1938）裡，陸嗣清有一段話耐人尋味：

可是這行俠仗義，也不是容易事。告訴你兩位哥哥，我有一回看見一個女孩子打一個小男孩，打得直哭。我就過去嚇唬她，不許她以大欺小。誰知教那丫頭片子唾了我一口，她說：「這是我兄弟，你管得著麼？」我就說：「就是你兄弟，也不該欺負他。」這工夫，那個小男孩反倒抱著他姐姐的大腿，哭著罵起我來。我一想，還是人家有理，我就溜了。[300]

在白羽的小說裡，俠客所有的「壯舉」都顯出脆弱不堪。

白羽深諳社會生活環境的殘酷性，通曉世態人情，在認知態度上十分清醒，因此他筆下的武俠小說，揚棄了長期受讀者歡迎的故事方式，不再遵循善惡分明、以正壓邪的模式，而是注重故事情節發展的合理性以及人物形象的塑造。

白羽的武俠小說裡，要區分傳統意義上的正面人物或反派人物是很困難的。比如《河朔七雄》（1947），在矛盾雙方裡沒有哪一方是武林豪傑的代表，也沒有哪一方就是純粹的江湖敗類。小說先寫河朔七雄武藝高強，為民除害，威震四海，隨後又用插敘的手法描寫行俠仗義、嫉惡如仇的尹家林六位好漢。尹家林六好漢中的陸貞，是故事的導火線，他孤傲狹隘的性格，使雙方產生

---

300. 白羽，《十二金錢鏢》，長江文藝出版社，2004 年。

了巨大的矛盾衝突。陸貞因為怕不報父兄之仇，會被人小覷，以致難以立足江湖，所以他儘管清楚，為了私仇而棄大義不顧，乃武林大忌，但仍然帶領尹家林眾好漢先發制人，劫奪鏢銀。尹家林六好漢與河朔七雄從此劍拔弩張，一場江湖比武的大較量就此展開。作品對人物性格的刻畫十分細緻，加之故事本身的情節富有戲劇性，在矛盾衝突的化解中實現了對人生的解讀。《十二金錢鏢》(1938)裡，老鏢師俞劍平和同門師兄弟飛豹子袁振武並沒有深仇大恨，他們之間展開的較量其實不過是一場意氣之爭。

白羽武俠小說描寫人性之複雜，在同時代武俠小說作者中，也是獨樹一幟，予人印象極為深刻。

民俗學家金受申曾寫有《我恨白羽？》一文，談及白羽描摹人性之高妙：

《十二金錢鏢》寫到第十三集，已是俞、袁見面後正面的衝突，不特太極丁的唯一愛女丁雲秀也出場見面，就是丁門弟子胡振業、蕭振傑，也相率趕到，寫丁雲秀是半老徐娘，與柳研青、華吟虹均有不同，可見其筆下萬端，不可端倪。

寫蕭守備之見石璞，大架子足見官派及老前輩氣概；見胡振業，則同門師兄弟之舊交誼，藹然可見；寫馬振倫之避不見面，遠在同門時，已種下袁、馬交厚之根，此時寫來，便不覺唐突，而蕭守備不肯跳牆，面面顧慮周到；寫胡跛胡振業，最為有聲有色，白羽不跛，不知何以洞知跛者之心。

筆者病後，左腿及手指，均留有些微病痕，人以跛公呼之，蓋即因此。我自知病後殘軀，雖無礙於執業，但胸中終有一段不平之氣，何況胡跛已廢一腿，半世馳驅，技擊名家，情何以堪？其不受人惠貺，不需人扶掖，處處表現血性，無往非有激而然。

寫到袁豹不識其面，勃然變色，均廢疾之人常情，趙子昂畫馬，伏地窺馬動作，白羽之寫跛人，何以能盡得其情，真不可解。……白羽《十二金錢鏢》第十三集之成功，均由寫胡跛之鬱勃之氣，滿腹牢騷所得來，別的書中，實未見有此等寫人性格之法。[301]

所謂「寫人盡得其情」，對白羽而言，就是要寫出這些武林中人的普通人性。別人寫胡跛一類人物，大多在人物的武技本領上大做文章，但白羽關注的卻是這樣的人物為何會有「鬱勃之氣」，為何會「滿腹牢騷」。鬱勃、牢騷是人的本性，體現在跛俠客身上便耐人尋味，關鍵在於作家是如何將其藝術地呈現出來。

白羽對於小說創作應該進行人性的深度挖掘的理念，早在1932年《舊戲的立場》一文中曾經表露過：「『寫實』固是藝術追求真美之一途，但藝術總自有藝術的疇型與窠臼，必須把人生真相

301. 金受申，《我恨白羽？》，《立言畫刊》，1942年第14期。

提煉一度，放在一定的疇型內，再於一定條件下表現出來。」[302]

白羽認為，要寫出人性的複雜，就要在「寫實」的基礎上「把人生真相提煉一度」，就是說寫人性的複雜，要通過提煉，把人性中最能反映人生真相的複雜之處提取出來，展示真實人生中的複雜人性。

《大澤龍蛇傳》寫小白龍的孤冷，「而特拈出其有熱情」，就是白羽「把人生真相提煉一度」的結果，金受申對此甚為嘆服，認為這「在人性上則極深刻，世不乏小白龍之人，獨無寫此之筆」。[303]

白羽創作武俠小說之前，武俠小說會寫到人性，但主要目的是寫武功技擊和緊張激烈的情節，對於描摹人性，尚處於無意識的狀態，而白羽在寫作之初，就已經將目光投注於「人性」本身，使得讀者耳目一新。

當時的評論家巴人認為：「以《大澤龍蛇傳》為最佳，《武林爭雄記》、《聯鏢記》次之，《十二金錢鏢》是作者成名之作，但我認為它應居殿軍。」[304]

對於《大澤龍蛇傳》(1941)，金受申也認為它非常成功，「在武俠小說中別開生面」。巴人又說：「從『七子湖潛龍現鱗爪』到露跡棄家這一段，在武俠小說中是空前之作。棄家一段，由徐而急，逐步緊張，雖篇幅無多，但有聲有勢，尤以『殺家』一段為最

---

302. 杏呆，《舊戲的立場》，《中華畫報》，1932 年 12 月 12 日。
303. 金受申，《我恨白羽？》，《立言畫刊》，1942 年第 14 期。
304. 巴人，《論白羽的武俠小說》，《新天津畫報》，1943 年 7 月 10 日。

好。」

金受申所說的別開生面，就是巴人所說的這部分內容，對於「殺家」一段，金受申尤為稱賞，他在《我恨白羽？》中亦寫道：「我為什麼恨白羽，因其在本刊寫《大澤龍蛇傳》，差一點把春芳寫死，我恨其殘忍，更恨凌安、凌祥的殘酷，後見其寫二凌為鄧潮黨羽刺殺，春芳得救，方始舒過這一口氣來，釋去恨白羽之點。」

能讓讀者為小說中人物的生死擔憂，進而對作者生恨，這本身就說明小說寫作成功，書中人物深入讀者之心。

《大澤龍蛇傳》（1941）前六章的情節並不複雜，但白羽卻在平凡的故事中把人寫活，這在小說寫作中其實甚難。

《大澤龍蛇傳》（1941）中的秀才凌伯萍本是大盜小白龍，隱身於七子湖邊，前幾章白羽用舒緩之筆描寫秀才凌伯萍的世外生活，寫其文雅與溫情，及至踪跡暴露，銜念殺妻時，才寫其凶悍與孤冷，筆調也隨之急迫起來，最終溫情戰勝了孤冷，其妻春芳才得不死，這期間小白龍心路起伏跌宕，人性善惡交鋒，伴隨情節轉換引人入勝，凌伯萍在這轉換間，變成了大盜小白龍。

這種筆力不要說此前的武俠小說家難以匹敵，就是同期的新文學小說家亦少有對手。[305]

---

305. 關於白羽小說複雜人性的書寫，借用張元卿先生部分觀點。見張元卿，《白羽新論》，蘇州教育學院學報，2019 年第 3 期。

白羽小說中人物塑造的成功經驗，對後來台港新派武俠小說的人物描寫產生了重大影響。

此外，白羽的「紙上武功」描寫也是技藝精湛，十分出色。白羽不懂武術，便請教友人鄭證因，再根據書中細節加以演說，所以白羽的小說在武功描繪上活靈活現，有聲有色。[306] 白羽的文筆非常出色，他的文字，平實中含峭拔，冷峻中有諧趣，奇麗中顯雄沉，纖柔中寓剛健，尤其是在口語的運用上更是生動傳神。

《十二金錢鏢》

《十二金錢鏢》是白羽武俠小說的成名作，始刊於 1938 年 2 月天津《庸報》，卷一初版於同年 11 月，由天津書局印行。20 世紀 40 年代在天津《天聲報》繼續連載，更名《豹爪青鋒》。1946 年天津《建國日報》續載最後五章，名為《豐林豹變記》。同年，名劇作家翁偶虹應上海「天蟾舞台」之邀，根據本書為京劇大師李少春、袁世海、葉盛章精編《十二金錢鏢》一劇，風靡上海。全書從 1938 年至 1949 年，由天津正華出版部等再版六次，共一百三十多萬字。

---

306. 鄭證因，《我寫〈鷹爪王〉的動機》：「竹心兄（白羽）對國學有深刻的研究，寫作上修辭嚴整；我則學識譾陋，僅於國術深感興趣。更因先伯與外祖父習國術有年，所述武林軼事、江湖中一切特殊的習俗及有關於武林的奇聞異事較多；與竹心兄消磨長夜時，竹心兄以國學探討為話材，余則備述武林掌故及江湖中習慣以為交換，為竹心兄添了幾部小說的資料……」，刊載北平《369 畫報》第卅四卷十八期，轉引自葉洪生，《「紙上江湖」大對決淺談鄭證因〈鷹爪王〉與幫會技擊》，見《論劍——武俠小說談藝錄》，學林出版社，1997 年。

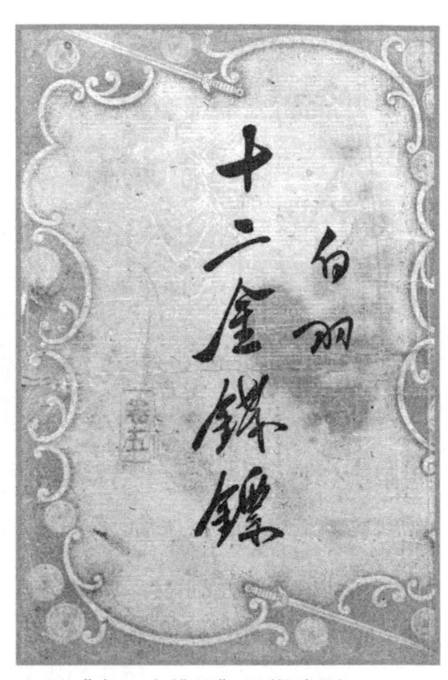

白羽《十二金錢鏢》早期書影

故事講述「飛豹子」袁振武因娶師妹不成，又恨師父將掌門傳給師弟俞劍平，一怒反出師門，二十年後，他尋仇劫鏢，與俞劍平多次比武較一量。

俞劍平是江南鏢行首領，以太極拳、十二支金錢鏢和太極十三劍稱雄武林，獲得「十二金錢鏢」的美名，晚年退出武林，不問世事。不料老鏢頭鐵牌手胡孟剛，接了一筆官帑，因事關重大，邀請俞劍平重出江湖。俞劍平因朋友義氣，放棄曾經不入江湖的誓言，將「十二金錢鏢旗」借出，還派大徒弟鐵掌黑鷹程岳押鏢。不料袁振武半途率眾劫鏢，將金錢鏢旗拔去，要與俞劍平一分高低。俞劍平為了一世英名和失鏢入獄的老友胡孟剛，不得不重出江湖，邀請各路高手相助尋鏢。幾經周轉，雙方約定比武，展開一場龍爭虎鬥，結果勝負未分，官軍聞訊圍剿，袁振武逃離，最終眾人在水中尋回鏢銀。

整個故事並不複雜，不過是「失鏢——尋鏢」的簡單故事，卻因白羽用筆懸疑，文字生動，情節頓顯曲折離奇。

小說先寫江湖上出現大盜，來歷不明，專與鏢局作對，接著寫鏢銀丟失，鏢旗被奪。俞劍平召集眾人商議，眾人卻始終猜不透對手。這其中對飛豹子的來歷、劫鏢的計畫、步驟、目的，一概不提，伴隨著故事的發展，才抽絲剝苗，逐步揭開真相。

故事始於求借鏢旗，經過打聽、預警、改途、遭劫、搏鬥、失鏢、尋鏢、無數次上當，情節環環相扣，顯示了白羽化腐朽為神奇的佈局功力。

小說裡的人物刻畫入微，生動活潑，如俠氣干雲、機智老練的俞劍平；神出鬼沒、狡詐無比的飛豹子；表面詼諧、內心熱血的黑砂掌；刻薄尖酸、小人德行、色厲而內荏的九股煙喬茂，個個躍然紙上，呼之欲出。

小說第一章胡孟剛前往江蘇海州雲台山向俞劍平借鏢旗，俞劍平因為不想重入江湖，開口便先聲奪人，一派老江湖的口吻：

俞劍平笑道：「我說如何？夜貓子進宅，無事不來！老弟，你我一二十年的交情，非比尋常。你有為難的事，我能袖手麼？不過——我先講明，你要用錢力，萬兒八千我還拿得出來；再多了，你給我幾天限，憑哥哥我這點臉面，三萬兩萬也還有地方拆兑出來。你要是用人力，我這回歇馬，面前有四個徒弟，有兩個能出去；用人再多了，我給你約幾位成名的好漢幫場。可有一樣，我已封劍歇馬，再不能重作馮婦，多管江湖上閒事了。」說著，把右臂一伸，道：「這一臂是人力，我有四個徒弟。」又把左臂一伸，道：「這一臂是財力，我有小小三兩萬薄產。老弟，你說吧！你要我助你哪一臂之力？」再把脖頸一拍，道：「老弟要想借我的人頭，可就恕我不能從命了。」

鐵牌手一聽，不覺愣然，暗道：「我這算白碰釘子！」他強笑一聲道：「老哥哥，我真佩服你！莫怪你名震江湖，不只武功勝人，就是這份察言觀色，隨機應變，也比小弟高得多。小弟是枉吃五十二年人飯了。難為你把小弟的來意就料個正著。只用三言兩語，就把我這不識進退的傻兄弟硬給悶回去了。咱們什麼話也不用提了，咱們是後會有期。我再找素日口稱與我胡孟剛有交情的朋友，碰碰軟釘子去。實在是事到急難，全沒交情了，我就乾乾脆脆，聽天由命完了。」

鐵牌手把袖子一甩，站起身來，向俞鏢頭一躬到地道：「老大哥，你老坐著！」

俞劍平手拈白鬚，笑吟吟看著胡孟剛負氣告別，並不攔阻。後見他竟已調頭出門，這才發話道：「胡二弟請回來。你就是挑眼生氣，要跟我劃地絕交，你也得講講理呀。我這裡沒擺下刀山油鍋，何必嚇得跑？」

胡孟剛回頭道：「你一口咬定不肯幫我，我還在這裡做什麼？給你墊牙解悶麼？」[307]

這一段通過俞、胡之間的對話，準確生動地刻畫出俞劍平的

307. 白羽，《十二金錢鏢》，長江文藝出版社，2004年。

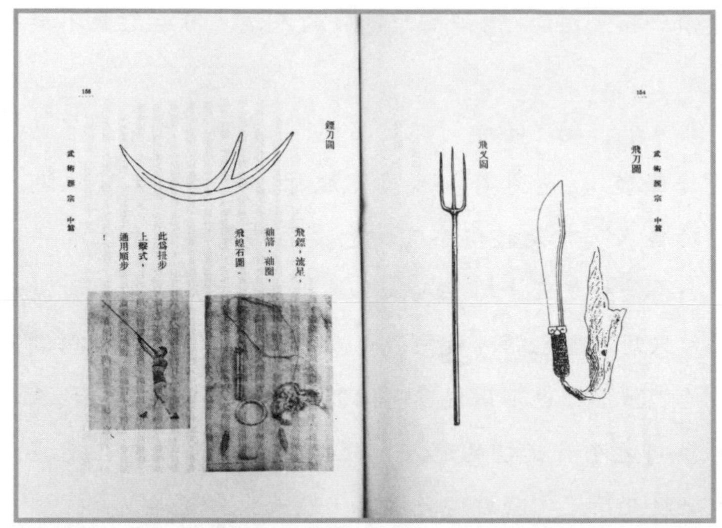

民國時期，武術家萬籟聲所著《武術匯宗》一書內文書影，其中的武術，經過白羽文學化的想像，提高了武俠小說中武術的美學價值

機警、沉穩、老辣和胡孟剛的粗豪、直爽。

全書描寫最精彩的人物其實是「九股煙」喬茂。喬茂原來是個毛賊，人又長得獐頭鼠目、其貌不揚。喬茂平生本領一般，卻最擅輕功，可以夜走千家，曾經在一夜之間連偷九家大戶，無聲無息，所以江湖上稱為「九股煙」，又因姓喬，又叫他「瞧不見」。

喬茂混到胡孟剛的振通鏢局當了鏢師，嘴上刻薄，常得罪人，誰也看不起他。鏢車一發，他就說：「這趟買賣據我看是『蜜裡紅礬』，甜倒是甜——」別人攔著他，不教他說不吉利的話，喬茂卻翻著白眼說：「難道我的話假麼？人要是不得時，喝口涼水還塞牙！」半途中，賊人踩探，喬茂張嘴就是一句風涼話：「糟糕！

新娘子教人相了去，明天管保出門見喜！」

第二日，「飛豹子」傷人劫鏢，喬茂好容易死裡逃生，卻並不甘心，為求露臉，他冒險追尋賊人，卻又遭人擒住。喬茂得空脫身，奔回報信，大家正為群賊線索發愁，急著追問鏢銀，喬茂卻又「端」起架子：

找我要明路？就憑我姓喬的，在鏢局左右不過是個廢物！咱們振通鏢局人材濟濟，都沒有尋著鏢，我姓喬的便摸不著影了！[308]

眾人一通狂捧，喬茂這才心滿意足，吐露實情。嗣後紫旋風等三人陪喬茂進一步追查，三人都看不起喬茂，背著他自行踩探賊情，喬茂內心產生大量獨白：

你們甩我麼，我偏不在乎！你們露臉，我才犯不上掛火。你們不用臭美，今晚管保教你們撞上那豹頭環眼的老賊，請你們嘗嘗他那鐵煙袋鍋。小子，到那時候才後悔呀，嗐嗐，晚啦！我老喬就給你們看窩，舒舒服服的睡大覺，看看誰上算……這不對！萬一他們摸著邊，真露了臉，我老喬可就折一回整個的！……教他們回去，把我形容起來，一定說我姓

---

308. 白羽，《十二金錢鏢》，長江文藝出版社，2004年。

喬的嚇破了膽；見了賊，嚇得搭拉尿！讓他們隨便挖苦。這不行，我不能吃這個！我得趕他們去……[309]

喬茂終究只是嘴上功夫，遭逢強敵，只有逃命，一個人躲在高粱地裡怨天尤人：

喬茂從田窪裡爬起來，坐在那裡，搔頭、咧嘴、發慌，著急，要死，一點活路也沒有。又害怕，又怨恨紫旋風、沒影兒、鐵矛周三個人：「這該死的三個倒楣鬼，他們作死！若依我的意思，一塊兒奔回寶應縣送信去，多麼好！偏要貪功，偏要探堡。狗蛋們！你媽媽養活你太容易了。你們的狗命不值錢，卻把我也饒上！填了餡，圖什麼！」[310]

白羽的武俠小說，極為講究人物語言，在他的妙筆之下，喬茂貪功、圓滑、刻薄、患得患失的小人心性以及色厲內荏的意識，被刻畫的入木三分。

白羽客觀敘述故事的風格雖然統一，但書中人物的對白則千變萬化，視其身分、閱歷、教養、個性而定，或豪邁，或粗鄙，或刁滑、或冷峻，或笑料百出，不一而足。其他如楊華的少年任

309. 白羽，《十二金錢鏢》，長江文藝出版社，2004 年。
310. 白羽，《十二金錢鏢》，長江文藝出版社，2004 年。

俠，爭強好勝，柳研青的天真活潑，任性好強，柳兆鴻的精明老辣，俠氣凜然，無不如見其人，如聞其聲。

白羽小說還勝在文筆優美，他的文學素養甚高，駕馭文字的功力舉重若輕，第一章寫俞劍平出門散步的景物：

這日，時當春暮，山花早吐新紅，野草遍繡濃綠；午飯已罷，俞鏢頭散步出門，攜六弟子江紹傑，徐徐踱到港邊。春風微漾，清流如錦；長竹弱柳，在堤邊爭翠，把倒影映在波面，也隨晴風皺起碎碧。遠望西連山，相隔較遠，但見一片青蒼，銜雲籠霧。這邊港上，有數艘帆船擺來擺去，望過去似戲水浮鷗。師徒負手閒眺，心曠神怡。[311]

類似這樣的文字，在全書俯拾皆是，「妙筆寫景，如畫如詩。其清雋婉約處，即陶潛亦不能過。」[312]

《十二金錢鏢》的另一大貢獻，在於為武俠小說的武功描寫開創了「文學化」的先河。白羽在《話柄》中自承：「我自問於鋪設情節上、描摹人物上還行，開打比武卻怕出錯；因此按下奪鏢的開打，敦請柳研青姑娘先行出場……所以金錢鏢在結構，竟被折成兩截」。[313]

---

311. 白羽，《十二金錢鏢》，長江文藝出版社，2004 年。
312. 葉洪生批校《十二金錢鏢》，聯經出版事業公司，1984 年。
313. 白羽，《話柄》，天津正華學校出版部，1939 年。

白羽寫情固細膩動人，但對於自己不擅長的武打場面，也能揚長避短，另出機抒。白羽的小說中，不論是拳掌、兵器、暗器、內功、輕功，或是武打場面的設計等等，很多都被其後的武俠小說作家繼承。另外，白羽使用了「武林」這一詞語，定義超越了此前的「綠林」一詞，成為武術界通稱，約定俗成，至今通用。[314]

白羽筆下的武功，「奇」、「正」相間，武打場面精彩紛呈，書中人物的身形動作，舉手投足，招式清楚，歷歷如畫，筆觸細膩靈動，不僅沿用了武術動作的名稱，並且創造了許多富於奇想的武功，像「混元一力掌」、「大力千斤掌」、「彈指神通」等，分別以成語或典故命名。書中一些「疾如電光石火，輕如飛絮微塵」、「隱現無常，宛若鬼魅」等武功描寫上的詞句，也為後來武俠小說作家的描寫拓寬了道路。白羽筆下的武功，富有文學意味，提高了武俠小說中比武較技的美學價值。

《十二金錢鏢》中描寫俞劍平比鬥的一段文字，頗為讓人稱道，讀起來歷歷在目，宛在眼前：

十二金錢俞劍平剛剛的振左臂一揮，長衫敵影的短兵刃已到背後。俞劍平趁這左臂一揮之力，左手劍訣一領，左腳往左跨半步，右腿只一提，下護其襠，身軀半轉，側目回睨，展奇

314. 葉洪生，《末路英雄詠嘆調——「倒灑金錢」論白羽之文心》，見《論劍——武俠小說談藝錄》，學林出版社，1997 年。

門十三劍救急絕招「楊枝滴露」，不架敵招，反截敵腕。三尺八寸的青鋒，迅如電掣，劍尖下劃，恰找敵手的脈門；雖然夜暗勢驟，不差分毫。

這一招所謂「善戰者攻敵必救」！頓時反守為攻，把敵招破開。敵人迅猛的招數竟未得手。但這敵人也好生厲害，只見俞劍平一閃，立刻明白了來意；頓時一甩腕，把手中怪兵刃收回，手腕一翻，復又變招進攻：用「腕底翻雲」，橫截俞劍平的劍身。

俞劍平倏然應招發招，往下一塌腰，掐劍訣，領劍鋒，劍走輕靈；圈回來，發回去，「春雲乍展」，照敵人右肋後「魂門穴」點去。敵人「唰」的一晃，身形快如飄風，不遲不早，單等得俞劍平的劍往外剛剛撤出來；他這才霍然一旋身，一個盤旋，轉到俞劍平的左肩後，喝一聲：「打！」照十二金錢的右耳後「竅陰穴」打去。俞劍平一劍走空，頓知不妙；丹田一提氣，急聳身，「颼」的躥出二尺多遠。凝身止步，叫了一聲：「朋友！」長衫敵人一步不放鬆，半句不答腔，啞吃啞打，立刻跟蹤又上。[315]

這段文字寫長衫敵（飛豹子）暗算俞劍平，俞劍平應變還招，你來我往，招式分明，文情跌宕，令人目不暇接，讀起來卻又欲

315. 白羽，《十二金錢鏢》，長江文藝出版社，2004年。

罷不能。

《十二金錢鏢》的最大缺失是在全書結構上，正如前文白羽在《話柄》中坦承的一樣，全書從第九章開始，完全脫離了「失鏢—尋鏢」的主線結構，轉而大寫楊華、柳妍青、李映霞三人的「三角戀愛」以及「青鏑寒光劍」的風波，前後約三十萬字，占全書四分之一篇幅。這一大段文字雖文情跌宕，人物性格豐滿，但對全書結構卻構成了巨大破壞，並且這段故事中的人物和小說主要情節「尋鏢」一事無關，完全可以獨立出來，另成一部小說。同時，由於小說是報刊連載，雖然故事本身並不複雜，但在作者有意拓展下，加大了很多不必要的篇幅，固然極盡曲折，卻仍出現許多不必要的重複。

這一結構上的敗筆，白羽在《話柄》一書中解釋：

《十二金錢鏢》初寫時，我不懂武術，邀友人證因幫幫忙。可是兩人作，只寫到第一卷第二回的上半，證因另有辦法，丟飛下筆桿不幹。這時候二十萬鹽鏢甫遇盜劫，鐵牌手正血戰護鏢，我獨力接過來。又正忙著辦學校，對於尋鏢的事還沒有算計好。怎麼辦呢？避重就輕，捨短用長。我把鐵牌手押回海州，送入監牢，立刻創造了黑砂掌父子一對滑稽角色。柳研青父女本該在尋鏢有下落，奪鏢正開始時，才讓她仗劍上場。我卻等不及了……女角挑簾，自易吸住讀者的眼光……然而，這一來卻岔開了，直岔到第六卷，大部故事幾乎全是楊

柳情緣。楊柳情緣本是我預先想好，要作別用的，如今卻胡亂搬出來……[316]

從白羽的自述中，大致可以瞭解到「楊柳情緣」這一枝蔓出現的來龍去脈。

《十二金錢鏢》是白羽的成名作，在此書的基礎上，白羽縱橫發展，形成了「錢鏢四部作」，主要包含：

其一，初部作（本傳）《十二金錢鏢》；

其二，二部作（別傳）《血滌寒光劍》及續集《毒砂掌》，從楊、柳、李三角戀愛和「青鏑寒光劍」情節中生來的故事；

其三，三部作（前傳）《武林爭雄記》及其續集《牧野雄風》，補敘「飛豹子」當年和俞劍平反目，賭氣反出師門，遍投江湖拜師學藝的經過，以及在關東創業的故事；

其四，四部作（後傳）《聯鏢記》及其續集《大澤龍蛇傳》，接本傳之後，寫林劍華報仇、學藝、除盜的故事，雖是後傳，與本傳無甚關聯。

這些作品大都寫於1938—1942年間，是白羽武俠小說創作的鼎盛時期，這些作品中，《十二金錢鏢》之外，《武林爭雄記》最為出色，此書不但結構精嚴，決無枝蔓，敘事也有條有理，不疾不徐。人物形象更是十分成功，「飛豹子」袁振武性格既急躁、直

316. 白羽，《話柄》，天津正華學校出版部，1939年。

率，又機警、堅韌，同時急公好義，一腔俠氣。其他像魯大姑的正直、豪爽，王奎的剛直不阿，丁朝威的倔強，高紅錦的活潑、爽快，都予人深刻的印象。

除「錢鏢四部作」外，白羽的另一部作品《偷拳》一書影響較大。

《偷拳》

《偷拳》寫於 1939 年，1940 年與《武林爭雄記》、《聯鏢記》同時由天津「正華出版部」排印。抗戰勝利後，上海勵力出版社將《偷拳》改名《驚蟬盜技》再版發行。在該書「後記」中，白羽特別說明：「技擊故事逃避現實，一向是虛構多，寫實少……唯有這本《偷拳》和《子午鴛鴦鉞》純本事實。」[317]

此書是白羽武俠小說中篇幅最短，結構最完整，技巧最高明，情節最感人，武術描寫最真實的一部。

故事講述清代冀南廣平府少年楊露蟬，為了學習太極拳，到陳家溝拜訪太極陳，太極陳拒而不見，楊露蟬於是扮成啞巴以僕人身分混入陳府，在陳邸潛伏，經過無數辛酸周折，最終掌握了高超的武藝，在京師顯赫聲名。小說不僅透過楊露蟬裝僕扮啞三載，歷盡磨難，偷學太極陳的太極拳，展示了艱苦卓絕、忍辱負重的「俠義精神」，還通過對楊露蟬被太極陳拒之門外、四處投

---

317. 白羽，《偷拳》，北嶽文藝出版社，1992 年。

師的經歷描繪，寫他遇到的騙財收徒的大竿子徐、糾徒為奸的地堂會以及「得異人傳授」的大騙子宗勝蓀，處處遭逢欺騙，差點兒難以脫身，由此批判了武俠世界名不副實的一面。

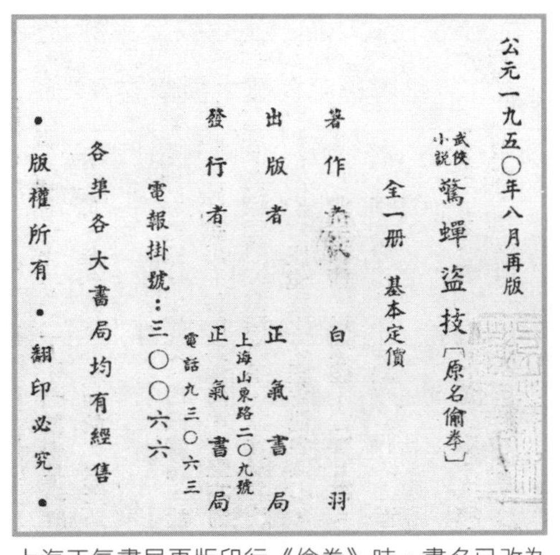
公元一九五〇年八月再版
武俠小說 驚蟬盜技〔原名偷拳〕
全一冊 基本定價
著作者 白羽
出版者 正氣書局
發行者 上海山東路二〇九號 正氣書局 電話九三〇六三
電報掛號：三〇〇六六
各埠各大書局均有經售
• 版權所有 • 翻印必究 •

上海正氣書局再版印行《偷拳》時，書名已改為《驚蟬盜技》，此為版權頁

《偷拳》二十二章，十七萬字，但整體結構卻層層轉進，步步為營，前後照應。前五章在佈局上，一直是以楊露蟬為主，到他為投師訪藝，在陳家溝登門獻禮而遭「太極陳」一拒再拒之後，憤然撂下「十年後再見」的話，隨即一去無蹤。從第六章起，一下跳過五年，寫太極陳一念之仁，收容倒臥雪地的啞丐，如此又過了三年。扮作啞丐的楊露蟬，月夜窺視「太極陳」練武，失聲叫好，最終真相大白。作者至此，反過來藉楊露蟬的口，又交代當年楊露蟬流落江湖的遭遇。小說採用倒敘的寫法，卻非常自然。此外，除第一章的情節是「全知敘事」與「單一敘事」混合並用外，後續情節都嚴格限制作者敘事節奏，情節都由人物的對話和行動推動，避免作者跳出來干擾，這種文學技巧在當時的武俠小說作家中可謂少見。

小說在武功描寫上也較為真實，書中對太極拳的巧勁「四兩撥千斤」詳細解釋，描述太極拳的實戰應用能力，在打鬥中著力描繪高手較量的藝術化，使人耳目一新。

小說沒有驚險離奇的情節，故事中的人物更是普通，沒有驚人壯舉，但是透過故事看道理，頗令人動容。它一方面揭露了武林的騙局，告誡人們不要盲目崇拜，尤其是普通人更要謹慎，另一方面則通過楊露蟬曲折的學藝經歷，說明俠客的武功不是先天就有的，而是通過後天執著追求、發奮努力習練而成，闡釋了一種積極向上的人生態度。白羽的小說不是簡單在講故事，而是述說社會人生的哲理，這一點與「新文學」的內涵是相通的。

楊露蟬受「太極陳」出師訓誡。「太極陳」一反平日的孤傲，告誡徒弟：「要虛心克己，勿驕勿狂。多訪名師，印證所學；尊禮別派，免起紛爭」，「千萬不要𧶼技自秘」，「你不要學我」。與普通的「反省」不同，這一訓誡不僅是對武俠中的假冒偽劣進行批判，還將現代人自尊自重的品格體現出來，是現代精神在白羽武俠小說中的流露。

張贛生曾言：「白羽深痛世道不公，又無可奈何，所以常用一種含淚的幽默，正話反說，悲劇喜寫，在嚴肅的字面背後是社會上普遍存在的荒誕現象。讀他的小說，常使人不由得聯想自己的生活經歷。這體現著大大超出武俠小說本身的一種藝術魅力。所以，正是白羽強化了武俠小說的思想深度，開創了現代社會武俠小說這種新類型。白羽的成名作是《十二金錢鏢》，共十七卷；但最能顯示他文學水準的，則是《偷拳》兩卷和《聯鏢記》六卷……」[318]

《偷拳》一書結構完整，首尾呼應，情節明快，行文流暢，即使放置純文學角度欣賞，亦是一部非常可讀的小說。

第二節　幫會技擊鄭證因

鄭證因（1900—1960），原名鄭汝霈，天津人，世代在天津西沽居住。鄭證因幼年曾讀過四書五經，旁及詩、詞、曲，賦，二十歲左右教過私塾，喜好武術，精通技擊。大約在1932年至1934年間，開始為報刊投稿，得與擔任編輯的白羽相識。

1937年冬，白羽由霸縣返回天津，為了生活，他一面著手寫《十二金錢鏢》，一面籌辦正華學校，當時在新聞界工作過的鄭證因也正生活無著落，兩個在困境中掙扎的人走到一起。鄭證因與白羽的合作，對鄭證因一生的寫作有重要意義。

創作《十二金錢鏢》初稿時，白羽邀鄭證因共同執筆。白羽在《話柄》中說：「《十二金錢鏢》初寫時，我不懂武術，邀友人證因幫忙」。白羽也對鄭證因的小說《武林俠踪》進行了校改，《武林俠踪》的出版，使鄭證因嶄露頭角，奠定了他一生事業的基礎。

鄭證因與白羽撰寫的《十二金錢鏢》，只寫到第二回的前半部

318. 張贛生，《民國通俗小說論稿》，重慶出版社，1991年。

分，就「另有辦法」，與白羽分手，去經營別的「生意」，不久經營失敗，1939 年，又應白羽邀請，協助經營正華出版部。[319] 大約在 1940 年左右，鄭證因遷居北平和平門外，此後十年間過著清貧的筆耕生涯。

《鷹爪王》是鄭證因的代表作，1941 年初，連載在北平《三六九畫報》。後來，鄭證因又創作了與之情節相連的幾部小說，即為《天南逸叟》（1947）、《離魂子母圈》（1948）、《回頭崖》（1949）、《女屠戶》（1949）等。除此之外，可以獨立成篇的小說還有七十餘部，很多人物情節都能與《鷹爪王》找出聯繫。鄭證因作品相互間形成統一的武林背景，構築起一個屬於鄭證因的武俠世界。

新中國成立後，鄭證因先後赴北京作家出版社、通俗讀物出版社等處擔任編輯。1957 年，鄭證因在反右鬥爭中受牽連，被調往保定，任職於河北省文化藝術學院圖書館，直至 1960 年因病逝世。鄭證因無子女，1945 年 7 月喪偶後，一直獨身生活，病故後其侄鄭華增從北京赴保定辦理喪事，所遺除日常用品外，別無他物。[320]

鄭證因與其他武俠小說家的不同之處，在於他懂武術、關注武術，遂熔武術之精彩、氣魄之粗獷及情節之驚險於一爐，展現出完善的技擊武俠小說形態。鄭證因的技擊武俠小說因此成為武

---

319. 有關鄭證因此段經歷，參考白羽自傳《話柄》，天津正華學校出版部，1939 年。
320. 鄭證因生平經歷，參考張贛生，《民國通俗小說論稿》相關章節。

俠小說史上的一種新模式，他因此被稱為「幫會技擊派」武俠作家或「剛性技擊武俠小說名家」。

鄭證因雖善描寫翔實繁複的武術，用來表現不同門派、不同性格的人物，使自己的作品別具一格，但也造成他的小說單調、枯燥的缺點。其小說文字粗糙，雖有緊張的故事情節，但缺乏柔情滋潤。此外，鄭證因對武俠世界的描寫十分專注，但對於俠客和他們所生存的江湖世界解讀不夠深入，明顯遜色於白羽的小說。

《鷹爪王》

《鷹爪王》全書七十三回，約一百五十萬字。與《鷹爪王》情節相連的作品尚有很多，其中《鷹爪王》為開篇巨作，《天南逸叟》（1947）與《黑鳳凰》（1948）兩部相連，《離魂子母圈》（1948）、《女屠戶》（1949）和《回頭崖》（1949）三部相連，《淮上風雲》（1949）為獨立故事，《續鷹爪王》（1949）為結局篇，其中間六部中短篇，彼此的前後相連作品為八部曲，總文字數約二百七十四萬字。

此外，與《鷹爪王》一書人物有關的作品尚有《閩江風雲》、《大俠鐵琵琶》、《巴山劍客》、《鐵筆峰》、《鐵拂塵》、《七劍下遼東》、《貞娘屠虎記》、《丐俠》、《崑崙劍》、《五鳳朝陽刀》等，其作品稱得上是珠玉環構，巧思鋪陳，卷帙浩繁，蔚為大觀。

《鷹爪王》洋洋灑灑，篇幅浩大，故事線索卻十分單一。淮陽派掌門鷹爪王王道隆以大力鷹爪功聞名武林，早年與鳳尾幫結

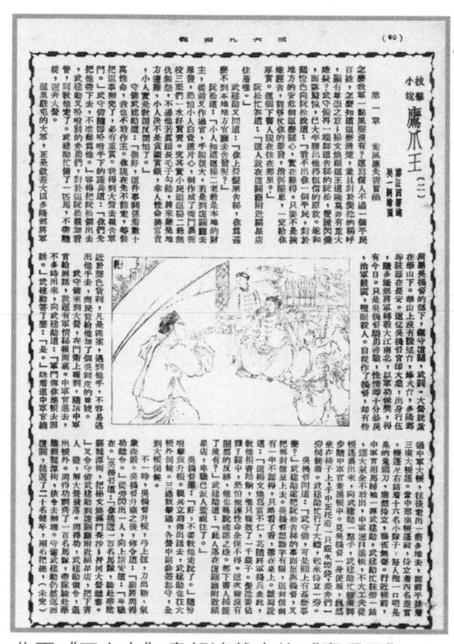

北平《三六九》畫報連載中的《鷹爪王》

仇，在鳳尾幫鮑香主毒藥梭手下受傷，差點兒喪命，恰逢楊文煥旅途中贈銀相救，方得脫險。後來他銷聲匿跡，精研技擊，十年後重入江湖。此時鳳尾幫藉機劫走王道隆門下弟子華雲峰，並同時劫走西嶽派掌門人慈雲庵主門下楊梅。淮陽、西嶽兩派為維護本門尊嚴，合兩派全力並聯合眾俠義英雄，來到雁蕩山十二連環塢鳳尾幫總舵拜山。鳳尾幫幫主一天南逸叟武維揚也廣邀高手助陣，欲與淮陽、西嶽決一雌雄。小說的寫作重點，在於描寫前往拜山的路途經過，以及進塢後，雙方的比武較技。

《鷹爪王》可稱集鄭證因武俠小說特色大成的代表作，為後世武俠小說的貢獻大致有三點：

其一，情節敘事和文化敘事相融合，簡繁並重。鄭證因的小說中，情節敘事和文化敘事，即江湖恩怨、武林爭霸和武功技擊、江湖幫會互相交錯，使文化在故事中得到確證，同時又使故事在文化中得到加強，為後來武俠小說的「文化的融合」提供了重要的形式基礎。

《鷹爪王》的情節模式並不新穎，但情節線索的處理方式在整個敘事結構中，起了不同的作用。人物由單一到群體的變化過程，體現了武俠小說人物的靜態關聯式結構，一場江湖事件，導致不同人物的會聚，使武俠小說結局構造的基本模式形成。

《鷹爪王》線索結構明快，作者對敘事空隙進行精心填補，使作品在簡約與繁複之間的敘事顯出張力，內在的緊張感更加強烈。

全書堅守著情節的主線，「恩仇追蹤」始終是敘事的主要內容，小龍王江傑的來歷，鐵笛丐俠、要命金老七的衝突等情節穿插其中，成為小說的補敘和插敘，卻又沒有離開主線。燕趙雙俠和藍氏二矮等作為支援暗線，將繁複的江湖世界表現為單純的恩怨情仇。

北嶽文藝出版社再版《鷹爪王》所繪插圖

鄭證因在情節組織上與傳統武俠小說的線索連綴不同。《鷹爪王》所表現出來的情節觀點，接近於「新文學」情節完整性、統一性的觀點，可以說，這些敘事觀念和手法，明顯是鄭證因受白羽文學觀念和手法的影響。

鄭證因非常擅長編織情節，對小說的總體結構進行了精心的營造和鋪陳，書中幾乎任何一個環節彼此之間都能呼應，首尾銜接，渾然一體，錯綜複雜，千變萬化。在單一故事主線下則用複線寫法，既寫淮陽、西嶽兩派與鳳尾幫的恩怨、拚殺，也寫鳳尾幫內部的矛盾鬥爭，還寫出兩大陣營行事的對立，使小說情節多線頭向延伸，而多線頭中又能主次分明。

小說在敘事上又常採用「追昔年之雲，補今宵之月」的掉頭補敘法，所補敘的情節又必然會與主線情節「殊途同歸」，所以，整個小說在平淡無奇的故事中卻能頻生波瀾。

鄭證因所使用的敘事手段融新於舊，開啟了武俠小說關於故事與情節、動作與文化敘事的新天地。

《鷹爪王》敘事的鮮明特色，為後世的武俠小說創作產生了重要影響。古龍曾言：

鄭證因是我最早崇拜的一位武俠小說作家……他的寫作路線，仿效的人雖不多，但是他書中的技擊招式和幫會規模，卻至今還被人在採用，所以他無疑也具有一派宗主的身分。[321]

---

321. 古龍，《關於「武俠」》，見《古龍散文全集》，風雲時代出版公司，2018 年。

導演張藝謀，在接受關於電影《英雄》的記者採訪時曾說：

1967年的時候，我看了一部叫《鷹爪王》的書，繁體字，豎排版，忘了是誰寫的，薄薄的二十七本，各自獨立成章，像電視連續劇，同學之間換著看，看完就互相講，也不按順序。到現在我還記得，裡面的燕趙雙俠，兩個黑衣老頭兒，武藝之高，每到關鍵時刻，兩個黑老頭就出來了，到現在我腦子裡都有這個形象。可能它不是怎麼有名，但是在我小時候它對我產生的影響特別大。這之後，我就成了武俠迷了。[322]

電影《英雄》的故事並不複雜，敘事的功力專注於情節線索的精心處置，正是融複雜於簡略的典例。

其二，《鷹爪王》對中國武術有著出色的描寫。張贛生說：「中國武俠小說作家中真通曉武術者並不多，稱得起是武術家的只有向愷然，但向愷然醉心於傳聞軼事，未將描寫武術作為藝術創作的重點。並且，向愷然作為武術家，重視的乃是武術之實用價值，沒有著意去尋找武術在武俠小說藝術中之恰當作用。到鄭證因方將粗獷的豪氣、多采的武術和驚險的情節融為一體，構成了技擊武俠小說的完善形態。」[323]

---

322. 舒可文，《英雄無用武之地——張藝謀：「什麼時候我能一柄劍走天下」》，見《三聯生活週刊》第222期封面故事，2002第51期。
323. 張贛生，《民國通俗小說論稿》，重慶出版社，1991年。

因為鄭證因本人是精通技擊的高手，所以他對各種內外功夫、長短兵器的用法歷歷如數家珍，對流行於世的太極拳、通臂拳、五行拳、八卦掌、劈掛掌、鐵砂掌等進行了廣泛描寫，在對輕功、暗器的描寫上則攝虛入實，化平淡為神奇。

鄭證因自己又獨創了「綿掌」、「混元掌」、「劈空掌」、「排山掌」、「大力金剛掌」、「牽緣回環掌」、「小天星掌力」、「龍形八掌」、「先天八掌」、「雲龍三現」等諸多武功，十分奇異，使讀者耳目一新。

在諸多功夫裡，既有內功，也有外功，還有內外結合。武功結合了人物性格，使小說魅力增加，同時也為後世武俠小說作家開了先河。

對「三陰絕戶掌」的描寫，鄭證因想像奇異：

這種掌力使出來是一連三手，能夠在五尺內致人死命。按人身穴道和臟腑的部位，以心、肝、脾、肺、腎五種力量打五個部位。這是傷中盤最重的地方；有當時斃命，有三日三夜準死，有一年三百六十五天才送命，有能落一生殘廢，形如癆病鬼。打上盤能夠使人雙目震瞎、兩耳震聾、腦袋震昏。至於立即斃命的是太陽穴、玉枕骨、天突穴。打下盤最輕：皮不傷肉不破，骨斷筋折，終身殘廢。[324]

---

324. 鄭證因，《鷹爪王》，北嶽文藝出版社，2013 年。

鷹爪王獨傳的「七十二式錯骨分筋手」為平生功力所聚，稱得上是武林絕學，施展開來，但見：擒、拿、封、閉、拗、沉、吞、吐，聲東擊西，欲虛返實；手、眼、身、法、步、腕、肘、膝、肩，處處見功夫，處處見火候。倏前倏後，忽進忽退真是動若江河，靜如山嶽。險巧處竟是一羽不能加，蟲蠅不能落；起如鷹隼凌霄，落如沉雷擊地。

在輕功上，「雲裡翻」、「草上飛」、「八步趕蟾」、「追雲趕月」、「飛鳥凌波」、「蜉蝣戲水」、「登萍渡水」、「細胸巧翻雲」、「金鯉倒穿波」、「燕子飛雲縱」、「燕青十八翻」、「燕子三抄水」以及「仙人換影」等後來台港新派武俠小說中耳熟能詳的武功詞彙，皆由鄭證因所發明。

相比《水滸傳》描寫鼓上蚤時遷簡單的飛簷走壁，鄭證因筆下的輕功，無疑更聲色並茂、維妙維肖，激發了讀者對人體功能的無限遐想。

在兵器上，鄭證因首創「離魂子母圈」、「日月雙輪」、「雙頭銀絲虯龍棒」、「九連鋼環」等。他詳細說明了這些兵刃的來歷、製作、結構、用法、功能等，與物理相通，讓人驚奇：

雙頭銀絲虯龍棒通身長有五尺六寸，兩端全是龍頭，舌信子是兩口利刃的尖子；通體是用千年紫藤和銀絲、頭髮製成，可軟可硬。這種兵刃更與杆棒不同之處，在於龍頭上下有倒須鉤；能當杆棒，又可當軟鞭，又能當雙頭槍，又可當棍用，有不同的招術。[325]

在暗器上，七星透骨針、梅花奪命針、沙門七寶珠、金剛燕尾鏢等也為鄭證因所發明。子母梭一發兩支，有虛有實，後發先至，防不勝防；七寶珠鑿有細孔，迎風能發出銳聲，以亂人耳目，聲東擊西。又如「蛇頭白羽箭」：

這是雪山二醜的獨門暗器，箭鏇比平常的袖箭稍巨，內裡中空；箭尖下邊橫嵌著兩隻鋼針，全裝有纖巧的卡簧。箭尖不撞動，這兩根鋼針總是潛藏在箭鏇裡；只要箭一射中人的身體，兩根鋼針便即崩出來，左右向肉裡橫穿過去；再想起下這枝箭，除非是把這箭傷的創口割下一塊肉來。[326]

再如「梅花奪命針」：

這種暗器跟袖箭筒子一樣，但口門卻是梅花形的五孔，內藏五枝三稜透骨針。打出時是奔敵人上、中、下三盤跟左右兩面；躲得了上，躲不了下；閃得開左，閃不開右。打鏢有「迎門三不過」，已經算是最厲害的手法；可是用「鐵板橋」的小

325. 鄭證因，《鷹爪王》，北嶽文藝出版社，2013 年。
326. 鄭證因，《鷹爪王》，北嶽文藝出版社，2013 年。

巧功夫，依然能避過。唯獨這種梅花奪命針，只要在兩丈以內就逃不開……[327]

這些武功、兵刃、暗器，都為後來20世紀50年代後台港新派武俠小說作家廣泛因襲。

在書中人物比武較技的場面描寫上，鄭證因在白羽「文學化」的基礎上，大肆發揚繼承，增加了可讀性和可信性，被譽為「紙上江湖」。在《鷹爪王》小說中，大小總有數十餘戰，力求表現出「武術」的文學美：

酆倫立刻用金背砍山刀一指鷹爪王，厲聲說道：「鷹爪王老兒！你自恃你淮陽派的武功打遍江湖無敵手，眼空一切，目中無人。這是你的死期到了，我追魂叟酆倫久候多時，你趁早領死吧！」鷹爪王道：「朋友！咱們不用逞口舌之利，掌下見分明！」……酆倫……想要把鷹爪王折在這，自己好成名露臉。遂不再答話，往前一欺身，金背砍山刀照著鷹爪王的胸前便削。鷹爪王拔刀遮掌，往酆倫的右臂「曲池穴」點去。

酆倫是虛實莫測，刀法賊滑，變實為虛，沒等鷹爪王往外封實，忽的變招為「蒼龍歸海」，立刻一橫身，刀鋒往外一展，奔鷹爪王雙腿削來。鷹爪王急忙一個「進步連環」，就在

327. 鄭證因，《鷹爪王》，北嶽文藝出版社，2013年。

追魂叟酆倫的刀鋒堪堪已經遞上，鷹爪王身隨掌走，已到了追魂叟的背後，一掌奔酆倫的右臂劈去。酆倫刀遞出去，鷹爪王已經失蹤，自己就知道是自己先輸了招。立刻往前一塌腰，左腳往前貼著地一滑，身軀往前斜俯，左掌往外一穿，金背砍山刀「倒打金鐘」，刀尖向鷹爪王小腹便點。鷹爪王翻身換掌，往左一個「玉蟒翻身」，已到了追魂叟酆倫的右肩後。鐵掌輕舒，竟照追魂叟酆倫的右背後一掌擊去，五指一沾到酆倫的背上，倏的用小天星之力，拳心往外一登，喝了聲：「老兒去吧！」[328]

這一段打鬥描寫，錯落有致，動靜結合，兩人動手之前有語言鋪墊，交手時既有「蒼龍歸海」、「玉蟒翻身」一類詩化的描寫，也有「小天星掌力」的奇妙內功，同時還有具體的動作分解，一場血肉相搏，緊張中別具動態之美。這樣的描寫，在全書中俯拾皆是，充分體現了鄭證因在民國興起的武術熱潮中，探究中國武術文化的熱情，武俠小說也因此開始走上以描摹武術的審美形態與俠客的倫理相結合的寫作道路。

其三，虛實相生的幫會組織。據張贛生所言，鄭證因世居的西沽一帶，緊傍北運河與子牙河，是南方漕運入京的必經碼頭，在清末時，這一帶是斗店（糧商）聚集地之一，也是「腳行」、「混

---

328. 鄭證因，《鷹爪王》，北嶽文藝出版社，2013 年。

混兒」出沒的地區之一。

天津的社會勢力，最初就是由「混混兒」和「腳行」把持。「混混兒」又稱「鍋夥兒」，最初是漁霸，後又把持搬運業，成為「腳行」把頭，也有些搖身一變為官府差役，這些人橫行霸道，逞強一方，因此天津人又稱之為「雜霸地」。

到了 20 世紀初，河道漕運停廢，水手們登岸加入腳行的隊伍，又把原在船工中傳佈的「青幫」組織擴大到其他行業，更增強了天津黑社會組織的氣焰。鄭證因世居於這樣一個地區，對於黑社會有較深的瞭解，經過自己適當的演繹，形成了筆下虛實相生、讀之可信的幫會組織。

鄭證因筆下的幫會，凡涉及開香堂、擺香陣乃至江湖春典，記述皆有所本，但寫到幫會組織的構成則真中有假、假中有真。鄭證因將青幫（又名清幫）的三堂六部與紅幫（洪門）的內、外八堂建制打散，重新捏合成「鳳尾幫內、外三堂」，並進一步解釋所謂「鳳尾」，乃取自於洪門「龍頭鳳尾」的說法。

由於當年紅幫良莠不齊，販賣私鹽、殺人越貨者甚眾，所以鄭證因以鳳尾幫來影射紅幫，又以青幫十大幫規來約束鳳尾幫眾。故此成為「青、紅幫混合體」，總領天下綠林，隱為江湖黑道魁首。[329]

---

329. 葉洪生，《「紙上江湖」大對決——淺談鄭證因〈鷹爪王〉與幫會技擊》，見《論劍——武俠小說談藝錄》，學林出版社，1997 年。

《鷹爪王》書中建構的鳳尾幫總壇設在十二連環塢，當家人為龍頭幫主，下設內、外三堂。內堂執掌「天鳳」、「青鸞」、「金雕」三堂旗令，為全幫領導核心；外堂包括「執」、「禮」、「刑」三堂，辦理一切庶務與日常行政工作。各堂分由一名香主統轄，職司各有不同。另設「福壽堂」，由早年曾對本幫有過重大貢獻的退隱香主們所組成，地位尊貴而無實權。

在總壇水域範圍之內，統稱「總舵」，由一名香主指揮，下轄護壇十二舵及巡江十二舵。舵設舵主，擔負保衛總壇之安全與警戒工作。總舵香主須受三堂香主節制，外三堂香主復受內三堂香主領導，而內三堂香主則向龍頭幫主負責。至於鳳尾幫水旱兩路分壇、分舵遍佈大江南北，集數千幫眾及數百船隊，外加伏樁暗卡無數。形成了虛實結合的龐大江湖組織規模！

此外，鄭證因寫鳳尾幫的十大幫規、護壇六戒，寫開香堂的規矩法度，乃至擺香陣的多種多樣，皆有根有據。穿插於幫會活動中的若干江湖門道，如「綠林箭」、「飛鴿傳書」、「青蚨傳信」、「量天尺——天鵝下蛋」等，都被後世武俠小說作家所模仿。

在鄭證因筆下，綠林人物間有一套秘密語言，所謂「江湖春點」或「切口」，俗稱「黑話」。讀其小說，會被這些有意思的語言牢牢吸引，如併肩子（大家）、暗青子（暗器）、風緊扯活（情勢緊急，快跑）、翅子（官帽子）、鷹爪孫（捕快）、托線孫（保鏢）、海砂子（海鹽）、海底（幫規戒律及花名冊）、火窯（店房）、亮盤（現身）、點子（對象）、萬兒（字號）以及「金、批、彩、卦、風、火、雀、要」的八大江湖分類等等，都被鄭證因一一融入小說對白，其江湖特色，不言自出。

這些「江湖春點」，在評書人家連闊如的《江湖叢談》一書中曾有詳盡記述，言說「春點」對江湖人的重要性，稱為「能給一錠金，不傳一句春」、「十年可中一秀才，十年難學一江湖！」，[330]從其記載的黑話與鄭證因小說對比來看，所言出入並不是很大，由此可見鄭證因筆下人物對話，絕非向壁虛構，空穴來風。

這些黑話語言，在後來的武俠小說作家的作品中只是偶爾見到一句半句，明顯只是「照貓畫虎」，因為這些作家並不如鄭證因這樣熟諳江湖門道，系統地學習過「春點」，這些「江湖春點」在武俠小說中的使用，也就到此為止了。

《鷹爪王》的文字質樸、形象。語言類似評書而又不全似評書，往往在平實敘述中頗見文采，其筆墨行文與口語對話也互不相同，尤以口語對白中的詼諧風趣和江湖個性口吻為同輩作家所不及。如小說第四十四回寫「地理圖」夏侯英騎驢追蹤女屠戶陸七娘，兩人途中語義雙關的一場舌戰：

夏侯英心想：我這兩眼倒是不空，她敢情是女淫賊！我對付她倒不用再存甚麼顧忌了。隨即緊抖韁繩，趕了下來。一前一後相隔原有一箭多地，走了一程，那女屠戶竟把胯下花驢放

---

330. 連闊如，《江湖叢談》，當代中國出版社，2005 年。

慢了，和夏侯英的驢又湊到一處。這女屠戶卻臉向著別處，自言自語的說道：「畜生！你放著道不好好走，故意的惹奶奶生氣，你別是活膩了！再不好好的走，我剝了你的皮，把你擱到湯鍋裡，索性叫你大痛快一下子！」

夏侯英一聽，這可好，索性罵上來了，我要叫你這種女淫賊白罵了，只怕這準得喪氣一年的。遂也用手一拍驢脖子，罵道：「你這東西，天生的是賤物！我若是早知道你是天生下賤的東西，誰肯來跟你嘔氣？你只要再和我發威，我準給你個厲害。咱們走著瞧，爺們要是高了興時拿你開開心，惹急了我，連草料全不餵你，把你拴在樁上連野食全叫你找不著，看你還發驃不發驃！」說完了嘻嘻的冷笑。[331]

這種在鬥口中的聯想譬喻，轉而借題發揮，十分出色地表現出鄭證因在語言藝術上的巧思。

小說在人物塑造上也很見功力。鄭證因善於把握人物的個性特徵，利用人物的行為和語言，對人物的性格加以強化、突出並適時發揮，遂使主要人物性格鮮明，栩栩如生，極富生命力。如淮上大俠鷹爪王王道隆的恩怨分明，義無反顧；「慈雲庵主」的佛心辣手，嫉惡如仇；「續命神醫」萬柳堂的老謀深算，面面俱到；「天南逸叟」武維揚的梟雄之性，恩威並施；「八步趕蟾」金七老

331. 鄭證因，《鷹爪王》，北嶽文藝出版社，2013 年。

的剛烈火爆，寧折毋彎；「燕趙雙俠」藍氏二矮的遊戲人間，神出鬼沒；「活報應」上官雲彤的放浪形骸，目無餘子；「女屠戶」陸七娘的水性楊花，毒如蛇蠍；「斷眉」石老么的陰險狡詐，公報私仇等等，各色人物可謂性格鮮明，躍然眼前。

小說的缺陷也十分明顯。鄭證因受傳統評書影響深，固然有其成功的一方面，但缺點亦多。小說採用說書人的語氣，在中國可說是一種傳統，並不只鄭證因如此。但從歷史的實際情況來看，說書藝人的文化水準一般不高，他們的話如不經大手筆重作，就總難免有「文辭鄙謬」之病，鄭證因不是一般俗手，看他書中寫的精彩段落，並不比同時代的作家遜色，可惜的是，他自己也看不起武俠小說創作，只將之視為謀生的手段，沒有當成文學事業，他在吸收評書技巧長處的同時，把一些短處也不經意地襲下來，比如下面一段：

老道把面色一沉道：「女菩薩，你怎麼要恩將仇報麼？無量佛！善哉善哉！女菩薩，在祖師爺面前你還敢逞利口！你身上的病業已成形，你祖師爺在一看見你時，即已看出。祖師爺看在佛祖的面上，不肯揭穿你的醜態，保全你這妮子的性命，保全你的家聲，祖師爺待你有再造之恩。我這佛門弟子救人救徹，我想你身上這塊冤孽不去掉了，終是禍根。」

……

這位小姐蛾眉一皺，氣得渾身顫抖戟指著老道說道：「可惜你還是三清教下人，你真是錯翻了眼皮，滿口胡言……」[332]

道士口宣佛號，自稱「佛門弟子」豈不是笑話？然而這並沒有錯，這個道士是白蓮教徒。白蓮教創自南宋，原為僧人慈昭在淨土宗的基礎上創建，崇奉阿彌陀佛，即「無量壽佛」。元代時，白蓮教興盛，吸收了一大批有家室的職業教徒，稱「白蓮道人」，至明、清時期，逐漸形成繁雜派系，其中不少成為類似幫會性質的民間秘密組織。這正是道士宣佛號的緣故。

民間的說書藝人的學習是口傳心授、照本宣科，對道士宣佛號的緣故，不加考察，常不免安錯，把真正的道教徒與白蓮教徒混為一談。然而此處，鄭證因卻產生了錯誤。本來他寫的這個惡道，分明是邪惡的白蓮教徒，口宣佛號原無不當，但下一段鄭證因卻偏要添上一筆：「三清教下人」。「三清」指玉清（原始天尊）、上清（靈寶天尊）、太清（道德天尊，即太上老君），是真正的道教徒所尊奉的尊神。鄭證因如此寫法，反而把原本清楚的界限搞糊塗了，這正是說書藝人們的毛病，卻很明顯被鄭證因繼承下來。[333]

這些表現，除了知識層面的混淆，還體現在很多方面，例如鄭證因常在敘述故事情節中，習慣性地插入一些注釋性的講解，

---

332. 鄭證因，《鷹爪王》，北嶽文藝出版社，2013 年

333. 張贛生，《民國通俗小說論稿》，重慶出版社，1991 年。

這也是評書藝人們慣用的手法，但無疑鬆動了小說整體的情節。同時，小說語言也不夠簡潔，拖泥帶水。敘事語言過多，打鬥過程中的大量議論，雙方在拚殺前總要來上一大段的場面對白，雜遝冗長。語言的拖遝也影響到情節的節奏，不夠乾淨俐落，小說韻味也隨之削減不少。

第九章

渡江只怨別蛾眉

——民國後「五大家」之情開兩朵

第一節 悲情武俠王度廬

《劍俠傳・荊十三娘》

王度廬（1909—1977），原名王葆祥，後改為王葆翔，字霄羽，北京人，出身下層旗人家庭。王度廬七歲時，父親去世，家境貧寒，沒能在學校接受系統的教育。十二歲當了眼鏡鋪的學徒，但他體質瘦弱，動作不夠麻利，沒多久便遭解雇。後來他又在一個小軍官處跟班兒，結果同樣被辭退。王度廬從小便對詩文戲曲極感興趣，儘管被迫輟學，依然努力求學。

王度廬當時在地安門附近居住，靠近北京大學原校址，北大風氣開放，王度廬便去旁聽，許多名家的課程與講座他都有幸聽到，大開眼界，為以後的寫作奠定了基礎。北京圖書館和鼓樓上的「民眾圖書閱覽室」是他經常光顧的地方，如此日復一日，漸漸為王度廬紮下了牢固的文學根基。除了對中國傳統文化十分熟悉，王度廬還對西方文學和文化思潮有獨特的見解。

為了生計，王度廬從十六歲開始，斷斷續續做小學教員和家庭教師，並向一些報刊寄送自己稿件。20 世紀 30 年代初，王度廬在投稿過程中與北平《小小日報》的主事者宋心燈結識，宋心燈對他十分賞識，邀請他在該報擔任編輯。在《小小日報》任編輯時，王度廬開始以「霄羽」為筆名發表小說，連載於《小小日報》及其他報章，這時期他的作品大多仿偵探作品《福爾摩斯探案》而作，篇幅較短。

1933 年，華北時局動盪，王度廬在北平難以安身，四處流亡，輾轉陝西、山西及河南等地。這段時期，他曾在西安《民意報》任編輯，在陝西省教育廳編審室任校對員。

1935 年，王度廬與李丹荃女士在西安結為夫婦，此後依舊過著顛沛流離、節衣縮食的生活。

1937 年春，王度廬和妻子前往青島，投奔李丹荃的伯父。不久抗戰爆發，青島被日軍佔領，王度廬困居其中。偶然之間，王度廬與任《青島大新民報》記者的一位舊友相遇，受其邀請，王度廬撰寫長篇小說連載於該報。

王度廬的武俠小說《河嶽遊俠傳》於 1938 年 6 月 1 日開始連載，用「度廬」為筆名，取「寒門度日，混混生活」之意。[334] 不久，《寶劍金釵》開始刊載，王度廬不僅英雄兒女的愛恨情仇故事備受關注，其他如言情類小說也受到好評。抗戰時期，王度廬雖然創作了大量作品，但稿酬甚微，無法維持生計，除創作外他還另需兼職。

---

334. 徐斯年，《王度廬評傳》，蘇州大學出版社，2005 年。

王度廬體質瘦弱，性格內向，不喜言談，小說聞名後，不少人曾慕名求見，卻被他裝病推辭。王度廬深居簡出，平時幾乎不上街，家人因他工作過度勞累，身體健康受損，曾勸其另謀他業，放棄創作，然而王度廬寫作成癮，一直未曾擱筆，一直寫至1949年。

1949年初，王度廬舉家遷居遼寧，先在旅大行政公署教育廳編審科擔任編委，後又在旅大師範專科學校擔任語文教員。1953年秋，王度廬和妻子前往瀋陽東北實驗學校（即遼寧省實驗中學前身），擔任語文教員。1956年加入中國民主促進會，不久，當選瀋陽市人民代表及皇姑區政協委員。1966年，王度廬在「文革」中受到牽連，1970年春與夫人一起下放，作為「退休人員」來到昌圖縣泉頭公社大葦子溝大隊，後來又轉至泉頭大隊。1974年，王度廬和妻子在鐵嶺市落戶，跟小兒子王宏住在一起。1977年2月12日，王度廬病逝。[335]

王度廬兼寫武俠小說和社會言情小說，其武俠小說最為知名。王度廬的武俠小說中，俠客們表現出世俗化、平民化的特點，作者通過俠客的愛情，呈現其內心世界，從而揭露人性內涵的豐富。王度廬使「俠」與「情」真正在武俠小說中達到融合之境，獲得「言情聖手，武俠大家」的稱譽。

---

335. 王度廬生平經歷，參考張贛生《民國通俗小說論稿》、王度廬之女王芹《王度廬大事記》、徐斯年《俠的踪跡——中國武俠小說史論》相關章節。

王度廬沒有超乎常人的愛情體驗，但是關於情愛人生、幸與不幸的所歷，所感，所憶，所思，罕見地深刻。情與仇、情與名、情與義在他的作品中表現得十分到位。關於王度廬的俠情結合，張贛生在《民國通俗小說論稿》中如此評價：「從中國文學史的全域來看，王度廬的武俠言情小說大大超越了前人所達到的水準，是他創造了言情武俠小說的完善形態，在這方面，他是開山立派的一代宗師。[336]

1939年出版的《寶劍金釵》上，曾登有王度廬的一篇自序：

昔人不願得千金，惟願得季布一諾，俠者感人之力可謂大矣…… 余謂任俠為中國舊有之精神，正如日本之武士道，歐洲中世紀之騎士。倘能拾摭舊聞，不涉神怪，不誨盜淫，著成一書，雖未必便挽頹風，然寒窗苦寂，持卷快談，亦足以浮一大白也。頻年饑驅遠遊，秦楚燕趙之間，跋涉殆遍，屢經坎坷，備嘗世味，益感人間俠士之不可無。兼以情場愛跡，所見亦多，大都財色相欺，優柔自誤。因是，又擬以任俠與愛情相並言之，庶使英雄肝膽亦有旖旎之思，兒女癡情不盡嬌柔之態，此《寶劍金釵》之所由作也……[337]

336. 張贛生，《民國通俗小說論稿》，重慶出版社，1991年。
337. 王度廬，《寶劍金釵記》，青島報社，1939年。

從中可看出，王度廬所追求的武俠小說，便是結合「俠」的陽剛美和「情」的陰柔美，營造出一種既雄壯又旖旎、既濃烈又纏綿、既淒涼又溫婉的審美意境。

王度廬的武俠小說描寫的不是俠客多姿多采的功績，而是注重探求俠客們的內心世界，展現出人情、人性。王度廬筆下的武俠悲劇，通常是由人物內心衝突所造成的，並非來自外在的力量。複雜的精神世界在人物的行為選擇中得到表現，展示出人性厚度，達到英雄回歸人間的效果。這些創作思路，受到了後世武俠小說作家積極繼承和效仿。

王度廬小說的結構十分講究，注重整體佈局，又以伏線互相呼應，構造曲折有致的情節，具有極高的藝術水準。在文字描寫上，王度廬樸實無華，無刻意雕琢之筆，慣用樸拙而平實的筆鋒，以白描顯出淡雅。《臥虎藏龍》中，寫到老北京旗人的婚嫁風俗、妙峰山廟會等，閱讀時如在目前。

王度廬對人物的心理衝突，刻畫得極其細膩，常常製造出愛恨糾纏、生死兩難的氣氛，小說顯得盪氣迴腸，哀婉動人。此外，小說的語言，集凝練雅致的文言和曉暢生動的口語於一體，通俗又不失典雅，給人以閱讀快感。人物的言行舉止，制約於現實社會，真實而不造作，極具人情味。

作為武俠小說，王度廬筆下的武打場面毫不精彩，雙方打鬥中不僅沒有招式，有時甚至亂打一通，也不分軟、硬、輕和氣功，暗器普普通通，「點穴」之技已經是妙絕天下，這種情況直至他後期創作才有些許改變。

「情」的生動傳神，是王度廬武俠小說的成功之處，雖然沒有「武」的驚險神奇，相對於他的成就可說是瑕不掩瑜。此外，王度廬的小說主要為報紙連載創作，也不可避免形成了故事情節發展慢、節奏感欠缺，人物性格發展前後不一致，雜遝冗長、不簡潔等缺點。

王度廬對「五四」新文化運動頗為認同。對他而言說，寫作通俗小說，包括武俠小說，不過是不得已而為之、「為了混飯吃」的創作，和他的文學理想並不相符。正因如此，他十分不滿自己「如同伶人唱堂會」般的進行小說寫作，將之說成「一生犯下最大的錯誤」。[338] 儘管如此，由於王度廬對「五四」新文學的自覺認同，在創作中，他仍能通過「新文學」實現對舊小說的無意改造，武俠小說在其筆下向「雅」和「現代化」推進了一大步。

「鶴鐵五部作」系列小說

「鶴鐵五部作」是王度廬的代表作品，1938 年開始創作，五部互有聯繫又各自獨立成篇的武俠小說，分別是《鶴驚崑崙》、《寶劍金釵》、《劍氣珠光》、《臥虎藏龍》和《鐵騎銀瓶》，共二百七十餘萬字。王度廬以哀感淒豔、纏綿悱惻，卻又血淚交織、慷慨激昂的文字勾勒了四代俠客的人生與情感歷程。總體來看，這些作

338. 徐斯年，《王度廬評傳》，蘇州大學出版社，2005 年。

品多具陰柔風格，陽剛一面較少，缺乏雄奇、壯烈的境況，卻多有蒼涼、悲愴之感，集中體現了作者的情感及其審美意識。五部作品整體篇幅較長分述不便，總敘如下：

一、「鶴鐵五部作」故事概要

《鶴驚崑崙》又名《舞鶴鳴鸞記》，1940 年 4 月起連載於《青島新民報》。小說敘述江小鶴童年時，父親江志升因犯「淫戒」，被師父鮑崑崙「清理門戶」，率眾徒殘暴殺戮。江小鶴矢志復仇，歷經流浪、侮辱之苦，學得武林絕技，十年後下山，尋找鮑崑崙，兌現復仇誓願。鮑崑崙的孫女阿鸞與小鶴青梅竹馬，相愛甚深，但

吉林文史出版社以晚清民國小說研究叢書名義，再版《鶴鐵五部作》書影

祖父卻做主將其嫁給了大俠紀廣傑，並使他們也與小鶴為敵。小鶴非阿鸞不愛，然而卻因身負「世仇」這個累贅而不能與之結合；阿鸞始終為小鶴守貞，但亦因情仇交戰而苦楚萬分。江小鶴認為不能因與阿鸞的「私交」而不報「殺父大仇」，由此鋪陳開一系列愛恨情仇的故事。最後，小鶴、廣傑化敵為友，一起趕到鮑家，阿鸞卻已因傷重不治而香銷玉殞。此時，鮑崑崙已經自戕，江小鶴也手刃了直接殺害父親的兇手，當他護送阿鸞的靈柩回到家鄉時，不禁感嘆無窮，萬念俱灰。

《寶劍金釵》是「鶴—鐵」系列的第二部，卻是最早問世的作品，1938 年 11 月起連載於《青島新民報》。主要講述的是俠士李慕白和俠女俞秀蓮的愛情故事。李鳳傑之子、紀廣傑之徒李慕白愛慕俠女俞秀蓮，誤聽人言，與之比武結識，繼而在旅途中共度安危，相慕相愛。但李慕白得知俞秀蓮已經許配孟思昭之後，便以為自己既不應充任「第三者」，更應躲「施恩圖報」之嫌，所以決心斬斷情絲。

在北京，李慕白結識隱姓匿名的「小俞」（即孟思昭），相聊甚歡，結為生死之交。而孟思昭已察知李慕白、俞秀蓮的愛情。恰遇京中惡霸黃驥北糾集李、俞的強敵世仇前來挑釁，孟思昭孤劍赴約，終因眾寡懸殊，壯烈就義。此時，李、俞才曉得「小俞」實在身分，他們被好友的義氣深深觸動，認為雙方假如結合，就是對這種高義的褻瀆，於是更加堅定了畢生不再嫁娶的決心。作品中還交叉了李慕白與名妓謝翠纖的一段情孽，最後謝翠纖因曲解李慕白而自刎，這又在李慕白的心靈上留下了一處永遠無法彌補的創傷！李慕白為掩護恩人、摯友德嘯峰而入獄，被盟伯江南鶴（江小鶴）救走。在德府維護德嘯峰眷屬的俞秀蓮，夜間醒來，發現枕旁擱著李慕白所用寶劍，又有紙柬一張，上寫：「斯人已隨江南鶴，寶劍留結他日緣。」

第三部《劍氣珠光》上承《寶劍金釵》，1939 年 7 月起連載於《青島新民報》。故事從李慕白被江南鶴救到北京市區賣花老人楊公久家休養，並遵命往江南避案寫起，表現李慕白、俞秀蓮在闖蕩江湖中的感情和生活。貫穿此書的情節，是江湖豪客圍繞大內丟失的寶珠和鎮江江心寺的一份「點穴秘圖」而展開的紛爭惡鬥。李慕白和俞秀蓮以「正直俠者」的身分捲入這場爭鬥，然而李慕白又是偷竊「點穴秘圖」者。

從搭救德嘯峰的楊總管家盜得大內寶珠的是「黑道人物」楊豹，他和兩個妹妹都是孤兒，因父母被殺，而由退隱江湖的老俠楊公久收養。楊豹盜珠是為了取得經費，尋找仇人，結果招來江湖豪客奪寶，楊老俠被殺，大妹被搶走，小妹由德嘯峰收容，楊豹自己也負傷而死。因為李慕白、俞秀蓮對他有尋妹、誅仇之恩，楊豹臨死前將寶珠作為遺贈。李、俞二人夜入大內，留柬還珠，然後退隱九華山，研究點穴法。

第四部《臥虎藏龍》1941 年 3 月起連載於《青島新民報》，男主人公「沙漠大盜」羅小虎，是《劍氣珠光》中楊豹之兄，女主人公玉嬌龍則是京城九門提督的女兒。玉嬌龍幼得名師高朗秋暗中傳授九華派高明武功，在新疆大漠偶逢羅小虎，與之相愛，但又感到身為「名門小姐」，難以委身「匪盜」。回到京城後，玉嬌龍因盜「青冥劍」而受到鐵貝勒府護院拳師劉泰保的監督、追蹤，又受到李慕白、俞秀蓮等俠客施加的壓力。

由於當年盜竊師父所藏「九華拳劍全書」等事，玉嬌龍還受制於身邊的師娘耿六娘，並牽涉進捕快緝逮耿六娘的爭鬥。羅小虎為向玉嬌龍傳信而夜探德嘯峰府，誤傷嘯峰之子文雄。玉嬌龍因此嚴責小虎匪性不改，繼而服從父命，下嫁魯侍郎。羅小虎潛入玉府，大鬧婚禮。玉嬌龍則於進洞房後忽然「失蹤」，然後再竊「青冥劍」，女扮男裝，闖蕩江湖。得悉母親病重後，玉嬌龍返京探母，卻被魯侍郎勾搭玉府設計擒獲。

羅小虎得劉泰保、德嘯峰等幫助，查出當年殺父仇敵，小虎弟妹終於報仇雪恥。玉嬌龍在為母親辦過喪事之後，一直走南闖北。時至四月，妙峰山又辦廟會。玉嬌龍為祈求父親病癒而上山還願，捐軀跳崖。人們或傳她已死，或傳她已「飛了」。只有劉泰保夫妻，在妙峰山逛了半個月後才回城，帶去的一匹胭脂色駿馬和寶劍、包裹卻全未帶回。德嘯峰府中也對玉嬌龍的種種風聞絲毫不加評論。京郊僻地，玉嬌龍和羅小虎圓了一夜好夢，次日，她又孤劍單騎，頭也不回地向遠方疾馳而去。

最後一部《鐵騎銀瓶》，1942 年 3 月起連載於《青島新民報》，故事開端於玉嬌龍與羅小虎分別十個月後，雪夜客店，單騎孤身的玉嬌龍產下她與羅小虎的兒子，卻被同店寓居的方二太太用自己的女孩掉了包，留下一隻銀瓶為記。

玉嬌龍奮騎追趕，方二太太卻被祁連山強盜劫去，男孩也不翼而飛。玉嬌龍將女孩撫育成人，取名「春雪瓶」。玉嬌龍被偷換的兒子，後來則被退隱江湖的，原祁連山匪盜韓文佩收養，取名「韓鐵芳」。二十年後，玉嬌龍母女馳名南北疆，人稱大、小「春王爺」。

韓文佩病故，鐵芳散盡家財，為尋母親而闖蕩江湖。途中仗義行俠，得遇女扮男裝、身患重病的玉嬌龍，結為忘年交。幾經試探，玉嬌龍已知鐵芳確係自己離散的骨肉，但不便在途中相認，只告訴鐵芳：要報劫母之仇，可先到天山之下，尋找一位自己「最親熱的人」輔助他，並囑二人終身陪伴。行至白龍堆，遭遇沙暴，玉嬌龍終於不支，死在來不及相認的兒子懷中。

鐵芳到達新疆伊犁，在哈薩克賽馬會上初會春雪瓶，卻被射傷，狼狽逃走。春雪瓶返回迪化覓找玉嬌龍，並欲拜會奉旨來疆的「舅舅」玉欽差，途中得知玉嬌龍死訊，趕去白龍堆，見韓鐵芳帶傷料理起靈事宜，非常愧疚。春雪瓶到迪化，夜探玉欽差的府第，被人察覺，於戰役中殺死護府鏢頭。官府搜凶，猜忌並拘捕在此住店的羅小虎。

羅小虎始終認為雪瓶是自己和玉嬌龍的親生女兒，慨然為之抵罪。羅小虎起解伊犁，因被私刑折磨，已經氣息奄奄。羅小虎得到韓鐵芳、春雪瓶相救，至死不知韓鐵芳是其親生骨肉，惟諄諄催促「女兒」速嫁韓鐵芳，不要重蹈「父母」的覆轍。韓鐵芳與春雪瓶經歷一系列感情瓜葛和江湖爭鬥，終於親眼見證了祁連山匪盜和方二太太得到應有的處分。二人終成眷屬，並決定連袂歸隱，永不再入江湖。

二、凡人形象的回歸

與傳統武俠小說不同，「鶴鐵五部作」受到「五四」以後人本主義思想影響，有意識地擺脫單純的「俠義精神」，不再複製千人一面的「英雄」形象，轉而關注人性、關注人類共有的情感，深入挖掘「俠義精神」背後，人的本能、欲望以及真實的自我表達。

徐斯年認為王度廬的小說「具有某種『反英雄』傾向，即把主人公作為『人』來描寫，不讓讀者相信俠客具有扭轉乾坤的、救世主般的能量。」[339] 在「鶴鐵五部作」中，俠客先作為「人」活在現實社會中，然後才成為英雄豪傑存在於江湖中。他使俠客從天上回歸到人間，俠客成為了一個擁有普通生活、有缺點的、成長中的人。

「鶴鐵五部作」中的俠客，同現實社會一樣有著高低貴賤之分。李慕白是秀才、羅小虎是馬賊（商人）、俞秀蓮是鏢師……他們都沒有顯赫的家庭背景、複雜的師門淵源，這就使得他們的「俠義」行為，正義感重於責任感，偶然性大於使命性。他們既不懂民族大義，也不會除惡揚善，更不會滿口仁義道德。

這其中《臥虎藏龍》（1941）中的「一朵蓮花」劉泰保是典型代

---

339. 徐斯年，《王度廬評傳》，蘇州大學出版社，2005 年。

表。這個人物在《臥虎藏龍》中舉足輕重，小說一開始，作者就讓他因一把青冥寶劍而捲入了全書的事件中心。他因為想看看寶劍而發現了盜劍賊，又遇到蔡九父女而參與到追捕女盜碧眼狐狸的事件中，最終發現「小狐狸」是玉嬌龍後，他又成為羅小虎和玉嬌龍感情糾葛中的支持者。

他不僅貫穿了整條主線，是推動故事發展的重要因素，而且，他是一個區別於此前武俠小說人物的一個新的人物類型。劉泰保是北京城的混混兒頭，武功不高，也沒什麼錢，又愛慕虛榮，常常自以為是。但是他愛面子、講義氣，喜歡打抱不平、管閒事。

范伯群評價說：「他死要面子，但他的優點是在於不來『精神勝利法』的那一套。他是實幹的執著的，跌倒了爬起來再前行的，捨得將身家性命都搭上去的。」「值得讚揚的是他的韌性戰鬥精神。他那種屠沽式的青皮精神，是他改變自己命運的主心骨。」[340]

劉泰保滑稽幽默、跳脫不羈的形象不僅給讀者留下了深刻的印象，而且與俠客、大盜完全不同，這個人物可說是開了台港新派武俠小說中諸如「老頑童」一類人物的先河。

孟思昭同樣是一位普通人。他在《寶劍金釵》中開始「未見其人，先聞其聲」，作者有意不讓他露面，只是先通過他父親的講述，讓讀者瞭解一些他的事蹟。孟思昭的家鄉有一個惡霸，因

340. 范伯群，《中國現代通俗文學史》，北京大學出版社，2007年。

為有錢有勢，橫行鄉里、欺男霸女，「府台大人也不敢惹他」，孟思昭則單槍匹馬找上門去為民除害，將他的兩條腿都砍掉了。一個賣菜的小販被欺負，孟思昭就能冒著背井離鄉、永難回頭的危險，甚至還沒有被當事人求告託付，只是聽了這事，就一腔義憤去替人報仇雪恨，他是急公好義的真正俠客。

孟思昭化名為「俞二」在貝勒府「操賤役」做馬夫，為了回報李慕白的「慧眼識英雄」和兩人的「惺惺之情」，更為了「成全俞秀蓮終生的幸福」，在明知自己不敵的情況下，去替李慕白抵擋仇敵，結果受傷不治身亡，用自己的生命留下了讓人難以忘懷的光輝。

「鶴鐵五部作」的成功之處，還在於藉武俠小說虛擬的世界，展示了複雜的社會衝突，以及社會環境對人的制約。李慕白是王度廬「鶴鐵五部作」中最重要的人物之一，他成為大俠之前的身分是秀才，《寶劍金釵》(1938)第二章，李慕白一出場就是這樣介紹的「李慕白是南宮縣內的一個秀才，年有二十餘歲，生得相貌魁梧，神情瀟灑」，這一形象給人就是儒雅白衣秀士的感受。又說「慕白自幼讀書，十三歲時就應鄉試，中了秀才」。文武兼備、劍膽琴心的快意人生正是中國傳統文化給予中國文人的理想境界，「少年任俠使氣，既為解救他人厄難，也是人生價值的一種自我實現」[341]，這種人生理想，千百年來被中國文人夢寐以求。李慕白這種

---

341. 陳平原，《千古文人俠客夢——武俠小說類型研究》，新世界出版社，2002年。

亦儒亦俠、儒俠合一的身分符合中國知識份子的心理渴求和人生意向。

這樣一位灑脫、飄逸的儒俠，在昏聵的叔父面前卻是唯唯諾諾，他雖然心中也有百般的不情願，但卻仍然聽從了叔父的訓誡去京城求取功名。同樣，在京城的表叔那裡，李慕白又被這個市儈的刑部小吏不屑、訓斥，他也繼續隱忍，並且聽從了表叔的教訓去臨帖練字，準備鑽營仕途。

這樣一位風流倜儻的儒雅俠客，本該志得意滿地行走江湖、為民除害，贏得四方豪傑的讚譽和尊敬，但在王度廬筆下，李慕白拘囿於家族的期望、親人的羈絆，雖然也曾經猶豫掙扎，但卻為了聽從長輩的安排，不得不選擇了與自己志趣完全不同的人生道路。

「鶴鐵五部作」中的江湖俠客身處現實社會，與每一個平凡、普通的人一樣受到社會關係、封建禮法的約束，也摒棄了先秦遊俠「俠以武犯禁」的傳統觀念，即使是武藝超群的俠客，也要像普通人一樣生活，受到社會規則的約束。

「鶴鐵五部作」從根本上否定了「快意恩仇」的觀念。李慕白為復仇殺死惡霸黃冀北後成為「通緝犯」，即使有鐵小貝勒的庇護，也不能隨意在社會上露面，最終還因此被捕。在牢房中，他儘管武藝高強，卻並不願意越獄逃走，甚至史健、俞秀蓮兩次前來營救，竟然被他拒絕。鮑崑崙在殺江志升時，也曾經動搖和不忍心，面對江小鶴的撒潑打罵時也曾經心生同情。

《鶴驚崑崙》在敘述小鶴父親被害、小鶴被追殺時充滿同情和憤怒，但在敘述小鶴復仇時，又對鮑崑崙的英雄遲暮、窮途末路充滿了憐憫。小說更通過小鶴和阿鸞的愛情悲劇，說明仇恨對人心靈的蒙蔽。

王度廬對「復仇」的態度，無疑是具有現代人道主義精神的，代表了現代人尊重生命、尊重法制的思想。《臥虎藏龍》中，蔡湘妹就對玉嬌龍意外失手殺死了她的父親給予了原諒。對此葉洪生評價：「這是一種尊重法治的精神，極可寶貴。是則『俠』的活動範圍乃被限制在『官府力量所不及之處』；在沒有王法的『江湖』之上，俠士以天心為法，伸張人間正義，成為世上和邪惡、黑暗相對存在的一股制衡力量——『俠』的真正定義與解釋端在於此。」[342]

三、俠情和人性本質

民國時期，傳統與現代兩種思想觀念相互碰撞，作家們的創作理念多受時代影響。反封建、反傳統，以及對婚姻自主和戀愛自由的追求，成為大部分文學作品中的愛情內容。作為一位受中國傳統文化和西方現代文藝雙重影響的作家，王度廬始終讓愛情超越江湖鬥爭，成為小說的主要故事線索，推動全書情節的發展。

「鶴鐵五部作」主要由愛情故事組成，每一部小說的重要線索

---

342. 葉洪生，《「悲劇俠情」哀以思》，見《論劍——武俠小說談藝錄》，學林出版社，1997年。

和主要推動力量都是愛情。小說主人公的人生以愛情作為最重要的組成部分，悲歡離合皆因愛情而起，甚至人生的方向也受此決定。在「鶴鐵五部作」中，三對情侶的人生和命運皆受到愛情悲劇的影響，從而徹底改變。

《鶴驚崑崙》(1940)中，一心復仇的江小鶴，從小對仇人的孫女阿鸞鍾情，已被祖父許配他人的阿鸞，心心念念的卻是江小鶴。兩人在愛情和家仇中備受折磨。阿鸞目睹了小鶴將祖父逼迫得顛沛流離、有家難歸的慘況，她知道兩人背負著各自的家庭責任，難以逃脫愛情與仇恨的糾葛，選擇一死了之，希望借此替祖父贖罪，小鶴也終於心如死灰，從此在九華深山隱居。

《寶劍金釵》(1938)中文武雙全的李慕白，「娶妻必想娶一絕色女子，而且必須是個會武藝的女子」，對俞秀蓮一見鍾情，難以自拔。然而俞姑娘早已和孟思昭有了婚約。李慕白恪守禮節，壓抑自己的情感，深陷於「情」和「禮」的矛盾中。及至孟思昭為成全二人，為救李慕白而身亡，「情」和「義」的矛盾又充斥兩人的內心。兩人的一生都困在這樣的矛盾中，成為難以解除的心結。這一矛盾的細微變化，牽絆了他們所走的人生之路。

《臥虎藏龍》(1941)的玉嬌龍是王度廬筆下最具叛逆性的女性，她不受限於武俠小說中「正派與邪魔」的常見模式，亦正亦邪，任何武林規矩都難以將她束縛，她秉承成王敗寇的觀念，有人侵犯必定以牙還牙；作為九門提督千金，她反封建禮法而行，對土匪頭領愛慕有加。玉嬌龍的一段自我告白十分有趣：「我乃是

王度廬《臥虎藏龍》書影

瀟灑人間一劍仙，青冥寶劍勝龍泉，任憑李俞江南鶴，都要低頭求我憐，沙漠飛來一條龍，神來無影去無蹤，今朝踏破峨眉頂，明日拔去武當峰！」義薄雲天的俠女、殺人如麻的魔頭，這些都不是她追求的目標。她只期望能夠活得自由灑脫，與心愛之人攜手人生。

然而故事在開頭就已經注定了玉嬌龍悲劇的結局，出身官宦人家，卻又身懷絕技，做著不符身分的江湖美夢，不僅自家難容，更無婆家敢娶。儘管玉嬌龍武功蓋世，但由於家庭背景和教養的差別，她也難以和武林中人打成一片。羅小虎和她真心相愛，但兩人的背景天差地別，這樣的愛情結局如何，連他們自己也不得而知。玉嬌龍超乎禮法的所作所為，成為這一切悲劇的根源所在。

為了讓對方與自己門當戶對，玉嬌龍再三催促羅小虎努力求官，她認為這便是二人能結合的唯一方法和最佳途徑。在玉嬌龍的要求下，羅小虎將自己的馬賊隊伍遣散，接著販賣馬匹掙錢，希望捐官入仕。他離開大漠，前往京城等待時機，當他越來越靠近政治中心——京城時，他卻發現想要躋身官場越發遙不可及。進退無所的羅小虎無奈隱居京郊，追求自由的玉嬌龍遠遁大漠，對「臥虎藏龍」做了最好的詮釋。

三個故事中的男女主人公，皆是一代豪俠，武功非凡，有情有義，然而他們無法擺脫凡人的本性。也正因這樣，反而令讀者可親可敬。也正是他們至性至情的品格，王度廬的武俠故事因而精彩絕倫、引人入勝。

愛情貫穿了「鶴鐵五部作」故事的主線，「俠」、「情」相融，人性本質得到彰顯，作品實現了「對武俠小說最傑出的貢獻」。一如徐斯年的看法：「王度廬的俠情小說，圍繞著『愛的權利』這一核心的矛盾鬥爭，昇華為『人性』和『反人性』的鬥爭。這種鬥爭不僅表現為外部力量和主人公的衝突，而且更內化為主人公性格、心理的內部矛盾和衝突，從而展現了人性內涵的豐富、複雜、矛盾，以及靈魂的深邃。[343]

除了江小鶴與阿鸞、李慕白與俞秀蓮、羅小虎與玉嬌龍以及韓鐵芳與春雪瓶四對男女主人公的愛情故事。在主人公之外，還穿插了一些次要人物的愛情故事，比如劉泰保和蔡湘妹、蝴蝶紅和范彥人、楊麗芳和文雄。這些愛情故事，無疑都具有傳奇性，但是傳奇的目的不是為了增加浪漫的點綴，而在於對人性的揭示，其中傳遞出婚姻自主、戀愛自由、男女平等思想，展現了人

343. 徐斯年，《王度廬評傳》，蘇州大學出版社，2005 年。

性的要求。

作為非寫實文學的武俠小說，並不以反映社會現實作為創作目的，然而透過王度廬武俠小說的愛情故事，仍能窺見男女愛情在傳統婚姻習俗、倫理觀念下受到的制約和摧殘。俠客備受影響的人生、慘遭壓抑的人性，在王度廬的小說中得到了直接或間接的反映。愛情雙方對真愛的苦苦追求和堅守，則展現了渴望自由戀愛和婚姻自主的主題，使小說對現代社會和現實人生作出了真實的反映。

四、生動鮮活的文字

在具體人物刻畫上，王度廬的心理、細節描寫堪稱一絕。《寶劍金釵》(1938）裡，對老鏢頭俞雄遠帶著妻女春天裡上墳的描寫：

老鏢頭摸摸他那被春風吹得亂動的白髯，心中發出一種莫名的悵惘，彷彿感覺到他已是六十多歲的人了，恐怕過不了幾年，也就要長眠於地下了！這時秀蓮姑娘心中的感想卻與她的父親不同。她卻對這新垂絲的綠柳、才開放的桃花和這遍野芳菲，心中溢滿了快樂。那位老太太像是個木頭人，她坐在車的最裡邊，甚麼也不看，甚麼也不想，只盼著快到了墳地，燒完紙回家，好去拆洗她那件夾衣。[344]

344. 王度廬，《寶劍金釵》，吉林文史出版社，1987 年。

這段運用白描手法進行心理刻畫，富有層次感，使人一目了然，將三人各自的心理展露無遺。

在《鶴驚崑崙》(1940）第一回中，對江志升逃亡至家、以手抓冷飯吃的細節刻畫，以及第十五回中，返回家鄉的江小鶴，聽馬志賢夫婦述說往事的描寫，不免讓人心下淒然，感慨良多。行文過程中，作者細膩婉轉，伏筆綿長，且如草蛇灰線，技法高超。小說的場面調度也富有層次、起伏壯闊。如對野店晨起的描寫：

這時廚房裡頭匣聲呼呼答答的已響了起來。有的屋裡才起來還沒走的客人，高聲唱著山西的「迷胡」調子，說：實在可憐啊啊啊！母子們咦喲喲！……公雞又扯著嗓子跟人比賽。門外，已有騾車像轆轤一般地響著走過去了，而天上星月漸淡，東牆外綠的槐樹已隱隱地起了一片一片淡紫色的朝霞。[345]

融情於景的手法也常見於王度廬筆下。如寫顛沛流離的李慕白最終抵達鳳陽譚家莊，難得安閒片刻，便與譚氏父子策馬遊覽：

這裡很是空闊的，遠處可以看見眉黛一般的青山，近處有一灣美人眼睛一般靈活的溪。這灣小溪，沒有架著橋樑，水裡

345. 王度廬，《鶴驚崑崙》，吉林文史出版社，1987年。

也沒有種著蓮藕，只是清澈明潔，連溪底細沙都可以看得真切。若涉水過了小溪，那邊就是一股小路，兩旁都是水田。水田的盡頭就是一片柳林，如同浮著一片綠煙，襯以蒼翠的遠山，浮著薄薄白雲的天空，更是顯得色調悅目。李慕白憂愁二載，風塵經月，至此不禁胸襟大快。[346]

久別經年的李慕白和俞秀蓮再次相見：

那當空一輪似圓未圓的月亮朦朧地散出水一般的光華，照得地下像落了一層嚴霜，霜上印著兩條模糊的人影和一匹馬影。李慕白仰首看著青天，薄雲、明月，秀蓮卻牽著馬看著李慕白那魁梧的身子，兩人心中都發生無限的感想。他們想到舊事，想到那像天公故意愚弄似的，使他們兩個人都不得不抑制愛情，再各抱著傷心。[347]

寫景、抒情以及議論，有如水中落鹽，緊密融合。《鐵騎銀瓶》(1942) 中韓鐵芳的出場：

……這匹馬一備在莊門前，許多在門前坐在磨盤上繡活

346. 王度廬，《劍氣珠光》，吉林文史出版社，1988 年。
347. 王度廬，《劍氣珠光》，吉林文史出版社，1988 年。

計、做衣裳、閒話談天的少婦姑娘們，就都跑進各自的門裡去了。因為韓大相公要出來了，她們都怕臉紅，都不敢看，可是躲到門裡又都向著門縫兒或隔著柴扉偷偷地瞧，要瞧瞧大相公今天換的是什麼衣裳。待了一會了，韓大相公就走出來了，手裡提著一條細皮子纏成的馬鞭子，來回掄動著，他白中透著紅潤色的臉兒，真比姑娘媳婦兒們擦脂粉的臉還漂亮，比桃花也俊美。……馬高人也高，短牆裡的一些小姑娘們都藏不住了，拿著針線活計，小腳兒一顛一扭的又都往屋裡去跑，還有的互相推著笑著，韓鐵芳在馬上看得清清楚楚的……[348]

王度廬《鐵騎銀瓶》初版書影

劉泰保是作品中最精彩的人物，就刻畫劉泰保所用的描繪技巧來看，王度廬頗具京味兒小說神韻。劉泰保初見玉嬌龍時心想:「活到今年三十二，還沒媳婦呢！一想到媳婦的問題劉泰保就很是傷心，他想:『我還不如李慕白，李慕白還拚了個會使雙刀的俞秀蓮，我

348. 王度廬，《鐵騎銀瓶》，吉林文史出版社，1990 年。

連個會使切菜刀，做飯煮菜的黃臉老婆也沒有呀！』語言活潑，京味兒十足，使劉泰保給人留下深刻印象。

對玉嬌龍的形象刻畫，王度廬也運用了大量心理描寫，如觀看師父高雲雁的墓碑碑文的玉嬌龍，有如此內心世界的獨白：

師父高雲雁實在不明白自己，他以為我也是碧眼狐狸那樣的人，並且以為我將來比碧眼狐狸更能做出什麼惡事，他真是想錯了，或只是因為他對我私抄書籍，以及縱火燒房深為銜恨，所以臨死還氣憤不出，還作了詩，托人刻在碑上，來罵我勸我。他真是書生的度量，太狹窄了，太小器了。只是小虎，原來他是姓楊，怪不得他唱的那首歌有什「我家家世出四知」的話，真奇怪！這高老師既叫小虎恩仇分明，可又不早告訴他實話，歌詞又作得那麼含混不清，是什麼意思呢？真是書生的行為。無怪他讀了數十年書，學了數十年的武藝，不能作一點官，也不能作個俠客；並且連碧眼狐狸也制服不了，真是個酸書生，無用的人！[349]

玉嬌龍獨特的價值觀在這段文字中得到展現：她大方豪邁、經便從權，對刻板頑固、膠柱鼓瑟者極力反對，頗具女性自覺意識，使玉嬌龍的形象具有強烈的現代性特質。

---

349. 王度廬，《鐵騎銀瓶》，吉林文史出版社，1990 年。

小說的敘述語言上也擺脫了舊小說的套路。《鐵騎銀瓶》（1942）寫玉嬌龍扶病單身退群盜，發箭、斥敵，彈指間群盜披靡，來如海摧山崩，退似灰飛煙滅。玉嬌龍咳嗽間放箭，箭無虛發的神技，直接影響了後來古龍小說「小李飛刀，例不虛發」的創造。[350]

這一段情節全從韓鐵芳耳中聽來，眼中看來，敘事角度是通過書中人物的眼睛、耳朵進行客觀敘述，使小說情境更真切，戰勢更雄壯。這種注重敘事的客觀性，儘量減少作者主觀色彩的敘事觀點，是對武俠小說的極大創新。

五部系列小說在書名上也極富文學色彩。《鶴驚崑崙》（1940），「鶴」指江小鶴，「崑崙」是鮑崑崙，命名既點明復仇主題，也指江小鶴的縱橫江湖，揚眉吐氣。此命名未能突出「鶴」、「鸞」之情，所以此書於抗戰之後，曾一度改用舊題《舞鶴鳴鸞記》，其寓意也很深刻。《寶劍金釵》（1938），「寶劍」是李慕白之物，「金釵」是孟思昭的定禮，同時寶劍又喻指俠骨，金釵又暗示柔情，寓意此書是寫迴腸盪氣的俠情故事。《臥虎藏龍》（1941），「虎」指羅小虎，「龍」指玉嬌龍，一「臥」一「藏」則貼切地隱喻出二人的精神面貌和愛情結局。《鐵騎銀瓶》（1942），「鐵」即韓鐵芳，「瓶」是春雪瓶，借用白居易《琵琶行》中的詩句：「銀瓶乍破水漿迸，鐵騎突出刀槍鳴。曲終收撥當心畫，四弦一聲如裂

350. 羅立群，《中國武俠小說史》，花山文藝出版社，2008 年。

帛！」暗寓此書以雄渾的筆勢，寫一齣驚天地、動鬼神的人間悲劇！

「鶴鐵五部作」系列小說，始於報刊連載，作者迫於生計，不得不為稻粱謀，難免受商業利益及讀者口味牽制，導致每部小說的高潮不集中，甚而拖遝冗雜。為了迎合讀者，作者力求面面俱到，常對前情加以補敘，使整體結構備受損害。值得慶幸的是，從另一個角度看，作品中自然主義的情節，又能將一種樸實恬淡、別具風韻的江湖風情畫展現給讀者。

有論者表示：「王度廬既無『奇幻仙俠』派（還珠樓主為代表）的奇思妙想，又無『超技擊』派（白羽、鄭證因、朱貞木為代表）的武術行家根底。王度廬是切近現實生活，將上天遁地的仙俠拉回到地面，把專以較量武技高下的門派高手還原為人們似曾相識的極富正義感的血肉之軀，以人物纏綿悲憤的真情篤義令人感慨不已。」[351] 主人公從俠客回歸普通人，作品悲劇從命運悲劇轉向性格悲劇、日常悲劇，王度廬對武俠小說的重大貢獻恰在於此。

第二節　詭異奇情朱貞木

朱貞木（1895—1955）原名朱楨元，字式顓，浙江紹興人，出身官宦人家。自幼在家讀私塾，喜愛詩賦和繪畫，更喜愛文學。

---

351. 李忠昌，《論王度廬的文學史地位及貢獻》，見《滿族研究》，1990 年第 3 期。

在紹興讀完中學後考入浙江大學文學系，畢業後曾在上海求職並從事創作。1928年經友人介紹進入天津電話南局（位於今天津市和平區煙台道）做文書工作，後升任文書主任。1934年將妻女接來天津，並定居於此。其人多才，能詩善畫，善治印，文筆清麗。20世紀20年代後期，還珠樓主李壽民也到電話局供職，兩人曾為同事。

還珠樓主在《天風報》連載《蜀山劍俠傳》，引起轟動，朱貞木也步其後塵，在天津《平報》，發表《鐵板銅琵錄》（即《虎嘯龍吟》第一集），可惜未產生影響。

1937年「七七事變」爆發，華北淪陷，日本侵略軍佔領天津，朱貞木因家庭原因繼續留在電話局，但其個性清高自尊，不願長期做忍氣吞聲的工作，遂於1940年自動離職，在家閒居，以繪畫、篆刻自娛，也寫散文和詩。

此時有出版社登門邀請他寫武俠小說，於是他將1934—1935年在天津《平報》上連載的處女作《鐵板銅琵錄》續成長篇，易名《虎嘯龍吟》出版，此後又陸續寫下了《龍岡豹隱記》、《羅剎夫人》、《蠻窟風雲》、《飛天神龍》等十餘部作品。除武俠小說外，朱貞木還寫有歷史小說《闖王外傳》和社會小說《鬱金香》、《紅與黑》。

1949年後，朱貞木嘗試按照新的文藝觀念進行創作，寫了一些獨幕話劇，而正在創作的武俠小說由於政策原因，半途中輟。1955年冬，朱貞木因哮喘病與心臟病併發，在天津市總醫院去世，享年60歲。[352]

20世紀40年代後期，朱貞木的武俠小說逐漸引起人們的注意，其小說佈局格調奇詭，內容俠情兼備，筆法細膩柔韌，內涵不拘傳統，在作品中描寫人物情感理想化、武功細節現實化，逐漸成為比肩還珠樓主、王度廬、白羽、鄭證因的武俠小說作家。

朱貞木的小說兼採各家精益，運用新名詞，注重推理，富有趣味，成為後來台港新派武俠小說作家繼承和模仿的對象，有民國舊派武俠小說的殿軍人物之稱。同時，學界還將朱貞木視為新派武俠小說之祖，他在武俠小說的發展歷程中承前啟後，功莫大焉。

朱貞木的武俠小說創作大約始於1934年8月，在《天津平報》上開始連載處女作《鐵板銅琵錄》。張贛生先生認為是還珠樓主在《天風報》發表《蜀山劍俠傳》一舉成名，朱氏見獵心喜而作。

《鐵板銅琵錄》究竟連載多久、是否連載完畢暫時無法得知，推測約有兩年之久。大約在1936年9月，《天津平報》上又開始連載朱貞木的另一部武俠小說《馬鷂子傳》。「盧溝橋事變」爆發後，《天津平報》不肯附逆，自動停刊，該小說也就停止連載。

1940年10月，天津大昌書局結集出版《鐵板銅琵錄》，書名改為《虎嘯龍吟》並一直沿用至今。1942年11月，天津合作出版

---

352. 朱貞木生平經歷，見中國武俠文學學會官方網站http://wuxiawenxue.com/photo/html/?96.html

社出版《龍岡豹隱記》，該書的前面部分就是只連載年餘的《馬鷂子傳》，可謂是在續寫該書。

不過《龍岡豹隱記》也並未寫完，據作者自敘，寫到第五集就擱筆了，沒有提到原因，後在書商和讀者的要求下，朱貞木以該書未完結的後半部分加上手頭已有資料，寫成一部故事完整的《蠻窟風雲》並出版，可見朱貞木對於武俠小說創作的不斷嘗試。[353]

抗戰勝利後至20世紀50年代初這段時間，武俠小說出版迎來一個短暫的新高潮，朱貞木的小說也出版了不少，如流傳極廣的《羅剎夫人》（1948），《飛天神龍》（1949），《豔魔島》（1949），《煉魂谷》（1949）三部曲，以及《龍岡女俠》（1947）、《七殺碑》（1950）、《塔兒岡》（1950）、《闖王外傳》（1948）、《鬱金香》（1949）等，出版量是日據淪陷期間的幾倍，其中既有武俠小說，也有社會小說，還有歷史小說。

關於朱貞木的武俠小說創作態度，1943年《三六九畫報》曾對其有過介紹：

他現在作的書有兩部，一部是《虎嘯龍吟》，一部是《龍崗豹隱記》，最近要印一部名字叫《碧血青林》，但到現在還沒有出版，他作的這兩部書，以《龍崗豹隱記》最佳，內容十分曲折，朱貞木先生並不指著賣文吃飯，他不過是閒著沒

353. 顧臻，《朱貞木及其武俠小說特色》，《蘇州教育學院學報》，2019年第3期。

事，做一點解悶而已，在寫武俠小說的作家說，朱貞木先生是一位傑出人才，獨樹一幟，另闢蹊徑，所以將來的成功，殊不可限量。[354]

從中可見朱貞木當時生活境況頗佳。生活的安定，使他對於武俠小說創作，也有自己的想法和追求，這在民國武俠小說作家中是不多見的。

文中提到的小說《碧血青林》，一直未見出版，而1948年12月出版的《闖王外傳》序言中，居然提及本書原名《碧血青磷》，或許是同一部書，亦未可知。

早在1934年，朱貞木開始寫作處女作《虎嘯龍吟》（連載名《鐵板銅琵錄》），他在序言中就感慨，小說的出版有量而乏質，原因在於社會不景氣，認真的作品沒有銷路，大家都要有口飯吃，於是就「卑之無甚高論」了，對此他認為：

在下這篇東西，本來用語體記述了許多故老傳聞、私乘秘記的異聞軼事，藉以遣悶罷了，後來因為這許多異聞軼事確係同一時代的掌故，也沒有人注意過，而且看見小說界的作品，風起雲湧，好像做小說容易到萬分，眨眨眼就出了數萬

---

354. 毅弘，《天津武俠小說作家朱貞木》，刊載於《三六九畫報》第二十三卷第1期，1943年9月3日。

言，不覺眼熱心癢起來，重新把它整理一下，變成一篇不長不短、不新不舊的小說，究竟有沒有違背時代的潮流，同那個小說界的金科玉律，也只好不去管他，俺行俺素了。[355]

顯然，朱貞木十分清楚小說的真正要求是什麼——客觀環境所限，走消遣的路子罷了。即便如此，他也並不是向壁虛構，胡亂編故事進行應付。

《羅剎夫人》（1948）的附白中，他明確地提出：「武俠小說，驚奇過甚，必入於神鬼怪誕；江湖過甚，亦必流入徒先師繼、宗派爭雄的俗套；免此二端，亦費神思，姑以此冊，試為讀者一換口味何如？」

這一時期他寫下的《苗疆風雲》（1951）、《羅剎夫人》（1948）、《七殺碑》（1950）等，充分顯示了他佈局奇詭多變，描寫脂香粉膩的個人特色。

朱貞木的小說構思精妙，敘述生動，引人入勝。《蠻窟風雲》（1946）從沐天瀾誤飲金鱔血意外昏迷不醒開始，引出瞽目閻羅救人收徒、金翅鵬的出場以及被龍土司納入麾下，跟著紅孩兒的出場，解釋了瞽目閻羅的來歷以及與飛天狐結怨的經過，又為後文獅王、飛天狐侵入沐王府，瞽目閻羅捨身血戰等高潮部分做了鋪墊。

355.朱貞木，《虎嘯龍吟・弁言》，中國文史出版社，2017年。

又如《庶人劍》(1950)一書，講述陝西山村中，一對拳師夫婦失蹤多年突然歸來，在村中教幾個徒弟，自娛晚景。然而他們意外收了一個來歷不明的上門徒弟沒幾年，就遇到多年前的仇敵上門尋仇。

老拳師懷疑這個徒弟，結果誤中圈套，幸虧這個徒弟忠心為師門，救下了老拳師父子，而仇敵五虎旗之來，則源自老拳師夫婦二人當年離家，與師兄弟一起走鏢，技震江湖。朱貞木以倒敘的筆法娓娓道來，在平實流暢的敘事中營造出一種氛圍，創造出一種情趣，故事本身環環相扣，緊湊嚴密，形成獨具特色的敘事節奏。

縱觀朱貞木的武俠小說，取還珠樓主筆下的詭異氣氛和神奇景色，王度廬的情感纏綿，白羽、鄭證因的玄妙武功，顧明道的冒險刺激以及文公直的附會歷史人物等，脫胎換骨，獨樹一幟。

朱貞木的武俠小說與其他同時期的武俠作家相比，除了具備雋妙綺麗的文字、完整統一的情節結構外，他還注重在小說中追求奇詭的敘事佈局、人情風物的刻畫和環境氣氛的烘托。

在武功描寫上，朱貞木筆下的「武功」與白羽、鄭證因相比較，要更加靈動、神秘，除了玄妙莫測的拳掌功夫以及獨門兵器、獨創暗器外，更仿效還珠樓主役使奇禽異獸，但又不過分的超離世間。同時，朱貞木又注重通過書中人物之口講述武功心法，將武功理論化，並在武功中滲透儒釋道的思想意識。

在寫情上，朱貞木則學習王度廬「俠情」特色，但又不悲哀傷感，專以「俠」、「情」作為小說人物的性格基調和小說故事的基本情節，在寫俠客的兒女私情時，「情」、「慾」並進，春色嫵媚，風光旖旎，開創了「眾女戀一男」的俠情模式，為後來武俠小說寫作的「情海翻波」做了前期示範。

另外，朱貞木還對滑稽小說中的喜劇、鬧劇手法加以借鑑，以便更好地描摹氣氛和塑造人物。如《蠻窟風雲》（1946）裡描寫九子鬼母，明明凶醜無比竟說自己「好花剛到半開時」，獅王普輅被嚇得稱之為「仙婆」不是，「仙姊」不行，連「仙妹」也不妥。後來的新派武俠小說裡，諸如此類插科打諢的人物形象十分常見。

朱貞木擅長在平實流暢的敘事中，營造氛圍，創造情趣，令讀者不知不覺中陷入其中，欲罷不能，其小說語言行文曉暢明快而富於變化，忽如大河奔至，奔湧向前，忽如小溪蜿蜒，遊行山間。作為「山藥蛋」派文學的創始人趙樹理，也曾經推崇朱貞木的文字，甚至向作家鄧友梅推薦過。[356]

朱貞木還有意識地吸收「新文學」的寫作形式，具體表現為：其一，採用新文學樣式，短語隨意，對傳統章回體的對仗回目棄而不用；其二，好用現代新名詞，融入段落的敘述當中。

---

356. 鄧友梅，《憶樹理老師》：「他也不等我開口，就從沙發上拿起一疊書來說：這些書你先拿去看看。思想觀點是落後的，咱又不學他的觀點，管那作甚！可寫法上有本事，識字的老百姓愛讀，不識字的愛聽。學學他們筆下的功夫……，那是一套武俠小說《七殺碑》！」，見《閒居瑣記》，中國友誼出版公司，1998 年。

《羅剎夫人》

《羅剎夫人》的寫作時間較晚，具體時間無考，現存最早版本，其出版時間是 1948 年，由天津雕龍出版社出版，它是《蠻窟風雲》（1946）、《苗疆風雲》（1951）系列作品中的一部，共分三十三章，約四十萬字。

書敘明代世襲黔國公沐英後人沐啟元遇刺身亡。其子沐天瀾驚聞噩耗，連夜奔回，路遇仇人秘魔崖九子鬼母之子和女弟子黑牡丹。沐天瀾奮神威殺了九子鬼母之子，卻又險遭黑牡丹毒手，幸遇九子鬼母另一女徒「羅剎女」羅幽蘭相救，兩人相親相愛，私定終身。滇南滇西各寨叛亂，白蓮教又趁機舉事，正在此時，沐、羅二人結識了「羅剎夫人」。三人聯合各方力量平息騷亂，除去風魔嶺中的以奇毒控制人神智的怪人孟小孟，沐天瀾帶著羅剎女和羅剎夫人，一男兩女「偕隱山林」。

二十世紀八十年代大陸和台灣的出版社再版《羅剎夫人》書影

《羅剎夫人》的最大特點和成就，在於小說結構的奇詭，情節推進頗具懸疑性，書中有「羅剎」綽號的人，不僅有老一輩的羅剎大王、羅剎夫人夫婦，還有羅剎女、羅剎夫人，甚至還有假冒羅剎聖母來欺騙愚民的九尾天狐，「正是人間到處有『羅剎』」[357]。

朱貞木在小說佈局結構上獨具匠心，羅剎女出場時，其人品、武功已是出眾當行，結合書名，讀者自然認為這就是「羅剎夫人」，可發展至第八章，主角羅剎夫人出場時讓人瞠目結舌，這位不但品貌堪與羅剎女比美，機智、武功還遠勝羅剎女，一連串的馴虎、驅猿、鬥蟒，本領高深莫測。

小說在結構佈局中，最見功力之處是第二十一章。沐天瀾被岑猛之妹捉住，岑猛設計用紅綢紮束其身，捆在木板上當靶子，試探羅剎夫人。羅剎夫人將計就計，將沐天瀾與岑猛之妹調包，結果岑猛用飛刀殺了親妹。

此章情節都在緊張、懸疑中進行，朱貞木以生花妙筆，巧思妙構，將讀者一步步引入預設的情節，使人們在吃驚、疑懼、恍惚之後，幡然大悟，達到了情理之中、意料之外的藝術效果。

《羅剎夫人》的「奇詭」，還表現在人物形象的「詭異」。「白國因由」一段講解「羅剎」佛典，更是「殊形詭制，各異其觀」。作為全書主人公的羅剎夫人，是「匪首」又是「情種」，殺禿老左全家，心狠手辣；對自己所愛的人，溫情脈脈。她踪跡詭秘，甚至

357. 葉洪生批校《羅剎夫人》，聯經出版事業公司，1984 年。

和沐天瀾定情之後，策劃放土司、奪藏金的行動中，仍然對沐天瀾暗施狡計。難怪沐天瀾和羅剎夫人「一夜恩情」之後，會發出這樣的感慨：

經過一夜光陰，沐天瀾對於羅剎夫人一切一切，依然是個不解之謎，只覺她情熱時宛若一盆火，轉眼卻又變成一塊冰。有春水一般的溫柔，也有鋼鐵一般的堅冷；溫柔時令人陶醉，堅冷時令人戰慄。[358]

然而，正如羅剎夫人猙獰的人皮面具後面有著一副花容月貌一樣，她的詭譎言行中，是一顆「獨善之中寓兼善」的「大心」。桑苧翁說她是個「譎不失正，智不悖理」的「性情中人」，最能「勘破夢境」，又最能「製造趣夢」，正道出了作者塑造這一形象的意圖。

遺憾的是，由於作者刻意塑造了羅剎夫人的強勢，男主人公沐天瀾，形象顯得頗為蒼白無力，完全淪為了「男花瓶」。儘管作者很想把沐天瀾寫成一位容貌英俊、武藝超群、滿腹經綸的英雄，但是書中出現的實際形象，幾乎成了個思想平庸，被「英雌」們爭奪戲弄的「小白臉」。作者也許是想通過這種方法突出羅剎夫人，但太過不對等的描寫，反而影響了羅剎夫人的形象塑造。

《羅剎夫人》的故事有歷史人物的痕跡，如沐天波、張松溪

358. 朱貞木，《羅剎夫人》，吉林文史出版社，1990 年。

等，但皆屬情節的過度和點綴。雖然以蠻荒地區的少數民族生活為客觀依據，但卻基本是個幻想世界。深山幽谷裡馴猿驅虎的神奇女傑，她的由「人」而「猿化」，複由「猿」而「人化」，一直到武功絕眾、才學滿腹的經歷……霧靄繚繞的絕壁深洞、秀麗挺拔的奇峰怪石、蒼蒼的原始森林，其間飛馳著馬形虎爪的「鹿蜀」，生長著葉如碧玉的「沙琅稈」、奇毒無比的「鉤吻」，能把生物變成「機器」的「押不蘆」，構成了虛虛實實、瑰麗譎詭、燦爛無儔的奇境。試看下面一段：

兩人說著話的工夫，在重山復嶺之間左彎另拐，又走了一程，已遠離龍家苗境界，約有幾十里之遙。馬前山勢漸東，來到一處谷口。兩邊巉岩陡峭，壁立千尋，谷內濃蔭匝地，松濤怒吼，盡是參天拔地大可合抱的松林，陰森森的望不到谷底。谷口又是東向，西沉的日色從馬後斜射入谷，反照著鐵麟虬髯的松林上，絢爛斑駁，光景非常，陽光未到之處，又那麼陰沉幽悶。有時谷口捲起一陣疾風，樹搖枝動，似攫似拿。松濤澎湃之中還夾雜著山竅悲號，尖銳淒厲，從谷底一陣陣搖曳而出，令人聽之毛骨森然。[359]

此段寫龍在田、金翅鵬帶五十名獵手尋山，尋至玉獅谷，

359. 朱貞木，《羅剎夫人》，吉林文史出版社，1990 年。

這兒正是羅剎夫人的駐地，有人猿、群虎、巨蟒，這一段帶有神秘、緊張、恐怖氣氛的景物描寫，正是為下面人獸爭鬥、羅剎夫人的出場作了鋪墊。

朱貞木筆下的環境不僅有詭異、恐怖，也有輕快、寧謐：

桑苧翁當先領路，走盡這段礙道。從岩壁間幾個拐彎，忽地眼前一亮，岩腳下露出銀光閃閃的一道寬闊的溪澗，如鳴錚琮，而且溪澗兩岸，奇岩怪壑，犬牙相錯。這條山澗，也隨著山勢，變成一轉一折的之字形。兩面溪岸，雜花恣放，嘉樹成林，許多整齊幽靜的竹籬茅舍，背山面水，靜靜的畫圖一般排列在那兒。紙窗竹牖之間，已隱隱透出幾點燈光，茅舍頂上，也飄起一縷縷的白煙。似乎村民正在晚炊，景象幽靜極了。只有那面靠山腳的溪澗中，時時發出一群輕脆圓滑的歡笑聲，和拍水推波的戲水聲。隱綽綽似乎有幾個青年女子，在那兒游泳為樂。因為兩岸高岩夾峙，日已西沉，遠望去霧影沉沉的已瞧不清楚了。[360]

在作者筆下，一派山清水秀、鳥語花香的苗寨風光映入眼簾。這段景致描寫，既寫出了苗寨風光的優美，又對比了前面盜賊橫生、凶殺遍地的描寫，表達了作者對無為而治的世外桃源的

360. 朱貞木，《羅剎夫人》，吉林文史出版社，1990年。

嚮往，這也是對後文風魔嶺摧殘人性的假世外桃源的反諷。

朱貞木筆下的奇禽異獸很多，顯然是受還珠樓主影響。《羅剎夫人》將故事的背景放在苗疆，與還珠樓主寫蜀山的用意一樣，取的也是奇景異俗。

> 突見對面岩頂射下兩道碧瑩瑩的奇光，從對面高高的岩頂到藏身的大枯樹，中間還隔著一大片黑沉沉的林影子；這樣遙遠，岩頂上發射的兩道光閃，竟會照射到藏身的樹上來。[361]

從神奇的眼睛的描寫就可以感受到怪蟒的巨大，不僅如此，小說中羅剎夫人還具有馴虎、驅猿、鬥蟒的本領，神奇無比。這些描述在還珠樓主的小說中均可見到，但與還珠樓主比較起來，朱貞木設立了一個「度」。他不像還珠樓主那樣，寫得人獸不分，生死無界，人就是人，獸就是獸，人總是能馴服獸的；生就是生，死就是死，生命終是有極限的。

全書寫情更加讓人稱道，在同時期武俠作家中甚為少見。

第二十二章「有情天地」中，為了避雨，三人躲到破樓下，羅剎夫人和羅幽蘭同為女人，面對羅剎夫人，羅幽蘭挽留：「我們三人可以夫妻而兼手足。」羅剎夫人則說：「我這樣的熱情，只圖了一夜恩愛麼？」覺得羅幽蘭與沐天瀾「珠玉相稱」，正是天造地設

---

361. 朱貞木，《羅剎夫人》，吉林文史出版社，1990 年。

的一對，不願奪人所愛，只能暗恨自己慢人一步，讓沐天瀾不再在玉獅谷逗留。羅剎女又妒又愛又恨又羨又氣又敬的微妙心理，嬌嗔的口吻和舉動，羅剎夫人以退為進、引人入彀的心智手腕，沐天瀾左右周旋，情急窘迫的心境、舉止，被作者款款道來，異常傳神。

這種孤男眾女、一牀數好的寫情旨趣，改變了王度廬寫情的哀婉幽怨的悲劇格調，給後世的武俠小說中愛情描寫帶來了啟迪。

《羅剎夫人》中較多採用了新詞語，如第五章第一段：

沐天瀾載美而歸，理應歡天喜地，無奈背上的人頭，老在他心裡作怪，老是懷著一則以喜，一則以懼的觀念。女羅剎忐忑不寧的心情，他也一樣意識得到。不過此時他是主體，他明白自己家中的環境。進城門時，在馬上打好了應付環境的計畫草案，走到沐公府相近處所，馬頭一轉不進轅門，特地從僻道繞到自己府後花園圍牆外面。兩人一縱下馬，一聽府內正打二更，牆外悄無人影。兩人喊喊低語了一陣，便把沐天瀾的計畫草案通過了。[362]

這裡一系列的新名詞：觀念、意識、主體、計畫草案等等。這在同時期其他武俠作家的作品中極少見到，而朱貞木用得頗為

---

362. 朱貞木，《羅剎夫人》，吉林文史出版社，1990 年。

自然，並不刺目，不使人有厭煩之感，這也是他的高明之處。

書中的諸多傳說，如白國因由、羅剎神話、大理境內的「天龍八部」等，被金庸繼承於其作品《天龍八部》中。而梁羽生《白髮魔女傳》中的「玉羅剎」形象刻畫，則受其「羅剎夫人」「羅剎女」等形象的影響。

此外，對奇禽異獸的役使，以及「透骨子午釘」等獨門暗器，劈空掌、陰陽三才奪、鴛鴦鉤等奇形兵器，人皮面具、迷失人性的毒藥「押不盧」等等，均對後世武俠作家影響甚大，被他們直接繼承使用。

《羅剎夫人》一書總體結構相當嚴整，但如葉洪生所批評的，缺點是濫用「獨自說書」，犯了「兵家大忌」。書中人物動輒「獨自說書」過萬言，且反覆運用，不厭其煩。第九章至十一章，桑苧翁一大段「獨白」裡，又套著已故羅剎夫人的一大段「獨白」，以至於標點起來，引號都不夠用。[363]

此外，作者還習慣走進書中，擺出一副說書人的架式大發議論，有時說明議論的文字還很長，干擾了小說情節的正常發展，破壞了小說的結構。

《七殺碑》

朱貞木小說中以《七殺碑》最為著名，該書寫作發表於 1949

363. 葉洪生批校《羅剎夫人》，聯經出版事業公司，1984 年。

年春，出版於1950年，可能是他的封筆之作。全書共分為三十四章，約四十五萬字。

北方文藝出版社再版《七殺碑》書影

《七殺碑》在朱貞木的作品中較為平實，甚少虛幻，但整體情節驚險離奇，環環緊扣，既有北派作品雄渾飛揚之神氣，又借鑑了南派作家將「武俠、愛情、探險」相結合的故事結構，其韻味、哲理、情思和意境的超眾脫俗，堪稱力作，同時它也為民國武俠小說的創作畫上了一個句號。

關於此書寫作緣起，作者曾云：

民國二十五年春，作者於書攤中得到一本手抄冊，冊中記有十餘則蜀中明季軼事，字數大概萬餘，中有一則題為《七殺碑》的寫道：「張獻忠踞蜀，僭號『大順』立聖諭碑於通衢，碑曰：『天以萬物與人，人無一物與天，殺、殺、殺、殺、殺、殺、殺。』即世所傳七殺碑也，碑文『殺』字，不六不八，而必以七，何也，蜀中耆舊有熟於掌故者，謂余曰，獻忠入蜀，屠殺甚慘，而屢挫於川南七豪傑，恨之也深，立碑而誓，七殺碑者，誓欲殺此七雄耳，七雄為誰？華陽伯楊展、雪衣娘陳瑤霜、女飛衛虞錦雯、僧俠七寶和尚晞容、丐俠鐵腳板陳登皞、賈俠余飛、賽伯溫劉道貞是也……」[364]

小說以此為背景，描寫川南七雄的俠義行為，是以取書名為《七殺碑》。從這段自述來看，此書應為歷史小說，為歌頌七雄而作，只是「七雄」「連袂奮臂」之事並沒有在《七殺碑》裡出現，書中僅僅是對七雄之一楊展的記述，寫他赴京回川途中所遇的奇聞異事，更以楊展的「俠」「情」故事為小說主線，引出陳瑤霜、虞錦雯、鐵腳板、七寶和尚、賈俠余飛、劉道貞等人的故事，穿插進邛崍派與華山派的恩怨相鬥，華山派串通拉薩宮活殭屍報仇，勾結張獻忠入蜀，還有楊展助三姑娘報仇除凶，塔兒岡巧逢綠林女傑毛紅萼等情節。

在情節推進中，作者有意表現歷史的真實性，把川南七雄的活動與明朝末年腐敗衰微的官府現狀結合，加入李自成和張獻忠起義等真實歷史事件，使小說富有傳奇特色的同時，又不失獨特的歷史情趣，小說的固有格局，如殺富濟貧、江湖恩怨、奪寶復仇等得以突破，將小說的主題拓展到與政權鬥爭、改朝換代等結合，歷史氛圍廣闊，啟發讀者思考。

武俠小說的故事都是離奇的，離奇的描述往往給人飄忽感。

364. 朱貞木，《七殺碑》，北方文藝出版社，1988 年。

《七殺碑》與歷史相結合，穩定了小說的根基，卻又不似文公直筆下《碧血丹心》系列的歷史演義。小說在後半部分描述張獻忠入川時的殘暴時寫道：

從谷城到歇馬河這一帶已被張獻忠，屠城洗村，殺得雞犬不留，鬼哭神嚎……官道上難得看到有個人影，河裡漂著的，岸上倒著的，走幾步便可瞧見斷頭折足的死屍。餓狗拖著死人腸子滿街跑，天空成群的饑鷹，公然飛下來啄死人肉吃。一路腥臭衝天，沿路房屋，十有八九，都燒得棟折牆倒，劫灰遍地。抬頭看看天，似乎天也變了顏色，顯得那麼灰沉沉的慘澹無光，簡直不像人境，好像走上幽冥世界。[365]

江山離亂，愈顯江湖英雄本色。世道越亂，就越顯示出七位俠客的重要性，張獻忠越是殘暴，越是顯出七位大俠所作所為的正義。明寫張獻忠，實寫七位俠客，江山和江湖相得益彰。

小說中還寫了張獻忠入川時的很多古怪事情，比如張獻忠不但殘暴，而且十分狡詐。他為了鼓舞士氣，避免部下分心，就將部下身邊的女人和自己身邊的小妾的小腳砍下，堆成「小腳山」。

這件事顯然來自於野史筆記中的記載，放在歷史小說中似乎需要仔細分辨，但放在武俠小說中則毫無顧忌。武俠小說寫歷

365. 朱貞木，《七殺碑》，北方文藝出版社，1988 年。

史，無需辨認它的真實性，歷史只是武俠情節的一張外衣，只要合得上武俠情節的本身即可。《七殺碑》中的歷史就是這樣的「歷史」，它使得小說中的傳奇性、趣味性和歷史性雜糅在一起。

小說的主題立意，更是要頌揚作者闡揚的「俠義精神」，痛斥不顧民命的匪盜行徑。第九章中楊展在豹子岡擂台上力主化敵為友，消除仇怨，認為習武之人，「武功在身，小則強身保家，大則衛鄉保國」，反對爭強鬥勝。

小說中，楊展英俊瀟灑，又有儒雅之風，是個文武雙全，且風度翩翩的正氣男兒，對陳瑤霜的愛情忠誠無比，對其他女子雖憐香惜玉卻又坐懷不亂。他心繫家國，為民著想，以天下為己任，對個人得失毫不在意，寧肯拋家捨業也要護衛桑梓，並且打擊豪強扶助弱者，遇不平之事必施以援手。

第二十八章的回目是「英雄肝膽，兒女情長」，寫的是楊展一時性起在塔兒岡的楠木大樑上刻下了這八個字。這八個字實際上道出了作者塑造俠客形象的基本的思維模式，他藉小說人物之口對這八個字做了解釋：

你們要知道，有了英雄肝膽，沒有兒女心腸，無非是一個殺人不眨眼的混世魔王，算不得真英雄。有英雄肝膽，還得有兒女心腸，亦英雄，亦兒女才是性情中人，才能夠愛己惜人，救人民於水火，開拓極大基業。這裡面的道理，便是英雄肝膽，佔著一個義字，兒女心腸，佔著一個仁字，仁義雙全，才是真英雄。[366]

第三十章，作者又通過齊寡婦（毛紅萼）之口痛斥羅汝才、張獻忠等人「東奔西突，不顧民命」，「殘暴不仁」，預示他們「難成大業」，告誡楊展只要「志在保民」，「便能日起有功」，由此揭示了小說主題的「仁政」思想和書名《七殺碑》的反諷意味。

應當指出的是，在楊展身上，忠君報恩等明清小說中宣揚的思想已經難以看到，這是對以往的變化和超越，正是明確否定「忠君」思想的表現。

在第二十一章中，作者對明末的時局表示「這原是封建之世，『家天下』沒落時代的應有現象」，帶有明確的批評意味；從曹勳之口更可見對明末衰敗的咒罵——「活該倒楣，這是朱家的事，讓朱家自己料理去好了」，而欲辦團練、保護官銀的楊展，不過是「砥柱中流，志在保民」罷了，「並非效忠一姓，聽命於人。」生活在 20 世紀 40 年代，朱貞木深受「五四」運動的影響和資產階級民主自由思想的薰陶，他所塑造的新俠客形象，是對封建思想的揚棄，具有進步意義。

此書在寫情上，不似王度廬哀怨淒婉的格調，而是歡快靈動，輕鬆和諧。小說開篇就演繹了「巫山雙蝶」的俠情故事：雙雙行俠，情深意篤，紅蝶病死，黑蝶出嫁。接著就演繹他們的後代

366. 朱貞木，《七殺碑》，北方文藝出版社，1988 年。

楊展與陳瑤霜的俠情故事：兩小無猜，情意綿綿，行俠仗義。

兩則故事分為了前後兩代數十年，期間有很多的感情糾葛和江湖恩怨，圍繞著這些感情糾葛和江湖恩怨又牽扯出很多俠義英雄。這些人物面貌不同，性格各異，大多都有一個俠情故事。主人公楊展心善多情，周旋於眾女之間，無往不利。陳瑤霜、虞錦雯、三姑娘、齊寡婦等女子無不癡情如醉，但作者仍主張一男一女、相攜到老的寫情基調，為後來台港新派武俠小說作家奠定了基礎。

小說語言活潑、靈動、輕鬆，詼諧。如川南三俠的打趣嬉笑，以及他在與敵手相對時有韻有轍的笑罵譏刺，楊展、陳瑤霜、飛虹、紫電等人的調侃鬥口，使小說充滿了人情味，活躍了全書的氣氛，也強化了人物的性格。

鐵腳板這一人物，獨特的語言、舉止更使他聲口如聞，形象如睹，十分突出。在武功方面，小說虛實結合，獨創了很多影響後世的武功，如五毒手、琵琶手、五形掌等拳掌功夫，蝴蝶鏢、七星黑蜂針等暗器以及「脫形換位」之類的輕功。非但如此，作者明確指出武功的「純化之境」和「心平氣和，理智明澈」，練武的目的是「防止爭鬥，熄滅爭鬥」。這無疑使武功描寫達到了歷來武俠小說從未達到的境界。凡此種種，莫不為 20 世紀 50 年代以後的台港新派武俠小說作家所襲用。

以人物而論，年輕英俊，武藝高強，豪俠氣盛，兒女情深的楊展；機智百出，多情善感，鬱鬱寡歡的齊寡婦；性情豪爽，行為不羈，遊戲江湖，詼諧幽默的鐵腳板；形象奇特，性格古怪的鐵拐婆婆；神出鬼沒，深不可測的破山大師、鹿杖翁等人，無不對後世武俠小說作家深有啟發。

在小說佈局方面，朱貞木善用小巧奇詭的佈局，回目名字也打破了此前武俠小說慣用的對仗回目。第一章「新娘子步步下蛋」，佈局奇妙，引人入勝，其後所用「活殭屍」、「齊寡婦」、「鐵琵琶的韻律」等回目，使用不規律的題目，不僅點明了精彩情節，也突出了小巧奇詭的佈局。具體寫作中，作者又時常運用細膩之筆，富有脂粉氣息，達到渲染氣氛的效果。

第十九章「鐵琵琶的韻律」中，作者以「明季京蜀交通的大概情形」為起筆，轉而敘寫楊展和三姑娘萍水相逢，一人飲酒，一人從沉鬱蒼涼到如泣如訴、如吟如嘯地彈琵琶，聲音「似巫峽猿啼」，好不淒慘。

楊展更無心喝三姑娘斟上的一杯酒，留神三姑娘時，卻把她一張粉面，半隱在琵琶背後，雖然低著頭，燭光斜照，已看出眉頭緊蹙，有幾顆亮晶晶的淚珠，掛在眼角上，楊展心裡一驚。不覺豪興勃發，倏起跳起身來，向三姑娘搖手說道：「三姑娘不必彈了，音從心出，音節如此，姑娘定有不得已之事，彼此雖然萍水相逢，倘可為力，不妨見告。」三姑娘一聽這話，一抬頭，噙著淚珠的一對秋波，透露出無限感激的意思，手上卻依然不停的彈著，嘴上卻輕喊著：「窗外有人。」

三姑娘一喊出窗外有人，琵琶上彈出的聲音，立時改了調門，幾根弦上，錚錚鏘鏘，起了殺伐之音。細聽去，有填填的鼓音，鏜鏜的金聲，還夾著風聲、雨聲、人聲、馬聲，突然手法如雨，百音齊匯，便像兩軍肉搏、萬馬奔騰的慘壯場面，也從音節中傳達出來。原來起先彈的曲子是《長門怨》，一時改了《十面埋伏》的曲子了。

這《十面埋伏》的一套長曲，彈到緊張的當口，楊展聽得氣壯神王，把面前一杯冷酒，咽的一口喝下肚去，酒杯一放，拍著桌子，喊道：「妙極！妙極！」不料他剛連聲喊妙當口，窗外院子裡，忽然有人大喊道：「好呀！三姑娘爬上了高枝，把老客人也甩在脖後了！」又有一個哈哈大笑道：「姐兒愛俏，天公地道，老哥，你自己拿面鏡子，照照尊容去罷！」一陣胡嚷，足聲雜沓，似乎一擁而出，奔向前院去了。[367]

類似手法在塔兒崗楊展會齊寡婦等情節中也一再使用。

朱貞木喜歡使用新名詞的習慣，並不顯見於《七殺碑》中，少數新詞語如「家天下」、「思想」、「韻律」、「真」、「善」、「美」等，不過略作點綴而已。

《七殺碑》的不足表現在情節結構方面，與《羅剎夫人》一

367. 朱貞木，《七殺碑》，北方文藝出版社，1988 年。

樣，書中也有大量關於往事的追溯，借人物之口大篇穿插，造成閱讀斷層感，而此書收尾匆忙，也沒能展現出完整的情節。

《七殺碑》對民國時期武俠小說作了總結，成就甚大，當然，由於時代及作者個人因素等也存在許多缺陷。它更大的意義莫過於為後來武俠小說的創作帶來的啟示。

《七殺碑》由朱貞木仔細剪裁、大膽創新而成，堪稱佳作，它不僅總結了民國時期的武俠小說，同時也為台港新派武俠小說的興起定了良好的基礎。

古龍八十週年紀念版

古龍80週年限量紀念
刷金書衣收藏版

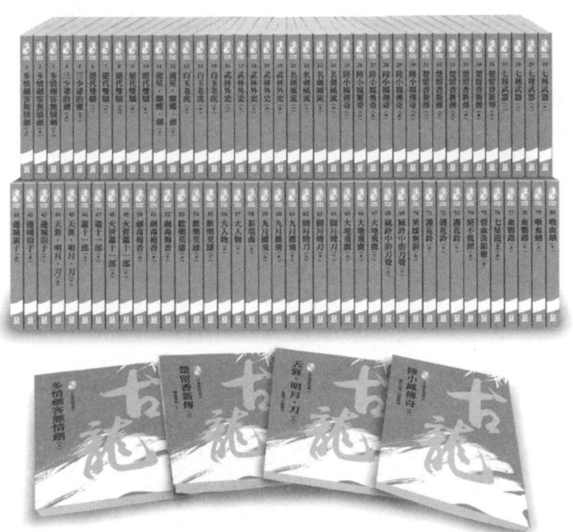

華人世界最知名的武俠作家之一 才氣縱橫的一代武俠宗師古龍
醞釀超越一甲子的武俠韻味　古龍八十週年回味大師靈氣

名家**龔鵬程、南方朔、陳墨、覃賢茂、林保淳、葉洪生 專文導讀**
著名學者**林保淳**、古龍長子**鄭小龍**、文學評論家**陳曉林 誠心推薦**

憑手中一枝筆享譽華人世界，作品改編影視風靡至今，古龍打動人心的根本點，在於對人性的細膩描寫。只要是人，就有人性。人性的光明面與陰暗面，細究之下都有故事。而武俠小說最強調的就是一種「有所不為，有所必為」的精神，一種奮戰到底，永不妥協的精神。這正是現今社會最易遺忘的。古龍八十週年，懷念古龍，也懷念那個時代的武林。

【新修版】武俠小說史話
（上）從《刺客列傳》到《蜀山劍俠》

作者：林遙
發行人：陳曉林
出版所：風雲時代出版股份有限公司
地址：10576台北市民生東路五段178號7樓之3
電話：(02) 2756-0949
傳真：(02) 2765-3799
執行主編：劉宇青
美術設計：許惠芳、吳宗潔
專業校對：林遙、許德成
書名頁插圖：李志清
行銷企劃：林安莉
業務總監：張瑋鳳

初版日期：2021年4月
版權授權：郭強
ISBN：978-986-352-929-3

風雲書網：http://www. eastbooks. com. tw
官方部落格：http://eastbooks. pixnet. net/blog
Facebook：http://www. facebook. com/h7560949
E-mail：h7560949@ms15. hinet. net
劃撥帳號：12043291
戶名：風雲時代出版股份有限公司

風雲發行所：33373桃園市龜山區公西村2鄰復興街304巷96號
電話：(03) 318-1378
傳真：(03) 318-1378
法律顧問：永然法律事務所 李永然律師
北辰著作權事務所 蕭雄淋律師
行政院新聞局局版台業字第3595號 營利事業統一編號22759935

定價：450元

國家圖書館出版品預行編目資料

武俠小說史話 / 林遙著. -- 新修版. -- 臺北市：風雲時代出版股份有限公司, 2021.01
冊； 公分

ISBN 978-986-352-929-3 (上冊：平裝)

1.武俠小說 2.文學評論

857.9 109019922